ADHaine

DU MÊME AUTEUR

Je mangerai ton cœur
Paradiction
Je suis Lilly

Vincent Villa

ADHaine

FL Éditions,
Avec l'autorisation des Éditions Sodi-Art

6, rue Anatole de la Forge, Paris 17e

ISBN : 978-2-298-18333-7

PROLOGUE

Novembre 2020

Une douleur fulgurante transperça son tee-shirt et trancha le doux coton de ses rêves. Un cratère de souffrance se forma aussitôt sur son buste, d'où jaillit, telle de la lave, du sang chaud englué sur ses mains tremblantes. La pointe du couteau venait de provoquer un triple déchirement : tee-shirt lacéré, poitrine cisaillée, sommeil dépecé. Malgré la violence du choc, Lucie s'efforça de garder son calme et de réunir les débris de sa lucidité. Son agresseur avait forcément coupé le courant et paralysé le détecteur de mouvements susceptible de dénoncer son intrusion dans la chambre. Tenter d'atteindre l'interrupteur pour dissoudre l'obscurité pugnace était donc vain. Elle décida de parcourir le chevet du bout de ses doigts secoués par la peur, mais ne trouva pas son smartphone. Ce détraqué devait se tenir tout près, statue de chair enrobée d'une froideur d'acier. Elle ne l'entendait même pas respirer, alors que le silence claquait des dents. Voulait-il jouer avec elle selon le mode d'emploi le plus pervers de la mort, en l'entraînant sur un interminable chemin de torture ? Elle ne pouvait rester la victime passive de cette lame qui découpait les fils de son existence. Elle s'éjecta de son lit et atterrit sur la moquette hérissée de tessons de verre qui s'agrippèrent à ses plantes de pieds. Malgré ce supplice foudroyant, elle parvint à quitter la pièce pour atteindre à pas poisseux l'escalier situé sur sa gauche. Avant même de saisir la rampe, deux mains la poussèrent rudement et la propulsèrent dans un abîme de désolation. Les marches la cognèrent avec rudesse tout au long de sa chute, n'ignorant aucune zone de son corps meurtri. Une fois en bas, au terminus de la désespérance, elle fut figée dans sa souffrance. Son assaillant descendit très lentement, au rythme de la mélodie plaintive du bois s'échappant sous ses semelles. Cette poursuite au ralenti accélérait diablement la course de son cœur. Comment échapper au sort funeste amorcé par le trait ensanglanté tracé entre ses seins ? L'éternité venait la ramasser au moment où elle cueillait le bonheur à pleines mains. Épouvantée par cette funeste perspective, elle put enfin délivrer les cris barricadés jusque-là dans sa bouche.

— Laissez-moi ! hurla-t-elle. Laissez-moi !

— Désolé pour ce réveil très brutal, j'avais envie de m'amuser un peu, dit-il d'une voix horriblement doucereuse. On ne fait que commencer, d'ailleurs...

La menace ricocha dans son âme torpillée par le désespoir. Désormais, seules quelques secondes alourdies par la terreur la séparaient de la rencontre avec son bourreau. Dans un ultime mouvement de rébellion, elle songea à la cheminée à gaz. Même dans l'obscurité, Lucie maîtrisait la géographie de la vaste demeure familiale avec l'instinct de survie pour boussole. Propulsée par une rage incandescente, elle se traîna sans hésitation vers le salon tandis que des ricanements furieux se rapprochaient, léchaient salement ses oreilles. Elle parvint à situer la table basse où reposait la télécommande capable d'invoquer le feu à distance. Elle l'attrapa à l'aveugle alors qu'une godasse s'écrasa sur sa cheville, harcelée par des coups sauvages et destructeurs. Sous l'effet de ce châtiment répété, elle pressa le bouton avec tant de force qu'elle fit jaillir une flambée : les lueurs artificielles révoquèrent la noirceur des lieux et soulignèrent la silhouette du désaxé. Des yeux sombres trouaient sa cagoule et perforaient en même temps Lucie, ligotée par la stupéfaction. Elle se défit de ce sentiment paralysant pour attraper un verre garni d'un fond de whisky. Elle en jeta le contenu dans le foyer, qui se démultiplia dangereusement, comme saisi par une colère brûlante.

— Tu cherches quoi là ! s'énerva-t-il.

Profitant de la surprise suscitée par cet embrasement belliqueux, elle brisa le cristal au sol et utilisa un des débris pour taillader en profondeur l'avant-bras de son adversaire. Elle lui lacéra à son tour l'épiderme avec rage et perfidie. Après avoir égalisé au score, elle visa un œil, pour prendre l'avantage et asseoir son triomphe inattendu. Mais son geste empressé ne rencontra que le vide et croisa le poing qui s'abattit en retour sur sa bouche. Cet uppercut lui vola une grande partie de sa conscience. Elle s'écroula avec des mimiques de boxeur anesthésié.

— T'as failli me défigurer, salope ! Je vais t'offrir la pire des morts ! Et sans attendre !

Arrachée de la gravité par dix doigts nerveux, Lucie sentit son corps déménagé sans précaution sur une petite table. Il entassa trois gros coussins sous son dos de façon à ce qu'elle se cambrât au maximum, non pas dans un souci de confort.

— On aurait pu se prendre un peu de bon temps tous les deux. Dommage…

Les flammes de la cheminée se reflétèrent avec une coquetterie diabolique sur le couteau aussitôt brandi au-dessus d'elle. Elle abaissa ses paupières pour ne pas contempler le spectacle unique de son exécution, sous l'office d'un démon de minuit délégué par l'Enfer. Elle les releva malgré elle en sentant la longue lame s'engouffrer à hauteur de son sein gauche et s'enfoncer avec voracité dans sa poitrine. Blessée au plus profond de sa chair, la suppliciée lâcha un hurlement primal venu des confins de la désolation. Une douleur illimitée bouillonna sans attendre dans son corps en fusion, où la vie se liquéfiait à grande vitesse. Elle sombra dans des abysses sans retour quand elle vit une main plonger dans sa poitrine et en extraire son cœur encore palpitant. Durant de trop nombreuses secondes, chacune interminable, sa vie prit la fuite dans un fracas de fin du monde.

JOUR 1

Sans cœur, la sans-cœur

1

Toute la journée, le soleil avait joué un numéro de cracheur de feu sur la piste azurée. Brûlante et irrespirable, la nuit en gardait quelques séquelles. Épaulée par l'alcool en excès, la météo caniculaire transformait son corps déshydraté en un four surchauffé. Seule la clim de la Mégane pouvait en réguler le thermostat. Son souffle réfrigéré expulsait peu à peu de son crâne les douleurs qui le malmenaient, tel un videur de boîte de nuit. Le court chemin entre la DRPJ[1] de Versailles et son domicile fut suffisant à évacuer son mal de tête, bien moins féroce que sa soif, source de tourments sans fin. Quand il quitta sa voiture, le commandant Dorian Lemaître reçut à nouveau en plein visage l'haleine d'un volcan. Il se promit de déverser des litres d'eau froide dans sa bouche frappée par la sécheresse. Puis il passerait sans doute une nouvelle nuit à attendre Sonia, barricadée depuis trois jours derrière les murailles du silence. La soirée imbibée de bière lui avait offert une lucidité qui se refusait curieusement à lui en état de sobriété : dès que sa femme rentrerait chez eux, il lui avouerait les tourments enkystés dans son esprit. Une résolution toujours aussi prégnante à l'instant de rejoindre leur maison avec d'inattendues sensations d'équilibriste, déstabilisantes. Il marcha à pas très lents vers le portillon qui précédait le jardin parsemé

1. Direction régionale de la police judiciaire.

de spectaculaires delphiniums bleus et de luminaires plus discrets. Attirés par ces lueurs égarées, des moustiques le soumirent à des effusions pressantes. Il ouvrit rageusement la porte d'entrée et se cogna comme de coutume au reflet renvoyé par le grand miroir au pourtour irisé. L'image projetée dans ses rétines lui imposa l'amer constat d'un brusque déclin : les poils poussaient sauvagement sur son visage usé et les poches prenaient leurs aises sous ses yeux lessivés par la fatigue. L'enquêteur charismatique de 43 ans était désormais doublement flapi entre sa haute silhouette voûtée et ses longs cheveux bruns dépossédés du charme de la négligence. Dépité, il tourna le dos à son clone déprimant pour rejoindre la cuisine équipée. Le frigo gris anthracite offrait par chance de quoi abreuver un régiment de Bédouins. Il vida d'un trait une bouteille entière sans avoir la sensation de calmer les réclamations vindicatives de son gosier. Le trajet direct du liquide glacé vers ses entrailles occasionna même une irritation, comme s'il venait d'avaler un tord-boyaux. En revissant le bouchon avec une pointe de déception, il observa, blasé, la confusion dans ces lieux d'ordinaire régentés par une propreté maniaque. Des couverts éparpillés sur le carrelage en terre cuite voisinaient avec les débris d'une assiette en porcelaine tombée de très haut. Chaque soir, il n'avait pas la force de les ramasser, tant ils étaient assortis à son moral en morceaux.

— Sonia, t'es rentrée ?

Le calme de la maison explosa d'un coup à ses oreilles.

— Marre de cette baraque vide quand je reviens du boulot ! Dis-moi que t'es revenue !

La prise de conscience de sa voix pâteuse convoqua sur-le-champ un vif sentiment de culpabilité. Pour le troisième soir de suite, ses vœux de sobriété s'étaient noyés dans le houblon. Pourtant, en emboîtant le pas joyeux de ses potes des stups partis fêter une prise de coke, il s'était promis de se limiter à une tournée ou deux pour éviter une soirée démesurément extensible. Finalement, il avait cessé de compter les verres, les calculs devenant trop douloureux.

— Bordel, t'es là ou pas ? Sonia ? Fais chier, Sonia !

Aucun bruit ne dégringola de l'étage. Cela dit, elle pouvait avoir un casque sur la tête et du son plein les oreilles : *Sultans of Swing* de Dire Straits sublimé par Mark Knopfler et sa Stratocaster[1] rouge, en général.

— C'est bon, j'arrive. J'espère que t'es là-haut...

Dorian grimpa les marches de l'escalier à une allure de vieil automate rouillé, en écrasant les tessons de verre émiettés depuis trois jours. Une vision oppressante l'attendait dans la chambre conjugale, secouée par une esquisse de tornade : rideaux arrachés, coussins crevés, flacon de parfum explosé. Pour la première fois, une prémonition lugubre s'encorda à ses pensées. Il saisit son arme et s'aventura dans la partie supérieure de la demeure sans pouvoir décoller l'inquiétude de son regard. Obsédé par l'imminence d'un malheur, il visita chaque pièce, hélant son épouse d'une voix fracturée par la crainte. Mais ses appels entêtants se brisaient contre le silence têtu. Alors que l'évidence d'un simple cambriolage commençait à lui apparaître, il sentit trop tard une présence derrière lui, promesse menaçante d'une agression imminente. Un canon de pistolet maltraita sa nuque, une main ferme s'écrasa sur sa gorge, une voix dure chuta dans son oreille.

— Jette ton flingue !

— Putain, vous voulez quoi...

— Ta gueule ! Tu m'obéis et tu te fous à genoux !

— C'est bon, calmez-vous !

1. Modèle de guitare électrique produit par la marque américaine Fender.

À peine se fut-il délesté et incliné qu'un coup sur la tête le précipita sur la moquette, à la lisière de l'inconscience. En sombrant, Dorian perçut au loin le démarrage brutal d'un véhicule dans la rue troublée par la furie du moteur.

2

Dorian émergea difficilement du lit de brumes où il avait chuté. Une fois son état semi-comateux évacué, le retour de l'inquiétude se riva au recouvrement de sa lucidité : les évènements de la nuit, bien réels, n'avaient pas été soufflés par l'alcool à son cerveau affaibli. Son crâne douloureux palpitait plus sous l'effet du coup reçu que de ceux avalés à la chaîne. Il se massa longuement le cuir chevelu, autant pour apaiser sa souffrance que pour bousculer ses neurones. Il devait s'activer, le temps emportant les heures avec la frénésie d'un torrent : six s'étaient déjà évaporées depuis l'agression. La voix torpillée par le stress, il laissa un message à Nathalie, l'adjointe au directeur de la brigade criminelle, également domiciliée à Jouy-en-Josas. En attendant sa venue, une nouvelle fouille de la maison, aussi stérile que les coups de fil échoués dans la messagerie du portable de Sonia, n'épura en rien ses angoisses. Après l'inspection fébrile de toutes les pièces, ses pérégrinations inquiètes le ramenèrent dans la chambre, point de départ transformé en impasse. La numéro deux débarqua silencieusement, en affichant un sourire décoloré par l'anxiété.

— Merci d'être venue aussitôt Nath...

— Qu'est-ce qu'il t'arrive Dorian ? T'as l'air en panique.

— Besoin de discuter, je suis perdu.

— On dirait que tu traînes un gros paquet de soucis, en effet. Tu m'offres un café ?

— Bien sûr, suis-moi.

Sa supérieure dut slalomer entre les morceaux de vaisselle, vestiges de sa dispute avec Sonia, décombres de son moral en ruine, aussi.

— Qu'est-ce qu'il s'est passé ici ?

— On s'est salement engueulés il y a trois jours. Sonia a cassé des assiettes, j'imagine. J'ai dû recevoir un verre sur le crâne aussi, même si je ne me souviens de pas grand-chose.

— Rien que ça ! C'est violent les engueulades chez vous !

— J'ai perdu connaissance. Quand je me suis réveillé, elle était partie, après avoir emporté quelques vêtements.

— Elle se serait barrée sans se soucier un instant de savoir comment t'allais ? J'ai du mal à y croire. C'est ta femme quand même ! T'es sûr que tu ne débloques pas un peu ? Ou alors, tu n'as pas décuvé. Ça fait plusieurs soirs de suite que tu te mets minable. On ne parle que de ça à la PJ !

— Je ne vais pas te la jouer comme dans ces polars où le héros a tout oublié en se réveillant, mais j'ai fait un trauma, c'est sûr. Et un autre la nuit dernière ! Quand je suis rentré, quelqu'un était caché à l'étage et m'a agressé. Cet intrus n'était pas là par hasard. Il savait que j'étais flic, car il m'a demandé de jeter mon arme. Il ne l'a pas ramassée, heureusement. Mais il m'a quand même filé un coup de crosse sur la tête avant de s'enfuir. J'ai perdu connaissance pendant des heures. J'ai le cerveau en vrac. J'ignore ce qu'il foutait ici. Là-haut, c'est le ramdam. Monte y jeter un œil, s'il te plaît. Je te suis.

Dorian s'accrocha avec peine aux talons qui esquivèrent les bris de verre répandus sur l'escalier, tant de vertiges nauséeux guerroyaient contre son équilibre.

— Tu n'as pas menti, c'est le Bronx, jugea Nathalie une fois arrivée. Vandalisme, cambriolage ou les deux à la fois ? En tout cas, ça relève du commissariat ou de la sûreté départementale. Je suis désolée, mais je ne vois pas ce que je pourrais faire pour t'aider. La réunion matinale dans le bureau du taulier débute dans moins d'une heure, en plus.

— J'ai peur qu'il ne soit arrivé quelque chose à Sonia !

— Tu ne sais même pas si elle est rentrée hier ! T'as une idée de l'endroit où elle pourrait crécher ?

— J'ai du mal à réfléchir...

— Il va falloir que tu te secoues et que t'arrêtes de plonger ton spleen dans la bière. Une crise de couple, ça peut arriver à tout le monde. C'est même salutaire si on parvient à se remettre en question derrière. Pour le reste, commence par porter plainte. La PTS[1] trouvera peut-être des traces exploitables. T'as une idée de la manière dont il a pu entrer ?

— Je n'ai trouvé aucun signe d'effraction. Sonia et moi sommes les seuls à posséder un jeu de clés.

— T'avais peut-être laissé une fenêtre ouverte à cause de la chaleur, sans t'en apercevoir ? Vu ton assiduité sur les terrasses de bars au cours de ces derniers jours, un oubli est plus que probable.

— Je sais, je picole trop et j'ai la tronche dans le même état que notre chambre...

— Prends une bonne douche et rase-toi, ce sera un bon début. Pense aussi à aller te faire examiner à l'hôpital. Deux pertes de connaissance à trois jours d'intervalle, ça n'a rien d'anodin. Allez, je dois filer !

Au moment de redescendre, Nathalie se figea, silencieuse, comme perdue entre les deux rives de sa réflexion.

— Qu'est-ce qu'il y a ? demanda Dorian, perturbé.

— Tous les cadres accrochés aux murs ont été retournés, de façon à ce qu'on ne contemple plus les photos.

1. Police technique et scientifique.

— Ça a sans doute amusé ce connard. Peut-être qu'ils étaient plusieurs même. Pourquoi es-tu si intriguée ?

— L'affaire Lucie Froissant, il y a huit mois. Tu sais cette femme assassinée dans la vallée de Chevreuse. On lui a arraché le cœur devant la cheminée de la demeure familiale alors qu'elle était encore vivante... C'est la seule particularité notable de la scène de crime, en dehors de l'état de la victime, bien sûr. Ce détail n'a jamais été communiqué à la presse par le procureur. Et je ne vois pas pourquoi l'avocat des parties civiles l'aurait fait fuiter.

— C'est quoi le rapport ?

— D'après toi ? Qui dirige cette enquête ? Greg, l'ex de Sonia ! T'es bien placé pour le savoir !

— Une provocation du tueur envers le flic qui le traque ? Il faudrait déjà qu'il sache que Sonia et lui ont été ensemble, il y a des années. Tu crois à un truc pareil, sérieusement ?

— T'es de la PJ toi aussi. Il se sent peut-être si puissant qu'il a envie de nous défier. Elle serait la cible parfaite, dans ce cas. Il ne faut pas écarter cette hypothèse. Je vais appeler le parquet et signaler ces évènements au substitut de permanence. Ce serait bien qu'il nous permette d'ouvrir une enquête pour disparition inquiétante, pour inscrire au plus vite Sonia au fichier des personnes recherchées et lancer les réquisitions pour les fadettes et le bornage. Il y a de fortes chances que ce soit une coïncidence. Mais on ne peut pas prendre ce lien à la légère. Dès que j'arrive, je te transmettrai le dossier Lucie Froissant. Tu pourras y jeter un œil avant que je ne te retrouve avec Greg dès que je sortirai de la salle de réunion.

— On ne s'est plus jamais parlé depuis que Sonia l'a quitté pour moi.

— À tel point que dès que j'échange avec mes chefs de groupe sur les stratégies d'investigation, je fais gaffe à ne pas vous recevoir l'un après l'autre pour éviter que vous ne vous croisiez dans le couloir ! Vous réunir tous les deux dans mon bureau va être un premier exploit. S'il y a une connexion, l'affaire lui revient. Pour collaborer, tu n'auras pas le choix : vous devrez vous causer à nouveau. Je sais qu'on part de très loin et que t'as même du mal à prononcer son prénom, mais il va falloir faire des efforts !

— Je te le promets.

— Autre chose. Même si Sonia s'est barrée subitement lundi dernier, elle a un taf. T'as pensé à contacter son boss pour savoir si elle y était allée de mardi à jeudi ?

— Non. J'étais tellement au fond du trou suite à son départ... Chaque jour, j'ai eu envie de m'y pointer à l'heure du déj pour lui proposer de grailler au restau. Mais je me suis dégonflé... Je m'en charge.

— Fais-le de suite. Je file direct à la PJ. En chemin, je vais envoyer une équipe de la PTS. On ne doit pas perdre de temps. En espérant qu'on se fasse peur pour rien.

Sceptique, Dorian la regarda s'éloigner avec un horrible pressentiment chevillé au cœur. Une fois seul avec ses angoisses, il contacta le cabinet d'avocats versaillais où Sonia passait d'ordinaire ses journées, rembourrées par des piles de dossiers. L'autre secrétaire décrocha en mode automatique, ton neutre et voix assurée.

— Cabinet Maîtres Bois et Ronsard, j'écoute.

— Bonjour Claire, c'est le mari de Sonia.

— Ah, Dorian. Comment va Sonia ?

— À vous de me le dire ! Elle est venue travailler cette semaine ?

— Lundi, c'est tout. Mais vous le savez ! Vous avez appelé maître Bois mardi matin pour nous dire qu'elle était souffrante et qu'elle ne viendrait sans doute pas pendant quelques jours.

Cette nouvelle projeta Dorian dans un univers submergé par la surprise.

— D'ailleurs, ce matin, maître Bois m'a chargée de

vous contacter car il n'arrive pas à la joindre. Je vous le passe, il tient absolument à vous parler. Ne quittez pas, s'il vous plaît.

La patience de Dorian n'excéda les premières notes d'une fameuse symphonie, qu'il écourta en raccrochant sèchement au milieu d'un concert peu mélodieux de jurons.

— Je deviens fou, murmura-t-il ensuite en se tenant la tête.

La stupeur explosa en mille questions dans son crâne. Possédé par des tremblements irrésistibles, le reste de son corps subit une violente et interminable réaction en chaîne.

— Je deviens fou ! dit-il plus fortement tandis qu'il compressait ses tempes.

Le désarroi étreignait son cœur, l'incompréhension fissurait chacune de ses pensées.

— Je deviens fou ! cria-t-il dans un sanglot étouffé.

Terrifié, Dorian découvrait que des trous immenses poinçonnaient sa mémoire.

3

D'un bref regard ébréché par la douleur, Dorian observa dans la glace son visage massacré par ce violent coup de stress. Il décida de cacher derrière les grilles du secret la partie la plus sensible de sa discussion avec la collègue de Sonia en attendant de recoller les morceaux de sa mémoire. Pour l'heure, l'affaire Lucie Froissant empoignait ses pensées avec une assiduité inexplicable. Le chef de groupe était autant pressé qu'anxieux à l'idée de plonger ses prunelles dans un des dossiers d'homicides les plus barbares jamais soumis à la sagacité de la brigade criminelle de Versailles. Les médias avaient fait de cet ignoble assassinat une matière première recyclable à l'infini pour fabriquer des sujets chocs. Huit mois plus tard, la production des articles et des reportages se poursuivait à un rythme très soutenu pour décrire essentiellement l'impossible avancement de l'enquête. Comme au jeu de l'oie, Greg Ballant et ses hommes revenaient avec une régularité désespérante à la case départ après avoir testé une multiplicité de mauvaises pistes. L'évocation de son collègue cabossa un peu plus son moral. Leur antipathie commune, qui tenait à des motifs d'ordre privé, était désormais publique et exacerbée par une concurrence permanente entre leurs groupes respectifs. Il allait devoir réclamer la collaboration vitale de l'homme qui le détestait le plus au sein de la PJ et auquel il avait fini par vouer, en rétorsion, une haine à l'intensité comparable. Si

Sonia se trouvait vraiment dans une situation grave, son sprint pour la retrouver démarrait avec des airs prononcés de course d'obstacles. Conscient qu'il n'avait pas un instant à gaspiller, Dorian comprima la douche et l'habillage en un minimum de temps. Il omit le petit déjeuner, son estomac étant trop noué pour se manifester. La soif, en revanche, s'invitait sans arrêt dans sa bouche en carton-pâte. Il fit ruisseler de nombreuses gorgées glacées le long de son œsophage avant de filer vers l'A86. Après un bref trajet, le chef de groupe gara sa Mégane à l'extérieur de l'hôtel de police et s'enfonça à pied dans la cour pavée délaissée par le Roi-Soleil. Même planqué derrière un long ruban de nuages, l'astre tyrannique imposait sa loi. Le thermomètre s'emballait déjà et la sueur galopait sur tous les fronts. Dorian épongea le sien en pénétrant dans les locaux de la DRPJ, indélogeables de sa routine professionnelle depuis maintenant deux décennies. Il emprunta jusqu'au deuxième étage les marches bordées par des filets, pour éviter que des petits diables ne s'offrent un saut de l'ange à travers la cage d'escalier. Une sécurité identique à celle de l'antique 36, quai des Orfèvres, avec qui les points communs proliféraient : la police judiciaire de Versailles exhalait, elle aussi, un parfum particulier, comme si son histoire se vidait en flacons...

Après avoir salué des membres de la BRI dans les couloirs, Dorian rejoignit le bureau sombre partagé avec PAC, son adjoint, dont le caractère solaire fournissait la clarté manquante. Il envoya un message lapidaire à Ballant et s'attaqua au dossier avec la sensation de devoir avaler un millefeuille tout entier. Alors qu'il consultait le rapport abject du médecin légiste, il vit débarquer son ennemi, un homme de petite taille complexé dans les grandes largeurs, parfois obligé de compenser les centimètres en moins par un surplus d'arrogance.

— Lemaître, je suis venu dès que j'ai reçu ton SMS ! T'es en train de potasser le dossier Lucie Froissant ? Tu te fous de ma gueule ! Tu patauges depuis deux ans avec ta starlette à qui on a tranché les oreilles à Bougival et tu viens te mêler de mes affaires ? Ne me dis pas que c'est pour chercher des points de concordance avec Miss Amphi ! Avec tes hommes, on a déjà essayé plusieurs fois ! Que dalle, tu le sais ! Alors qu'est-ce qui te prend aujourd'hui ?

— J'ai absolument besoin de ton aide, Greg. Il faut que je puisse collaborer avec toi sur cet assassinat.

Il vit Ballant se transformer en un pantin désarticulé par la surprise.

— Ai-je bien entendu ? Tu peux répéter, Lemaître ? Tu m'appelles par mon prénom et tu me supplies ?

— Oui. Tu dois accepter que je te file un coup de main.

— Et pourquoi je serais d'accord avec ça ? Qu'est-ce qu'il se passe ? T'as pas décuvé depuis hier ?

— Je n'étais pas bourré !

— Ouais, juste un peu moins que les deux soirs précédents d'après ce qu'on m'a dit ! Il t'arrive quoi d'un coup ? Après vingt ans de métier, t'as décidé de coller au vieux cliché du flic alcoolo ? Tu ne supportes pas de ne pas résoudre ton affaire ? Je patauge depuis huit mois, de mon côté ! Je ne suis pas devenu une éponge à whisky pour autant !

— Je suis complètement dégrisé ! Et regarde mon crâne : je ne me suis pas fait ça tout seul ! J'ai été agressé hier soir par un homme armé, chez moi. Il a vandalisé notre chambre et retourné tous les cadres accrochés aux murs de la chambre. Ça doit te dire quelque chose ?

— Les cadres ? Évidemment ! L'affaire Lucie Froissant ! Sonia va bien ?

— Elle est partie il y a trois jours après une violente dispute et ne m'a plus donné de nouvelles. Elle avait besoin de faire un break. Je n'arrive pas à la joindre, son portable est tout le temps éteint. J'ai peur qu'elle ne soit revenue pile au moment où il y avait cet intrus chez nous.

Ballant exprima une once de compassion aussitôt balayée par une rafale de ricanements.

— Tu te fous de moi, en fait ! Ils t'ont offert quoi les membres de mon groupe pour que t'acceptes de me raconter de telles conneries ? Ils sont forts les bougres ! T'as perdu un pari ? Ça fait des années qu'on ne se parle plus à cause de ta trahison et tu te ramènes de bon matin avec la tronche à l'envers et une histoire à coucher dehors ! Ou alors t'as tapé dans la réserve des stups pour te changer les idées ?

Ulcéré, Dorian s'agrippa violemment à la chemise de Ballant et hurla en lui infligeant son haleine viciée par l'alcool de la veille.

— Tu vas me croire à la fin !

Son interlocuteur le repoussa avec la même vigueur et délivra d'âcres exhalaisons de café en même temps qu'une paire d'insultes.

— Lâche-moi, connard ! Qu'est-ce qui te prend Lemaître ?

— Tu me fais chier ! Écoute-moi bordel ! On est attendus chez Nath dans quelques minutes pour en discuter.

Le rictus narquois affiché jusque-là s'enfuit à toute vitesse du visage de Ballant. Dans un chassé-croisé inattendu, la stupeur s'étala de son large front plissé à son menton carré, en passant par ses yeux écarquillés.

— T'es vraiment sérieux ?

— Oui. On doit collaborer. Pour Sonia.

— Tu ne vas quand même pas jouer sur les sentiments, Lemaître ! Je ne ressens plus rien pour elle alors que je l'aimais follement avant que tu ne me la piques !

— Elle avait prévu de te quitter avant que tu ne me la présentes.

— Ouais, votre couplet habituel pour vous déculpabiliser !

— On en a déjà parlé mille fois, on ne va pas recommencer ! On a autre chose à foutre !

— T'as raison...

— Fais-moi un topo rapide.

— Lucie Froissant, 40 ans, était cheffe du service maternité et obstétrique au sein du centre hospitalier de Versailles. Elle avait un appart en ville, mais elle a été assassinée dans la meulière que possède son père, un riche entrepreneur dans la vallée de Chevreuse. Le paternel ne s'est jamais vraiment remis de la mort de sa femme il y a environ vingt-cinq ans. Ils avaient deux filles. Il n'était pas rare que l'une ou l'autre vienne sans prévenir passer la soirée ou même rester dormir, pour offrir un peu de compagnie à leur père. Cette fois-là, Hervé Froissant est rentré de son entreprise à 3 heures du matin. Et il a découvert le corps... Ce n'est pas tout. L'appart versaillais de la victime a été visité un peu plus tard, la même nuit. On pense que l'assassin avait récupéré les clés dans les affaires de Lucie. Il les a laissées sur la porte en partant, après n'avoir rien dérangé en apparence. On ignore pour quelle raison il s'est rendu là-bas. Personne ne l'a croisé. Et la vidéo ne nous a pas avancés...

— Le premier réflexe serait de penser à un crime passionnel...

— Elle vivait le grand amour avec un chirurgien qui a été mis hors de cause. On n'a pas trouvé d'ex-compagnon jaloux qui la détesterait au point de commettre une telle atrocité. On a cherché en vain parmi des adeptes du satanisme. On a aussi pris l'angle du sacrifice rituel : le cœur a été arraché selon une méthode utilisée pendant la période maya classique. En deux à trois minutes, la victime perd conscience par anoxie cérébrale[1] sans décéder de suite. Ça

1. Résultat d'une hypoxie où le cerveau perd complètement son apport en oxygène.

laisse le temps d'opérer l'extraction de son vivant. Mais on n'a rien trouvé pour étayer cette hypothèse-là, aussi.

— Et toi, t'as une théorie ?

— Oui, mais je n'arrive pas à l'étayer. Dans son entourage proche, on ne te dira que du bien à son égard. Pourtant, elle était despotique au boulot, très désagréable, voire méprisante avec certains de ses subordonnés. Et si on lui avait ôté le cœur pour montrer qu'elle n'en avait pas du tout ? On a ciblé trois employés susceptibles de la détester, car ils ont reçu des sanctions de sa part, jusqu'à une longue mise à pied pour l'un d'eux. Sans résultats. On se casse la tête en permanence ! Chaque fois qu'on pense partir dans la bonne direction, on se plante...

— Il y en a bien une que vous n'avez pas explorée !

— On s'occupe d'un homicide qui a bouleversé la France et tu penses qu'on pourrait négliger un truc ? Si je te disais la même chose pour ton dossier, ça te gonflerait, non ? Deux ans que tu rames avec ta blonde mutilée !

— Je sais. Désolé...

— Prends le temps de lire. Après tout, un œil neuf n'est pas superflu. Putain... Toi et moi sur la même affaire avec Sonia au milieu, alors qu'on ne peut pas se blairer !

Le claquement brutal de la porte du bureau exprima la quintessence de leur relation.

4

Nouées à l'échec, les investigations n'avaient produit rien d'autre que des kilos de paperasse au cours des huit derniers mois : auditions, expertises, enquête de personnalité sur Lucie Froissant. Dorian avait l'impression de visionner un film interminable avec l'interdiction d'utiliser le mode vitesse accélérée. Cela lui paraissait sans fin car il ne savait pas par où commencer. Se plonger dans cette vague soudaine était la promesse de s'y noyer, à l'évidence. Il refoula avec vigueur la masse de procès-verbaux, plus facile à mettre de côté que l'idée sinistre encastrée dans son esprit : chaque minute en moins était peut-être pour Sonia un pas de plus vers un sort terrible. Une perspective si terrifiante aurait dû court-circuiter l'état amorphe des dernières semaines. Pourtant, le chef de groupe se sentait aussi mou qu'un mollusque et plus vide que sa coquille. Ses problèmes de couple lui paraissaient aussi insolubles que l'affaire qui mettait en échec sa sagacité depuis deux ans. Son esprit cavala alors vers le passé, le jour de l'assassinat de Mélanie Douce, à Bougival. Ébruitée sur Internet, la nouvelle de la mort tragique d'une figure de la téléréalité avait vite désigné la ville des Yvelines comme la nouvelle attraction du manège médiatique. Un emballement proportionnel à la notoriété de la victime, congédiée du monde des vivants avec un sadisme inouï : après un fatal coup de poignard en plein ventre, on lui avait découpé les oreilles, emportées en guise de trophée en même temps que les boucles hors de prix qui y étaient accrochées. Dorian et son groupe avaient d'abord envisagé un crime crapuleux, hypothèse soutenue par le vol des bijoux. Ils avaient ensuite ciblé le cercle intime de la jeune femme, avec l'idée que cet acte ignoble pouvait abriter un crime passionnel. Puis, ils avaient étendu leurs investigations à Miss Amphi, un concours ouvert à toutes les universités pour sacrer la plus belle des étudiantes, contrefaçon réussie de la célèbre émission. Mais ils n'avaient extrait aucun suspect parmi les autres candidates ou au sein de l'organisation. La dernière lauréate avait-elle plutôt été victime d'un psychopathe asservi à ses pulsions morbides ? L'inspection minutieuse de nombreux profils de détraqués avait concentré beaucoup d'hommes et d'énergie dans des recherches aussi harassantes que vaines. Pour résumer ce marasme au long cours, un magazine dédié aux faits divers avait déniché un titre très percutant : « Misstère insoluble ! ». Deux mots toujours d'actualité même si, dix-huit mois plus tard, l'assassinat de Lucie Froissant, par sa proximité géographique, avait éveillé l'espoir vite soufflé d'un caractère sériel. Seules les mutilations permettaient de lier les dossiers, disjoints par plusieurs éléments : les deux martyrs avaient vingt ans de différence, des origines sociales très distanciées et des physiques dissemblables. Et puis, la notoriété de la Miss délégitimait un peu plus les tentatives de connexion…

Dorian dut s'enfuir de ses pensées obsessionnelles en voyant arriver PAC, acronyme de Pierre-Antoine Cabret, un Versaillais de naissance qui s'était désolidarisé professionnellement d'un père chercheur en génie biomédical. Nanti du gène de l'enquêteur, son adjoint avait rehaussé par sa présence la valeur de la brigade criminelle, mais dévalorisé la lignée aux yeux de son géniteur. Il s'amusait souvent de ses accusations de haute trahison en imitant les discours pincés du patriarche dans des sketchs qui parvenaient à rallumer le sourire de Dorian. Mais, là, sa voix n'eut rien d'artificielle au moment de cogner le lourd silence de la pièce.

— Salut Dorian...

— Salut PAC. Pas la grande forme, on dirait ?

— J'ai fait mon saut hebdomadaire à l'hôpital psy hier. De toute ma vie, je n'ai jamais vu ma mère autrement que bourrée de cachetons. Toujours aussi dur... Mais je ne veux pas t'ennuyer. On en a parlé mille fois. Et tu n'as pas l'air très bien non plus.

— Sonia a peut-être de gros soucis.

— Qu'est-ce qu'il lui est arrivé ?

Ballant passa par l'entrebâillement de la porte son visage émacié, sur lequel griffonnait un début de barbe.

— Je dérange, Lemaître ?

— Non. On a fini. Je te suis dans ton bureau.

Le ton exagérément glacial de Dorian ajourna sans délai la discussion avec son ami et collègue.

— T'as pu t'imprégner un peu du dossier ? demanda Ballant avec une fraîche amabilité.

— Je ne sais pas par quel bout le prendre. C'est la merde. Une enquête, ça se vit dès le début ! On a des espoirs, des déceptions, des intuitions, des ratés...

— Viens, Nath nous attend.

L'adjoint au chef de la brigade criminelle avait le regard oblitéré par une profonde préoccupation quand elle les accueillit dans son bureau, la main perdue dans le dégradé de ses cheveux châtain.

— J'ai le premier retour des membres de la PTS qui se sont rendus chez Dorian. Ils se sont d'abord occupés des cadres. C'était le support le plus susceptible de fournir des traces digitales, vu qu'ils ont été retournés. Ils n'ont rien trouvé à ce niveau. Mais en les manipulant, ils ont découvert un post-it collé sur chacun d'eux. Regardez les photos qu'ils ont prises : les parois en verre ont servi de support à un compte à rebours, de « J-11 » à « J-1 ». Que va-t-il se passer dans onze jours ?

— Quelque chose de grave pour Sonia, ragea Dorian.

— On veut peut-être juste jouer avec nos nerfs, nota Ballant. J'espère qu'on va vite avoir du nouveau grâce à la technique.

— Vous savez bien que son portable est éteint depuis trois jours ! s'exclama Dorian. Ça colle avec ce que m'a dit l'autre secrétaire du cabinet d'avocats : elle est absente depuis mardi. Sonia a disparu après notre grosse dispute du lundi soir. Elle est en danger de mort, j'en suis sûr. Je dois comprendre l'affaire Lucie Froissant. Je veux jeter un œil à l'appart où elle résidait et à la maison familiale où on l'a retrouvée morte.

— Tu t'emballes là, s'énerva Ballant. Il s'agit de retrouver Sonia, pas de résoudre mon dossier.

— On doit tout envisager ! Et si ma femme n'était jamais revenue chez nous ? Elle aurait pu tomber entre les griffes de ce taré. Imagine qu'il se soit rendu dans notre baraque pour organiser sa mise en scène. Comme il avait les clés, il n'est pas entré par effraction. Et je suis tombé sur lui à ce moment-là...

— Je comprends, Dorian, mais je suis d'accord avec Greg, intervint leur supérieure. On doit faire les choses dans l'ordre et d'abord lancer au plus vite une enquête classique liée à une disparition inquiétante. En commençant par auditionner les membres de son entourage personnel et professionnel. Et puis, ce décompte vise peut-être seulement à nous égarer.

— Et si tout était vraiment lié ? La personne qui a fait ça a forcément une connaissance approfondie de cet assassinat, insista Dorian. Rien n'empêche de faire les deux à la fois.

— Très bien, capitula Nathalie. Mais je mets le paquet

pour retrouver Sonia. Cette histoire Lucie Froissant ne concerne que vous deux. Je ne mobilise pas une seule personne de plus.

— Je te préviens, Lemaître. Je ne te lâche pas d'un pouce ! martela Greg.

— Je ne comptais pas y aller sans toi, Ballant !

Le duo improbable partit d'un même pas, la seule synchronisation dont ils étaient capables.

5

Versailles était à nouveau tyrannisé par le soleil et la rue Saint-Louis ne pouvait s'échapper à son emprise brûlante. Dans cette atmosphère bouillante, il semblait à Dorian avoir été condamné à ressentir la soif à perpétuité. L'OPJ avala à la hâte une dernière gorgée en sortant de la voiture et rejoignit Ballant, en train de solliciter avec une irritation à peine contenue l'interphone d'un immeuble gris clair.

— Lâche ta bouteille et secoue-toi Lemaître ! Ils ont raison ceux qui disent que t'es devenu une chiffe molle ! C'est de la vie de ta femme dont il est question bordel !

— Tu crois que je ne le sais pas !

— Ah, si tu...

— Si quoi, Ballant ? Si j'avais su la protéger ? Si j'avais deviné qu'on allait s'en prendre à elle ? Si j'avais été plus présent à ses côtés ?

— Je ne suis pas dans votre couple. Allez, avance !

La sœur cadette de Lucie Froissant les accueillit au premier étage avec un sourire forcé, noyé parmi ses traits fatigués. Elle ressemblait à une naufragée de la nuit, tourmentée par les insomnies passagères et le chagrin permanent.

— Suivez-moi, dit-elle.

Elle les fit entrer dans le salon, où un blanc conquérant régnait sur l'ensemble de la pièce. Seul le revêtement de sol pigmenté de gris se rebellait contre ce royaume opalin. Dorian fut frappé par l'omniprésence de cette couleur joviale et apaisante, en conflit ouvert avec le sentiment de deuil qui flottait dans l'appartement et s'incrustait dans chaque molécule. Il s'avança à travers la pièce et alla se planter devant les larges rideaux, écartés de façon à laisser le ciel étincelant déléguer un maximum de clarté.

— Son trois pièces était plein de vie, comme Lucie, précisa-t-elle avec émotion. Elle était très fière d'avoir pu se l'acheter.

Leur hôte sembla soudain amarrée au ponton de lointaines réflexions. Dorian en profita pour observer son visage diaphane pilonné par la tristesse et, sûrement, les antidépresseurs. Des cheveux d'un roux flamboyant apportaient une contradiction tenace à son teint de porcelaine et la désignaient comme une réplique troublante de Mylène Farmer.

— Mon père a bossé très dur pour faire évoluer son entreprise, et ce sans jamais oublier de prendre soin de nous, reprit-elle. Notre mère est morte quand on était encore jeunes. Sa plus belle réussite, ce sont ses deux filles. Il a toujours pris soin de nous, a tout fait pour que nous puissions suivre de belles études. Notre bonheur était le sien. Et notre présence lui suffisait. Il n'a jamais voulu se remarier, d'ailleurs... Ça tombe bien que vous m'ayez appelée, car je m'inquiète beaucoup pour lui. J'avais prévu de contacter la police aujourd'hui.

— Que se passe-t-il ? demanda Ballant.

— Ça fait trois jours qu'il a disparu. Depuis la mort de Lucie, il est très bizarre. Il a délégué la gestion de sa société à son bras droit, alors que leur carnet de commandes est rempli. Sa boîte est un acteur majeur de l'immobilier d'entreprise : elle vend et fait bâtir des locaux industriels, des entrepôts ou des plateformes logistiques. Mais il ne parvient plus à s'y impliquer autant. Il ne va quasiment plus sur les chantiers. Il tourne en boucle sur l'enquête qui n'avance pas et il s'est mis en tête de trouver des indices sur le coupable. J'ai le sentiment qu'il est en train de partir en vrille et je n'arrive pas à l'en empêcher. Il a même payé un détective !

— J'ai appris ça, commenta Ballant. Son privé, un ancien de la maison d'ailleurs, n'a pas fait mieux que nous, il ne faut pas rêver... Votre père était dans quel état avant de ne plus donner de nouvelles ?

— Il était surexcité.

— Comme s'il allait faire une connerie ?

— Pourquoi dites-vous un truc pareil ?

— On s'inquiète, c'est tout, intervint Dorian. S'il vous donne signe de vie, pouvez-vous nous prévenir le plus discrètement possible ?

— Bien sûr.

— Vous aviez quelles relations avec votre sœur ?

— On s'adorait. J'ai dix ans de moins et un caractère très différent. Comme le physique, d'ailleurs, car elle était brune, plus petite et plus ronde que moi. Mais on se complétait très bien.

— Et vous n'aviez rien remarqué de particulier juste avant sa mort ?

— Vos collègues m'ont posé mille fois la question ! Elle était peut-être un peu plus nerveuse que d'habitude, oui. Mais on interprète tout *a posteriori*. C'est sans doute le boulot, elle avait pas mal de responsabilités.

— Apparemment, elle avait trouvé le grand amour ?

— Oui, avec un chirurgien. Il est dévasté, lui aussi... Pourquoi vous me reposez toutes ces questions ?

— Je viens en renfort, j'ai besoin de revenir au début. Je peux faire un tour ?

— Bien sûr. Je n'ai absolument rien touché depuis la mort de Lucie. Je passe juste de temps en temps faire un peu la poussière. L'appart m'est revenu, mais je ne peux pas y habiter. Ni le vendre. Je n'arrive pas à me faire à l'idée qu'elle est décédée...

Quelques instants chutèrent dans les failles du silence.

— D'après ce que j'ai lu, on a retrouvé son sac à main ici, reprit Dorian avec une douceur non feinte.

— Exact. Son portable était dedans, mais son portefeuille traînait par terre. On m'avait demandé de vérifier si tout y figurait. Et c'était le cas : cartes de crédit, papiers d'identité, liquide. Et ses bijoux étaient toujours là où elle les rangeait.

— Peut-être qu'on avait cherché quelque chose ?

— Pourquoi dites-vous ça ?

— Ce portefeuille sur le parquet. C'est comme si on l'avait fouillé avant de le laisser tomber négligemment. Il manquait probablement à l'intérieur quelque chose dont vous ignoriez la présence.

— On s'est posé les mêmes questions, s'énerva Ballant. Et on n'a trouvé aucune réponse.

— On tourne en rond...

— Oui, depuis huit mois, je te le confirme Lemaître.

— J'insiste, dit Dorian. Aviez-vous eu l'impression qu'on avait visité les lieux sans forcément voler quelque chose ?

— Quelques jours après son enterrement, j'ai eu besoin de prendre dans les tiroirs de son bureau des papiers lui appartenant, par rapport à la succession. C'est vrai qu'il y avait un bazar inhabituel, alors qu'elle était si ordonnée. En même temps, je n'avais jamais regardé dedans jusque-là...

— Quelque chose vous a marquée ?

— Son porte-cartes de visite était ouvert, posé sur une pile de factures.

— Je peux le voir, s'il vous plaît ?

— Si vous voulez. Je l'ai laissé là où il était. Deuxième tiroir à partir du haut.

L'objet, nanti d'une couverture noire très sobre, proposait des dizaines d'emplacements quasiment tous remplis, signe d'une existence qui ne refusait pas la sociabilité.

— Votre sœur était maniaque en effet, nota Dorian. Elle les rangeait par ordre alphabétique. Il en manque une entre un dénommé Granger, administrateur de l'hôpital où elle travaillait, et un certain Jourdan, avocat de profession. Elle a été volée, je parie.

— Les intuitions, on sait ce que ça vaut Lemaître !

— C'est une déduction, rien à voir !

— On verra si la scientifique en tire quelque chose. En attendant, on n'est pas plus avancés Lemaître !

Le policier ne releva pas une nouvelle fois l'utilisation inamicale de son patronyme et poursuivit sa fouille obsessionnelle des très rares recoins inexplorés par l'enquête.

— Au fait, pourquoi dormait-elle dans la meulière cette nuit-là. Une raison particulière ?

— On y allait chacune notre tour, de temps en temps, le plus souvent par surprise. Elle m'avait passé un petit coup de fil pour me prévenir. Elle m'avait proposé de passer à son appart le lendemain. Elle avait quelque chose à me dire. J'avais essayé de lui tirer les vers du nez, mais il n'y avait rien eu à faire. L'annonce de son mariage, j'imagine.

— Elle vous paraissait joyeuse ?

— Non. Mystérieuse, surtout.

— Vous n'aviez pas raconté ce détail à l'époque, ne put s'empêcher de remarquer Ballant.

— Parce que vous ne me l'aviez pas demandé. J'étais si bouleversée et choquée. Détruite, même. Comment songer à tout ça sur le moment ? Je n'ai pas pensé que cela pouvait être important.

— Bien sûr.

Dorian ne put réprimer un sourire à peine moins lumineux que le tableau d'affichage d'un stade de foot : il venait de marquer un point.

6

La veille encore, la nostalgie chuchotait à l'oreille de Nathalie pour lui rappeler des enquêtes, des amitiés, des réussites et même des déceptions. La perspective de la retraite faisait dévaler de gros blocs de souvenirs sur les pentes de sa mémoire à deux semaines de quitter la DRPJ, après avoir vissé toute sa carrière au sein de l'institution versaillaise. Mais, depuis l'appel très matinal de Dorian, les préoccupations du moment repoussaient temporairement les avances insidieuses de la mélancolie. La commandante éjecta sans ménagement ce sentiment douloureux avant de frapper à la porte du bureau du proc.

— Entrez, lança une voix cordiale à travers l'épaisseur du bois.

Nathalie fut accueillie par un quinquagénaire qui dissimulait bien son âge derrière un visage juvénile, forteresse imprenable face aux assauts du temps. Ses cheveux drus et châtains ne comptaient pas encore un seul de ces flocons de neige qui annoncent la tempête de la vieillesse. Ils surmontaient deux yeux vairons, une dualité fascinante de bleu et de marron foncé dont elle ne pouvait s'abstraire lors de leurs discussions.

— Asseyez-vous, dit-il. J'aurais préféré vous rencontrer à l'heure du déjeuner comme prévu. Mais j'imagine que notre tête-à-tête pour fêter votre départ va attendre, vu la nouvelle que je viens d'apprendre.

— C'est pour cette raison que je souhaitais vous voir.

— Une femme de chef de groupe qui disparaît, ce n'est pas commun. Vous en pensez quoi ? Dorian Lemaître est-il hors de cause ? Une dispute conjugale qui tourne mal, ça peut arriver à tout le monde.

— Je le connais très bien, je ne crois pas du tout à une telle hypothèse. Je tomberais de très haut si c'était le cas. J'aimerais que vous ouvriez une information judiciaire pour enlèvement et séquestration au plus vite. Je sais que c'est très rapide, mais...

— Si vous pensez que c'est la meilleure option, je vous fais confiance.

— Merci. Je vais confier l'affaire au groupe Ballant. Il y a autre chose. Une mise en scène dans la chambre conjugale rappelle l'affaire Lucie Froissant. Or son père a disparu depuis trois jours d'après le commandant Lemaître. Cette coïncidence est très troublante. Il serait bienvenu de lancer au sujet d'Hervé Froissant une enquête pour disparition inquiétante et de l'inscrire au FPR[1]. Pouvez-vous nous désigner, même si aujourd'hui on n'a aucun élément qui permette de relier tous ces faits entre eux ?

— Vous avez mon aval. Tenez-moi au courant de la suite. Vous faites toujours votre pot de départ dans dix jours ?

— Normalement.

— Soyez assurée de ma présence. Je tiens à faire honneur à votre magnifique parcours à la PJ. Il force l'admiration.

Nathalie promena un instant son attention dans la pièce avant de fixer à nouveau les iris bicolores.

— Vous savez, ma carrière me laisse un goût d'inachevé, monsieur le procureur, reprit-elle. Je suis hantée par cette très vieille affaire.

1. Fichier des personnes recherchées.

— Un enquêteur sans *cold case* pour lui pourrir la vie ne serait pas un vrai flic !

— On dit qu'il y a des visages qu'on ne peut jamais oublier ; moi, je n'oublierai jamais cette femme sans visage, tant on avait massacré ses traits à coups de pierre. Je me demande depuis trente ans qui elle était et pourquoi on l'a mise dans cet état. Vengeance amoureuse ? Règlement de comptes ? On ne saura jamais. Quand on a retrouvé pas loin du corps une boîte d'allumettes avec le nom d'un night-club de Louveciennes, on a cru qu'on avait une piste sérieuse. Mais elle n'a jamais rien donné... J'ai toujours voulu que justice lui soit rendue. Ça me bouffe, surtout à quinze jours de partir. C'est comme si j'avais raté l'essentiel.

— Ne soyez pas injuste envers vous ! Vos aptitudes professionnelles sont reconnues ici depuis quatre décennies ! On n'occupe pas le poste qui est le vôtre sans avoir prouvé en permanence.

— Vous ne pouvez pas comprendre. Cet homicide m'empêche encore de dormir la nuit. Quand il est survenu, j'étais dernière de groupe. En montant en grade au fur et à mesure, j'ai tout tenté pour que ce dossier ne tombe pas dans l'oubli. J'ai simplement réussi à ce qu'il vive un peu. Au final, j'ai échoué.

— Je vois très bien ce que vous voulez dire, car moi aussi, je suis un peu obsédé par cette histoire. J'étais jeune substitut à Melun, à l'époque. En débarquant sur ma première scène de crime en pleine forêt de Fontainebleau, j'avais décidé de saisir votre service. On ne doit pas être très nombreux à se souvenir de cet homicide... C'est devenu un des plus vieux *cold cases* français. Il n'y a eu aucun proche pour permettre à ce dossier de rester en vie judiciairement, puisque la victime n'a jamais été identifiée. De par votre opiniâtreté, vous avez permis de repousser son extinction. Mais vous ne pouvez plus rien faire, maintenant…

— Juste une dernière visite ce soir au *Dancefloor*. J'y vais chaque vendredi depuis trois décennies, quelle que soit l'heure à laquelle je termine le boulot. Je n'ai jamais adhéré à la thèse des trois premiers juges d'instruction, qui se sont obstinés à chercher un coupable parmi les acteurs ou les membres de la production d'un film d'horreur tourné cette semaine-là dans la forêt. J'ai longtemps cru que je finirais par trouver un indice ou un suspect en traînant dans cette boîte de nuit. Le patron a vieilli avec moi. Il m'offre toujours un verre. On est devenus potes.

— Et après ?

— Je partirai en Bretagne. J'ai une maison de famille sur la Côte de granit rose.

— Vous irez faire des promenades en bord de mer avec votre chien ?

— Il faudrait que je commence par en acheter un ! Mais arrêtez, vous me déprimez d'avance !

Le proc lâcha quelques rires qui éparpillèrent un instant la tension de Nathalie. La gradée appréciait l'homme au-delà des rapports tortueux entre police et justice, deux mondes qui s'interpénétraient, deux plaques tectoniques qui se frottaient en permanence, agrémentant le cours des enquêtes de quelques secousses, parfois.

— On reparle de tout ça devant une bonne bavette, commandant ?

— Bien sûr. Je ne prévois pas de prendre ma retraite sans me faire inviter. Pas plus que je n'imagine partir sans tirer au clair ce qui est arrivé à Sonia Lemaître.

Au compte à rebours précédant son départ se substituait désormais un autre, bien plus sinistre : onze jours égrenés par de minuscules bouts de papier.

7

Depuis des semaines, la dépression avait pris possession de lui avec la bienveillance d'une amie qui ne vous veut que du mal. En ressortant de l'immeuble, Dorian eut l'impression de quitter cet état asthénique, comme si sa nature optimiste et joyeuse, prisonnière des plus sombres recoins de son âme, s'en était enfin évadée. Une libération inattendue qu'il fêta en redressant son dos voûté, ployé d'ordinaire sous le poids de ses soucis professionnels et privés. Cette transformation n'échappa pas à Ballant, dont le regard changea en un instant : ses yeux étaient désormais teintés de respect et non plus enduits de mépris.

— Dorian, tu ne refuseras pas un café avant de rentrer à la PJ ? lui suggéra-t-il en désignant un troquet.

— À condition qu'il y ait un grand verre d'eau pour l'accompagner, Greg.

Ils s'installèrent sur un bout de trottoir qui resterait l'endroit où leurs relations s'étaient soudain dégelées sous une chaleur caniculaire.

— Parle-moi de la façon dont elle a été tuée, demanda Dorian après avoir passé commande.

— À la sortie de l'autopsie, on a tenté de savoir si la méthode utilisée pour l'assassinat pouvait renvoyer à un rituel quelconque. On est vite tombés sur les sacrifices humains du temps des Mayas et des Aztèques. La mise en scène était très macabre. Quatre prêtres obligeaient la victime à s'allonger sur une pierre, poitrine tournée vers le ciel, en tenant fermement ses pieds et ses jambes. Un cinquième se chargeait de tirer sa tête et sa gorge en arrière, vers le sol. Avec un long couteau en silex ou en obsidienne, le sacrificateur transperçait la cage thoracique pour enfoncer sa main dans l'ouverture et en retirer le cœur encore vibrant.

La serveuse posa les deux expressos sur la petite table ronde avec une grimace qui goba d'un coup son sourire.

— Il l'offrait ensuite aux dieux, représentés par des idoles en pierre ou en bois, poursuivit Ballant. Le sang de l'organe tout juste prélevé servait à badigeonner leurs bouches. Il ne restait plus alors, pour conclure cette très sympathique cérémonie, qu'à jeter les dépouilles de ces malheureux du haut des escaliers du temple. Ils en dévalaient les marches jusqu'en bas… Dans la Mésoamérique précolombienne, des dizaines de milliers de personnes ont été tuées de cette manière. Une étude anthropologique très sérieuse a été faite par deux chercheurs, il y a un peu plus d'un an. Ils ont listé les trois techniques utilisées à cette époque-là. Deux étaient inconnues jusqu'alors. Celle mise en œuvre sur la malheureuse Lucie Froissant est l'incision entre deux côtes ou thoracotomie intercostale, pour faire plus savant.

— On cherche grossièrement à nous dérouter, non, avec ce simulacre de méthode antique et barbare ?

— C'est tout notre problème depuis le début : on ne sait pas quel fil tirer.

— En apparence, il n'y a pas de mobile crapuleux.

— Tu en doutes ?

— Tout est fait pour nous montrer qu'on a affaire à un meurtre qui exprime de forts sentiments : la jalousie, la colère, la haine, avec des scarifications sur la poitrine pour bien marquer le corps et l'âme juste avant l'assassinat, puis l'extraction symbolique du cœur. Elle était très amoureuse, il y a forcément un lien. Elle ne peut pas avoir été choisie au hasard. Et tout cela a été prémédité. Pas d'empreintes digitales ni génétiques, aucune trace de desquamation de la peau du tueur sur le cadavre...

— Je te préviens, si tu penses à son petit ami chirurgien, il a un alibi incontestable. Il participait à un colloque sur Paris. Deux cents personnes l'ont vu toute la soirée.

— Je ne le suspecte pas. En revanche, je souhaite le voir pour creuser ce que Lucie Froissant souhaitait annoncer à sa sœur. Si ce n'était pas son mariage, c'était quoi ?

— Je vais la contacter pour savoir si on peut passer ce soir dans la baraque du Vésinet. On y va ?

— Attends. Vous avez forcément reconstitué l'emploi du temps du jour de sa mort et des précédents ?

— Oui. Vu ses responsabilités, elle passait une grosse partie de son temps à l'hôpital et le reste avec son fiancé. Ils se voyaient dans leurs deux résidences. Ils avaient prévu d'emménager ensemble assez vite. On a juste un trou dans son planning trois jours avant son décès. Le bornage a montré qu'elle était partie en bagnole à Paris. On a une facture de carte bleue au *Printemps Haussmann*, où elle apparaît sur les caméras. Elle a garé sa voiture entre 14 h 15 et 17 h 12 au parking le plus proche. Mais on a la certitude qu'elle n'a pas passé tout son temps au magasin, vu l'heure à laquelle elle a payé. Elle a effectué un long tour dans le quartier avant de repartir. On ignore ce qu'elle y a fait. À un mois de Noël, déjà des cadeaux à acheter peut-être...

— L'examen de ses appels, SMS, mails n'a pas permis de savoir à quoi elle avait utilisé son temps ?

— Non. On a même fait lister les coups de fil passés depuis son poste fixe au boulot. Ils n'ont fourni aucune indication pour ce jour-là, ni même en général. Elle avait en dehors du taf une vie très tranquille, très lisse.

— Ne pas savoir ce qu'elle a foutu m'intrigue. Vous n'avez pas tenté de retrouver des images dans la rue ?

— Si. Mais à un moment, on l'a perdue. Je comprends que tu cherches la faille dans notre enquête mais...

— Mais quoi ? Je peux te garantir un truc : si je mets le doigt sur une piste, je t'en laisserai tout le mérite. Ce qui m'importe, c'est retrouver Sonia vivante !

— Je ne me soucie pas de ça ! Et puis moi aussi ça m'emmerde de ne pas savoir précisément ce qu'elle a fait là-bas !

— Elle avait acheté quoi au Printemps ?

— Un cadeau de naissance pour une de ses amies qui venait d'être maman. Avant que tu ne me poses la question, on a déjà interrogé cette personne et tous les membres de son entourage à ce sujet. Elle n'avait dit à aucun d'entre eux ce qu'elle comptait faire à Paname. Alors, à un moment, on est passés à autre chose. Parfois, s'acharner sur un détail peut tout changer ou te faire perdre un temps précieux...

— Vous avez envoyé des agents faire les boutiques du quartier avec sa photo ? Il y avait peut-être un endroit où elle avait l'habitude d'aller.

— On l'a fait ! On a même épluché ses dépenses bancaires sur un an pour voir si elle était déjà venue faire un achat dans le coin. Rien...

Dorian repensa aux cartes de visite, notamment à celle qui manquait : elle était très présente dans son esprit hyperactif.

— Ce serait bien que ton groupe recense autour du Printemps les noms de famille situés entre Granger et Jourdan. Je ne parle pas des particuliers, mais des cabinets de docteurs, architectes, tous les gens qui ont pignon sur rue. On ne devrait pas obtenir une liste démesurée. Ce coup-ci, c'est une intuition, pas une déduction !

— Pourquoi pas. Si t'as d'autres idées dans le genre, n'hésite pas ! Je préviens tout de suite Teddy, mon adjoint.

Après avoir expédié son texto, Ballant reçut à son tour un message qui propulsa la surprise sur son visage.

— Que se passe-t-il ? demanda Dorian.

— Le téléphone de Sonia vient d'émettre un signal, à Méré, un bled des Yvelines ! Des équipes sont en train de partir ! On bouge !

Le duo improvisé fonça vers la Golf et offrit aux rares passants le spectacle d'un démarrage digne de *Fast and Furious*.

— Je ne le sens pas, Greg ! Trop simple !

— Ne me gonfle pas ! J'espère juste que la géolocalisation sera assez précise.

La N12 déroulait déjà sa quatre-voies dans un no man's land à peine déridé par la présence de quelques locaux d'entreprises, éparpillés sur la droite de la route. Tandis que le point palpitait sur l'écran de l'iPad, le cœur de Dorian en faisait de même, de façon endiablée.

— Elle dit quoi la tablette ? demanda Ballant tout en dépassant un utilitaire par la droite à plus de 180 km/h.

— Le point ne bouge pas du tout. La zone de triangulation est assez vaste, mais elle comprend une seule bâtisse d'après la vue satellite. Le portable émet depuis une ferme, avenue Léon-Crète. J'espère qu'il n'a pas simplement laissé le portable pour se payer notre tête !

— On le saura vite !

Sous l'impulsion de sa conduite débridée, la trentaine de kilomètres fut dissoute en un temps réduit.

— On n'est plus très loin, nota Dorian. C'est un peu en retrait de cette longue route qui mène au village, à droite.

— Je mets le gyrophare et le deux-tons en veilleuse !

— Lève le pied, on approche !

Ils repérèrent aussitôt un hangar isolé planté au milieu d'un terrain négligé, avec ses herbes hautes et drues, pilosité repoussante qui aurait mérité de bons coups de lames.

— C'est là, souffla Dorian. On brûle !

— Tant mieux, j'ai peur que le moteur n'en fasse de même !

Une fois sorti du véhicule, Ballant visualisa la situation sans excédent de langage.

— Portail métallique aux trois quarts abaissé. Seul accès *a priori*.

— J'entre en premier, décréta Dorian.

— On ne sait pas ce qu'on va trouver là-dedans ! On devrait attendre les autres. Ils seront là dans quelques...

— Il s'agit de Sonia ! J'y vais, tu fais comme tu veux.

L'arme à la main, Dorian roula sous le rideau de fer et plongea dans un univers cadenassé par le mystère. La crainte de voir fuser le danger se liquéfia aussitôt dans son esprit, mais pas celle de découvrir le pire. Un corps, avalé par la pénombre, reposait sur le sol, prisonnier d'une poussière épaisse. En s'approchant avec célérité, il découvrit un long traversin recouvert d'un manteau de Sonia, subterfuge voué à susciter une peur factice. À la place supposée du cœur, il y avait un trou béant.

8

Antoine Richard avait un perpétuel souffre-douleur dans ses moments de contrariété : une chevalière qu'il faisait coulisser avec frénésie le long de son annulaire gauche. Le patron de la brigade criminelle cessa de s'acharner sur son bijou en or seulement après une vingtaine d'allers-retours voués à une réflexion intense, mais stérile.

— Je ne comprends pas ce qui se passe, Dorian. L'assassin de Lucie Froissant s'en est pris à votre femme ? Ou c'est le père de la victime qui est en train de péter les plombs ?

— Tout ce qu'on sait, c'est que la société Froissant avait bâti il y a une vingtaine d'années le hangar où on vient de découvrir le téléphone mobile de Sonia, avec cette mise en scène grossière pour faire songer à un cadavre dont on aurait prélevé le cœur. Et qu'Hervé Froissant a, lui aussi, disparu depuis trois jours.

— Le parquet vient de nous confier à son sujet une enquête pour disparition inquiétante, précisa Nathalie. Il a fait un saut à sa société au milieu de la nuit de dimanche à lundi. Il est coutumier du fait. Puis il est revenu dans sa meulière, où sa voiture est encore là. On ignore s'il se trouve derrière cette histoire ou s'il en est une des victimes. On est en plein brouillard. Le proc a décidé d'ouvrir sans attendre une information judiciaire pour enlèvement et séquestration concernant Sonia. Elle a été confiée au juge Denain, qui s'occupe déjà de l'affaire Lucie Froissant.

— Il est de loin le meilleur magistrat instructeur du tribunal judiciaire de Versailles, se félicita le commissaire. Rien à voir avec ces jeunettes qui croient nous apprendre à mener une enquête alors qu'elles sortent à peine de l'ENM[1].

Dorian se sentit soudain transpercé par deux rayons laser bleus qui dardaient chacun des visiteurs conviés dans son bureau.

— Dorian, vous êtes émotionnellement très impliqué. Et vos relations avec Greg ne sont pas au beau fixe.

— Il n'y a que Sonia qui compte. Pas mes états d'âme. Ni ceux de Ballant.

— De toute façon, si vous deviez vous consacrer à vos dossiers, vous ne seriez pas focus, je le conçois tout à fait.

— Merci commissaire. Vous savez, je n'étais pas loin du burnout ces derniers temps. L'assassinat de Mélanie Douce m'a bouffé la tête. Et la vie. Je pensais éviter le piège dans lequel tombent tous ces flics qui ont dans la tête une affaire virant à l'obsession. Je me suis fait prendre comme un bleu. J'étais à deux doigts de m'effondrer et de ne plus jamais me relever. Là, je sens revenir une énergie folle.

— Faites-en bon usage.

— Avant que Sonia ne disparaisse, j'étais déjà en train de la perdre. Je vous garantis que je vais la retrouver. Qu'on va la retrouver, avec Greg.

Dorian ne put réprimer un léger sourire en retrouvant Ballant, malgré le contexte anxiogène qui ombrait chacune de ses pensées.

— Tu lui as raconté quoi au boss ? demanda son inattendu coéquipier.

— Simplement la vérité. En arrivant chez la sœur de Lucie Froissant, j'étais vraiment au bout du rouleau. Je

1. École nationale de la magistrature.

me sens revivre, là, d'un coup. Ça peut paraître dingue mais…

— Je te comprends. Face à une telle situation, soit on finit de chuter, soit on se redresse. T'as la bonne réaction.

— Du nouveau sur le hangar de Méré ?

— La société Froissant l'avait fait bâtir à la demande d'un couple d'agriculteurs. Les propriétaires, discrètement interrogés, ne se sont aperçus de rien, alors qu'ils habitent à côté. La Financière est en train de regarder s'il y a des choses à gratter sur les activités de Froissant Entreprise.

— Et du côté du *Printemps Haussmann* ?

— On a trouvé quatre personnes entre Granger et Jourdan, dans un secteur assez restreint : Guillon, un médecin généraliste ; Jobard, un détective en généalogie ; Jard, une gynéco ; Josserand, une avocate. On pensait évacuer la gynéco d'entrée, vu que la victime n'était pas enceinte, selon le rapport d'autopsie. On l'a quand même appelée. Elles se connaissaient depuis la fac. Lucie Froissant lui a fait un coucou entre deux patientes ce jour-là, après son achat. Elle avait l'air pressée et stressée, c'est tout ce qu'on a pu en tirer.

— Vous avez quand même contacté les trois autres ?

— Le toubib et l'avocate disent ne pas la connaître. Le détective en généalogie ne nous a pas encore rappelés. Pas la peine d'insister de ce côté-là, je pense. C'est lunaire comme boulot !

— T'as son adresse ?

— 66, rue de Caumartin.

— Je me rends à son cabinet.

— Tu perds un temps précieux !

— Au contraire, l'enquête auprès de l'entourage professionnel et personnel de Sonia ne donne rien, selon Nath. Quant à sa famille, tu le sais bien, elle est extrêmement réduite. Depuis le décès de ses parents dans un accident de voiture, il ne lui reste qu'une tante qui dit ne pas l'avoir vue depuis longtemps. Personne n'a eu de ses nouvelles depuis le soir de notre dispute, lundi. Vérifie, mais le numéro de cette madame Jard devrait figurer dans le répertoire de son portable.

— Bonne réflexion... Je te sens comme porté par une force supérieure d'un coup, Dorian.

— C'est un truc qui doit s'appeler l'amour, Greg.

En fonçant vers Paris, Dorian dut pourtant s'avouer que sa relation de couple, après avoir eu au début la beauté sublime d'un cristal rare, n'en possédait plus que la fragilité. Il se laissait facilement asservir par son métier et, à trop vouloir s'occuper des morts, il en oubliait parfois les vivants. Son obsession pour l'assassinat de Miss Amphi fracturait souvent leur intimité et remplissait de nombreux silences quand ses pensées quittaient la table, pendant les repas. Sonia, de son côté, en profitait sans doute pour laisser s'envoler son esprit vers les plaines de l'imagination. Dans ce monde virtuel, elle se rêvait à pouponner en écoutant une musique de gazouillis espérée comme un nouvel hymne au bonheur. Devenir mère était sa principale préoccupation à 30 ans, car trop de temps s'était déjà consumé dans la fièvre de ses attentes. À cause de ses spermatozoïdes déficients, Dorian n'était jamais parvenu à faire bouillonner la vie au creux de sa femme. La procédure d'adoption, substitut vite envisagé, n'avançait pas plus vite qu'un train bloqué en pleine voie. Il restait l'insémination artificielle avec donneur, réclamée à cor et, surtout, à cri par Sonia depuis des mois. Une telle perspective intensifiait son sentiment de culpabilité et donnait une ampleur insupportable à son impuissance. Et puis, un blocage mental stupide le dissuadait d'avoir un enfant sans en être le père biologique, alors que ce mode de conception ne lui ôtait en rien sa légitimité, puisqu'elle serait davantage façonnée par ses actes. Il avait fini par l'entendre, car elle avait parlé assez fort pour y parvenir.

Il avait quand même bu trois soirs de suite pour se donner le courage de dire qu'il acceptait enfin, comme s'il y avait un héroïsme démesuré à faire un choix facilement validé par d'innombrables hommes sur la terre. Mais Sonia avait disparu sans savoir qu'elle venait de remporter un combat qui n'aurait pas dû se dérouler entre eux. S'il ne parvenait pas à l'extraire de cette situation bloquée, elle mourrait et emporterait de lui l'image tridimensionnelle d'un égoïste. Il écrasa cette funeste perspective en martyrisant la pédale d'accélérateur.

9

Depuis des semaines, Maëva Baugé ne pouvait plus quitter l'hôpital Cochin sans ressentir au fond de ses entrailles une boule qui enflait dans des proportions désormais suffisantes pour vivre chaque sortie comme un tourment. Certains jours, choisis de manière trop aléatoire pour être ordonnés par une quelconque logique, il l'attendait sur le parking réservé au personnel. Elle ne supportait plus son regard frictionné par la tristesse, mine d'enfant battu ayant survécu au passage à l'âge adulte. Hélas, il se tenait encore une fois à hauteur de la portière avant gauche de sa Fiat 500 pour l'obliger à faire une halte d'une durée elle aussi incertaine, fragmentée entre les récriminations et les lamentations.

— Si vous ne cessez pas de venir ici, je ne vais pas tarder à aller voir les flics, je vous préviens, dit-elle d'emblée, crispée. Vous n'êtes pas loin de me pousser à bout !

— Vous trouvez que je vous menace ?

— Vous n'avez pas à vous planter là comme un marronnier !

— Vous n'en avez rien à foutre de moi, avouez-le !

— Si c'était le cas, je ne vous aurais pas reçu à cinq reprises dans mon bureau sur les six derniers mois pour écouter vos doléances, alors que je sais pertinemment que je ne peux pas les satisfaire. Je vous l'ai dit, en plus, je vous comprends !

— Non, pas cette phrase, putain, c'est la pire de toutes ! Qu'est-ce que vous en savez, de mes souffrances ?

— Vous le savez, moi aussi je ne connais pas le type qui m'a permis de venir au monde ! Et je fais avec ! Alors fermez votre grande bouche et arrêtez de vous comporter comme un sale gosse, à 22 ans !

— Je ne peux pas lutter contre ça ! J'en suis malade depuis que j'ai appris par inadvertance la façon dont j'ai été conçu. J'en deviens fou, de ne pas connaître le gars qui a fait cadeau de son sperme pour que je sois créé ! En plus, grâce à la prochaine loi sur la bioéthique, ceux qui naîtront grâce à un don de gamètes auront peut-être la possibilité de connaître l'identité de leur père biologique dès leur majorité. Et pour les personnes comme moi, ça va se passer comment ?

— Attendez la version finale du texte. Vous pourrez peut-être faire une demande pour être mis en relation avec l'homme qui a fourni ses spermatozoïdes. Il faudra bien sûr qu'il donne son accord.

— Au regard des progrès de la génétique, c'est une situation débile !

— Stop, laissez-moi passer !

Parvenue à la frontière de la colère, Maëva le repoussa vivement des deux mains. Elle mésestima sa force de frappe, car il recula et perdit l'équilibre, après avoir hésité durant une seconde entre rétablissement miraculeux et gamelle pathétique. Devant ses traits soudain cadenassés par la fureur, elle redouta un embrasement subit, mais il ne fut que froideur, à l'instant de la regarder démarrer avec virulence. En abandonnant le jeune homme dans sa position peu enviable, elle se promit de se faire escorter le lendemain par un membre de la sécurité, pour repousser ses ardeurs contestatrices et ses tentatives d'obstruction. Avec son spleen souvent en crue sur son visage poupon, Martin Duval lui proposait le cas le plus sensible à gérer sur le plan humain depuis sa nomination comme directrice du CECOS[1]. Implantée dans l'hôpital Cochin, cette structure pour couples infertiles s'approvisionnait au grand magasin de la générosité grâce aux offrandes en gamètes, utilisées ensuite pour les techniques de PMA. À moyen terme, la suppression annoncée de l'anonymat des donneurs allait chahuter ses fonctions de biologiste, déjà bien secouées par les avancées prodigieuses en matière d'ADN. La composition très grasse du trafic sur le périph, lardé de véhicules, lui laissa malheureusement un temps immodéré pour méditer sur ces sujets. Quand elle stoppa à 16 heures devant la clinique Ambroise-Paré, à Levallois, son retard avait dépassé les bornes de l'acceptable. Mais, à l'instant d'embrasser sa mère, l'irritation se retira élégamment au profit de la tendresse.

— Alors, maman, comment te sens-tu ?

— Comme une vieille à deux jours de subir une gastrectomie ! Mais ce n'est pas pour parler de ça que je t'ai demandé de passer me prendre. Gare-toi dès que tu peux.

— Pourquoi ? T'as oublié un truc ?

L'absence de réponse équivalait à un ordre à exécuter immédiatement, au risque de se signaler par un comportement insurrectionnel. La rue Kléber avait heureusement laissé un gros creux entre une Audi A3 et une Clio.

— Maëva, je suis désolée de t'infliger cette discussion, mais j'ai des choses très importantes à te dire, peu importe le lieu ou l'endroit. Ça ne peut plus attendre.

— Ah non ! Pas de « Je vais mourir, il faut qu'on parle de mes biens », les histoires de notaire et *tutti quanti* ! Tu sais que je ne veux pas avoir cette conversation pour le moment ! T'es pas condamnée par les médecins et

1. Centre d'étude et de conservation des œufs et du sperme humain.

envisager le pire n'est pas la meilleure façon de guérir de ton cancer de l'estomac.

— Tu vas m'écouter, que tu le veuilles ou non, tant que j'ai les idées claires. Tu as droit à la vérité, même si elle est moche à entendre.

Un silence embouti par le vrombissement des voitures prit place dans le véhicule.

— Je n'aime pas du tout ça, ton trip « je m'imagine déjà sur mon lit de mort et je me délivre de mes secrets ». Tu n'es pas à l'agonie, merde ! En plus, franchement, ce n'est pas du tout le moment !

— Tais-toi Maëva, s'il te plaît. Tu ne démarreras pas tant que je ne me serais pas confiée à toi.

La gravité, oblitérée sur le regard de la jeune octogénaire, donnait à son visage un air auguste, solennisait ses rides et ses cheveux blancs.

— Je t'ai toujours dit que ton géniteur était un amant de passage, vite oublié après un soir de beuverie et une nuit de coucherie. C'est vrai. Mais je n'ai jamais évoqué l'essentiel : il s'agissait d'un viol.

Les points d'exclamation envahirent l'habitacle en un trafic bruyant.

— Mais pourquoi tu m'as gardée ?

— J'allais sur mes 40 balais, j'étais encore célibataire, paumée comme une jeunette. J'avais subi deux avortements illégaux à 20 et 22 ans grâce à des « faiseuses d'anges » et je pensais que j'avais laissé passer ma chance de devenir mère... Quand j'ai compris ce qui m'arrivait, j'ai fait un travail pour dissocier la sauvagerie de l'acte du fœtus, que j'ai décidé de conserver. Et j'ai bien fait ! Ton caractère et ton parcours de vie me donnent chaque jour raison.

— C'était qui ce salopard ?

— Un étudiant, mais peu importe ! Une sous-merde

en tout cas. Dès le lendemain j'avais oublié son prénom et sa gueule.

— Putain, la claque ! En plus de ta tumeur ! Pourquoi aujourd'hui ?

— C'est le moment qui te choisit pour ce genre de choses, Maëva. Je suis désolée. Je l'ai au bord des lèvres depuis trop longtemps.

La délivrance de l'une venait de devenir le fardeau de l'autre.

10

Les pavés de la rue de Caumartin disparaissaient sous les pas des très nombreux passants, dans l'atmosphère turbulente de la fin de journée. L'immeuble situé au numéro 66 se signalait par une immense porte noire située entre deux des multiples commerces qui favorisaient cette effervescence humaine. Une plaque dorée *Olivier Jobard – Détective en généalogie* se détachait sur un bout de mur. Le policier appela une nouvelle fois ce professionnel insolite sur sa ligne fixe sans obtenir d'autre manifestation que le déclenchement horripilant d'une boîte vocale. Il laissa un second message pour lui notifier sa présence devant le bâtiment et lui exprimer sa frustration aiguë à la perspective de ne pouvoir le joindre d'ici à la fermeture de son bureau. La venue salvatrice d'une des occupantes du bâtiment lui épargna, par chance, un trépignement prolongé au milieu des rayonnages extérieurs d'une boutique de prêt-à-porter féminin.

— Je dois voir monsieur Jobard, mais ça sonne tout le temps occupé, mentit-il sans vergogne. Il est forcément là, mais il ne m'a pas communiqué le code.

— D'accord, suivez-moi. C'est au deuxième, il me semble, à gauche de l'escalier.

Dorian sentit le regard suspicieux de cette brune permanentée collé à ses basques jusqu'à ce qu'il se présentât devant la sonnette, sollicitée avec un index pressant.

À l'intérieur, aucune agitation ne répondit à son harcèlement sonore.

— Il doit être en retard, se sentit-il obligé de préciser. Je vais attendre sur le palier.

— Eh bien, bon courage !

Après dix minutes d'attente, il vit débouler un homme de petite taille, remarquable par sa peau cuivrée, signe qu'il avait essaimé pas mal d'années d'existence dans des endroits martyrisés par le soleil. La découverte d'un inconnu immobile à côté du paillasson ne suscita pas une cordialité débridée de sa part.

— Je ne crois pas qu'on ait rendez-vous, monsieur ?

— Non. Commandant Lemaître de la DRPJ de Versailles. Je peux vous parler deux minutes ?

— C'est à quel sujet ?

— On peut en discuter à l'intérieur ?

— Bien sûr, entrez.

L'appartement, sans doute scindé peu équitablement entre vie privée et personnelle, avait une déco prisonnière du passé, de vieux tableaux de paysages sans charme ventousés sur un papier peint à rayures tout aussi démodé. Par contraste, la première pièce située à droite de l'entrée proposait un bureau moderne aux lignes épurées, plateau en bois et pieds métalliques en forme de boucle. L'enquêteur 2.0 convia Dorian à prendre place face à lui d'un hochement de tête rapide qui fit l'économie de tout sourire.

— Que me voulez-vous, commandant ?

— Je voudrais savoir si une dénommée Lucie Froissant était une de vos clientes.

— Ça ne me dit rien du tout.

— Vous êtes sûr ?

— Absolument. Pas besoin de vérifier dans mon listing, je sais avec qui je travaille. Et puis, je suis très speed.

Dans quelques minutes, un client qui n'a pas forcément envie de croiser un flic va arriver.

— Je comprends. Pouvez-vous juste m'expliquer en quoi consiste votre travail ? Comme ça, je ne serais pas venu pour rien.

— Vous avez sûrement entendu parler de ces entreprises étrangères qui collectent les profils génétiques de plusieurs millions de personnes de par le monde. Les gens expédient un peu de salive en espérant que leur ADN va matcher avec celui de membres plus ou moins proches de leur famille. Certains recherchent leurs ancêtres, d'autres plus spécifiquement leur géniteur. De plus en plus de nos compatriotes sont répertoriés dans ces fichiers, même si les tests génétiques personnalisés sont interdits dans l'hexagone et que vous risquez une amende très théorique de 3 750 €. Mais, là-dedans, vous avez plus de chances de retrouver un père américain que français !

— Et vous bossez de quelle façon ?

— J'utilise les bases de données constituées par des firmes privées. D'autres sont publiques, comme celle qui existe en France depuis peu : Geneanet[1].

— Vous venez de me dire que les tests sont interdits chez nous !

— Rien ne vous empêche de les pratiquer en dehors de notre territoire et de télécharger ensuite vos données brutes sur Geneanet, pour les comparer avec d'autres. Je suis spécialisé dans la recherche des parents très proches. À une autre occasion, je pourrais tranquillement vous expliquer ma méthode et vous parler des centimorgans, cette unité de mesure de la proximité génétique utilisée par les généticiens. Mais là, je n'ai plus le temps ! Désolé.

1. Geneanet est un site de généalogie qui collecte des données obtenues de manière frauduleuse au regard de la loi. Cette base est alimentée par les participants et à destination du public.

— Pas de problème. Merci pour vos précisions.

Dorian redescendit les marches en s'attardant sur le ton employé par cet Olivier Jobard, aussi sec que le climat déshydraté du début d'été. Néanmoins, son déficit avéré en cordialité était insuffisant à légitimer des recherches sur cet individu, sauf à se laisser dominer par des accès de paranoïa. L'OPJ revint dans la rue avec la certitude, enrobée de déception, de l'inutilité de son déplacement. Avant de repartir vers les Yvelines, la curiosité l'entraîna à espionner les allées et venues au numéro 66, pour découvrir l'individu qui venait solliciter des investigations sur ses origines plus ou moins lointaines. L'attente, étirée par les gorgées avides qui asséchèrent trop vite une bouteille d'eau achetée dans la rue, ne lui permit d'observer aucun mouvement dans le sens des arrivées. En revanche, un quart d'heure après, il vit sortir le détective à pas pressés, comme aimanté par une urgence qui semblait l'arracher à son trois pièces. Son rencard avait-il été annulé au dernier moment ou était-ce un mensonge voué à éjecter Dorian en douceur ? La suspicion l'emporta dans son esprit, en même temps que la seconde option. Le chef de groupe décida de le suivre parmi la foule bariolée aux tenues très légères, dans la touffeur assommante de la capitale en fusion.

11

L'immense portail blanc coulissa doucement, comme un sous-vêtement qui glisserait avec délicatesse pour dévoiler dans la pleine lumière une intimité jusque-là inconnue. Le mouvement paresseux de la barrière précéda l'apparition d'une allée poudrée par l'éclairage des projecteurs. Tout au bout, on devinait une demeure tapissée par la nuit. Les deux commandants discernaient à peine son apparence grâce aux lumières les plus proches. Leurs fortes lueurs effleuraient son étrange structure en demi-niveaux dont le concepteur était épris d'originalité, à défaut d'esthétique. Assurément une œuvre d'architecte, dont Dorian et Greg n'aperçurent que le hall, avant de descendre un escalier aux côtés d'un employé de maison aussi mutique que les lieux. Une fois en bas, ils découvrirent, emboîté sous cette étrange construction, un volumineux sous-sol repeint par les ombres. Soudain, deux claquements de mains firent apparaître au plafond une coulée de lumière dans cet espace à la clarté jusque-là parcimonieuse. Apparut alors le chirurgien qui était en couple avec Lucie Froissant, un homme grand et massif taillé dans ce roc dont on fait les athlètes naturels, sans séances de musculation intensives ni médicamentation excessive. Cette épaisse stature lui offrait un charisme auquel concourait son élégante chemise en lin blanc assez ouverte pour laisser entrevoir la pilosité virile de son torse. Pour quiconque ignorait le drame vécu huit mois auparavant, Émeric Laval avait tout du quadra séduisant et comblé, un constat juste démenti par la perle de tristesse accrochée en permanence à son regard bleu délavé.

— Commandant Ballant, pourquoi teniez-vous tant à me voir de toute urgence ? demanda-t-il d'une voix nouée par la gravité. Vous avez enfin avancé ?

— Permettez-moi de vous présenter le commandant Lemaître, également de la DRPJ de Versailles. Il vient en renfort.

— Parce que vous patinez ?

— Parce que je lui ai offert mon aide en toute amitié, répliqua Dorian, irrité par le ton hautain et accusateur.

— Mon collègue aimerait discuter avec vous, pour se faire sa propre opinion, ajouta Greg.

— À ce rythme-là, on va épuiser tous les enquêteurs de votre service sans mettre la main sur le malade qui a commis cette atrocité. Mais évitons les reproches stériles... Vous le savez, je ferai tout ce que je peux pour vous aider.

Ce chef d'orchestre des blocs opératoires les convia à s'asseoir sur un sofa avec un sourire en guise de paraphe à l'armistice décrété par ses soins.

— Je vous écoute.

— Je voudrais juste préciser un point ou deux avec vous, lui expliqua Dorian. Très peu de temps avant d'être assassinée, Lucie avait quelque chose à annoncer à sa sœur. Ça semblait mystérieux. La nouvelle de votre futur mariage ?

— Non. On n'en était pas là. On avait prévu de s'installer ensemble, ici, pour commencer notre vie à deux. Ma demande serait sans doute venue assez vite, car nous étions très amoureux l'un de l'autre. Mais on n'avait pas encore envisagé de se retrouver devant le maire.

— Vous ne savez donc pas de quoi elle parlait ?

— Pas du tout. Le jour où elle a été tuée, on devait passer la soirée ensemble. Elle m'avait finalement laissé un message vocal pour me dire qu'elle avait changé ses plans et décidé d'aller dans la maison familiale. Elle était très proche de son père, comme sa cadette. Je ne m'en suis pas offusqué. Il n'y avait rien de grave dans son ton. Elle semblait juste un peu stressée, mais comme souvent. J'ai déjà raconté ça à maintes reprises à vos collègues. Elle avait conclu en disant : « Je t'aime. » Trois mots prononcés avec la douceur d'une caresse et la chaleur d'un baiser. Il n'y en a jamais eu d'autres, hélas...

— Vous avez parfaitement mémorisé ses sensations alors qu'elle n'était pas encore morte à ce moment-là !

— C'est la dernière fois qu'elle me l'a dit. Mais pas la dernière fois que je l'ai entendu, en fait. Sur le moment, j'étais occupé à l'hôpital et je n'ai pas répondu. Plus tard, j'ai écouté son message sans prendre le temps de l'effacer. Quelques jours après sa mort atroce, je me suis brusquement souvenu de son appel. Alors, j'ai jalousement gardé l'enregistrement et depuis je l'écoute très souvent. J'ai 45 ans et vous avez le droit de penser que c'est du romantisme à deux balles. Mais elle n'aimait pas trop les photos et encore moins les vidéos. Quelques secondes de sa voix et des souvenirs qui se faneront forcément un jour, c'est tout ce qu'il me reste de Lucie...

— Vous n'avez jamais évoqué l'existence de cet enregistrement, regretta Ballant. On pourrait l'écouter, s'il vous plaît ?

— Pour quoi faire ? Vous savez déjà ce qu'elle m'a dit ! Et ça n'a aucune importance pour vous !

— J'insiste. Ce qui compte, ce n'est pas seulement ses paroles ou les émotions qu'elles suscitent en vous. L'environnement sonore est tout aussi important, par exemple.

— Très bien...

Ses mains précieuses saisirent le mobile, ballotté par des tremblements qui auraient forcément été malvenus à l'instant de réparer un corps. Pendant le défilement du message, les bruits subsidiaires à la voix de Lucie Froissant captèrent toute leur attention : des talons qui claquent sur le sol, les nuisances de la circulation et le murmure de la foule parsemé de cris joyeux échappés de gosiers d'enfants.

— On avait géolocalisé son portable les heures qui avaient précédé sa mort ? questionna Dorian.

— Oui, répondit Greg. En fin de journée, elle avait quitté la maternité du centre hospitalier situé dans la commune du Chesnay. Elle s'était ensuite rendue sur Versailles, à proximité du château. Puis, elle avait rejoint la vallée de Chevreuse.

— Le château, tu dis ? On dirait la fête foraine sur le parking de l'Europe, c'est dans le même coin. Il y a également la préfecture et les deux tribunaux, judiciaire et de commerce… Lucie connaissait des gens qui travaillent là-bas ?

— Laissez-moi réfléchir, répondit le chirurgien. Il me semble qu'elle était en relation avec une personne qui bosse à l'état civil, à la préfecture. Mais il faut que je cherche son nom. Je vous le fais savoir dès que je l'ai trouvé. J'espère vivement qu'il va enfin se passer quelque chose.

— On fait tout pour monsieur Laval, asséna Greg.

Les deux hommes ressortirent en silence dans la nuit presque tiède qui apposait un baume sur les brûlures du jour.

— Tout à l'heure, on n'a pas eu le temps de discuter d'un truc, asséna soudain Dorian.

— Moi aussi, j'ai quelque chose à te dire. Commence.

— Il n'est pas net ce détective. Il m'a affirmé qu'il ne connaissait pas Lucie Froissant avant de me congédier car il avait soi-disant un rendez-vous à son bureau. Mais personne n'est venu. Au contraire, c'est lui qui s'est barré.

Je l'ai suivi, mais ça n'a rien donné. Il est allé boire un coup et passer un coup de fil en terrasse d'un bistrot.

— Formidable. Une grande avancée pour notre dossier ! Pourquoi tu insistes alors qu'elle a sûrement rendu visite à son amie gynéco quand elle était dans le quartier ?

— Je ne le sens pas ce type !

— Dans ton affaire, tu t'es acharné sur un salarié de l'organisation du concours, car tu lui prêtais une liaison avec Miss Amphi. Pour rien !

— Et alors ? Ça me discrédite pour le reste de ma carrière ?

— OK. Tu veux que je fasse quoi ?

— Ça fourmille de commerces. À côté de l'immeuble, en face. Il y a de quoi examiner des vidéos pendant la tranche horaire où elle était dans le quartier du *Printemps Haussmann*. On verra peut-être Lucie Froissant devant le numéro 66.

— Ça fait plus de six mois, il y a beaucoup de risques que les images aient été écrasées. Il faudrait un sacré miracle pour trouver quelque chose !

— On doit tout tenter ! Les petits détails font les grands succès parfois !

— T'as l'esprit plus clair que lorsqu'il s'agit de se souvenir de ce qui s'est passé avec Sonia, en tout cas !

— Tu insinues quoi ?

— Écoute, il faut qu'on discute d'un truc. Le soir où selon toi Sonia s'est barrée de la maison après votre grosse dispute, on t'a vu quitter la PJ entre 18 h 30 et 19 h 30.

— Je ne m'en souviens pas ! Je suis sans doute rentré plus tôt que d'habitude pour une fois, c'est tout.

— Sauf que t'es revenu au taf ! Et que tu paraissais très bizarre, m'a-t-on dit. Comme perdu. J'espère que ce n'était pas pour te rendre une première fois chez toi !

— Et j'y aurais fait quoi ?

— Commettre l'irréparable. Faire croire que Sonia a

fait sa valise pour prendre ses distances quelque temps. Retourner au bureau comme si de rien n'était pour te laisser le temps de réfléchir à la suite. Puis finir par orienter les investigations vers mon enquête trois jours après pour faire diversion. Et Sonia est peut-être déjà enterrée dans un coin de forêt !

Un baril de colère explosa au moment où ils repassèrent la grille.

— T'es malade de jalousie ! hurla Dorian. Et tu n'en guériras jamais ! Moi, l'assassin de ma femme ! Et je serais allé à Méré pour déposer son portable sur un simulacre de cadavre ! Pour l'allumer ensuite à distance sûrement ? C'est du délire !

— Pour l'instant, je garde ça pour moi. Mais ça serait bien que tu te rappelles ce que tu as foutu pendant cette heure. Je n'ai pas envie que ça te pète à la gueule ! Ni à la mienne ! À demain !

Malmené par un démarrage brutal, le moteur de la voiture de Ballant gronda comme une menace.

JOUR 2

Les dents de l'amer

1

À l'extérieur de la boîte, le silence du parking était laminé par la sono exubérante. Nathalie entra et frôla les corps en mouvement, parfois en fusion, pilonnés par un bombardement de lumières. Elle posa sa jupe sur son tabouret habituel, en bout de bar, poste d'observation tourné vers la piste remplie en permanence, au contraire des verres. En trois décennies, la musique avait changé, la clientèle du *Dancefloor* aussi, pas forcément en bien dans les deux cas. Barth, le patron de l'établissement, ne s'était pas non plus arrangé : le travail de nuit, les soirées imbibées d'alcool et pas mal de traits de coke avaient facturé à son corps une note plutôt élevée. S'il avait opté pour un crâne rasé assumé, de préférence à une calvitie subie, il ne pouvait masquer l'amplitude de son tour de ventre, qui subissait la même inflation que le prix du whisky.

— Alors, bientôt la quille, Nath ? lui demanda-t-il en attrapant une bouteille.

— C'est la dernière fois que je viens.

— T'as bien fait de passer, alors. Je t'aurais appelée, sinon.

— T'as un souci avec l'administration ?

— Non. Il faut que je te parle d'un truc.

Le boss pencha vers elle ses sourcils en désordre, mouchetés de points blancs.

— Tu vois Chris Muller, un des types de la sécurité ?

— Évidemment. C'est un des derniers employés présents depuis que l'enquête a débuté il y a trente ans.

— Il en avait 18 le jour où t'as débarqué avec tes collègues à cause de cette boîte d'allumettes retrouvée près du cadavre à soixante-dix bornes d'ici. Vous avez interrogé tout le personnel et beaucoup de clients réguliers... Vous vous êtes acharnés à tenter de trouver quelque chose. Qu'est-ce que ça m'a gonflé au départ ! Bref... Durant la nuit de lundi à mardi, il m'a annoncé qu'il avait une opportunité professionnelle qui ne se ratait pas en province et qu'il lui fallait partir dans la semaine pour la saisir immédiatement. Il m'a demandé de le laisser démissionner sans préavis, quitte à s'asseoir sur le paiement de ses congés payés. Je lui ai proposé de l'augmenter, au cas où il aurait des soucis financiers. En plus, il est du genre à ne jamais rien réclamer. Il m'a répondu que ce n'était pas une question de fric, qu'il avait besoin de changer de vie et que je ne le ferais pas revenir sur sa décision. Comme j'ai toujours été content de lui, j'ai accepté, même si le voir partir du jour au lendemain m'emmerdait au plus haut point.

— Pas de quoi le mettre en garde à vue jusque-là.

— Laisse-moi finir, Nath. Un peu plus tard, je l'ai entendu parler au téléphone, à l'extérieur de la boîte. Il évoquait des sommes d'argent très élevées. Il ne s'était pas rendu compte que je fumais une clope juste à côté, dans le noir. Il s'exprimait dans un anglais très propre, ce qui m'a surpris. Vu mon faible niveau, je n'ai pas pu tout saisir. Soit il a gagné le jackpot au loto et il voulait rester très discret. Soit y a un truc pas net... Je sais que tout ça remonte à loin, mais j'ai tout de suite pensé à ton affaire. C'est ta faute aussi ! Si tu ne venais pas chaque semaine, j'aurais oublié cette malheureuse depuis longtemps !

— À l'époque, le corps reposait dans la forêt depuis deux jours quand il a été retrouvé par des joggers, au petit matin. Muller avait affirmé qu'il était seul chez lui cette nuit-là, un alibi non vérifiable. Mais ils étaient nombreux dans ce cas... On était loin d'avoir les téléphones portables et le bornage pour bosser. Une préhistoire par rapport à aujourd'hui ! Je vais demander à ce qu'on regarde son compte et chercher d'éventuels mouvements suspects.

— Ça m'ennuie de le balancer. Il a toujours été réglo envers moi. Ce n'est pas un grand bavard, mais il bosse bien.

— Pour l'instant, on va juste faire des vérifications. Rassure-toi, on n'en est pas à l'interpeller pendant son service. Il finit quand chez toi ?

— Dans quelques heures à peine, à la fermeture. Je te sers un autre sky ?

— Non, merci. Ça n'arrête pas en ce moment, je ne veux pas me pieuter trop tard. Mais ne t'inquiète pas. Si tu m'as filé un bon tuyau, tu risques de me revoir assez vite.

En s'enfonçant dans la nuit rougie par l'incandescence des cigarettes, Nathalie se sentit submergée par des questions vouées à ne s'éteindre qu'à sa mort. Le tueur avait-il continué à fréquenter ces lieux durant des années pour éviter que sa soudaine absence ne le désignât comme le principal suspect ? L'avait-elle frôlé mille fois dans l'ignorance de l'horreur cousue à ses actes ? Dehors, elle ne put s'empêcher de fixer Chris, le gros bras de l'entrée, occupé à passer un coup de fil entre deux arrivages de clients. Dès qu'il eut terminé, elle s'avança vers cet homme trapu dont le physique tapageur cognait les mirettes des clientes. Même à 48 ans, il portait un tee-shirt moulant et humide de transpiration, exposant à leurs yeux le dessin travaillé de ses pectoraux.

— T'aurais du feu s'il te plaît ? demanda-t-elle.

— Bien sûr, commandante.

— Depuis le temps que je viens, fais comme ton patron, appelle-moi Nath.

— Vous continuez à passer à la boîte pour le travail ou le plaisir ?

— Par fidélité envers la mémoire de cette femme. On ne saura jamais qui l'a assassinée, ni même qui elle était. C'est un crime atroce... C'est comme si elle n'était jamais venue sur cette maudite terre. En effaçant son visage on a tout gommé d'elle. On a nié son existence.

Pendant de longues secondes, les notes agressives qui s'enfuyaient des murs sombres du *Dancefloor* tronçonnaient la discussion.

— Toi aussi t'es un mec d'habitudes, reprit Nathalie. Tu n'as jamais bougé !

— Je suis très bien ici. Pourquoi me barrer ?

— Moi, c'est la dernière fois que tu me vois, je vais prendre ma retraite.

Elle attendit en vain une réciprocité à sa sincérité.

— Profitez bien alors, Nath. Vous l'avez sans doute bien mérité. Une telle persévérance !

La policière partit la tête perdue dans une brume d'interrogations.

2

Dorian n'aurait jamais cru que leur lit pût lui paraître si froid durant cette nuit chauffée par les braises persistantes de la canicule. La place habituelle de Sonia, à sa gauche, était devenue un désert où ses mains se perdaient dans de multiples directions à la recherche de l'être aimé. Pour la énième fois, il enfonça ses narines dans l'oreiller de sa femme, pour en respirer l'odeur et aspirer des souvenirs de parfaite fusion. Il eut la sensation d'un shoot bien trop bref, d'une bouffée de bonheur vite dissoute dans son cerveau maltraité par d'atroces incertitudes. La Mort serrait-elle déjà Sonia dans ses bras ? Ou la retenait-on dans un endroit sordide, enchaînée au désespoir le plus profond ? Si l'activité intense de la journée précédente avait permis d'enfermer ces questions dans un recoin de son esprit, elles profitaient de l'accalmie pour s'échapper et venir le torturer avec férocité. L'une d'elles lui avait été soufflée, ou plutôt crachée au visage, par Ballant, prompt à répandre le venin du doute dans son esprit fragilisé. Était-il possible qu'il soit venu une première fois à la maison et qu'il se soit déchiré avec Sonia au point que les digues de la raison avaient violemment sauté ? Malgré leurs querelles liées à son besoin vital de maternité, ils n'avaient jamais eu de dissensions assez fortes pour dériver sur des eaux houleuses et nauséabondes. Ressasser ces interrogations brûlantes l'empêcha de dormir davantage que la demi-heure accordée par sa généreuse insomnie. Alors, il se leva brusquement, une initiative aussitôt contrecarrée par des vertiges. Son corps lui faisait indéniablement part des effets persistants du coup brutal reçu sur le crâne. Passer un examen n'aurait rien eu de superflu en temps normal, mais tout se déroulait dans une dimension parallèle, une bulle irréelle qui lui donnait la sensation de flotter à l'extérieur du monde. Soudain, un bruit de moteur dépeça le silence de la rue. Des phares de voiture tronçonnèrent l'obscurité. Dorian s'échappa du camp retranché de ses pensées pour rejoindre la fenêtre de la chambre, d'où il aperçut PAC. Il se hâta de le rejoindre dans le jardin, avec une crainte pulsée par l'horaire indécent de sa visite : son adjoint venait-il lui annoncer en personne la plus dévastatrice des nouvelles ? Un sale pressentiment le tenailla à la vue de son visage de papier mâché, sur lequel s'écrivait toute l'histoire de sa nuit : courte et tourmentée.

— Il est 3 heures du mat', PAC ! Il se passe quoi ? Rien de grave, j'espère ?

— J'avais besoin de te parler. Nath m'a tout raconté. Je comprends que tu n'aies pas pris le temps de te confier à moi hier après-midi, t'étais trop chamboulé. J'ai attendu ton appel jusqu'à tard dans la soirée.

— J'ai rencontré avec Ballant l'ancien compagnon de Lucie Froissant. Je suis rentré à minuit passé et je n'ai pas voulu te déranger. Tu m'en veux ?

— Tu sais bien que je regarde des séries jusqu'à pas d'heure et que tu peux m'appeler nuit et jour. C'est pas grave… Comment tu te sens ?

— J'ai besoin d'être dans l'action. Si je cogite ça ne va pas… Viens boire un coup.

— Non, merci. Je tiens à avoir les idées claires tout à l'heure. Et puis, je t'ai vu assez picoler ces derniers temps.

— J'ai abusé, à t'entendre…

— Clairement. À tel point qu'avant-hier soir, je n'avais

pas envie de te voir comme une loque une troisième fois d'affilée.

— Entre les verres de trop et les coups pris sur la tête, les choses me paraissent confuses. J'ai l'impression de tout mélanger, comme si on jouait au Rubik's Cube avec mes souvenirs. Je t'avais au moins raconté que Sonia s'était barrée lundi soir de la maison ?

— Non. Tout ce que je peux dire c'est que mardi, en arrivant au taf, t'étais encore moins bien que d'habitude. On l'a tous vu. On a mis ça sur le compte de l'anniversaire.

— De quoi tu parles ?

— Ben ça faisait deux ans pile que Miss Amphi avait été assassinée ! Deux ans d'échec pour toi. Et pour nous. Même s'il y a eu plein de dossiers par la suite, je sais bien que celui-ci t'obsède. Je t'ai proposé d'aller boire un coup à l'*Helio's* en fin de journée pour te changer les idées. T'as bien forcé sur la bière.

— J'ai dit quoi ?

— Pas grand-chose, justement. T'avais l'alcool très triste. Pareil le mercredi, sauf que t'as encore plus bu ! Lou nous a rejoints, mais elle est restée à peine quelques minutes à notre table avant de fuir. Alors, le jeudi, c'était sans moi !

— Il paraît que je me suis absenté une heure lundi en fin de journée. Je comptais sur toi pour me dire où j'avais pu passer pendant ce laps de temps...

— Vu que tu ne m'as pas mis dans la confidence, je ne peux pas t'aider. Désolé...

L'aigreur dégoulinait de ses propos dans les mêmes proportions que la transpiration sur sa peau.

— PAC...

— Dorian, t'aurais dû me dire que Sonia avait foutu le camp. Tu me confies tout de ta vie privée depuis des années. Certains jours, je me transforme en conseiller conjugal. Tu sais très bien que je suis une tombe, en plus.

Un carré de cimetière, même. J'aurais pu t'aider ! Il est encore temps.

— J'ai fait une grosse erreur en te tenant à l'écart. J'étais trop mal, sans doute. Laisse-moi me rattraper. Notre amitié mérite une seconde chance.

— Je vais gérer le groupe en ton absence. Pour le reste, je t'offre tout le temps libre qu'il me restera, bien sûr. Si t'as besoin de quoi que ce soit, je suis là. Je ne peux pas te dire mieux. Faut que j'y aille.

— Merci d'être venu PAC.

Un filin invisible sembla retenir son adjoint à l'instant de disparaître grâce à la sombre complicité des ténèbres.

— T'as pensé à Ballant ? Il est toujours fou amoureux de Sonia, j'en suis persuadé. Imagine qu'il ait essayé de la récupérer lundi. Ou qu'elle soit revenue vers lui juste après être partie de chez vous. Peut-être que quelque chose a mal tourné et qu'il a dû échafauder un stratagème. Il est quand même l'un des mieux placés pour savoir ce qu'il y a dans le dossier Lucie Froissant. En orientant l'enquête vers cette piste, il détourne les soupçons.

— Ce serait vraiment très tordu ! Je ne peux pas croire un truc pareil !

— Méfie-toi de lui. Il serait capable de te soupçonner pour faire diversion.

Les questionnements les plus fous se bousculèrent à nouveau dans la tête de Dorian, profitant du moindre interstice pour se faufiler dans ses pensées désordonnées et agitées.

3

Le regard doux du longiligne jeune homme reçu dans son bureau ne paraissait pas être importuné par les hésitations. Maëva Baugé préféra néanmoins ne laisser aucune chance aux incertitudes susceptibles de se tapir dans son esprit.

— Votre don est complètement anonyme pour le moment. Mais après leur majorité, les enfants nés à partir de vos spermatozoïdes pourront peut-être entamer des démarches pour vous contacter, si la loi sur la bioéthique change en ce sens. C'est clair pour vous ?

— Complètement ! S'ils ont la possibilité de me rencontrer quand ils seront adultes, il n'y aura aucun souci.

— J'insiste, car vous avez seulement 22 ans. Vous n'avez pas encore construit de foyer.

— J'ai un ami d'enfance né grâce aux paillettes d'un donneur. C'est pour ça que je suis là aujourd'hui. Il m'a sensibilisé depuis longtemps.

— Vous avez informé votre entourage de votre démarche ?

— Ma copine, mes parents et ma sœur sont au courant.

— Il s'agit de votre premier rendez-vous. Le processus va prendre un peu de temps. La prochaine fois, vous rencontrerez un psychologue, pour reparler plus en détail de vos motivations. Il y aura également une enquête génétique et familiale, pour vérifier qu'il n'y ait pas de contre-indications de votre part, que vous ne souffrez pas de maladies graves susceptibles d'être transmises à votre descendance. Vous devrez aussi faire un caryotype, nécessaire pour s'assurer de l'absence d'anomalies chromosomiques, ainsi qu'un bilan infectieux. À la fin, pour être sûr que vous ne présentez aucun problème sur le plan spermatique, on effectuera entre trois et cinq recueils de semence.

— Elles serviront à plusieurs couples ?

— Oui. Un même donneur peut aider à la procréation de dix bébés au maximum. Les parents sont censés nous faire remonter les naissances.

— Je serais très fier de faire des heureux !

— On se revoit vite, alors.

La responsable du CECOS de Cochin poursuivit sa matinée de travail en essayant d'afficher un sourire assez large pour avaler sa tristesse. Un challenge de chaque seconde, tant les révélations livrées par sa mère avaient saccagé sa sérénité et fait beaucoup de dégâts. Maëva avait le sentiment depuis la veille de ressasser leur navrante discussion comme on mâchonne un chewing-gum fatigué. Suite à cet échange bardé de surréalisme devant la clinique Ambroise-Paré, elles s'étaient d'ailleurs quittées sur une froideur à la lisière de la fâcherie. Comme elle ne pouvait demeurer silencieuse la veille de son intervention chirurgicale, elle décida de réchauffer la glace un tantinet.

— Bonjour maman, comment vas-tu ?

— Je préférerais me trouver à un jour de partir en vacances. Mais c'est peut-être toi qui en auras bientôt si ça tourne mal pour moi !

— Je peux essayer de me libérer pour t'amener à la clinique cet après-midi, si tu veux ?

— Pas la peine de quitter ton boulot, j'ai réservé un taxi. Je t'ai déjà dérangée hier à propos de mon lourd secret. Je ne veux pas abuser.

— Dans ce cas, je viendrai te rendre visite demain en fin de journée.

— Tu ne pourras peut-être même pas me voir. Le chirurgien m'a prévenue que je risquais de passer un ou deux jours en soins intensifs. Et puis sois tranquille : tu n'y es pas obligée.

— Cesse de te comporter comme une ado désagréable !

— Je n'ai pas commencé à régresser, je te rassure. Je vois bien que tu me fuis depuis notre discussion. Au moment où j'ai le plus besoin de toi en plus ! On aurait pu passer un moment toutes les deux quand tu m'as déposée chez moi, mais tu as refusé de rester quelques minutes de plus. Je sais bien que tu me reproches de t'avoir dit la vérité. Hélas, il n'y a jamais de bon moment pour ce genre d'annonce. Quel est le pire : te l'avoir dit si tard ou jamais ?

— J'aurais préféré jamais !

— Quand tu auras digéré ce que je t'ai appris, tu me remercieras peut-être. Tu connais cette phrase ? Celui qui ne sait pas d'où il vient ne peut pas savoir…

— Où il va, car il ne sait pas où il est ! Signé Otto von Bismarck[1]. Tu peux appeler qui tu veux à la rescousse, me sortir des citations, ça ne passe pas. Je n'en ai presque pas dormi de la nuit !

— Tant de gens recherchent la vérité sur leurs origines, Maëva.

— Ce n'est vraiment pas le moment d'entamer ce débat-là, crois-moi, vu que depuis des semaines, un type me harcèle à Cochin !

— Je ne pouvais pas le savoir, tu ne m'as rien dit !

1. Ancien homme d'État prussien puis allemand (1815-1898).

— Je te laisse. Essaie de bien te reposer aujourd'hui. Je t'envoie un texto demain matin avant ton opération.

Maëva raccrocha, avec l'espoir que les mots d'encouragement restés bloqués dans sa gorge jailliraient alors du bout de ses doigts.

4

Un large coussin sous ses fesses, un plus petit calé derrière son dos : incapable de résister à l'appel du sommeil, Dorian venait de chuter dans le piège parfait. Ses paupières se refermaient en même temps que disparaissait l'image du boudoir cosy aux tons chauds, où un mur bleu en léchait un autre de couleur crème. Il fallut que Ballant lui tapât sur une épaule avec la délicatesse d'un catcheur pour le faire ressurgir hors du néant.

— Pas la grande forme, constata l'autre chef de groupe.

— Tu t'imaginais quoi, Greg ?

— Je sais bien. En plus, je ne t'ai sûrement pas aidé à t'endormir avec mes accusations. Désolé, on avait eu une très longue journée. Entre la chaleur et la fatigue...

— Laisse tomber, je ne t'en veux pas. C'est vrai qu'il y a pas mal de brouillard entre l'alcool et mon coup sur la tête. J'ai quand même perdu connaissance pendant les heures qui ont suivi mon agression. Faut que tout se remette en place au fur et à mesure...

— Qu'est-ce que tu fous dans cet hôtel à deux pas de la PJ ?

— Il nous arrivait de nous retrouver ici avec Sonia pour boire un café pendant la journée. Elle adore le côté cosy de cet endroit. J'avais envie d'y passer un moment. Ça me fait du bien... T'as du nouveau ?

— D'abord, la sœur de Lucie Froissant nous attend en fin de journée dans la meulière familiale, comme tu le souhaitais. Côté enquête, le bornage effectué autour de chez vous nous a mis sur la piste d'aucun numéro intéressant. On s'est aussi penchés sur le portable d'Hervé Froissant. Il a cessé d'émettre durant la journée de dimanche. Et celui de Sonia est éteint depuis lundi soir.

— Je sais bien ! J'ai essayé de la joindre des dizaines de fois pendant trois jours pour la supplier de revenir !

— La PTS a réussi à extraire de son smartphone un message qui t'était destiné. Il a été effacé, ensuite. Il disait : « Je pars. Pas la peine de me courir après. On a tous notre cassis. » Le dernier mot est incompréhensible. Le correcteur orthographique a dû faire des siennes. En tout cas, tu l'as reçu le lundi à 18 h 38, durant la tranche horaire qui correspond à ta disparition inexpliquée.

— Je ne me souviens pas de ce texto. Et je ne l'ai pas. Le dernier message que j'ai d'elle date de dimanche.

— C'est bizarre... Tu iras déposer ton téléphone au LION[1] pour qu'on l'examine ? À moins que ça ne te dérange ?

— Pas du tout, je n'ai rien à cacher ! On passe à Lucie Froissant ?

— Je t'écoute.

— Je suis persuadé qu'on ne peut pas déconnecter sa mort des heures et des jours qui l'ont précédée. Je n'arrive pas à me faire à l'idée d'un crime gratuit commis sur une victime prise au hasard. Surtout qu'on s'est rendus chez elle juste après pour faire disparaître quelque chose.

— Jusque-là, aucun de ses proches n'a été suspecté, tu le sais très bien.

— Le chirurgien t'a rappelé ?

— Oui. Lucie avait une amie employée aux archives communales de Versailles, dans le même secteur que la

1. Laboratoire d'investigation opérationnelle du numérique.

préfecture et les tribunaux, près du château. Mais il ne se souvient pas de son nom.

— Les archives communales ? Il y a celles de l'état civil, notamment !

— Je savais que tu ferais le lien avec ton détective généalogiste. Mais ça ne repose sur absolument rien. C'est du vent.

— C'est vital d'identifier cette personne qui travaille aux archives, grâce à la sœur de Lucie Froissant ou à ses connaissances. De mon côté, je me rends dans l'immeuble du détective faire du porte-à-porte.

— Ce n'est pas un boulot de commandant de police !

— Et alors ? C'est une des habitantes qui m'a fait entrer hier. Il y aura peut-être quelqu'un pour se souvenir de Lucie Froissant, si elle s'est rendue là-bas. J'ai des photos d'elle sur moi.

— C'était il y a huit mois, Dorian ! Tu crois que les gens font gaffe à toutes les personnes croisées dans l'escalier ou l'ascenseur ? Elle n'avait aucune caractéristique physique particulière, en plus.

— Depuis le temps que tu patines, ça te coûte quoi d'essayer ? C'est sans doute du vent, comme tu dis, mais il me pousse dans le dos. Tout le mérite sera pour toi, comme je te l'ai déjà dit. Mon seul but, c'est de sauver Sonia !

— Tu fais chier… Je viens avec toi. Ma caisse est juste devant.

Les deux hommes foncèrent vers l'A13, au nord de Versailles, sans chercher à contester le silence qui s'installait confortablement, malgré le léger dégel de leurs relations.

— Je peux te poser une question perso ? finit par oser Ballant.

Au bout de quelques secondes, son collègue considéra que l'absence de réponse avait valeur d'acceptation tacite.

— Vous étiez heureux tous les deux avant qu'il n'arrive tout ça ?

— Greg, tu ne vas pas recommencer à me suspecter !

— Rien à voir ! J'ai vécu trois ans avec Sonia, ne l'oublie pas. Je l'ai aimée, j'ai fait des projets avec elle. Elle voulait des enfants, entre autres. Et à 30 piges, elle n'en a pas un seul ! Ça va faire combien de temps que vous êtes ensemble ?

— Depuis 2014.

— Et pas un marmot à l'horizon ?

Le mutisme bâillonna Dorian pendant des kilomètres qui comptèrent triple. S'il ne listait plus Ballant parmi ses ennemis, il n'imaginait pas lui offrir d'emblée une place sur le podium de ses meilleurs potes. Et puis, le seul à avoir vraiment ses entrées dans l'intimité de son couple était PAC, confident des soirées de bringue et des heures de planque, moments très dissemblables, mais qui rapprochaient les hommes. Pourtant, ses dents resserrées comme un barrage finirent par laisser filtrer une phrase quasi inaudible à hauteur de la porte d'Auteuil.

— J'peux pas.

— Tu peux pas quoi ?

— En avoir. J'ai une faible qualité spermatique.

— Et alors ? Ça arrive à plein d'autres. Et puis les techniques ne manquent pas de nos jours, quel que soit le problème !

— T'y connais quoi là-dessus ?

— Après Sonia, je me suis mis en couple avec Roxane. Six ans sans parvenir à faire un gosse ont éreinté notre couple. Les contraintes de mon boulot ont donné le coup de grâce. Je connais les démarches par cœur. Et les déceptions qui les accompagnent encore plus.

— Le blocage est aussi mental, chez moi. J'ai beaucoup de mal avec l'idée de ne pas être le père biologique.

J'allais finalement accepter et je comptais le lui annoncer quand elle reviendrait...

— Tu t'es bourré la gueule trois soirs de suite pour te donner du courage ou parce qu'elle est partie ?

— Les deux, mon commandant...

Le pont Alexandre-III, la Concorde et la Madeleine défilèrent dans le paysage urbain, bel échantillon architectural des trésors parisiens. Peu après, Ballant gara son véhicule à côté de l'église Saint-Louis d'Antin pour ne pas s'enfoncer davantage dans la rue de Caumartin, espace piéton à l'affluence boursouflée. Dorian se précipita vers le numéro 66 quand il vit un livreur ressortir avec l'empressement exigé par son planning compressé. Son talon gauche coincé de justesse dans l'entrebâillement de la porte leur épargna une attente trop dispendieuse.

— Chacun un côté, ordonna Dorian. Évite le deuxième étage gauche.

— C'est du grand n'importe quoi, mais bon...

Vite dressé, le constat d'absence de la plupart des occupants raffermit le défaitisme de Ballant. Surtout que les très rares habitants présents n'observèrent qu'avec une attention évanescente les photos de Lucie Froissant, brune, potelée, au regard électrisé par une vive intelligence.

— On fait quoi maintenant ? lança Ballant avec aigreur. On attend ton détective ou on repart comme des cons ?

L'écho d'une respiration saccadée résonna dans l'escalier et retarda leurs délibérations. Dorian fut soulagé en voyant la dame de la veille arriver lentement avec deux énormes sacs de courses qui étiraient ses bras fins et usés.

— Vous voulez de l'aide ? demanda-t-il.

— Encore vous !

— Vous avez bonne mémoire !

— C'était hier ! À 62 ans, je ne suis pas encore sénile !

— Vous vous souvenez peut-être avoir croisé cette femme, alors ?

Son visage fut chahuté par la surprise.

— Oui. Je ne peux pas l'oublier, même si c'était il y a longtemps déjà. Je l'ai aperçue dans le hall, en larmes. Désespérée. Elle m'avait fendu le cœur...

Dorian évita de préciser qu'on lui avait arraché le sien.

5

Nathalie effleurait le cadran de son smartphone, tandis que l'hésitation affleurait au bout de ses doigts frémissants. Pourquoi, à quinze jours de la retraite, le destin se décidait-il soudain à faire dégringoler du ciel la piste qu'elle quêtait en vain depuis trois décennies ? Il n'aurait tenu qu'à elle de balancer dans les ravins de sa mémoire la discussion avec le patron du *Dancefloor*. Et d'oublier le rictus méprisant qu'elle avait cru deviner dans l'obscurité sur la figure du videur, avec la complicité de son imagination. Son stock épais de préoccupations était suffisant pour la dispenser de tenter une ultime relance des investigations sur la femme sans visage. Même privé de ses yeux, crevés à coups de pierre, le cadavre découvert au petit matin continuait à la fixer trente ans après, les orbites débordantes de désespoir. Elle finit par céder à l'insistance du souvenir de la défunte et chercha le numéro du juge Denain dans son répertoire. Il décrocha avec une voix piétinée par la fatigue et le stress.

— Commandant, du nouveau sur Sonia Lemaître ?

— Je vous appelle pour autre chose. Une très vieille affaire...

— L'inconnue de la forêt de Fontainebleau ?

— Exactement.

— Vous croyez que c'est le jour ? Que se passe-t-il ?

— J'ai eu un tuyau sur un des employés présents à l'époque des faits. Il s'appelle Chris Muller. Il vient de quitter la boîte. Rien de plus banal après autant d'années, sauf qu'il ne dit pas pour qui il va travailler. Et son boss l'a surpris au milieu de la nuit en train de discuter en anglais et évoquer de fortes sommes, alors qu'il n'a jamais eu un gros salaire.

— C'est étrange, mais il n'y a pas de quoi alerter Interpol.

— C'est ce que je me suis dit la nuit dernière. Sauf qu'on a travaillé sur ses comptes. Il les a vidés et fermés il y a trois jours. Il y avait plus de 300 000 € dessus. Il versait régulièrement des sommes en liquide, et ce depuis longtemps. Très petites au départ, de plus en plus grosses au fil des années et énormes ces derniers mois.

— Ce manège a démarré après la découverte du corps ?

— Oui, six mois après.

— Personne n'a jamais tiqué à la banque ?

— Il connaît bien le directeur d'agence, il permettait souvent à ses enfants de ne pas faire la queue pour entrer au *Dancefloor*. Il lui confiait qu'il amassait cet argent grâce aux pourboires et à des petits boulots effectués dans la sécurité, au black.

— Vous avez essayé de le localiser ?

— Son portable ne borne plus. Et il n'est inscrit sur aucun vol au départ de la France.

— Si on a vraiment affaire à un fugitif, il a sans doute préparé son départ depuis longtemps. Il a eu le temps de s'organiser pour prendre le large discrètement, voire obtenir de faux papiers...

— Pas sûr. Il a quitté son appart à la hâte. Il a prévenu son proprio seulement mardi. Il lui a dit qu'il était prêt à abandonner sa caution pour pouvoir se barrer au plus vite. Et il a fait l'état des lieux hier, avant même sa dernière nuit au boulot.

— Vous avez la possibilité d'aller y jeter un œil ?

— Oui, mais je tenais à vous en parler avant.

— J'allais clôturer l'instruction, qui a duré bien plus longtemps que la moyenne, en effet. Cette affaire me tient à cœur autant qu'à vous, vous le savez. Pour l'instant, contentez-vous de trouver des infos sans les mentionner dans des P-V. On avisera en fonction de ce que vous obtiendrez. Qui s'occupe du dossier chez vous ?

— Le groupe Lemaître, celui que je dirigeais avant de passer numéro deux. Pas question de mobiliser des hommes, ce n'est pas le moment. Je vais juste faire un tour toute seule là-bas, par conscience. *A priori*, il n'y a rien à voir. Je vous tiens au courant.

— Très bien, on fait comme ça.

Nathalie raccrocha, effrayée par l'endurance de sa motivation, jamais soumise à un éventuel début de renoncement. Pourquoi avait-elle projeté un acharnement obsessionnel sur cette victime en particulier, au cours d'une carrière cernée par les faits divers les plus ignobles ? Sans doute, car elle en avait fait un symbole de la violence faite aux femmes et du peu de considération portée à certaines d'entre elles, vite enfouies sous terre et au plus profond des mémoires. Cette inconnue, happée par une mort horrible, était une étoile qui brillait dans le ciel de ses pensées pour lui rappeler en permanence les motifs de son engagement dans la PJ. Abandonner toute recherche l'aurait conduite à multiplier les trahisons envers elle-même et la malheureuse, si bien qu'elle l'aurait assassinée une seconde fois. Sa quête de la vérité, au fond, était aussi un refus de la culpabilité qui lui aurait dévoré la conscience en cas de démission. Cette réflexion malmena ses pensées durant le court trajet vers Porchefontaine, ancien quartier ouvrier fragmenté en pavillons au sud-est de Versailles. Une fois le pont du RER dépassé, elle stoppa sa voiture devant un petit immeuble enchâssé sur un tabac presse. Le logement fraîchement déserté par Chris Muller se trouvait au deuxième étage, mais la très courte montée des marches fut propice à un festival de gouttes de sueur. Lui aussi ruisselant, armé d'un simple journal détourné en ventilateur rudimentaire, le propriétaire patientait devant la porte du studio. Il tourna ses paumes vers le firmament, pour montrer à la policière qu'elles étaient aussi vides que les lieux bientôt offerts à sa sagacité.

— Je vous l'ai dit, il n'y a plus rien. Mais je vous laisse en juger.

— Merci.

Nathalie fut projetée à l'intérieur de murs au style dépressif de chambre d'hôpital fanée.

— Faut que je passe un bon coup de peinture, se justifia-t-il en voyant son regard. Il était là depuis très longtemps.

— Trente ans, c'est ça ?

— À peu près, oui. Il ne m'a jamais posé de problèmes pour le loyer. Faut dire que je ne l'ai pas tellement augmenté, non plus.

Quelques regrets s'attroupèrent sur son visage strié par les rides.

— Vous n'avez rien retrouvé, même pas un document oublié dans un placard ? insista Nathalie.

— Non. Mais regardez par vous-même.

L'arrivée impromptue et tapageuse d'une visiteuse différa l'examen clinique des lieux.

— Alors comme ça, il s'est cassé sans dire au revoir ? Quelle enflure !

Une quinqua décolorée planta son corps potelé devant l'entrée. La colère ourlait ses prunelles, leur dessinait un maquillage sombre et intense, à rendre pâle le plus noir des fards à paupières.

— Vous êtes ? demanda Nathalie.

— Paola ! J'habite l'appart d'à côté.

La visiteuse avait répondu comme si sa qualité de voisine était une évidence, corroborée par sa tenue d'intérieur très allégée, une robe de chambre en soie à peine nouée, jetée à la hâte sur une silhouette qui ne gardait plus beaucoup de ses secrets.

— Vous le connaissiez bien ?

— Assez pour que je me pelote souvent contre ses gros bras tatoués ! Il a fait une connerie le Chris ?

— C'est ce que je cherche à savoir.

— Je n'y crois pas... Il m'avait dit qu'un jour, il partirait loin et qu'il m'amènerait le salaud !

— Il avait une destination rêvée ?

— C'était un taiseux. Ce devait être une surprise... Elle est mauvaise pour le coup. Il a fait ça hier quand j'étais au taf.

— Il trempait dans des trucs louches ?

— Pas que je sache... Je ne peux vraiment pas vous aider. On prenait du bon temps tous les deux, c'est tout. Et voilà, c'est déjà fini... Il ressemble à tous les autres en fait ! Je me vengerai de ce lâche !

Les yeux chargés de balles, l'amoureuse trahie saisit son smartphone comme si elle dégainait une arme.

— Qu'allez-vous faire ? demanda Nathalie.

— La seule fois où on s'était réellement engueulés, c'est parce que je l'avais pris en photo en train de ronfler, torse-poil. Quand je lui avais montré la photo, il s'était mis à hurler. J'ai cru qu'il allait me frapper ! J'ai dû l'effacer tout de suite, devant lui. Alors, une autre fois, j'ai pris la même, sans le lui dire, pour l'avoir rien qu'à moi. Je vais la balancer sur mon Facebook avec le mot « connard » en très gros caractères !

— Je peux la voir avant ?

Le regard de Nathalie sautilla des pectoraux saillants de Chris Muller aux abdominaux qui dallaient son corps, puis dériva vers un étrange collier noué autour de son cou. Un bijou composé de perles africaines qui accueillait, au niveau de son torse, deux dents humaines à la place du médaillon attendu. Alors, un souvenir vital gicla des tréfonds de sa mémoire : il manquait autant d'incisives au cadavre enseveli sous ses pensées.

6

Dès que le détective généalogiste aperçut les deux hommes, l'irritation obtint un ticket d'entrée pour ses prunelles assombries.

— Encore vous ! En plus, vous n'êtes pas seul cette fois, s'énerva Olivier Jobard. Je vous ai déjà tout dit.

— Je ne pense pas, rétorqua Dorian.

— Je n'ai jamais vu cette femme.

— On vient de nous affirmer le contraire.

— C'est n'importe quoi ! Il va falloir me convoquer en bonne et due forme pour une audition. Je ne répondrai plus à vos questions ici.

Dorian démarra en dégageant une noire fumée de colère et fonça vers lui. En deux pas, il le plaqua sévèrement contre le mur de l'entrée et le saisit par l'entrejambe d'une seule main tandis que l'autre était brandie telle une massue prête à s'abattre. Un cri de souffrance aigu transperça les parois épaisses de l'appartement.

— Tu les sens tes noix pressées dans ma pogne d'acier ? Si je continue à serrer tu vas faire de l'huile comme jamais !

— Mais lâchez-moi, espèce de taré ! C'est bon ! Stop !

Dorian programma un atterrissage sans douceur et le laissa choir sur le sol, piteusement, dans un râle de fin de vie. Il ne lui laissa pas le temps de récupérer son souffle opprimé par la douleur ni de s'enquérir des dommages éventuels causés à sa virilité broyée. Il l'agrippa cette fois par le col de son tee-shirt saumoné pour le hisser à hauteur des cadres empoussiérés avec la douceur d'un démolisseur en bâtiment.

— Écoute-moi bien, connard ! T'as devant toi un type aussi désespéré que déterminé. Capable de tout pour retrouver sa femme. S'il faut t'attacher à ton bureau et te frapper pendant deux heures pour te faire cracher ce que tu sais, je n'hésiterai pas ! Parle, et tout de suite !

— Ça va, putain, lâchez-moi ! C'est quoi ces méthodes de voyous !

— Maintenant, tu t'assieds et tu causes ! ordonna Ballant en le vissant sur une chaise.

— Calmez-vous les gars ! Oui, c'est vrai, elle est venue me voir cette femme. Elle était bouleversée. Elle avait effectué un test autosomique[1] auprès de DNA-True, une firme américaine spécialisée dans ce domaine. Et elle venait de recevoir les résultats. Ils indiquaient une correspondance quasi sûre avec un père biologique : 50 % d'ADN partagés. Elle avait pris ça en pleine gueule !

— Hervé Froissant n'est pas son vrai père ! s'exclama Dorian.

— Il est celui qui a élevé Lucie, mais pas celui qui l'a conçue, oui. Le problème de ces tests, c'est qu'ils révèlent parfois des adultères, des grossesses secrètes, des viols, voire des incestes. En l'occurrence, sa mère avait eu un amant et était tombée enceinte de lui. Elle l'avait caché à son mari. Ou peut-être qu'elle ne le savait pas elle-même.

— On ne peut plus le lui demander, elle est décédée depuis longtemps, intervint Ballant.

— Je sais. Alors, imaginez le choc pour cette femme,

1. Ce test porte sur tous les chromosomes autres que les chromosomes sexuels X et Y.

c'est un bouleversement inattendu. Elle est arrivée livide dans mon bureau et elle en est ressortie en pleurs.

— Je suis étranger à tout ça, expliqua Dorian. Comment ça marche ?

— Quelle que soit la base de données à laquelle vous envoyez votre salive, il faut créer un compte associé à une adresse mail. On n'est pas obligé de dévoiler son identité. On peut tout simplement mettre un pseudo ou ses initiales. Certaines personnes indiquent même « XX ». Dès qu'un proche parent est intégré dans la base de données, vous êtes prévenu par courriel sous trois à cinq jours.

— Il y a un truc qui me surprend beaucoup, nota Ballant. On n'a vu aucun mail envoyé par DNA-True dans sa messagerie. Or, ça nous aurait fortement interpellés. Lucie Froissant vous en avait dit plus ?

— Non, hélas. Elle devait réfléchir à la suite à donner. Elle n'était pas déterminée à 100 % à entamer des recherches.

— Pourquoi des investigations ? demanda Dorian.

— Le profil avec lequel le sien avait matché était anonyme. Elle avait tenté de prendre contact, sans obtenir de réponse. C'est là que j'étais susceptible d'intervenir. Hélas, deux jours après notre rendez-vous, j'ai appris dans les médias son horrible assassinat. J'étais persuadé qu'on viendrait m'interroger par rapport à nos échanges, mais rien ne s'est passé. Alors, je suis resté dans mon coin, pour ne pas être mêlé à l'enquête.

— Pourquoi avoir réagi comme ça si vous n'aviez rien à vous reprocher ?

— Je venais de créer mon agence à l'époque. Je ne voulais pas me retrouver dans ce merdier. Et puis, si j'étais persuadé qu'il y avait un rapport, je me serais manifesté. Mais un grand malade l'a charcutée… Ce test, c'était juste une coïncidence !

— Ça devait être à nous d'en juger, pesta Ballant. Huit

mois de perdus, putain ! Si on arrive à mettre la main sur les mails qui ont disparu, vous pouvez nous aider à retrouver son géniteur ?

— Les courriels ne suffiront pas. Ils sont juste expédiés lorsqu'il y a une correspondance. Vous devrez entrer sur son compte DNA-True.

— Il faudrait envoyer une réquisition alors ? supposa Ballant. Je n'ai jamais eu un cas pareil...

— C'est une entreprise américaine. Ça risque de prendre bien trop de temps, ragea Dorian. Et ce n'est même pas sûr qu'ils coopèrent. On est bloqués, merde !

— On va se renseigner auprès de nos spécialistes en informatique. Ils ont peut-être pu cracker l'ordi de la victime. Les gens utilisent souvent le même mot de passe pour tous les sites, par facilité. Il faut recontacter sa sœur, aussi. Il y a des chances qu'elle le connaisse.

Le détective massa discrètement la partie martyrisée de son anatomie avant de leur offrir un sourire largement croqué par une grimace.

— Je me rends bien compte que j'ai déconné. Si vous arrivez à récupérer les infos envoyées à Lucie Froissant, j'essaierai de vous aider à retrouver son père biologique. Il est peut-être la clé de tout ça.

— De quelle façon ? s'étonna Dorian.

— C'est mon job. J'ai déjà résolu le cas de clients qui recherchaient leurs géniteurs sans connaître leurs noms. Il y a une méthode qui consiste à privilégier l'individu le plus proche génétiquement de la personne que l'on doit trouver pour qu'il nous mène à elle. Mais il faut des résultats au premier degré, au niveau des cousins germains. Sinon, ce sera plus compliqué. Y a une part de chance. C'est un peu abscons pour vous, je sais...

— C'est pourtant ce qu'on a eu de plus concret jusque-là, soupira Ballant. On vous recontacte dès qu'on a avancé.

Quelques marches plus bas, Dorian poussa à fond le volume de ses récriminations.

— Je ne le sens pas ce type. Il m'a pris pour un con, hier.

— Il avait l'air sincère lorsqu'il nous a proposé ses services pour se racheter.

— Je ne sais pas. J'ai un mauvais feeling...

— Le temps qui file te rend nerveux et suspicieux. Normal.

— Faut examiner le profil de Lucie Froissant au plus vite.

— Je contacterai le service concerné dès qu'on sera en route. Je suis pressé d'explorer cette piste.

Pilonnée sans relâche par les rayons du soleil, leur voiture ressemblait à un four en chaleur tournante. Malgré la contre-offensive lancée par la clim, l'option sauna continua à prévaloir dans l'habitacle pendant de très longues minutes. Dorian enleva son tee-shirt pour ne pas finir la journée dans une éponge en tissu ayant l'élégance d'une serpillière.

— T'as quoi derrière l'épaule gauche ? demanda Ballant. On dirait que tu t'es coupé sur plusieurs centimètres ?

— Je ne sais pas. Ça me gratte un peu sous la douche, mais je ne m'en suis pas préoccupé. J'ai autre chose à foutre que de me soucier de ça !

— Tu devrais, t'as pas pu te le faire tout seul. Ça a vraiment dégénéré avec Sonia ?

— Tu fais chier avec tes questions, Greg !

Durant le reste du trajet, un silence contrarié engloutit leur complicité naissante.

7

Maëva Baugé regagna sa voiture à pas craintifs, respiration brimée et foulées bridées. En atteignant son véhicule, elle pensait s'être échouée une fois de plus dans une nuit de terreur où le moindre bruit pouvait éveiller le plus sanguinaire des monstres. Durant les quelques mètres à parcourir, son cœur restait coincé dans un ascenseur en perpétuel mouvement. Et, à mesure qu'elle se rapprochait de sa Fiat 500, le stress la polluait avec la toxicité d'une fumée de pot d'échappement. Par chance, Martin Duval ne faisait plus stationner sa frustration sur le parking de l'hôpital depuis leur altercation de la veille, remportée grâce à un K-O involontaire. Certes, la directrice du CECOS éprouvait à son égard une empathie peu recommandée par ses fonctions, même si elle était quelque peu blessée par l'insistance outrancière du jeune homme. Mais elle ne pouvait plus entendre ses revendications ni sa colère, tant son esprit était tourmenté par une tempête qui saccageait ses certitudes les plus fragiles. Comment sa mère avait-elle pu garder un enfant, puis, si longtemps, le secret de sa conception, assujettie à un viol ? Au travail, Maëva avait parcouru des forums de discussion et noté à travers d'émouvants témoignages une floraison insoupçonnable de cas similaires : la graine de vie enfoncée durant un rapport contraint et arrosée par la plus infâme des jouissances n'était pas toujours aspirée lors d'une IVG. Certaines femmes parvenaient à extorquer à leur malheur passager le bonheur permanent d'être mères. Elle, en revanche, avait l'impression de parcourir le chemin inverse : sa joie de vivre était souillée par la vérité de sa procréation. Elle devrait désormais s'habituer à cette flétrissure, à ce mal-être inoculé dans ses pensées. Elle ne pouvait même pas appeler Damien pour lutter à deux contre les méfaits de cette révélation. Le séjour au Qatar de son compagnon, en effet, devait encore grignoter six longues semaines dans le calendrier. Ce célibat temporaire s'accordait avec le départ de leur fille à la fac, pour réduire l'orchestre familial à un triste solo, occupé à battre la mesure de son spleen. À l'idée d'ouvrir le portail et d'être assaillie par le vide de leur maison de Louveciennes, une amère barbe à papa d'idées noires sortit de sa machine à déprimer. Elle tourna davantage lorsqu'elle reconnut l'individu tourmenté qui patientait devant chez eux, avec une mine de chien battu qui lui aboyait sans cesse des reproches.

— On dirait que vous n'êtes pas contente de me voir, madame Baugé ? lança-t-il rudement.

— Monsieur Duval, vous n'avez pas le droit de venir ici ! Et comment m'avez-vous trouvée ?

— Il m'a suffi de vous suivre depuis Cochin, ce n'est pas très compliqué ! D'ailleurs, vous avez grillé pas mal de feux rouges ! Personne vous attend, non ?

— Mon mari...

— Pas la peine de mythonner ! Je vous ai entendue parler l'autre jour avec votre collègue, avant d'entrer dans votre bureau : la fifille en province depuis la rentrée, le papa dans le golfe Persique pendant des semaines pour exercer son métier de chirurgien orthopédiste à la mode contre un gros tas de pognon !

— Vous voulez que j'appelle les flics ?

— Je veux que vous m'entendiez, pas que vous vous contentiez de m'écouter entre deux rendez-vous !

— Martin, je vous laisse moins d'une minute pour lever vos fesses et déguerpir ! À moins que vous n'ayez l'intention de m'agresser ? Ou peut-être pire encore ?

— Si vous me foutez dehors, on sera nombreux à revenir ! Vous savez combien on est ? Officiellement soixante-dix mille « IAD[1] ». C'est comme ça que vous nous appelez, pas vrai ? Nous, les enfants nés grâce à la générosité des autres. Trois lettres, un sigle froid comme l'administration, que vous incarnez à merveille. Ce n'est plus tolérable ! On a le droit de savoir d'où l'on vient ! Ça me ronge chaque jour, bordel !

— Et votre vrai père, vous y songez ? Celui qui vous a nourri, éduqué et aimé. Il a déjà souffert de ne pas pouvoir offrir à votre mère un sperme de qualité suffisante pour procréer. Vous lui infligez désormais votre dépression et vos revendications incessantes ?

— Laissez-le en dehors de tout ça !

— Foutez-moi la paix à moi aussi ! Dehors !

— J'me casse. La prochaine fois que vous aurez de mes nouvelles, ça va vous faire tout drôle, croyez-moi ! Vous allez vous retrouver sur le cul !

La menace s'entortilla autour de son cerveau et résonna dans sa tête longtemps après le départ de l'importun à la complainte répétitive. Les récriminations incessantes de Martin Duval percutaient ses propres interrogations : quel était le salaud qui avait imposé à sa mère la dictature abjecte de son désir ? Avait-il conçu d'autres enfants normalement, avec une épouse inconsciente des dessous pervers rangés sous ses habits de bon père de famille ? Trouver des réponses était à présent possible, c'est une tentation à laquelle cédaient de plus en plus de gens, qui réclamaient des certitudes au passé à défaut d'en obtenir du futur, très menacé. Elle préféra craquer pour le

1. Insémination avec donneur.

chocolat noir de Madagascar, 85 % de teneur en cacao, mais 100 % de plaisir, promesse d'une noix de réconfort étalé sur une tartine d'emmerdes. Maëva s'écroula sur le lit conjugal, sa tablette dans une main et la télécommande dans l'autre, sauf qu'une pensée inopinée différa la programmation établie. Elle saisit son smartphone et façonna avec les mots éternels de l'enfance ce bref message : « Maman, je t'aime. »

8

La glace qui s'était reformée rapidement entre eux emprisonnait toute cordialité. À quelques hectomètres de la DRPJ, Ballant profita d'une halte au feu rouge pour négocier un dégel brutal de leurs relations.

— Je tiens à te dire merci, Dorian. Je ne sais pas si on est sur la bonne piste, mais c'est la première crédible qu'on suit. On bloquerait toujours sur la ligne de départ sans ton opiniâtreté.

— Si tu penses vraiment que j'ai fait du mal à Sonia, tu te les enfonces bien profond tes compliments !

— Non, oublie. Je suis un gros nul ! Écoute, j'ai réfléchi à pas mal de choses pendant qu'on tirait la gueule. Depuis hier, on effectue des recherches dans les bâtiments construits par Froissant Entreprise, mais il y en a des centaines dans le nord de la France. J'ai peur qu'on utilise beaucoup d'hommes et de temps pour rien.

— La présence du vêtement et du portable de Sonia dans le hangar de Méré est peut-être destinée à nous envoyer dans le mur, en effet. Après, le père Froissant a très bien pu péter les plombs et imaginer un scénario tordu pour faire bouger l'enquête. La preuve, c'est en train de marcher.

— Ça me paraît dingue, mais bon... On arrive. J'espère qu'on va vite en savoir un peu plus.

Encordés par une complicité de plus en plus solide, les deux hommes saluèrent la policière en faction à l'entrée de l'hôtel de police et se hâtèrent de rejoindre la cellule des cracks en technologies, au premier étage de la DRPJ.

— La sœur de Lucie Froissant nous a filé quelques mots de passe susceptibles de marcher, leur expliqua aussitôt un des membres du LION. L'un d'eux a fonctionné. On vient de se connecter à son profil sur DNA-True en utilisant *Emma96* : le prénom de leur mère rattaché à l'année de son décès. On a plusieurs correspondances génétiques avec des parents plus ou moins éloignés et, surtout, le pseudo de son père biologique : Paul Smith.

Un air de triomphe grandit Ballant bien plus que ses traditionnelles chaussures à talonnettes.

— Enfin on avance !

Installé derrière une rangée de trois écrans d'ordinateurs, l'enquêteur spécialisé noya ce brin d'euphorie dans une mare de pessimisme.

— C'est là que les problèmes commencent, expliqua-t-il. Cette adresse mail a été créée à partir d'une connexion établie dans un *McDo* rue de la Chapelle, dans le 18e, à Paris. Quand j'ai voulu la tracer, je suis tombé sur le wifi du fast-food, en accès libre. On ne pourra pas remonter jusqu'à l'utilisateur. Il y a la possibilité d'identifier l'adresse physique de la carte réseau de son ordi portable, mais ce n'est pas un mouchard.

— Des caméras de vidéosurveillance dans l'établissement ?

— Cette adresse électronique a été générée il y a plusieurs mois. C'est trop loin, les images n'ont pas été conservées. Et puis ce type n'est pas forcément revenu consulter ses mails entre deux hamburgers. La technologie actuelle lui permet facilement de les lire depuis chez lui avec un risque quasi nul d'être localisé.

— Pourquoi rechercher des membres de sa famille et se cacher tel un terroriste qui préparerait soigneusement son prochain attentat ? s'ébahit Dorian à voix haute.

Retrouver sans vouloir qu'on vous retrouve... Je n'arrive pas à comprendre le paradoxe.

— Autre chose d'étonnant, nota l'investigateur en cybercriminalité. Quand on a reçu le contenu de sa boîte mail, peu après la mort de Lucie Froissant, aucun n'a été envoyé par DNA-True. Et, au cours des huit derniers mois, de nouvelles personnes génétiquement proches d'elle ont été ajoutées à la base de données, comme on peut le voir sur son profil, encore actif. Or, elle n'a jamais reçu de notifications dans sa messagerie, qu'on peut toujours consulter en temps réel avec l'accord du parquet. On peut imaginer qu'un cheval de Troie est utilisé.

— Quelqu'un s'introduirait dedans pour effacer au fur et à mesure toute activité liée à DNA-True ! s'exclama Dorian. On se dirige vers quoi ? D'un côté, un homicide barbare. De l'autre, de la manipulation informatique. Je ne vois pas le lien... En tout cas, il faut contacter Jobard sans attendre.

D'un geste du bras condamnant à l'avance toute contestation, Ballant l'entraîna sèchement dans un coin pour y cloîtrer leur discussion.

— Garde tes réflexions pour les petits comités, c'est-à-dire juste toi et moi, réclama Ballant.

— Qu'est-ce qu'il te prend ?

— Je ne suis pas du genre à travailler hors procédure. Mais là, si Nath est d'accord, j'ai très envie de faire comme notre détective nous l'a proposé sans en parler au juge Denain.

— Il instruit le dossier depuis le début. Il ne va pas aimer qu'on bosse dans son dos, tu le connais.

— Avançons le plus possible sur cette piste tous les deux. L'avantage, c'est que Jobard va nous faire ça gratos et en toute confidentialité. Je lui fais parvenir tout de suite les infos. Toi tu te charges d'assurer le lien avec lui. Même si on est dans l'urgence, reste cool avec lui.

— T'inquiète, je vais le ménager. Et pour la discrétion t'as entièrement raison. En plus, on part dans une nouvelle direction avec ces histoires d'ADN, qui posent de sérieux problèmes éthiques. J'ai eu le temps de me renseigner un peu pendant qu'on roulait. Aux États-Unis, les flics ont résolu des affaires très médiatiques sans avoir le profil génétique du suspect dans leur base. Ils sont remontés vers lui grâce à GEDmatch, une plateforme de recherches généalogiques qui était publique à cette période-là[1]. Ils ont travaillé « à l'envers » en utilisant des données personnelles fournies par des particuliers dans un autre but que celui poursuivi par la police.

— C'est un autre débat. Le test a déjà été fait par la victime. Pourquoi se priverait-on de s'en servir ? Et puis, on ne cherche pas directement l'assassin de Lucie Froissant. On veut juste savoir qui est son géniteur, pour essayer de comprendre s'il a un lien avec sa mort.

— On n'a pas le choix, mais on ignore sur quoi on va tomber. Des histoires de famille qui vont impacter d'autres personnes ?

— C'est toute la beauté de l'inconnu.

Une beauté parfois fatale, songea Dorian.

1. Fin 2019, GEDmatch a été racheté par une société commerciale.

9

Dès sa sortie de l'hôtel de police, Dorian décida d'infliger à Olivier Jobard une pression à la lisière du harcèlement. Il appela le détective et, dès que sa voix stressée résonna à travers le combiné, il le questionna directement sans même greffer une once d'amabilité sur sa demande.

— C'est Lemaître. Vous avez bien reçu le mail de Ballant ?

— Je viens juste d'en prendre connaissance. Vous m'avez l'air aux abois ! Pas étonnant vu votre comportement…

— C'est une question de vie ou de mort, je n'ai pas le choix. Et encore moins le temps.

— Si vous êtes ultrapressé, je vais me retrouver dans l'illégalité.

— Expliquez-moi.

— Lucie Froissant a obtenu ses résultats par le biais de DNA-True, qui lui a indiqué plus de six cents correspondances, la principale étant celle avec son père biologique, comme vous le savez. Mais les autres qui ont été signalées ne permettront pas d'avancer aussi vite que vous le voudrez. Puisque j'ai accès à son profil grâce à vous, je vais me dispenser de son autorisation *post mortem* et incorporer ses données brutes dans les bases des firmes privées qui acceptent ces transferts. Ce n'est pas le cas de toutes. Ça nous permettra d'accroître très largement le nombre de cousins génétiques potentiels. Vous me suivez ?

— En gros, vous voulez élargir le panel de recherches ?

— Exactement. Plus il sera vaste et plus j'aurai de chances de mettre la main sur le contact qui fera la différence. C'est pourquoi je vais aussi télécharger ses données sur Geneanet. Quand j'aurai fait tout ça, j'y verrai plus clair. Mais il faudra attendre deux à quatre jours avant d'avoir accès aux nouvelles correspondances.

— C'est énorme comme délai !

— Pas le choix ! Et puis de toute façon, j'ai de quoi m'occuper en attendant. Je vais commencer à constituer son arbre généalogique du côté de sa mère pour ignorer les matchs de cette branche-là. J'ai besoin d'être mis au plus vite en contact avec un membre proche de sa famille.

— On va demander à sa sœur de vous contacter dès aujourd'hui.

— Parfait. Dites-lui de collecter un maximum de renseignements avant de m'appeler.

— Compris. Au fait, Lucie Froissant avait-elle expliqué pourquoi elle avait choisi DNA-True ?

— Cette entreprise a eu une politique commerciale assez agressive sur notre territoire en fin d'année dernière. Les prix étaient cassés. DNA-True était la dernière arrivée parmi les quelques grandes firmes qui contrôlent le marché mondial et a voulu se développer très vite. Son concepteur est français et il a tenu à prioriser son pays natal. Pour l'instant, c'est une entreprise israélienne qui détient la base la plus élargie de personnes testées dans l'hexagone. Mais sa position dominante sera rapidement contestée, à ce rythme.

— J'étais loin d'avoir conscience de toutes ces subtilités...

— C'est un sujet très passionnant. Je vous ferais bien un cours magistral, mais vous m'en voudrez de perdre du temps.

— Bien sûr. Une dernière chose. D'habitude, je ne suis pas un flic violent. Et encore moins borderline.

— Mais, là, ça ne vous dérange pas de me faire bosser

officieusement. La nécessité fait loi, j'imagine ? Elle a l'air de bien puer votre affaire. Et je sais bien que vous ne me lâcherez pas tant que je n'aurai pas identifié ce type.

— Plus vite vous l'aurez trouvé, plus vite vous serez débarrassé de nous.

— Je vous tiens au courant de l'évolution.

— Je suis impatient de vous entendre.

Sous l'effet de l'inaction, les questions pullulèrent aussitôt comme des rongeurs et grignotèrent sa sérénité. Qu'était-il vraiment arrivé le soir de leur dispute ? Personne, hélas, ne pouvait l'aider à reboucher les trous béants de sa mémoire. Sans qu'il ne le sentît arriver, un fragment de leur altercation fut parachuté sur le tarmac de ses souvenirs : Sonia folle de rage, son visage malaxé par les pleurs et la colère, ses cris expulsés de sa bouche déformée ! Cette brève vision le condamna à une peine sans fin.

10

Olivier Jobard songea une nouvelle fois avec une sympathie réduite à Dorian Lemaître, ce flic à l'allure de play-boy fatigué et à l'attitude d'un cow-boy fatigant. En même temps, le détective ne se gênait pas non plus à triturer les principes déontologiques de sa profession. L'arrivée imminente de Martin Duval, annoncée par un coup de fil contrariant un peu plus tôt, ne manquait pas à ce titre de vertus culpabilisantes. Il aidait ce client très spécial à ourdir une très puérile machination à l'égard d'une biologiste de l'hôpital Cochin, sur laquelle cet étudiant en quête de son géniteur passait ses frustrations et son désespoir. Quand il lui ouvrit la porte, Jobard fronça les sourcils devant son éternel sourire piqué à une poupée triste.

— Je vous l'ai dit au téléphone tout à l'heure, vous tombez très mal, monsieur Duval. Je viens d'hériter d'une affaire urgentissime !

— Je peux quand même entrer ?

À contrecœur, le privé le conduisit jusqu'à son bureau, dont il avait auparavant éloigné en toute hâte le moindre document noué à l'affaire Lucie Froissant.

— Je vous paie très cher, monsieur Jobard. J'ai contracté un prêt à la consommation. Je bosse soirs et week-ends pour le rembourser ! Ne me dites pas que vous avez des scrupules maintenant ?

— J'en ai toujours eu, mais mon besoin de pognon a triomphé depuis le début.

— Alors, continuez ! J'ai besoin que vous accélériez les choses. Cette Maëva Baugé a besoin d'une bonne leçon et je suis pressé de la lui donner. Elle crache à longueur de temps sur ces tests génétiques alors qu'ils répondent aux questions de beaucoup de gens, quand même ! Depuis le jour où elle est venue boire un café dans la brasserie où je travaille, j'ai vu ça comme un signe.

— C'était le hasard absolu ou vous faisiez déjà une fixette sur elle au point de chercher du taf dans un endroit qu'elle fréquentait ?

— D'après vous ! Ce jour-là, elle a reçu un coup de fil. Elle a appris une très mauvaise nouvelle par rapport à sa mère. Tout le monde l'a entendue s'exclamer. Je l'observais sans qu'elle ne me voie. Elle s'est barrée à toute vitesse de sa table, laissant dans le cendrier une cigarette à moitié consumée. C'était l'occasion idéale. J'ai prélevé et conservé le mégot de manière à ne pas contaminer l'ADN. Puis je l'ai fait baigner durant une nuit dans une petite quantité de sérum physiologique. Le lendemain, j'ai trempé dedans un écouvillon que j'ai envoyé à une base de données, en créant un compte à son nom, avec votre adresse mail.

— Vous m'avez déjà expliqué tout ça. Ce n'est vraiment pas le moment de ressasser votre histoire dans mon bureau !

— Désolé, je radote. Mais elle m'a humilié hier ! Et j'ai la rage ! Bon, vous en êtes où ? Quand son profil a matché à 50 % avec celui d'un homme, j'ai cru qu'on avait un coup de bol monumental. Mais son géniteur est planqué derrière un pseudo.

— J'ai pas mal avancé pour remonter jusqu'à lui, malgré tout. La semaine dernière, une nouvelle correspondance à 250 centimorgans[1] est arrivée dans une des bases de données.

— L'équivalent d'un cousin au second degré. Pas mal !

— J'ai enfin pu faire une triangulation et remonter vers un ancêtre commun. Je suis ensuite redescendu vers la lignée que vous cherchez. Parallèlement, j'ai enquêté sur Emmanuelle Baugé, la mère de Maëva, 80 ans et de gros soucis de santé, je vous le confirme. Elle a longtemps été serveuse dans un café situé tout près de l'ESC, une école de commerce du 11e arrondissement. Cet établissement comptait une majorité d'étudiants parmi ses clients. Vu l'âge de cette madame Baugé, on peut situer la période de procréation vers mars 1980. Avant que mon affaire urgente ne me tombe sur la gueule, j'étais quasiment arrivé au bout. Il me restait à trouver, parmi quatre frères, le bon, *a priori*. Si l'un d'eux a été inscrit là-bas cette année-là, il est le père de Maëva Baugé.

— Emmanuelle Baugé peut très bien avoir eu une aventure avec un mec qui ne fréquentait pas l'endroit où elle bossait.

— En effet. Mon hypothèse est la plus probable, mais pas forcément la bonne. On devrait vite le savoir, de toute façon, grâce à leurs profils Facebook ou LinkedIn. Nous avons Pierre, Émeric, Jules et Valentin Laurent. Prenez les deux premiers, je m'occupe des deux autres.

Le cursus en langues étrangères de Jules Laurent, interprète aspiré par les congrès internationaux, permettait de dissoudre le moindre doute. En revanche, durant les années 1979 à 1982, l'ESC se distinguait sur le rutilant curriculum vitæ de Valentin Laurent, financier français très en vue à la City de Londres.

— Je le tiens, notifia sobrement Jobard, sans ressentir le plaisir rituel procuré par une telle découverte.

1. Unité de mesure de distance entre deux gènes liés.

— Enfin ! exulta l'étudiant.

— C'est dommage que tous ces moyens et l'énergie que vous dépensez ne servent pas à retrouver avant tout votre propre père biologique !

— J'aimerais énormément, figurez-vous ! Mais je n'ai pas de pot ! J'ai cramé un pognon de dingue et passé un temps fou à faire des recherches, pour rien jusqu'à maintenant. Mais je ne lâcherai jamais, car c'est une torture. Quand Maëva Baugé m'a avoué ne pas savoir qui était son géniteur et qu'en plus elle ne s'en souciait pas, j'ai voulu lui prouver qu'elle me prenait pour un con ! Quand elle connaîtra son nom, il lui sera impossible de résister à la tentation de le rencontrer. Même si elle l'ignore encore, elle a beaucoup de chance : elle va très bientôt savoir. Et elle me remerciera même.

Pendant un instant, Martin Duval subtilisa le sourire de Chucky, la poupée diabolique de films d'horreur.

11

Leur demeure était la dernière avant la forêt, turbulent poste-frontière précédant le royaume silencieux de la nature. Avec Sonia, ils l'avaient achetée au bout d'une minuscule rue en pente avec l'espoir touffu de la transformer un jour en maison du bonheur, remplie de rires d'enfants qui muteraient bien trop vite en bouderies d'ados. Mais, depuis de longs mois, la joie de vivre traçait de très rares sillons sur la terre aride de l'indifférence et de la rancœur. À l'idée de ce gâchis, la culpabilité se nouait dans son esprit en d'interminables torsades. Pour dégonfler ce sentiment omniprésent, Dorian déplaça ses réflexions vers l'enquête et son escouade de questions. Le message énigmatique occupait une grande partie de ses interrogations. « On a tous notre cassis », avait écrit son épouse avec une clarté si parcimonieuse que ces quelques mots lui infligeaient le désarroi le plus vif. Surtout que le lendemain matin, il avait soi-disant prévenu les employeurs de Sonia de son état souffrant et de son incapacité à travailler pour une durée indéterminée. Il ne trouvait trace de ce coup de fil ni dans sa mémoire ni dans le journal d'appels de son mobile, ce qui densifiait à outrance la couche de mystères. Au fur et à mesure, des énigmes de tailles variées complexifiaient les recherches, soumises à d'inattendues intrications. Ballant franchit le portillon du jardin au moment où il visualisait l'ampleur de la tâche, à l'immensité d'un désert. La chaleur évadée d'un sauna géant ne jouait pas un rôle accessoire dans cette comparaison. Toujours aussi insupportable, elle s'amusait à tracer des auréoles sous les bras de son collègue. Plusieurs gouttes de sueur sillonnaient également ses traits fatigués et transformaient ses cernes profonds en minuscules rigoles.

— T'es prêt ? demanda Ballant.

— J'arrive. Laisse-moi cinq minutes.

Il leur fallut autant pour se retrouver lancés vers leur destination et deux de plus pour foncer sur la voie d'une discussion animée.

— Quand je l'ai recontacté, Jobard m'a dit qu'il faudrait entre deux et quatre jours avant de recevoir par mail d'éventuelles nouvelles correspondances génétiques, grogna Dorian. Mais on n'a pas dix ans devant nous !

— Tu proposes quoi ?

— Si le père biologique de Lucie Froissant est bien la clé de tout, il y a peut-être moyen de le retrouver par le biais d'une enquête classique. Quand t'es arrivé, je pensais à Lucie Froissant. Elle est née le 26 décembre 1979. Elle a donc été conçue au tout début du printemps précédent. À ce moment-là, sa mère, Emma, avait 25 piges.

— C'était il y a plus de quarante ans ! Tu penses trouver quoi depuis tout ce temps ? Si elle est tombée enceinte après un coup d'un soir, c'est peine perdue ! J'ai davantage confiance dans les recherches de ce détective.

— On en reparlera... À quoi ressemble la baraque des Froissant ?

— Une jolie meulière. C'est le père Froissant qui l'a lui-même restaurée avec ses ouvriers pendant ses week-ends. Il adore mettre la main à la pâte.

— T'as vu des objets évoquant le souvenir de sa femme ?

— Il y a carrément une petite pièce dédiée à sa mémoire. Je l'ai aperçue en cherchant la chambre de Lucie quand elle était jeune. Il lui arrivait encore de venir y passer la nuit pour être près de son père. Ils avaient une relation très fusionnelle tous les deux. On l'a fouillée en espérant trouver un indice par rapport à son assassinat, sans résultat. De l'autre côté du couloir, on pouvait apercevoir sur les murs de grands cadres photos et de magnifiques peintures dont l'unique sujet était Emma Froissant. Ce type a gardé une adoration incroyable pour son épouse disparue.

— Pourtant, elle l'a trompé ! Et il risque de l'apprendre à un moment ou à un autre.

— En attendant, il ne s'est jamais remis en couple. Je me demande même s'il a eu une autre liaison dans sa vie. S'il a dérapé en enlevant Sonia, il est impardonnable. Mais je comprends le basculement de cet homme qui a perdu sa fille aînée de façon abominable, alors qu'il a déjà tant souffert.

— Ne m'en veux pas, mais j'aurais du mal à lui trouver des excuses !

— Je sais… Mais où veux-tu en venir ?

— Tu as vu quelque chose de particulier dans ce semblant de musée ?

— Une sublime bibliothèque en bois ancien. Emma Froissant était enseignante à l'école élémentaire, elle adorait lire tous les genres et tout le temps. Ses ouvrages ont été soigneusement conservés.

— Comment est-elle morte en 1996 ? Elle était encore relativement jeune.

— Des suites d'une longue maladie. Rien à creuser de ce côté-là…

Derrière ses vieilles pierres qui lui conféraient le charme de l'ancien, la meulière avait le sex-appeal du moderne. Après leur avoir ouvert, la sœur cadette de Lucie Froissant les conduisit dans un salon qui les plongea dans un grand bleu, couleur des murs et du plafond joliment tacheté de minuscules lumières. Seul un canapé d'angle gris donnait une juste réplique à cet univers monochrome. Malheureusement, tout était assorti sur le visage de leur hôte : le rimmel noir coulait sur son teint plus que jamais opalin.

— Je suis très inquiète, dit-elle d'un ton stressé. Mon père ne donne aucun signe de vie. C'est insensé. Il n'a plus que moi. Et je n'ai que lui. Il ne se passe pas une seule journée sans qu'il appelle pour savoir si tout va bien, d'ordinaire. Et jamais il ne se serait absenté sans donner une seule consigne à son bras droit. Surtout que la société est engagée sur plusieurs constructions simultanées, en ce moment !

— L'enquête ouverte pour disparition inquiétante est prise très au sérieux, lui répondit Ballant. Je vous tiendrai au courant dès qu'elle aura avancé.

— Qu'est-ce que vous êtes venus chercher ici ? Vous avez déjà remué la chambre de Lucie lorsqu'elle est décédée !

— C'est une autre pièce qui nous intéresse. Celle où il y a tous les portraits de votre mère.

— Pour quelle raison ?

— On a peut-être une piste. Mais c'est délicat de vous en parler si tôt. Et puis, ça pourrait remuer pas mal de choses en vous.

— Maman a rendu l'âme quand j'étais petite. Ma grande sœur chérie, qui avait pris soin de moi à sa place, a été atrocement assassinée. Et il est peut-être arrivé quelque chose de grave à mon père ! Qu'est-ce qu'il pourrait y avoir de pire, dites-le-moi, commandant ?

— Très bien. De toute manière, on va avoir besoin de vous par rapport à ce qu'on a appris. On a la certitude que votre mère a eu il y a très longtemps une liaison adultérine avec un homme qui est le père biologique de Lucie.

— Impossible ! Ils s'adoraient ! Papa ne s'est jamais

remis de son décès, au point qu'il n'a jamais voulu partir d'ici ! Grâce à la réussite de son entreprise, il pourrait se payer un château. Mais il dit souvent que quitter cette maison, ce serait comme la tuer une seconde fois. Il est d'une fidélité par-delà la mort. Maman ressentait la même chose envers lui, j'en suis sûre ! Comme vous trouvez que dalle depuis des mois et des mois, vous vous mettez à raconter n'importe quoi !

Resté jusque-là observateur, Dorian imposa sa voix assurée et son ton inflexible dans la discussion.

— Nous sommes vraiment désolés, mais ce que nous avançons est certain. Juste avant de mourir, Lucie a reçu les résultats d'un test effectué auprès d'une entreprise américaine. Son ADN correspond à 50 % avec celui d'un type que nous essayons d'identifier par tous les moyens, pour savoir s'il a un lien avec sa mort brutale. Nous avons absolument besoin de comprendre.

— Alors, allez-y si c'est important. Votre collègue connaît le chemin. Je vous attends ici. C'est trop pour moi...

En chemin, les deux OPJ s'arrêtèrent devant les clichés retournés à l'envers le soir de l'assassinat de Lucie Froissant, obscure manœuvre dont la signification échappait à leur sagacité.

— De vieilles photos de famille, beaucoup de joies de vacances, nota Dorian. Pourquoi les masquer ? L'assassin se sentait-il observé ?

— Je ne vois toujours pas ce qui l'a dérangé. Le bonheur des autres, peut-être... Suis-moi, on y est presque.

Ils rejoignirent le petit mémorial, un endroit aussi figé que les traits harmonieux d'Emma Froissant sur les tableaux. Dans ce sanctuaire, l'image de la défunte rebondissait d'un meuble à l'autre, s'agrippait à tous les murs.

— Qu'est-ce que la nostalgie, si ce n'est la tristesse

habillée d'un sourire ? murmura Dorian en examinant la galerie de portraits.

— C'est de toi ça ? s'étonna Ballant.

— Non, de Sonia. Elle philosophe à ses heures perdues...

— C'est vrai, ce genre de phrase lui ressemble bien...

— J'espère que sa manière de voir les choses l'aide à tenir, là où on la retient, si elle est encore en vie...

— Dorian, franchement, t'espères trouver quoi ici qui puisse nous aider à la retrouver ?

— Laisse-moi regarder !

Dorian ressentait une attraction inexplicable pour la bibliothèque et en caressa un instant le cerisier massif. Ses larges rayonnages étouffaient sous l'étreinte des nombreux livres : romans d'amour, d'aventures, d'action ou de guerre, œuvres historiques, grandes sagas familiales et littérature policière. Toutes les œuvres de Maurice Leblanc étaient rassemblées en hauteur pour être au mieux admirées. Si Dorian goûtait avec parcimonie les polars actuels, Arsène Lupin lui proposait parfois une courte évasion vers son adolescence, lorsqu'il relisait ces chefs-d'œuvre avec ses yeux d'adulte. Il était en train de feuilleter *La Demoiselle aux yeux verts* en songeant à Sonia avec une intensité foudroyante quand la cadette inconsolable les rejoignit. Un trouble sans fin ondulait sur son visage fin, ses lèvres frémissaient comme une feuille remuée par le battement d'ailes d'un oiseau.

— Je ne me remets pas de ce que vous venez de me révéler... Vous trouvez quelque chose ?

— Qui pourrait nous éclairer sur l'emploi du temps de votre mère en mars 1979 ? demanda Dorian.

— Ma tante Lina. Sa sœur. Il y avait entre elles les mêmes liens qu'entre Lucie et moi. D'ailleurs, tout ce que je connais de maman, c'est elle qui me l'a raconté quand on partait en vacances. Papa, lui, ne dit jamais rien sur elle. Il laisse parler son amour pour elle depuis vingt-quatre ans. Quand il va savoir, ça va l'achever...

— Où habite-t-elle ?

— À Étretat.

— Ah, *L'Aiguille creuse*...

— C'était son livre préféré.

— Vous pouvez nous donner son adresse ?

— Vous allez tout lui raconter aussi ?

— Si elle ne le sait déjà...

Dorian éprouva la sensation dérangeante de briser les chaînes rouillées d'un vieux secret de famille.

JOUR 3

Du duel au duo

1

Chacun des onze post-it, trame d'un compte à rebours funeste, était épinglé en permanence sur le mur de ses pensées. Dorian arracha le deuxième, alors qu'un nouveau jour venait d'émerger sur les ruines du précédent. Vu la vitesse à laquelle il s'enfuyait, le temps n'incitait pas à la relativité. Épuisé, le chef de groupe s'enfonça mollement dans son fauteuil et jeta un regard furtif à Nathalie, elle aussi bastonnée par la fatigue. La numéro deux de la brigade criminelle consumait dans ce dossier un investissement affectif peu compatible avec l'ordinaire de ses missions. Le directeur et le sous-directeur, les chefs de service et de nombreux membres de la maison avaient aussi témoigné au chef de groupe un soutien fractionné en une multiplicité de messages, de tapes revigorantes et de regards compatissants. Il n'avait jamais été autant entouré, il ne s'était jamais autant senti seul. Malgré les efforts consentis pour tenter de localiser Sonia, les investigations s'enfonçaient nonchalamment dans l'immobilisme. La DRPJ était une machine de guerre capable de monter rapidement en puissance et de mobiliser toutes ses troupes, sauf qu'il n'y avait pas d'ennemis en vue.

— On n'a rien de tangible pour le moment, regretta Nathalie. Pas de mouvements bancaires ni de téléphonie exploitable, aucun témoignage utile. On est en train de retracer ses déplacements des derniers mois pour voir s'il n'y aurait pas quelque chose de louche, un numéro qui aurait borné régulièrement dans les zones où elle allait. On scrute aussi ses fadettes en remontant assez loin. Je ne désespère pas.

— Je sais que vous faites votre max, Nath.

— Heureusement, vous avez avancé sur le dossier Lucie Froissant. Ce serait fou de faire la lumière sur la disparition de Sonia en résolvant ce qui n'allait pas tarder à ressembler à un *cold case*... En parlant de ça, je n'ai pas eu le temps de te raconter ce qui se passe depuis deux jours avec la femme sans visage de Fontainebleau.

— Je t'écoute. Je ne suis pas pressé de rentrer !

La taulière de la brigade criminelle explicita ses découvertes liées à Chris Muller, de plus en plus ressemblant au portrait-robot du suspect idéal en raison de ses manières de fugitif et de son enrichissement douteux...

— Le juge a accepté qu'un mandat d'arrêt soit lancé contre lui, précisa-t-elle. Il a aussitôt été inscrit au FPR et au SIS[1].

— Je ne parviens pas à comprendre sa brusque fuite, après toutes ces années à vivre chichement et sans rien modifier de ses habitudes. Mais on peut supposer fortement qu'il était un simple exécutant. Il a touché une grosse somme pour massacrer sa victime et empêcher qu'on puisse l'identifier. Mais pourquoi avoir conservé si longtemps ces dents qui pouvaient tant le trahir ?

— Car elles l'aidaient à réclamer davantage de fric en échange de son crime ? Si on pouvait mettre la main sur ces deux incisives, ce serait une sacrée avancée ! En 1991, la dépouille a été enterrée sous X dans le carré des indigents du cimetière de Melun. Cinq ans plus tard, à la fin de la concession, les restes ont été transférés dans un caveau public. En 2001, quand l'ADN a commencé à

1. Le FPR est le fichier des personnes recherchées. Le SIS est son équivalent européen.

jouer un rôle essentiel avec la création du FNAEG[1], j'ai plaidé auprès du juge pour une analyse. Mais les ossements avaient été perdus entretemps…

— Dans un autre contexte, je serais électrisé par une telle histoire. Mais, là, elle me laisse de marbre…

— Il est déjà plus de minuit, tu devrais essayer d'aller dormir.

— Comment veux-tu que je pionce ? En plus, je suis persuadé que mon agresseur va encore se manifester. Si son but est vraiment de jouer avec nous, il ne va pas se contenter d'un traversin et d'un vêtement abandonnés dans un hangar.

— Et s'il revenait chez vous ?

— On en a déjà parlé. Vu la configuration de la rue, c'est impossible de mettre notre maison sous surveillance. Et pourquoi se ramènerait-il à nouveau ? S'il avait voulu m'éliminer, il l'aurait fait l'autre soir.

— T'as raison… Dorian ?

Le policier crut déceler une poussière de doute collée au vitrail bleu-noir de ses prunelles.

— Quoi ?

— Prends soin de toi.

— À demain. Tu devrais rentrer toi aussi.

En partant, Dorian fit une halte dans le bureau de sa collègue Lou, en proie aux avances insistantes du sommeil. Un bâillement sans fin étirait sa bouche sans déformer l'arc de Cupidon arrondi de sa lèvre supérieure, un concentré de charme explosif.

— PAC serait-il un numéro un *bis* tyrannique qui t'oblige à bosser vingt-quatre heures sur vingt-quatre ?

— Je t'attendais pour partir avec toi.

Dotée de hanches généreuses jaillies d'un pinceau de Renoir, Lou descendit les marches avec une lenteur

1. Fichier national automatisé des empreintes génétiques.

calculée, tout le contraire de la spontanéité de ses inquiétudes. Il y eut soudain de la gravité dans l'air.

— Comment tu te sens ? demanda la jeune femme. Je pense à vous deux en permanence.

— Je traîne ici pour ne pas rentrer chez moi.

— J'aimerais tellement pouvoir t'aider... Je ne suis pas intime avec toi comme PAC, mais je peux te poser une question perso ?

— Vas-y, rétorqua Dorian.

— J'ai cru comprendre que Sonia te reprochait de ne pas vouloir faire appel à un donneur pour avoir un enfant. Elle t'aurait balancé un verre en pleine tête et fuir en te laissant pour mort ? Ce n'est plus une simple dispute, là, c'est de la haine pure !

— C'est ce que je pense aussi puisque je ne me souviens de rien. Je ne vois pas ce qu'il y aurait pu avoir d'autre. Essayer de comprendre me fait mal au crâne...

— Désolée. Je m'inquiète pour vous. Et je ne suis pas la seule. PAC est très soucieux, même s'il parle pas beaucoup. Tu sais toute l'amitié qu'il vous porte. C'est pareil pour moi. Si t'as besoin de quoi que ce soit, la nuit comme le jour, tu m'appelles.

— Merci Lou.

Comme convoqué par un doux maléfice, un texto de PAC fit au même moment tinter son téléphone et vibrer la corde de ses sentiments : « Pas besoin de te retourner pour vérifier, je suis derrière toi, je suis avec toi. J'espère que tu tiens le coup. » En lui répondant, Dorian eut pour son ami et adjoint une pensée bercée par l'émotion. Lui et ses autres collègues s'étalèrent sur ses pensées durant une partie du trajet, avant de céder la place tout entière à son épouse. Une fois arrivé dans leur maison, qui s'encombrait de l'absence de l'être aimé, il ressentit le besoin vital de plonger son nez dans ses affaires pour en capturer les fragrances. Il remua tellement de souvenirs qu'il finit par craquer devant une peinture à l'huile, dans le salon. Son regard anxieux et humide se suspendit aux yeux de Sonia, taillés dans une émeraude transparente, cette pierre précieuse à la pureté bouleversante. Ses cheveux blond cuivré en cavale sur ses épaules graciles, son front griffé par une mèche en forme de virgule et le diamant entouré de fleurs d'or enchâssé sur son nez complétaient le plus sublime tableau jamais offert à sa contemplation. Il pleura devant, longtemps, jusqu'à l'heure où les premières lueurs de l'aube dansaient encore avec la nuit.

2

Finalement mis K-O par le sommeil, Dorian se réveilla à peine trois quarts d'heure après, avec l'impression d'avoir les idées coincées dans la brume. Mais il eut vite le cerveau fumant comme le café avalé et prêta une attention incertaine à la démission du vice-président des États-Unis, nouvelle renversante qui agitait les ondes. Il fallait partir au plus tôt à Étretat et poursuivre cette enquête implantée de force dans sa tête. En reposant sa tasse pour aller se doucher à la hâte, il nota que la PTS avait emporté les débris d'assiettes qu'il n'avait jamais pris la peine de ramasser, symboles de sa mémoire en morceaux, difficiles à recoller. Les techniciens avaient également prélevé les tessons de verre bariolés de sang, preuves de la férocité de leur conflit. À l'idée de ces débris souillés, une évidence se vissa profondément dans son crâne douloureux. Chez eux, il n'avait fouillé qu'en surface, s'était contenté de constater des désordres visibles sans rien chercher de sous-jacent, sans gratter les apparences pour leur soutirer l'invisible. Il devait explorer davantage et, mieux, irradier les trop nombreuses zones d'ombre. Cette résolution l'absorba pendant le jet intermittent d'eau froide, température idéale pour activer ses neurones. Il enfila un pantalon en toile et un tee-shirt gris sur ses poils électrisés avant de prendre la direction du jardin, bien plus soigné que sa barbe en broussaille. Jusqu'à leur dispute tardive, le lundi soir, Sonia avait forcément passé du temps dehors pour quêter un peu de fraîcheur et en offrir à ses fleurs, ses delphiniums bleus cajolés chaque jour avec des mains délicates. Mais l'arrosoir était resté couché par terre, une dérogation à sa maniaquerie coutumière. Dorian ramena l'objet dans leur garage ultramoderne, un appendice classieux qui ne communiquait pas avec le reste de la maison. Lorsqu'il fit coulisser la porte, un message vermillon écrit sur le mur du fond transperça son regard : *SALAUD !* Il eut à peine lu cette sidérante accusation qu'un texto de Ballant acheva de disperser sa sérénité : « J'arrive, un truc important à te dire. » Cinq minutes plus tard, le duo de circonstance prit place dans le salon et entama une discussion animée qui ne désintégra pas pour autant son malaise profond.

— Qu'est-ce qui se passe ? demanda Dorian.

— On a découvert un collier dans le bâtiment d'une zone industrielle, près d'Orly. Une construction Froissant, évidemment. J'ai tout de suite percuté en voyant le bijou : c'est moi qui l'avais acheté pour Sonia.

— Ça veut dire quoi ?

— Rien ! Le type qui s'amuse avec son jeu de piste ne s'est sûrement pas interrogé sur l'identité du type qui le lui avait offert. Mais on s'en fout ! Ce n'est pas la question. On essaie de voir si des caméras ont pu enregistrer quelque chose dans le secteur.

— Ça ne va pas beaucoup nous avancer, s'énerva Dorian, encore secoué par le message sanglant. Pourquoi on ne se barre pas de suite à Étretat ?

— Merde, c'est bien beau ces histoires d'adultère d'il y a quarante piges, mais on s'embarque dans un truc très incertain ! On doit continuer à jouer sur plusieurs tableaux à la fois.

— À moins qu'il ne se soit passé des trucs cette nuit, c'était au point mort quand j'ai quitté Nath, hier.

— Jusqu'à ce qu'on reçoive un ordre contraire, je dirige l'enquête.

— Puisque c'est toi le chef, tu veux partir quand là-bas ?

— Pas avant ce soir, voire demain matin. Faut que je m'organise vis-à-vis de mes hommes. J'ai une dizaine d'autres dossiers en cours. T'es bien placé pour savoir qu'on ne s'occupe pas que d'une affaire à la fois, non ? Les deux nourrices assassinées à Trappes il y a cinq jours, c'était pour notre pomme.

— Et je fais quoi en attendant ?

— Je ne sais pas. Va voir ton nouvel ami le détective. Il ne faut pas qu'il s'endorme !

— Aucun risque avec moi ! Mais bon, t'as raison, autant lui montrer qu'on ne va pas le lâcher !

— Dorian ?

— Quoi ?

— Tu ne trouves pas qu'on forme un binôme efficace ?

— Si, je dois le reconnaître. Je n'aurais jamais cru dire un truc pareil !

— Retrouvons Sonia, c'est le plus important. Si en plus ça nous permet d'assainir nos relations et pacifier l'ambiance entre nos deux groupes !

— Tu pourrais me pardonner un jour de te l'avoir prise ?

— Avec le temps, je me dis que c'est avant tout moi qui n'ai pas su la garder. Il faut faire beaucoup de chemin pour pouvoir l'admettre. Et encore plus pour l'avouer aux autres.

Ces paroles ensorcelantes résonnèrent dans sa tête après le départ de Ballant : lui aussi était en train de perdre Sonia avant même qu'on ne la lui enlevât. L'écho douloureux d'une violente dispute vint alors épaissir son trouble et ses angoisses. Un flash brûlant irradia son cerveau, quelques images échappées d'un trou noir jaillirent : des cris, des pleurs, des coups. La terreur l'irrigua sans limites à l'idée des horreurs qui pourraient surgir. Mais rien d'autre ne fut déballé par sa mémoire capricieuse.

3

L'inscription accusatrice était tatouée à l'hémoglobine, assurément. Après le coup de téléphone prétendument passé aux employeurs de Sonia, cette découverte le précipitait un peu plus dans la nuit noire de ses souvenirs. Sonia en était-elle l'auteure suite à leur dispute bien plus violente que sa mémoire naufragée ne pouvait l'indiquer ? Ou cette insulte était-elle le nouveau fruit véreux d'une machination ? De rage, Dorian visita la maison du sous-sol au grenier de crainte de dénicher d'autres graffitis sanguinolents. À la fin de son inspection stérile, il essuya son front perlé de gouttes de sueur avec un bras lui-même lubrifié par la transpiration et se risqua à regarder dans un miroir son visage dévoré par la fatigue et le stress. Entre excavations sous les yeux et expansion incontrôlée de sa barbe, sa prompte transformation en zombie se dispensait de trucage. Le dilemme imposé par la situation allait encourager la propagation de ses marques de décrépitude. La logique aurait dû le pousser à prévenir ses collègues, la peur allait l'en dispenser temporairement, le temps que ses réflexions s'émancipent. Il observa une dernière fois la trace délatrice et prit la direction de Paris, le cœur lourd et le pied à peine plus léger sur l'accélérateur. Une fois garé à côté de l'église Saint-Louis d'Antin, le commandant s'enfonça dans la rue de Caumartin, toujours en pleine floraison de passants. Maintenant qu'il détenait le numéro de Jobard, il ne se priva pas de l'appeler avec une insistance impolie sans réussir à provoquer autre chose que le déclenchement mécanique de sa messagerie. Par chance, un homme casqué portant un gros carton sur l'épaule quittait l'immeuble avec un empressement de coureur de grands prix sur la ligne de départ. Trois longues foulées plus tard, Dorian réussit à s'infiltrer d'extrême justesse dans le bâtiment. Il grimpa au deuxième étage, où la porte du logement était entrouverte, duplicata inquiétant de situations vécues durant sa carrière. Les hypothèses les plus ténébreuses pénétrèrent alors dans son esprit.

— Jobard, vous êtes là ? C'est Lemaître.

L'absence de réponse eut pour Dorian valeur de laissez-passer, avec son 9 mm pour sauf-conduit supplémentaire. Il rejoignit directement le bureau, où une vision morbide confirma sans restriction ses inquiétudes. Le détective, allongé sur le parquet, le crâne défoncé, avait déjà emprunté la sortie : sa vie avait pris la fuite à jamais. Dorian fonça vers la première fenêtre venue pour essayer de distinguer le tueur par-delà l'épais écran de condensation. Une silhouette gainée de cuir allongée sur une moto accéléra farouchement pour s'arracher à son regard tourmenté. Il revint vers le cadavre pour noter qu'on lui avait aussi tranché l'index de la main droite, qui barbotait dans une petite flaque de sang. La victime semblait avoir utilisé ce stylo improvisé pour rédiger à l'hémoglobine deux lettres difformes : « OI ». Le policier imagina le mourant en train de voir défiler sa vie, avec pour ultime objectif de laisser un indice, comme un cadeau de départ. Alors qu'il visualisait un tel scénario, la nausée chatouilla son œsophage. La chaleur suffocante n'aidait pas son estomac à faire preuve de sa résistance coutumière devant ce rayon charcuterie. En fermant les fenêtres pour éviter que ne s'ébruitent à l'extérieur ses agissements barbares, l'assassin avait converti le trois pièces en un sauna géant.

L'OPJ préféra revenir sur le palier pour appeler Ballant, la voix enrobée dans la stupeur.

— Greg, on a un énorme problème. Jobard vient de se faire liquider, sans doute par un type qui conduit une moto rouge.

— T'as vu à quoi il ressemble ?

— Son visage était caché par un carton quand je l'ai croisé devant la porte du bâtiment, en arrivant. Il a dû lui piquer son ordinateur et certains dossiers. Mais je l'ai peut-être dérangé avant qu'il n'ait fini...

— C'est la merde. Je ne comprends pas. On aurait énervé quelqu'un en utilisant ses services ? Ou ça n'a rien à voir avec nous ? Je vais être obligé de mettre le juge Denain au parfum, en tout cas.

— On en parlera plus tard. Je vais prévenir les collègues parisiens et les attendre.

— Je te rejoins là-bas.

Lorsque Dorian retourna à l'intérieur pour poursuivre son inspection minutieuse, un constat anecdotique effleura son regard : un des cadres accrochés dans l'entrée avait disparu.

4

Deux étages plus bas, le substitut du procureur avait les pieds rivés au bitume et le portable scotché à l'oreille gauche. Dorian délaissa l'observation du magistrat depuis la fenêtre pour se tourner vers le médecin venu constater l'assassinat, vieux baroudeur aux prunelles remplies d'horreurs qui avoua pourtant son étonnement devant un pareil acharnement.

— On l'a bien arrangé votre type. Il faudra affiner avec le légiste lors de l'autopsie, mais je pense qu'il est sans doute mort d'un arrêt cardiaque suite à la destruction directe du tronc cérébral. C'est la partie la plus interne du cerveau, celle qui conditionne toute la vie végétative. Il a sans doute reçu un coup de marteau qui aurait dû suffire à le tuer, plus ou moins vite, en entraînant la formation d'un hématome qui a progressivement comprimé son tronc cérébral. Mais on lui a aussi enfoncé, au même endroit de la fosse postérieure du crâne, un objet qui pourrait être un tournevis. Il est mort sur-le-champ. Quant au doigt, il a été coupé *ante mortem*.

Ballant arriva à ce moment-là dans l'étuve malsaine et découvrit à son tour le corps du détective, œuvre gore sculptée par la Mort.

— Une balle dans la tête avec un silencieux, c'est tout aussi sûr et plus rapide, jugea-t-il. Pourquoi cette boucherie ?

— Et que signifie « OI » ? renchérit Dorian.

— Alors là… On peut même se demander si Jobard l'a vraiment tracé ou si c'est l'œuvre du grand malade qui l'a déglingué pour embrouiller les enquêteurs. De toute façon, ce n'est pas notre dossier ! Le substitut est forcément en train de saisir le Bastion.

— C'est la mouise totale ! On perd un collaborateur essentiel et l'enquête sur sa mort ne nous reviendra pas ! Je fais quoi moi au milieu de tout ça ? On doit plus que jamais se rendre en Normandie !

— Ne t'emballe pas ! Tu l'avais dit toi-même, il avait l'air un peu louche. Rien ne nous garantit que cet homicide soit lié à notre affaire.

— Tu le penses vraiment ? Il bossait à fond sur le père biologique de Lucie Froissant.

— De toute manière, on n'en saura rien, tout a disparu, je pense, même son smartphone. C'est tout le paradoxe : du travail de pro mêlé à des manières de détraqué !

— Je suis certain que tout tient à ces deux lettres : « OI ».

— Des initiales, peut-être ? Je n'en sais rien… Tu imagines le boulot ? Chercher parmi tous ses contacts, ses clients…

— On avait un coup d'avance, il faut le garder !

— Tu me gonfles. On va leur laisser toute cette merde sans mettre le nez dedans, je te le garantis. Je t'ai déjà dit, c'est moi qui commande !

— Je me casse alors, je n'ai plus rien à foutre ici !

— Je ne vais pas t'apprendre le métier quand même, on est sur une scène de crime ! Comme t'as découvert le cadavre, tu seras auditionné. Commence déjà par le paluchage[1] et la prise d'ADN.

Après avoir rempli ses obligations, Dorian appela à la rescousse son équipier le plus précieux en pareilles

1. Prise des empreintes digitales.

circonstances. Dans l'espoir de faire jaillir le sens caché des lettres « OI », il les emboîta avec des mots-clés successifs sur Google : « ADN », « correspondances », « génétique » et « centimorgans ». Aucun de ces mariages hâtifs ne fournit de résultats capables de briser cette coque de mystère. Frustré et énervé, il décida de quitter l'immeuble en songeant à l'existence en sursis de Sonia, à ses jours qui défilaient comme d'ultimes gouttes de whisky aspirées par un alcoolique. Penser à sa femme et à son puissant désir de maternité fit sourdre en lui une suggestion, comme directement soufflée par les lèvres délicieusement fines de sa bien-aimée. En fusionnant « OI » et « Procréation médicale assistée », il obtint la combinaison gagnante : Origine Inconnue, le nom d'une association ! Cette structure réunissait des gens nés grâce aux dons de gamètes et d'embryons, contributions désintéressées et anonymes au miracle absolu de la vie. À travers un militantisme actif, ses membres exigeaient le droit d'accès à l'identité de ces bienfaiteurs qui leur avaient fait cet immense cadeau en offrant une part minuscule d'eux-mêmes. Un dénommé Martin Duval, connu pour ses prises de position agressives sur les réseaux sociaux, s'établissait en leader médiatique de ce mouvement revendicatif. Sur son compte Twitter, cet étudiant en troisième année de biologie donnait rendez-vous au lendemain midi pour une annonce qui promettait de « foutre un bordel monstre », selon sa formulation, choyée par l'élégance et la modestie. En consultant le déroulé de ses publications les plus récentes, Dorian bloqua son attention sur un article de presse relayé par l'agitateur : une enquête sur ces nouveaux détectives qui infusent de fortes doses de génétique dans la généalogie traditionnelle. Du début à la fin, Jobard se singularisait par son statut d'intervenant unique, comme s'il bénéficiait d'un espace publicitaire gratuit sous couvert d'expertise. Ce faisceau de présomptions invita

Dorian à localiser sans plus attendre ce Martin Duval, dont les coordonnées personnelles brillaient dans l'onglet « contacts » du site Internet Origine Inconnue. Une visite à l'improviste et en solitaire s'imposait, quitte à faire basculer son enquête dans la clandestinité.

5

Dorian réduisit grâce à quelques accélérations rageuses la durée du trajet jusqu'au domicile de Martin Duval, situé près de l'avenue Foch. L'immeuble posté à l'angle d'un carrefour lui signifia le terme de son déplacement express. Sans se soucier de la légalité de son stationnement, il se rua vers le bâtiment et fit défiler le listing des habitants en martyrisant la flèche tournée vers le bas. Puis, il pressa le bouton de l'interphone avec une douceur identique à celle prodiguée à la Mégane. Une voix pétrie par la fatigue et l'énervement s'échappa dans la rue.

— Qu'est-ce que c'est !

— Bonjour monsieur Duval, je viens de la part de Jobard.

— Pourquoi il ne se ramène pas lui-même ? Je croyais qu'il bossait en solo ?

— Ouvrez-moi, je vais tout vous expliquer. C'est urgentissime.

Dorian fut convié à rallier au quatrième étage un studio éclaboussé par les larmes d'or du soleil de juin. Il brandit aussitôt sa carte sous le nez épaté et le regard ahuri du blondinet joufflu.

— Un flic ! Vous ne venez pas de la part de Jobard !

— Ça ne risque pas ! Il a clamsé il y a à peine une heure, abruti !

— Qu'est-ce que vous me racontez ?

— On l'a trucidé ! Il a tracé « OI » avec son sang à côté

de lui. Je fais une enquête officieuse. Mais ils ne sont pas plus cons que moi à la PJ de Paris ! Ils feront très vite le lien avec votre association grâce aux activités de Jobard. Et ils commenceront comme moi par interroger la grande gueule qui se répand dans les médias et sur les réseaux !

— J'arrive tout juste de la fac, il y aura des dizaines de personnes pour vous le confirmer. Et pourquoi je l'aurais tué ? C'est débile !

— Je suis sûr que vous vous connaissez !

— Il bossait pour moi, oui. Et alors ?

— Tu cherches qui ? Ton père ? Ta mère ?

— Je suis en quête de mon père biologique, mais je n'avais pas besoin de Jobard pour ça, je suis assez grand !

Avec la virtuosité d'un sportif surentraîné, Dorian attrapa prestement Duval par les boucles de sa chevelure et le traîna sur plusieurs mètres. Grâce à un second enchaînement tout aussi imprévisible, il le souleva et colla contre une vitre son visage juvénile déformé par la pression, les yeux coincés dans l'axe des rayons aveuglants du soleil.

— Magne-toi de tout me raconter p'tit trou du cul, je n'ai de comptes à rendre à personne ! Et je m'autorise toutes les méthodes, même les plus putassières !

— Espèce de taré, lâchez-moi ! Vous me faites mal putain !

— Parle ducon ! T'es pas sur Twitter là, c'est la vraie vie ! Tu l'as vu quand pour la dernière fois ?

— Hier soir, répondit-il en frottant son front et son appendice nasal tout endoloris.

— Dans quel cadre ?

— Je voulais donner une bonne leçon à la directrice du CECOS de Cochin. Elle ne sait même pas qui est son père et elle m'affirme qu'elle ne comprend pas ce que je ressens, cette connasse ! Elle récite sans cesse ses leçons sur l'anonymat des donneurs. Et elle n'arrête pas de baver sur les tests génétiques ! J'ai pris son ADN à son insu et je l'ai envoyé à une firme étrangère. Jobard, qui recevait les résultats par mail, a balancé ses données dans plusieurs bases. Hier, quand j'ai débarqué dans son bureau, il était sur le point de conclure ses recherches. On a fini par trouver ensemble, même si son géniteur utilisait un pseudo. Il se nomme Valentin Laurent, un grand financier de la City.

— Et tu comptes balancer cette info demain ?

— En effet ! Pas mal de monde me suit. Ça fera du bruit ! J'ai hâte de voir ce que ça va lui faire à cette Maëva Baugé quand elle aura pris ma révélation en pleine gueule !

— Écoute-moi bien ! T'as intérêt à oublier ces conneries mon gars ! Il ne rigole pas, celui qui a fait ça. J'ignore sur qui on est tombé, mais c'est un très grand malade ! Tu veux regarder le joli lifting subi par ton pote ? C'est moi qui ai découvert son cadavre. J'en ai profité pour prendre des photos : examine bien ce que tu ne verras jamais dans les journaux !

Les lèvres sèches de Duval dessinèrent une moue indéfinissable, entre une forte grimace de dégoût et un vague sourire implorant la pitié.

— Tu sais où elle crèche cette Maëva Baugé ?

— À Louveciennes. Rue du Maréchal-Joffre. En face du 28.

— T'es allé la harceler jusque chez elle, je parie ! Pauvre con ! Si on te pose la question, je ne suis jamais venu ici.

— Oui, oui, bien sûr…

— Et si j'étais toi, je me mettrais au vert tout de suite et je cesserais toute activité. Tout ça pue à un point qu'on n'imagine pas !

Quand Dorian sortit, les genoux de Duval jouaient des castagnettes.

6

De son court passage à la clinique quelques heures avant, Maëva avait ramené une nouvelle qui virevoltait en elle : l'opération ne s'était encombrée d'aucune complication. L'ablation totale de l'estomac et le curage lymphatique pour en finir avec les ganglions intrusifs avaient néanmoins réclamé un détour par l'unité de soins intensifs. En attendant de pouvoir rendre visite à sa mère, la biologiste entrevoyait les contours du futur avec un regard neuf, dépoussiéré de toute rancœur : un suivi régulier, un régime alimentaire adapté et de bons moments à grappiller en sa compagnie sans aucune restriction. Une résolution serinée au moment de se garer devant chez elle, après un tour de Louveciennes ponctué de haltes chez les commerçants. Elle poussa le petit portillon avec ses bras chargés de paquets, sans se douter qu'elle allait dégringoler directement dans les sous-sols ténébreux de la terreur. Une main gantée se plaqua sur sa bouche, la lame effilée d'un couteau glissa le long de sa gorge serrée comme un double nœud, une voix vipérine serpenta jusqu'au fond de son oreille.

— Lâche tes sacs et ouvre la porte, salope !

Ne pas se laisser déborder par la panique, prête à s'inviter par toutes les écoutilles de son corps. Traverser le couloir de l'entrée sous la protection des photos de famille encadrées, bornes souriantes posées sur son angoissant parcours. Entrer dans le vaste salon mal orienté et meublé par la pénombre crasse.

— Assieds-toi connasse et mets tes mains derrière la chaise !

Éviter de fixer le masque de laine noir, pendant qu'une corde râpeuse s'enroule tel un boa autour des poignets et des chevilles, égratignés par la morsure des fibres. Observer ailleurs en permanence, dissoudre son regard dans le plafond à grands volumes, perdre ses yeux apeurés dans les damiers du carrelage.

— T'es bien roulée, dis donc ! Je vais peut-être modifier mon programme…

D'un coup, croyant percer la cagoule et l'identité de son agresseur, elle le fixa avec ses prunelles incendiées par la colère.

— Pas la peine de vous cacher, Martin Duval ! Vous avez perdu la tête ! À quoi vous jouez là ?

— Martin Duval ? C'est qui ce connard ? Tu te trompes !

Une gifle monumentale partie sans prévenir l'étourdit et vola quelques fragments de sa lucidité. Un bâillon serré autour de sa bouche acheva de la réduire au silence et à sa merci. La meute de ses angoisses se mit à hurler à la mort en elle.

— Tiens-toi tranquille et profite de tes derniers moments de paix. J'aurais pu te couper la langue, mais je préfère attendre. J'ai mon petit rituel.

Ses doigts se baladèrent sur ses épaules dénudées, dévêtues par l'été. Il effleura son collier avec un index qui descendit jusqu'à la naissance de son sein gauche, en stoppant à cette frontière symbolique, comme pour signifier qu'il la franchirait quand il le souhaiterait. Des frissons brûlants grouillèrent sur la moindre parcelle de sa peau.

— Je te laisse un peu. J'vais faire un p'tit tour de ta baraque. Si tu me le permets, bien sûr ? T'es chez toi quand même !

Quelques rires sataniques s'enfoncèrent au creux de ses oreilles avant de se clouer en plein cœur. Ils continuèrent à résonner même lorsque son tortionnaire eut rejoint l'étage au rythme de sifflotements aigus qui agressèrent son ouïe. Une fois seule, Maëva s'agita sur sa chaise avec des convulsions de démente. Mais rien ne bougea, sauf dans sa tête, où tout se bousculait. Alors que les derniers jours de juin repoussaient au plus loin leur crépuscule, le sien allait brutalement s'abattre. Elle songea à sa fille, à tout ce chagrin qui allait lui survivre, à la douleur qui palpiterait dans son corps une fois que le sien aurait été souillé, torturé, démembré peut-être...

— Très sympa la chambre de la petite brune qu'on voit sur toutes les photos. J'aurais bien fait connaissance avec elle aussi !

La voix venait de chuter depuis le haut de l'escalier, de glisser sur les rampes de la surprise. Elle le vit subrepticement glisser quelque chose dans une poche de son pantalon sans réussir à deviner quel minuscule objet ce psychopathe avait bien pu dérober pour l'associer, plus tard, à ce moment maculé par l'horreur.

— Je vais m'occuper de toi maintenant. C'est l'heure de déballer mes petits joujoux !

Un sac bien rempli, posé près de la table du salon, avait jusque-là pris ses distances avec son regard, brouillé par la peur et la sueur dans des proportions équivalentes. La main gantée de cuir en sortit six bouts de papier, aussitôt agités sous ses yeux en même temps qu'éclataient des ricanements forgés par l'Enfer.

— Tu te dis sans doute : « Pourquoi moi ? » C'est horrible de crever et encore plus sans en connaître la raison. La faute à pas de bol ? T'es très chanceuse, pourtant : tu vas avoir le privilège de choisir comment tu vas mourir.

Désormais, seule une poignée de secondes alourdies par la terreur la séparait du début de son calvaire. La perspective de sa disparition brutale et cruelle gouvernait déjà son esprit résigné.

— Ils sont tous numérotés, reprit-il froidement. Je vais compter de un à six. Tu dois me faire signe avant la fin pour en choisir un. Si tu ne sais pas te décider, je te promets une agonie de plusieurs heures à faire patienter la Mort sur le pas de ta porte. On a tout le temps pour s'amuser, même si tu n'en as plus trop devant toi. Alors, on joue ?

Dans un réflexe de défense kamikaze, la biologiste répondit par une dénégation de la tête, secouée si violemment que ses cheveux défaits emprisonnèrent ses yeux dévastés. L'homme cagoulé prit soin de la recoiffer avec la méticulosité d'une petite fille occupée à peigner une poupée, lui infligeant une première violation de son territoire intime. Puis il saisit posément son long couteau affûté et en promena la lame dentelée sur ses joues aussitôt blessées par cette caresse aiguisée.

— Un effleurement suffit à faire saigner. Alors imagine si on y va un peu plus fort ?

D'un geste sec qui suintait l'habitude, il pela un morceau de peau sur son épaule gauche. Une douleur fulgurante explosa en mille voltages dans ses tempes foudroyées.

— Si je t'épluchais du haut du crâne jusqu'au bout des orteils, je ne m'ennuierais pas un seul instant ; toi, en revanche, tu trouverais chaque seconde interminable, je pense. Sois raisonnable, les choix sont variés, y en a pour tous les goûts ! Avec un peu de chance, tu vas tomber sur un truc rapide. Je commence : un, deux, trois...

Transpercée par mille peurs, Maëva concéda un infime mouvement du menton en guise de capitulation définitive.

— Le trois ? T'es sûre ? Attention, je déplie !

Il ne dit rien, montra juste le mot désigné par le hasard avec un rire brutal qui acheva de fracasser son cœur et son âme : *Électrocution !*

7

Lorsque Dorian se gara en face de chez Maëva Baugé, il était dominé par l'indécision. Les enquêtes en solo ne s'ajustaient pas du tout à son caractère, surtout si elles réclamaient des manières de gros bras et de petit cerveau. Mais avait-il d'autre choix que de continuer à suivre la voie sinueuse entamée au pas de course chez Jobard ? La vision des paquets de courses délaissés sur le perron en plein soleil lui interdit de s'égarer davantage dans ses réflexions. Il se précipita vers la porte, ouverte d'une main, tandis que l'autre convoqua son 9 mm. Dès le seuil franchi, un bruit de propulsion d'air venu du haut lui imposa un dilemme déchirant. Devait-il monter à l'étage ou déverser en premier ses suspicions dans le rez-de-chaussée ? Un mouvement venu d'une pièce voisine l'obligea à brusquer sa prise de décision. Il arriva à temps pour voir à travers la fenêtre ouverte un homme cagoulé s'enfuir dans la rue perpendiculaire et enfourcher une moto rouge aussitôt lancée dans un galop assourdissant. Son instinct lui intima de renoncer à une vaine poursuite au profit du sauvetage de la biologiste, si quelques fragments de vie la retenaient encore dans ce bas monde. Il sprinta dans l'escalier avec une crainte acérée qui lui poignardait le ventre. En haut, la rumeur de l'eau coulant à gros jets l'orienta sur la gauche, vers une salle de bains. Branché au mur et accroché à la barre de douche, un sèche-cheveux pendait au-dessus de la baignoire qui se remplissait à grands traits. Il plongea et balança au passage une énorme claque à l'appareil, qui valsa sur le carrelage en rendant son dernier souffle. Le policier se retrouva au-dessus de sa victime, nue et ligotée, un masque d'épouvante posé sur le visage. Une fois ses liens et son bâillon ôtés, son hystérie explosa dans une salve de cris et une gerbe de larmes.

— Il est parti ? Dites-moi qu'il est parti !

— Calmez-vous, c'est terminé. N'ayez pas peur. Il ne va plus rien vous arriver. Sortez de là, je ne vous regarde pas.

Dorian lui tendit un drap de bain et lui tourna le dos, le temps qu'elle frottât sa peau avec une véhémence telle qu'elle essayait aussi de décaper le moment ignoble vécu quelques minutes auparavant.

— C'est bon, j'ai mis un peignoir. Qui êtes-vous ?

— Dorian Lemaître, commandant à la PJ de Versailles. J'ai vu que vous étiez blessée à l'épaule. Vous avez subi des sévices ?

— Non, non, rien de plus...

— Vous pouvez tout me dire, vous savez. Mais je comprendrai que vous ayez envie de parler à quelqu'un d'autre.

— Il ne m'a pas violée, si c'est le sens de votre question. Il m'a dit en rigolant que ça ne figurait pas au programme. Ce n'était pas écrit sur son bout de papier...

En même temps qu'elle parlait, ses mains tournaient avec la frénésie d'une toupie.

— Calmez-vous, dit doucement Dorian. Prenez le temps de récupérer et de désinfecter votre épaule. Vous me raconterez ce qui s'est passé, ensuite.

Il patienta au bas des marches, tandis que la confusion chahutait ses réflexes habituels. Il reculait au plus loin, sans raison, le moment où il devrait prévenir Ballant et les autorités de cette tentative d'homicide saupoudrée de barbarie. Le retour de la biologiste, qui avait posé une robe sur son corps meurtri, offrit un sursis à ses obligations. Son visage fin et oblong, déjà reconquis par une forme de sérénité, témoignait d'une faculté de récupération hors norme. Avec ses yeux noisette effleurés par une frange brune, elle lui offrit un remerciement qui, par contagion, diffusa en lui une vague de bien-être.

— Comment vous sentez-vous ? demanda-t-il.

— Ça va un peu mieux, mais j'ai besoin d'un bon remontant. Un café avec quelques gouttes d'Armagnac. Vous voulez quelque chose ?

— De l'eau fraîche me suffira, merci.

Une fois installée dans un sofa avec sa boisson dopée à l'alcool, elle choisit ses mots de façon clinique pour dérouler son récit froid comme un scalpel.

— Avant que vous ne me sauviez, j'étais déjà résignée, conclut-elle. J'en étais même à me dire que j'avais sans doute échappé à quelque chose de bien pire avec cette simple électrocution...

— Pourquoi s'en prendre à vous ? Il vous a donné ses raisons ?

— Vous imaginez qu'un tel psychopathe en ait besoin !

— Je pense qu'il n'était pas là par hasard. C'est sans doute lui qui a assassiné Olivier Jobard, un détective généalogiste qui enquêtait sur vous à la demande de Martin Duval.

— Vous plaisantez, j'espère ?

— Duval vous a subtilisé du matériel biologique par ruse et l'a chargé de retrouver votre père biologique grâce à votre ADN. Ils ont son nom depuis hier : Valentin Laurent, trader très en vue à Londres qui s'était inscrit avec un pseudo. Exactement le même schéma que dans une autre affaire d'homicide que je tente d'élucider : la victime, Lucie Froissant, a, elle aussi, fait un test et contacté Jobard. Elle songeait à lui demander des recherches au sujet de son père, dont le profil se cachait là encore sous une fausse identité.

— Ça fait beaucoup de choses à la fois... Si je vous suis, on voudrait m'éliminer à cause de ma filiation ?

— En effet. Mais si longtemps après ? Ça n'a pas de sens ! Sauf s'il était déjà en couple avec sa femme actuelle à l'époque. Mais il devait être très jeune...

— Je dois vous préciser un truc...

Une douleur soudaine étouffa la fin de sa phrase.

— Parlez sans crainte, Maëva.

— J'ai appris il y a seulement deux jours que j'étais née suite à un viol. Ma mère est persuadée qu'elle va mourir très bientôt et a tenu à me faire cette chouette confidence tant qu'il n'était pas trop tard.

— Je suis désolé pour vous... Après, le délai de prescription est passé. Il reste le scandale à éviter bien sûr, quand on est riche et peut-être un peu connu comme ce type. La peur d'un chantage financier ? Mais pourquoi se risquer alors à introduire son profil génétique dans ces bases de données ? Quel était son but ? Quelque chose m'échappe !

— Qu'est-ce qu'il faut faire ?

— Normalement, porter plainte. Des investigations auront lieu pour essayer de loger votre agresseur. Il y a peu de chances qu'on trouve du matériel biologique, car il avait pris ses précautions à vous entendre. On peut aussi tenter de pister son véhicule sur les images de vidéosurveillance. Mais je doute qu'il ait une immatriculation en règle... Tout ça est très bizarre. On dirait un *serial killer* complètement détraqué, mais en service commandé. Ce n'est pas un tueur à gages conventionnel...

— Vous croyez qu'il va de nouveau tenter de s'en prendre à moi ?

— C'est plus que probable, puisqu'il n'a pas terminé sa mission. À moins de faire croire que vous êtes morte.

— Vous n'y pensez pas vraiment, j'espère !

— Venez chez moi vous mettre au vert, personne ne vous cherchera là-bas. Vous pourrez bosser à distance avec mon ordinateur et mon téléphone fixe. Dites-leur que vous êtes un peu souffrante, mais que vous pouvez quand même travailler. Laissez-moi y voir plus clair dans ce merdier.

— Pourquoi je vous suivrais ?

— Je dois sauver ma femme. Je vous expliquerai tout une fois arrivés. Le temps de l'enquête et de l'instruction n'est pas le mien. J'ai onze jours, il m'en reste plus que sept, déjà. Je dois accélérer et prendre des risques. J'ai de plus en plus la certitude qu'il me faut la jouer complètement perso !

— Qu'ai-je à y gagner ?

— Aidez-moi, et je vous protégerai.

— Vous m'avez sauvé la vie. Comment vous le refuser ?

— C'est ce que j'espérais.

Leurs regards fiévreux scellèrent ce pacte insensé.

8

À ses pieds, l'écume garnissait de bouts de coton la toile bleutée de la Méditerranée, frémissante. Chris Muller scruta l'horizon borné par les côtes marocaines, porte d'entrée vers la liberté. Sa folle fuite vers l'Afrique du Nord guidait ses actes depuis qu'il avait volé une voiture pour atteindre l'extrémité de l'Espagne, à la jonction entre deux continents, entre deux vies aussi. Il lui restait à franchir quatorze kilomètres avant d'expulser de ses poumons des souffles libérateurs. De l'autre côté de l'étendue frémissante, un vieux pote l'attendait pour l'aider à se noyer à jamais dans les eaux troubles de l'anonymat. L'argent lui permettrait de s'offrir une existence toute neuve, de s'acheter un futur respectable, de solder un passé crasseux. Il palpa les liasses à l'étroit dans son sac à dos, oppressées comme il l'était lui-même depuis trop longtemps. Parce qu'il avait laissé tomber cette maudite boîte d'allumettes près du cadavre, il avait dû faire patienter ses envies d'horizons lointains dans la salle d'attente de ses rêves. Trente ans à ruminer, à recevoir en d'innombrables fractions ce qu'il aurait dû encaisser en une fois, un crédit à très long terme plutôt qu'un jackpot immédiat. Trente ans à trembler, à sourire à la policière qui venait une fois par semaine au *Dancefloor* pour répandre sa suspicion sur chaque client, chaque employé. Trente ans à regretter son erreur, à calculer à l'infini ce qu'elle pourrait lui coûter, après avoir compté mille fois ce que son geste ignoble lui rapportait. Trente ans à se demander quand il pourra enfin quitter sa prison sans barreaux. Et, au moment où il ne lui restait plus que quelques poussières de temps avant de disparaître le plus sereinement du monde, il avait dû brusquer le destin, se laisser kidnapper par l'urgence.

Dans ces conditions, il devait avant tout chercher la complicité de plaisanciers, auxquels il offrirait un bon pactole pour disparaître dans les flots silencieux de la nuit. Il épia une nouvelle fois les bateaux disséminés dans la marina Alcaidesa, un port embrasé par le soleil puissant qui toisait encore la baie de Gibraltar. Il devait en choisir un, sans autre complice que le hasard. Mais ses carences en sommeil depuis le départ impromptu de Versailles ne l'aidaient pas à faire son tri parmi les embarcations, tant il avait les idées embrouillées. Il remarqua un jeune couple lové sur le cockpit arrière d'un timonier, les verres vides et les yeux remplis à ras bord de désir. Le fuyard préféra tenter sa chance auprès de leur voisin, un vieux marin dont la barbe tricotée dans un nuage blanc édulcorait le teint hâlé. Au moment de l'aborder, le stress darda tout son corps. Un équipage de la garde civile arpentait le ponton et épiait l'intérieur des vedettes et des voiliers avec des manières bien trop soupçonneuses pour être désintéressées. Les 400 000 € en liquide entassés sur son dos musclé eurent soudain le poids démesuré de lingots d'or. Pourtant, il ne pouvait pas être leur cible, tant il avait méthodiquement banni toute erreur lors de sa longue échappée. Il devait juste éviter un contrôle d'identité potentiellement fatal si les autorités françaises avaient déjà propulsé son nom dans la liste de personnes recherchées. Avec tout le culot qu'autorise le danger le plus imminent, Chris Muller franchit la passerelle en deux enjambées déterminées.

— Vous parlez français ? demanda-t-il.

— Pas trop mal, même si je suis andalou. Qu'est-ce que vous voulez ?

— M'asseoir avec vous d'abord, comme si on se connaissait. Aller de l'autre côté ensuite.

— Dégagez, vous avez les flics au cul. Je n'veux pas d'emmerdes !

— Ils ne sont pas là pour moi, je vous jure. C'est le hasard.

— Qu'est-ce que j'en sais ?

— Le haschich et la coke se déversent depuis le Maroc à la Linéa de la Concepción. Ils sont sûrement en train de chercher un trafiquant ! Je vous file 5 000 € pour me débarquer n'importe où.

— 10 000. Les douaniers quadrillent nos côtes sept jours sur sept.

— 8 000. Une moitié avant de partir, l'autre quand je descends.

— C'est d'accord. Tu peux poser tes fesses. Une bière ?

— Pas de refus.

Les deux hommes rassemblés par le hasard trinquèrent en l'honneur de ce lieu exceptionnel, alcôve unique où l'Atlantique partageait son intimité avec la Méditerranée.

— La légende raconte qu'Hercule aurait brisé des collines et tranché les continents, expliqua James, le plaisancier devenu bavard. Le détroit serait l'œuvre d'un demi-dieu grec qui a séparé l'Europe de l'Afrique en même temps qu'il a réuni la mer et l'océan. D'ailleurs, dans l'Antiquité, les montagnes qui le bordaient, au nord comme au sud, s'appelaient les colonnes d'Hercule.

La discussion dévia ensuite sur le passé de son hôte, un ancien pêcheur qui s'était approprié la langue de Molière grâce à sa défunte femme, une Sétoise portée vers lui par les courants imprévisibles du destin. Veuf depuis six ans, James vivait à Algésiras, une retraite davantage dorée par le climat que par l'argent. Il avait troqué son vieux chalutier pour un bateau de pêche-promenade décati qu'il rafistolait plus qu'il n'entretenait, vu que son compte en banque était aussi troué qu'une coque percée.

— Charles Aznavour chantait que la misère est moins pénible au soleil, je me dis ça chaque jour, rigola James. Allez, santé mon ami !

Ils démolirent le stock de canettes en attendant que les eaux ne servent plus que de miroir à l'astre déclinant.

— C'est la nuit, on y va, décréta le pilote, jovial.

Le fugitif sentait désormais son stress se diluer dans les mousses ingérées un peu plus tôt. S'il ne pouvait plus discerner le littoral opposé, son imagination prenait le relais pour en projeter les contours sur l'écran de ses désirs. Accaparé par ses visions doucereuses, il se laissa gentiment chahuter par le roulis jusqu'à ce qu'il entendît arriver un bateau. James stoppa son moteur sans préavis pour favoriser l'accostage déroutant d'une vedette blanche et noire.

— Deux *amigos*, ce n'est rien, lui assura-t-il. Ils sont dans le coin, ils passent juste dire bonsoir.

Muller détesta cette visite-surprise tout autant que les barres de fer que les visiteurs faisaient tournoyer tels des bâtons de majorettes.

— Je parie que t'as beaucoup de pognon dans ton sac, hurla James, soudain hors de lui. File-nous tout ce que t'as ! Sinon, on te laisse au milieu de nulle part ! Et je parie que t'auras de la compagnie au fond de l'eau !

— Va te faire foutre, connard !

— Tu veux faire le malin ? Tu vas voir !

Encerclé, coincé, le videur asséna les premiers coups, mais encaissa les derniers. L'acier de ses mains était moins dévastateur que celui de leurs armes, qui s'écrasèrent sans faiblir sur son occiput et son ventre. Brutalement délesté de son magot et jeté par-dessus bord, il emporta dans sa bouche le goût du sel et celui terriblement acide des remords.

9

Dorian sentit les frissons se disperser sur tout son épiderme quand il eut fini de remonter le fil tordu des jours précédents.

— Quel énorme sac de nœuds ! s'exclama la biologiste. Dire qu'il ne vous reste que sept jours pour démêler tout ça et espérer retrouver votre femme en vie !

— C'est complètement surréaliste. Heureusement, je suis surtout dans l'action, ça m'évite de trop cogiter.

Maëva scruta longuement le ciel, comme si ses pensées s'écrivaient sur cette ardoise géante en même temps que son esprit les formulait.

— Moi aussi, j'ai l'impression d'être hors du temps depuis tout à l'heure, avoua-t-elle. Pas seulement sur une autre planète différente, mais dans une tout autre galaxie. Alors, j'ose à peine imaginer pour vous.

— C'est d'autant plus compliqué que je ne connais rien à cet univers de la généalogie moléculaire. Je comptais sur ce Jobard pour m'aider.

— Ses chances de réussite étaient très aléatoires, de toute façon.

— Vous ne les aimez pas ces firmes étrangères !

— Je comprends que des gens soient en quête de leur identité. Et j'ai de bons rapports avec le président d'Origine Inconnue. C'est un ami, même. Les membres de cette association se comportent normalement, excepté Duval, qui a pété les plombs ! Ils envisagent de le virer, d'ailleurs, car il ternit trop leur image. Il m'a harcelée pour que je lui communique le nom du donneur, alors que la loi l'interdit... Si j'avais imaginé ce que ces conneries déclencheraient par la suite... On veut ma mort à cause de ce crétin !

— Malheureusement pour vous, c'est la preuve que ça peut marcher.

— Évidemment ! Si vous faites partie d'un groupe qui est représenté dans la base de référence utilisée pour faire les tests, pas de problème. C'est le cas pour la majorité des gens qui envoient leur ADN et qui obtiennent des résultats qui correspondent. En revanche, si vous êtes parmi une population borderline, ce n'est pas la même chanson ! Quand des gens retrouvent des vrais cousins ou parents, c'est de la chance. On vous dit ce qui marche pour des dizaines de milliers de personnes, on ne vous parle pas des millions d'autres qui ont échoué. Ces bases de données ne sont pas représentatives de la population mondiale. On vend aux gens des choses non pas fausses, mais trompeuses.

— Vous m'avez perdu...

— L'analyse génétique est biaisée car de grandes ressemblances sont faites. Si la population de la base de données comporte une majorité de Chinois, vous favorisez les gens qui ont des homologies avec cette population. Si vous êtes français et que vous utilisez une banque à dominante européenne et asiatique, ça vaut le coup. Mais, si vous êtes sud-américain, pas la peine d'y aller ! Beaucoup d'individus testés sont non représentatifs. Ainsi, les données utilisées pour faire les comparaisons sont très réduites par rapport au nombre de personnes qui ont envoyé leur ADN. C'est plus clair comme ça ?

— Oui. Lucie Froissant a logiquement retrouvé son père biologique sur DNA-True, qui a priorisé le marché français depuis sa création.

— Exact. En fait, notre patrimoine génétique se retrouve dans des pays étrangers, où ces entreprises de génotypage grand public peuvent l'utiliser sous certaines conditions[1]. On sait que les données de l'une d'entre elles sont utilisées par des labos pharmaceutiques pour effectuer du criblage de gens sensibles à tel ou tel médicament.

Dorian absorba ce flux d'informations aussi vite que son cocktail sans alcool, vidé en trois gorgées.

— Stop ! Je suis en train de me lancer dans un cours magistral dans votre jardin, en buvant un coup à minuit passé, après avoir fait comme si de rien n'était au téléphone avec ma fille et mon mari, alors qu'il y a quelques heures un malade a failli me trucider !

— Rien ne vous empêche de renoncer à notre accord et de vous rendre au commissariat demain matin. Je ne vous en voudrai pas du tout.

— Il y a peut-être une voie intermédiaire.

— Laquelle ?

— J'ai fait quelques recherches, par curiosité, depuis qu'on est arrivés chez vous. La chère épouse de ce Valentin Laurent travaille dans l'art. Depuis le début de la soirée, elle publie sur ses réseaux des photos d'un vernissage où ils sont tous les deux présents. Sur son fil d'actualités, on y voit toute leur vie. L'intérieur de leur hôtel particulier à Passy, notamment. Je veux aller parler à ce type. Si on part maintenant, on pourra les attendre devant chez eux. J'ai trouvé des infos au sujet du couple sur *Who's Who*. À l'époque du viol, ils étaient déjà fiancés. En plus, le trader finance grâce à sa fortune personnelle des associations qui luttent contre les violences faites aux femmes. Il est très

1. Elles font signer aux volontaires un accord de transfert pour « aider la science » dans le cadre de partenariats avec des industries pharmaceutiques qui vont valoriser les données recueillies en informations utiles.

engagé dans ce domaine depuis des années, sans doute pour se donner bonne conscience.

— Un militantisme et une réputation qui souffriraient beaucoup de la révélation d'un viol, même très tardive !

— Allons le voir. Je lui dirai que je n'en veux pas, de son pognon, moi ! Ça fait quarante ans que je vis sans père et je ne me suis pas trop mal débrouillée jusque-là. Il y a peut-être moyen que tout s'arrête si je peux lui parler en tête à tête.

— Ça se tente, après tout... Mais je m'y rends seul. Je vais essayer de lui mettre un coup de pression. Barricadez-vous. Si je ne suis pas revenu d'ici au milieu de la nuit, appelez Greg Ballant à la DRPJ de Versailles et racontez-lui tout ce qui s'est passé. Voilà son numéro de portable. Je vous confie ma maison pour quelques heures.

Maëva Baugé le fixa un instant, alors que le vernis de l'émotion faisait briller intensément son regard :

— Et moi je vous confie ma vie.

JOUR 4

Leblanc dans la conversation

1

Depuis quelques jours, Valentin Laurent ne parvenait pas à cloîtrer ses états d'âme, ni à les planquer derrière la façade d'ordinaire impassible de son visage. Même la soirée branchée parcourue par les frivolités, entre discussions mondaines et exclamations faussement expertes devant les barbouillages, n'avait pas réussi à éparpiller ses tourments. La main de son épouse, tendrement posée sur sa cuisse, fut tout aussi impuissante à détendre ses traits retouchés par l'inquiétude.

— Je penserais que ce vernissage te ferait du bien, dit-elle. C'est raté, on dirait...

— C'était très bien, Mylène. Ça m'a changé les idées. Je suis juste très fatigué. Ne t'inquiète pas.

— Tu devrais lever le pied, à ton âge. On a bien plus que tout ce qu'on pouvait espérer de la vie grâce à toi. Profite. On pourrait faire un break tous les deux, partir loin quelques jours ?

— Ça pourrait nous faire du bien, en effet. Laisse-moi m'organiser. Tu voudrais aller où ? Aux Antilles ?

— Pourquoi pas en Californie ?

— Il y a l'Asie aussi qui me tenterait...

Leurs projections sur une mappemonde virtuelle cessèrent à la vue d'un homme planté devant le portail surélevé de leur demeure cossue, signe extérieur de richesse d'une capitale écartelée entre magnificence et paupérisation extrême. La perplexité du financier se métamorphosa en une vive irritation quand une carte de flic fut plaquée contre sa vitre. Il l'abaissa sans attendre, permettant à l'air toujours étouffant de venir agresser l'atmosphère climatisée de l'habitacle.

— Que se passe-t-il ? On a été cambriolés ?

— Pas du tout, monsieur Laurent. Je ne traite pas ce genre d'affaires. Commandant Lemaître, de la brigade criminelle de Versailles. Une petite balade à pied dans votre quartier, ça vous dit ? J'aimerais qu'on discute quelques minutes seul à seul.

— À cette heure-ci ? C'est une blague !

— Pas du tout. Ne m'obligez pas à insister.

— C'est n'importe quoi !

Mylène épaula sa résistance en surenchérissant dans l'indignation.

— C'est quoi ces manières ? Vous vous prenez pour qui ?

— Pour quelqu'un qui a besoin de discuter de choses extrêmement confidentielles avec votre mari, dans son intérêt, croyez-moi. Mais je peux tout déballer là tout de suite, si vous le préférez. Vous seriez sans doute ravie d'apprendre certaines choses.

— C'est bon, chérie, je gère. On va aller discuter dans mes bureaux du Trocadéro. Rentre, je te rejoins vite.

— T'es sûr ?

— Oui ! *A priori*, je ne crains rien avec un membre de la police ! Le chauffeur de taxi va nous y conduire rapidement.

Muet pendant le minuscule trajet, le familier de la bourse londonienne balança à l'arrivée un billet à trois chiffres sur le siège avant, moins par mépris que par souci de se hâter. Il entraîna Dorian au quatrième étage d'un bâtiment rincé par le luxe. Une fois installé à son bureau, il évita le passage par la case sociabilité, en omettant de proposer une boisson.

— Que me voulez-vous ?

— C'est au sujet de votre fille.

— J'ai trois garçons !

— Vous l'avez retrouvée par l'intermédiaire de DNA-True, une firme américaine, en vous cachant derrière une adresse mail anonyme.

— De quoi vous me parlez ? Je sais à peine comment fonctionne ce type de société. Je peux vous jurer que je n'ai jamais cherché un éventuel autre enfant par ce biais. J'en ai suffisamment pour être comblé ! À mon âge, en plus, sérieusement ! C'est ma supposée fille qui vous a raconté une histoire pareille ? Elle veut du fric, c'est tout !

— C'est pour ça qu'on a voulu l'assassiner hier !

— Qu'est-ce que vous me racontez ?

— Vous le savez très bien, puisque c'est vous qui l'avez commandité.

— Vous me prenez pour un mafieux sans foi ni loi ? J'ai bâti toute ma fortune le plus légalement possible ! Et puis d'abord, de quelle façon êtes-vous arrivé jusqu'à moi ?

— On a les résultats de ses tests. Votre identité était masquée. On vous a retrouvé grâce à la généalogie moléculaire. C'est de plus en plus dur d'avoir une vie privée de nos jours, mais également de préserver son passé. Vous ne vous êtes jamais douté que vous pouviez avoir mis enceinte une femme pendant votre jeunesse ?

— J'avais du succès à 20 ans. Pendant longtemps, même. Difficile de me souvenir de toutes mes aventures ! Comment s'appelle la supposée mère ?

— Emmanuelle Baugé. C'était une serveuse de *L'Échoppe des chopes*, le bar que vous fréquentiez avec les autres étudiants de l'école de commerce. Elle avait 40 ans. Vous couchiez souvent avec des femmes du double de votre âge ?

— Je n'ai pas tenu de comptabilité détaillée, avec

prénom, âge, profession… Et si vous interrogez mes potes de l'époque, ils vous diront qu'on a fait quelques soirées arrosées. Je ne suis sans doute pas le seul mec sur terre à m'être réveillé un matin dans le lit d'une gonzesse sans me souvenir de ce que j'avais fait avec elle la veille !

— Elle ne vous a pas marqué, on dirait. Je vais vous aider à vous en souvenir. Celle dont je parle, vous ne lui aviez pas laissé le choix !

— Puisque vous savez tout, qu'est-ce que vous voulez ? Du pognon ?

— C'est une obsession chez vous ! Foutez la paix à votre fille, c'est tout ce que j'exige. Elle ne vous réclame rien, juste le droit de continuer à vivre normalement.

— Je ne lui veux aucun mal ! De toute façon, si elle existe, j'ignore quel est son nom et ce qu'elle fait. Vous ne trouverez rien qui me lie à cette personne.

— Vous seriez prêt à confronter votre ADN ?

— Je ne vous ai pas dit que je ne vous croyais pas. Il existe peut-être un lien de parenté entre nous. Mais je vous jure que je n'ai entrepris aucune démarche pour le mettre au jour. Vous pouvez fouiller tous mes ordinateurs, vous ne trouverez rien qui me relie à cette société. Si vous voulez bien m'excuser, je dois rejoindre mon épouse maintenant. Elle passe demain matin un examen de santé important et je souhaite être auprès d'elle.

— Je pense qu'on se reverra.

— Soyez assuré de ma totale coopération. S'il faut effectuer un test, je suis à votre disposition. Mais cela réclame un cadre légal. Je ne pense pas que votre visite nocturne puisse être considérée ainsi. Je vous laisse rentrer seul à Passy, vous en avez à peine pour dix minutes à pied. Le veilleur de nuit vous permettra de ressortir sans souci, je le préviens de suite. Bonne nuit, commandant.

Une fois seul, Valentin Laurent saisit son smartphone pour envoyer à Mylène un message d'excuse et de contrition, prétextant une discussion qui allait le visser un bon moment à son fauteuil en cuir. Il s'écroula alors dedans, comme s'il tombait de dix mètres de haut. Puis, il attrapa une bouteille de scotch, en sachant très bien qu'il ne noierait pas ses problèmes dans l'alcool, seulement lui-même. Les souvenirs se déversèrent dans sa mémoire en même temps que le liquide apaisant le long de sa gorge. Elle portait souvent une jupe en cuir qui en montrait trop pour ne pas avoir envie de voir le reste et un petit chemisier dont débordait sa généreuse poitrine. Paumée, elle traversait sa vie sans GPS, entre boulots alimentaires et coucheries passagères pour oublier sa misère permanente. Elle logeait au-dessus de l'établissement et le chemin vers le premier étage avait été balisé par certains de ses potes, ravis d'avoir une ouverture après la fermeture du bar. Un samedi soir, il l'avait draguée, il avait un peu trop bu, elle n'avait pas été assez farouche. Puis, une fois dans sa piaule, elle s'était rétractée sans explication, sinon qu'elle était lasse d'additionner les verres le jour et multiplier les mecs la nuit. L'affront avait libéré ses instincts les plus vils. Ce viol, quelle bassesse doublée d'une bêtise infinie ! Il n'avait jamais remis les pieds dans cet endroit, pas plus que ses coudes sur le comptoir. Chaque jour, durant de longues années, il s'était attendu à voir débarquer la police et à plonger dans le noir : arrestation, honte, opprobre public, mise en examen, incarcération, procès, prison, déchéance. Pourtant, rien n'était venu amocher son existence rêvée, avec sa fortune en millions d'euros et un bonheur familial en milliers de sourires. Après avoir longtemps éprouvé honte et culpabilité, il avait fini par lessiver sa mémoire de ce sombre épisode et décaper tous ses états d'âme. Jusqu'à ce que cette sale histoire revînt des ténèbres alors qu'il pensait l'y avoir abandonnée pour toujours.

2

Costume gris anthracite et visage gris délavé, maître Bois sortit de l'hôtel de police de Versailles au moment où Ballant y entrait. Le policier s'arrêta pour saluer le pénaliste et serrer à regret sa main moite, qui semblait mariner dans un sauna.

— Qu'est-ce qui vous amène ici de bon matin ? demanda Greg.

— Une affaire de stups. C'est toujours un plaisir de commencer ma journée dans la salle d'entretien de vos locaux de garde à vue. Dites-moi, commandant Ballant, puisque je vous croise. Je sais que vos relations avec Lemaître sont très fraîches...

— Elles se sont réchauffées récemment. C'est moi qui suis en charge de l'enquête sur la disparition de Sonia. Il me file un coup de main.

— Il est bizarre, ce Lemaître. Il a appelé mardi dernier pour me dire qu'elle était souffrante et ne viendrait pas pendant quelques jours.

— C'est nouveau ça !

— Comme on ne recevait pas d'arrêt de travail et que je souhaitais prendre directement de ses nouvelles, j'ai tenté de joindre Sonia à de nombreuses reprises, sans succès. Puis Lemaître a repris contact il y a trois jours pour demander à mon autre assistante si Sonia était venue au cabinet entre mardi et jeudi de la semaine passée. Surréaliste ! Il a même eu l'impolitesse de raccrocher alors qu'elle lui demandait de patienter au téléphone. Puis, on a su que Sonia avait disparu depuis le lundi soir. Tout cela est fort troublant, vous en conviendrez.

— En effet, y a un truc qui cloche. Je vais tirer ça au clair avec lui. Je vous tiens au courant.

— Je vous en remercie.

Escorté par une escouade de questions, Ballant regagna son bureau pour consulter ses mails. Son sentiment de défiance envers son collègue enfla de manière insensée quand il découvrit dans sa boîte les résultats d'analyse des fragments de verre ensanglantés : le plus imposant permettait de mettre en évidence deux profils ADN différents, ceux de Dorian et Sonia. L'hypothèse d'une manipulation ourdie par son collègue fut soudain clouée dans son esprit, avec le marteau de l'évidence. Le commissaire Richard, arrivé à ce moment-là dans la pièce, perçut toute la colère débordant de son regard.

— Bonjour Greg. Ça ne va pas ?

— Une très grosse contrariété. Qu'est-ce qui vous amène patron ?

— Où est Lemaître ?

— Il ne devrait pas tarder. Pourquoi ?

— Vous pouvez m'expliquer ce qu'il se passe ? Je viens d'avoir un coup de fil du Bastion. Hier, peu après minuit, il s'est rendu dans le 16e pour attendre un certain Valentin Laurent, un trader fortuné. Il était à un vernissage avec sa femme. Lemaître a lourdement insisté pour que les deux hommes aient une discussion en tête à tête. Le financier l'a conduit pas très loin, dans ses bureaux. Où une de ses collaboratrices l'a découvert mort tôt ce matin ! Un suicide, selon toute vraisemblance. Lemaître est sans doute la dernière personne à l'avoir vu de son vivant. Qu'est-ce qu'il foutait là-bas ? Vous étiez au courant ?

— Non. Je ne l'ai pas vu depuis qu'il a quitté l'appart du détective Jobard, alors qu'il était censé rejoindre la

PJ de Paris pour être auditionné. Depuis, il a coupé son portable, impossible de le géolocaliser. Les enquêteurs en charge du dossier sont exaspérés. Je dois faire un point avec eux ce matin.

— Vous ne le couvrez pas, j'espère ?

— Pas du tout !

— Il vaudrait mieux. Sinon, soyez sûr que votre carrière dans ce service connaîtra la même fin que la navette spatiale *Challenger* !

Ballant, obligé de déballer ses informations les plus récentes, grava une surprise infinie sur le visage de son supérieur.

— Quel putain de merdier !

— Oui. J'ai d'énormes doutes au sujet de Lemaître, désormais. Il n'est pas du tout clair.

— Il aurait inventé tout ça pour noyer le poisson ? Imaginez la scène. Il se dispute violemment avec sa femme, il la frappe, elle tombe et se défonce au passage la tête contre un coin de table ou un truc dans le genre. Elle décède sur le coup. Et là, au lieu d'assumer ses actes, il a l'idée géniale d'inventer cette histoire d'enlèvement ! Comme ça, il retarde au maximum le moment où on commence à le suspecter. En plus, il fait diversion à merveille en s'impliquant dans l'affaire Lucie Froissant. Et il vous utilise, transformant son vieil ennemi en allié. Quel machiavélisme !

— Ça signifierait qu'entre le lundi soir et le jeudi soir, il aurait enlevé Hervé Froissant. Qu'il aurait ensuite organisé lui-même la mise en scène dans le hangar de Méré. Mais comment aurait-il fait ? Il aurait aussi amené le collier de Sonia dans l'entrepôt où on l'a retrouvé près d'Orly. Ça fait beaucoup pour un seul homme. Mais pourquoi pas ? Il n'a peut-être pas fait que picoler durant les trois jours.

— Il est où en ce moment ?

— Il ne devrait pas tarder. On doit partir en Normandie ce matin.

— Oubliez ce voyage et envoyez une voiture le chercher de suite, en espérant qu'il se trouve chez lui. Il faut aussi perquisitionner leur maison sans attendre. Mettez-vous en rapport avec le juge Denain.

— Je m'en occupe, patron. Vous pouvez compter sur moi pour le coincer s'il a commis l'irréparable !

Furieux, Ballant se sentait cocufié par Lemaître pour la seconde fois.

3

En descendant l'escalier, sa mémoire bombarda un nouveau fragment de souvenir sans prévenir. Les mains ensanglantées hissées devant elle en guise de frêle barrage, Sonia pleurait et implorait dans un déluge de cris. Cette image furtive terrassa Dorian à la moitié des marches, là où s'étaient dispersés les tessons de verre teintés de rouge. Assise devant son ordinateur de bureau, Maëva lui adressa un sourire tourmenté, comme une fleur fanée à la naissance.

— Bonjour Dorian. Ça n'a pas l'air d'aller ?

— Un vertige, ne vous inquiétez pas. Je ne dors pas beaucoup... Vous ne me semblez pas non plus très en forme, si je peux me permettre. Il ne vous sera pas facile d'oublier ce que vous avez vécu chez vous.

— S'il n'y avait que ça... Malgré moi, je suis obsédée par ce Valentin Laurent. J'étais en train de chercher d'autres éléments sur sa vie et je viens tout juste d'apprendre la terrible nouvelle...

— Quoi ?

— Il est décédé ! On l'a retrouvé dans ses bureaux du Trocadéro, là où vous m'avez dit l'avoir vu la nuit passée, à votre retour. Un suicide, apparemment.

L'info électrocuta Dorian.

— Si je m'attendais à ça... Aller le voir n'était pas une si bonne idée, finalement.

— Il y a deux jours, j'ai appris que mon géniteur était

non pas un type passé en un coup de vent dans la vie de ma mère, mais une grosse merde de violeur. Hier, on a essayé de me tuer parce que cet abruti de Martin Duval avait déclenché des recherches sur lui. Et ce matin, j'apprends qu'il s'est donné la mort ! Ça va s'arrêter quand ?

— Je suis désolé, on reparlera de tout ça à mon retour de Normandie. Je dois filer à la DRPJ. Ballant m'attend.

— Je vous accompagne. Je ne veux pas rester seule !

— Il n'en est pas question !

Un appel de son adjoint provoqua une suspension immédiate du débat.

— Ça va, PAC ? Il se passe un truc par rapport à la Miss ?

— Ce n'est pas pour ça que je t'appelle. Je sortais de mon bureau quand j'ai croisé de loin des membres du groupe Ballant. Je les ai entendus parler. Ils viennent te chercher chez toi pour t'auditionner !

— Je n'y comprends rien ! Je devais retrouver Ballant pour continuer notre enquête sur Lucie Froissant...

— Tu ne me caches rien, j'espère ?

— Je ne pense pas. Mais je n'en suis pas sûr, tu comprends ?

— Je saisis la nuance, oui.

— Si je disparais, on va se douter que tu m'as prévenu.

— Je m'en cogne ! T'es mon pote. Fais ce qui est important pour toi. Je ne saisis pas tout ce qu'il se passe, mais t'aurais dû te méfier de Ballant. Il t'a fait un coup tordu, je parie, je te l'avais dit ! Il ne te pardonnera jamais de lui avoir pris Sonia !

— Je croyais qu'on était passés à autre chose, tous les deux... Merci de m'avoir prévenu.

— Prends soin de toi et ne fais pas de conneries.

— Promis mec.

Quand il raccrocha, il vit la perplexité s'approprier les yeux en amande de Maëva.

— Il y a des choses qui m'échappent à moi aussi. Je vais partir sans mon collègue à Étretat pour rencontrer la tante de Lucie Froissant.

— Je viens avec vous Dorian !

— Vous êtes plus en sûreté chez moi !

— Vous avez promis de me protéger, non ? Alors, je ne vous quitte pas ! Avec cette nouvelle mort, ça craint vraiment trop ! Sinon, je vais à Versailles raconter ce qu'il m'est arrivé hier en expliquant que vous m'avez demandé de passer sous silence la tentative d'assassinat dont j'ai été l'objet. Je ne pense pas que ça arrangerait votre cas !

— Très bien, comme vous voulez. On passe d'abord à Louveciennes récupérer votre voiture, vu que personne ne sait qu'on est ensemble. Puis, on filera en Normandie. Vous devrez me passer votre téléphone. Je vais vite devoir couper le mien. Si vous êtes d'accord avec tout ça, vous avez deux minutes pour me rejoindre dans ma caisse.

— La moitié me suffira !

Soixante secondes plus tard, Dorian arracha sa Mégane du bitume dans un bruit de moteur colérique. Il appela aussitôt Martin Duval dont la voix gainée de stress s'évada dans l'habitacle.

— Duval, les enquêteurs de la PJ de Paris sont passés te voir ?

— Oui, comme vous l'aviez prévu. Ils m'ont demandé quels étaient mes liens avec le détective. J'ai répondu que j'avais croisé Jobard une ou deux fois, c'est tout. Ils ont insisté, mais je n'ai rien lâché.

— C'est bien !

— Faut dire qu'ils n'ont pas vos méthodes. Ils ne m'ont pas éclaté la gueule contre la vitre de mon salon !

— À cause de toi, Maëva Baugé a failli mourir *in extremis*. Et je n'exagère pas ! Alors fais profil bas, c'est mieux ! Et puis tu vas m'aider ! Je te donne l'occasion de te racheter.

— Qu'est-ce que vous attendez de moi ?

— Que tu poursuives les recherches de Jobard sur le père biologique d'une femme qui a été tuée, Lucie Froissant.

— Mais je n'ai pas envie de crever comme lui !

— Tu n'as pas le choix, Duval, on est tous dans le même bateau ! Tu vas te rendre à la bibliothèque de ta fac aux heures où il y a le plus de monde. Ceux qui sont derrière tout ça ne pourront remonter que vers une adresse IP collective. Il te suffira de ne pas y passer trop de temps à chaque fois et jeter des p'tits coups d'œil pour vérifier qu'on ne te surveille pas. Je vais t'envoyer le mot de passe et l'adresse mail créés par Jobard pour que tu te connectes au profil de Lucie Froissant sur les différents sites. Avec un peu de chance, de nouvelles correspondances vont apparaître dès aujourd'hui. Je pars sur les traces de son père, mais j'ai besoin qu'on avance dans le domaine génétique. Je t'enverrai vite un autre numéro de portable qui nous servira à communiquer. Tu me contacteras dès que t'auras trouvé quelque chose.

— OK, je vais le faire. J'ai grave déconné avec la responsable du CECOS, vous avez raison. Dites-lui que je suis désolé. J'ai été très con…

— Je lui dirai, Duval. Tu connais le seul moyen de vraiment te faire pardonner. Tiens-moi au jus.

Dès que le silence eut rappliqué en force, un sentiment de complicité les agrégea.

— Je ne sais pas dans quoi je vous embarque, reprit Dorian avec gravité. Vous tiendrez le coup par rapport à votre famille ?

— C'est surtout à cause de ma mère qu'il m'est difficile de partir au pied levé. Mon mari a pris de la distance dans tous les sens du terme. Notre couple était usé avant qu'il ne saisisse l'occasion d'aller bosser durant quelques mois au Qatar. Je ne le sens pas du tout pressé de rentrer.

Et ma fille fait ses études à Tours. Elle ne passe qu'un week-end par mois à la maison.

— Surtout, prévenez-la de ne pas venir chez vous pour l'instant. On ne sait jamais.

— Pourquoi ?

La biologiste anticipa la réponse avec un effroi impossible à maquiller : le psychopathe pourrait revenir finir le travail.

4

Toutes les certitudes de Nathalie au sujet de Dorian venaient d'être soufflées par une déflagration de surprise. Les ravages s'étendaient jusque dans les lointaines profondeurs de son âme meurtrie. Elle vouait depuis longtemps à son collègue une haute estime qui saluait autant ses qualités humaines que ses compétences professionnelles. Passé de dernier de groupe à commandant, il était un maillon fort d'une longue chaîne d'enquêteurs qui perpétuaient l'esprit de la DRPJ.

— Nathalie. Vous êtes avec moi ?

Le commissaire divisionnaire Richard manifesta sa volonté de saisir la parole, annoncée par un de ses raclements de gorge coutumiers.

— Je comprends votre stupéfaction par rapport à ce que je viens de vous apprendre. Comme vous, tout le monde tombe de sa chaise ici, y compris le directeur. Lemaître suspecté et en fuite, c'est insensé... Nos hommes ne l'ont pas trouvé chez lui. En revanche, lors de la perquise, ils ont découvert cette inscription écrite avec du sang sur un mur de son garage. On est en train de vérifier s'il s'agit de celui de Sonia.

La vision de la photo acheva de repeindre ses idées couleur pétrole.

— J'ai du mal à concevoir qu'on soit tombé dans un piège aussi grossier, moi la première, jugea Nathalie. En même temps, en bossant ici, Dorian était bien placé pour avoir capté des éléments du dossier lors de discussions de couloirs, même s'il ne travaillait pas sur l'enquête directement. Il a très bien pu être au courant de l'histoire des cadres retournés. Quand il m'a appelée pour que je vienne chez lui, il était certain que je percuterais. Et je ne me suis posé aucune question. Les clichés de paysages de vacances dans leur chambre n'avaient pourtant rien à voir avec les photos de famille accrochées dans la meulière des Froissant. J'aurais dû y penser.

— Ne vous incriminez pas, il a bien préparé son coup.

— D'un autre côté, des choses me chiffonnent. Il avait tout le temps de ramasser les bouts de verre qui traînaient dans l'escalier. Il aurait pu aussi effacer le mot « SALAUD ». On n'aurait pas forcément passé chaque centimètre carré de la baraque au Bluestar®[1], sauf à avoir de très forts doutes sur un endroit en particulier.

— S'il n'était pas parti en cavale, il aurait pu s'expliquer. Là, c'est une autre musique. Il a été inscrit au FPR. Déjà que ça devient une affaire d'État dès que la moindre intervention tourne mal... Alors un commandant de police soupçonné d'avoir fait disparaître sa femme, ça va faire plaisir à quelques-uns parmi ceux qui passent leur temps à nous cracher dessus ! Je vous laisse, je vois que vous avez de la visite.

Alors que PAC s'avançait, le chef de service coinça le capitaine sur le seuil du bureau et se pencha vers lui avec un rictus agrafé sur son visage soudain suspicieux.

— Ce n'est pas vous qui avez prévenu Lemaître au moins ?

— Prévenu de quoi ?

— Qu'on allait le cueillir à son domicile, pas la peine de faire le con avec moi !

1. Composé chimique qui permet de détecter par chimiluminescence des traces de sang fraîches ou anciennes, invisibles à l'œil nu.

— J'ai appris dans la matinée que des membres du groupe Ballant étaient partis chez lui, mais ne l'y avaient pas trouvé. Ensuite, j'ai entendu parler d'une possible interpellation à Étretat. Mais je suis assez occupé avec tous les autres dossiers, vous savez. Et Dorian était très concentré sur la disparition de sa femme, on ne s'est quasiment pas parlé.

— Vu le pétrin dans lequel il s'est fourré, la prochaine fois que vous discuterez avec lui ce sera peut-être au parloir ! Et si ça continue comme ça, une place de chef de groupe va bientôt se libérer. Pas besoin de vous faire de grands discours si vous tenez à la récupérer. Il vaudrait mieux que vous exprimiez votre loyauté envers moi plutôt qu'envers lui.

— Bien noté, commissaire.

Nathalie, qui avait dérobé quelques bribes de la conversation, rangea ses propres doutes dans un long soupir accusateur.

— J'ai les mêmes interrogations que le divisionnaire. On reparlera de tout ça quand ce sera plus calme. J'espère qu'il n'y aura pas d'autres fuites de ce genre.

— Je ne peux pas imaginer un seul instant Dorian avoir fait du mal à Sonia !

— Je ne sais plus quoi penser, depuis ce matin… La déception est à la hauteur de l'estime que je lui voue.

— Il y a forcément une explication, Nath. On n'a pas le droit de le laisser tomber ! Nath ?

L'esprit englouti par de sombres pensées, la numéro deux de la brigade était soudain trop loin pour l'entendre.

— Pourquoi tu voulais me voir PAC ? finit-elle par demander.

— C'est à propos de Miss Amphi.

— On a du nouveau ?

— On dirait que ça te stresse plus que ça ne te réjouit !

— Faut être honnête, avec tout ce qu'il nous tombe

dessus… En plus, les quatre groupes criminels sont surchargés et le vôtre est décapité. Bon, je t'écoute.

— La veille de se faire assassiner chez sa mère, à Bougival, la star des facs avait fêté son anniversaire sur une péniche en bord de Seine. Pour l'occasion, elle avait porté durant toute la soirée les fameuses boucles à 65 000 € qui ont disparu en même temps que ses oreilles. Un joaillier de la place Vendôme avait lourdement insisté pour les lui prêter.

— Or gris 18 carats et diamants à foison. J'ai lu le dossier !

— Il y avait pas mal de fans qui s'étaient pressés aux abords du bateau pendant plusieurs heures. Elle était de temps en temps sortie pour faire des photos et signer des autographes. De fait, on avait passé au crible toutes les vidéos publiées sur les réseaux sociaux en espérant identifier le détraqué qui s'en était pris à elle. À l'époque, on n'avait rien trouvé. Mais on a conservé une cellule de veille. Ces derniers jours, les deux ans de sa mort ont été célébrés. Pour l'occasion, des admirateurs ont mis en ligne plein de films jamais relayés jusque-là. Regarde celui-là.

Quand Nathalie examina le smartphone de PAC, les images éblouirent ses yeux avec la dureté d'un soleil d'été.

5

Écarquillés, leurs yeux s'efforçaient de boire la Manche, qui s'étalait platement devant eux. Cramponnés au-dessus du plafond d'ardoises gris-bleu d'Étretat, les jardins d'un hôtel réputé leur offraient une sublime vue panoramique.

— Je m'étais promis il y a quelque temps de venir en week-end avec ma fille, soupira Maëva. Je ne pensais pas découvrir Étretat dans de pareilles circonstances...

— C'est ici qu'on avait fait notre premier séjour en amoureux avec Sonia... Fin de la séquence nostalgie.

— Vous voulez vraiment que je m'y rende seule ?

— Oui. Ballant sait pertinemment que je vais venir ici. Je ne peux pas m'approcher de chez elle. Sonnez et soyez très naturelle. Lina, la tante de Lucie Froissant, a plus de 80 ans. Les fleurs qu'on a achetées vous aideront à initier le contact. Dites-lui qu'elles lui sont envoyées par sa nièce, ça la fera automatiquement parler de sa famille et du drame vécu en novembre dernier. Il y a des chances pour qu'elle vous invite à entrer et à boire quelque chose. Je pense vous avoir assez briefée durant le trajet sur ce que vous deviez lui demander.

— Tout est clair, ne vous inquiétez pas.

— On pourrait peut-être se tutoyer ?

— J'attendais que tu me le proposes.

— Ne te stresse pas, tu vas assurer. Si je ne suis pas ici à ton retour, c'est que mes collègues auront rappliqué. Tu me trouveras sur la falaise d'Aval. À tout à l'heure.

Maëva quitta l'établissement pour s'enfoncer dans une ruelle courbée, étroit toboggan qui atterrissait sur la place du Général-de-Gaulle. Elle la traversa en diagonale pour rejoindre une maison de pêcheur en brique et silex, enjolivée par le charme intemporel de ses volets bleus. À l'instant de sonner, elle eut la sensation d'avoir été poussée contre sa volonté sur le tournage d'un film et d'en improviser au fur et à mesure le scénario comme les dialogues. La porte s'ouvrit devant une vieille dame souriante dont on pouvait supposer la vivacité d'esprit et la vitalité de gestes.

— Bonjour madame Blanes, j'ai un bouquet pour vous.

— Ah bon ? Montrez-moi ça ! De la part de ma petite-nièce Sarah ! Elle m'en envoie toujours un pour mon anniversaire. Mais pourquoi aujourd'hui ? Son père a disparu en plus, elle est hyperangoissée. C'est étrange. Je vais l'appeler tout de suite. J'ai quelque chose à vous signer ?

— Non... Il fait très chaud. Ça vous dérange si je rentre deux secondes pour boire un verre d'eau ?

— Pas de souci ! Même un café si vous voulez.

— Avec plaisir. C'est très gentil de votre part.

— Je suis ravie de partager un bout de matinée avec vous. Entrez.

Permanentée, apprêtée et parfumée, Lina Blanes portait avec grâce le poids des années sans se perdre dans leur compte. Maëva la suivit dans un vaste rez-de-chaussée que le soleil visitait trop timidement, du bout de ses rayons. Sur la droite, une table rustique serrée entre deux bancs en bois accueillait des revues de mots croisés, passe-temps aux airs de temps plein.

— Je fais travailler ma tête pour ne pas la perdre, s'amusa-t-elle en posant un plateau garni d'une cafetière italienne et de madeleines. En plus, ça m'occupe. Je n'ai plus trop souvent l'occasion de recevoir. À mon âge, la plupart de mes amies sont déjà parties.

— C'est bien que votre famille pense à vous.

— On a vécu un tel drame en novembre dernier... Mais je ne veux pas vous embêter avec mes malheurs.

— Si ça peut vous faire du bien, allez-y.

— Mon autre nièce, Lucie, la sœur de Sarah, a été assassinée de façon ignoble. On lui a arraché le cœur et j'ignore comment le mien peut tenir, depuis ! J'ai son visage en tête à chaque instant...

— Ça a dû être terrible pour les parents, aussi...

— Leur père Hervé est devenu fou, il en veut à la terre entière ! Leur mère Emma, ma sœur donc, est décédée depuis longtemps des suites d'un cancer. Je me dis qu'elle n'a pas eu à vivre ça. Ce qui ne me console pas vraiment... Au fait, dites-moi, vous travaillez pour quel fleuriste ? Il n'y en a aucun à Étretat.

— Celui de Gonneville-la-Mallet.

— Je le connais très bien. Il travaille seulement avec sa femme. Vous n'êtes pas journaliste au moins ? Il y en a déjà qui sont venus ici pour tenter de me faire parler de Lucie ! Si c'est le cas, dégagez !

— Non. Écoutez-moi, s'il vous plaît ! Il serait compliqué de tout vous expliquer. J'aide un policier à enquêter sur la mort de votre nièce. J'ai besoin que vous nous aidiez. Vous aimeriez qu'on attrape le coupable ?

— Évidemment. Je donnerais ma vie pour qu'on le retrouve !

— Pas besoin d'aller jusque-là. Je voudrais que vous me parliez de votre sœur, qu'on remonte quelques mois avant la naissance de Lucie.

— C'était il y a plus de quarante ans !

— Je sais bien ! Comment était-elle ? Bien dans sa vie, dans son couple ?

— Emma était déprimée depuis deux ans environ,

car elle ne parvenait pas à tomber enceinte. Depuis toute petite, elle rêvait d'être mère, bien plus que moi. D'ailleurs, je n'ai jamais eu d'enfants. Ce qui ne m'a pas empêché de m'occuper avec dévouement de mes deux nièces quand ma sœur est morte, même si elles étaient déjà grandes. J'aurais aimé n'avoir jamais à le faire...

— Vous devez vous souvenir de ce moment où Emma vous a annoncé qu'elle était enceinte pour la première fois. Ça a dû être un très grand moment pour vous deux ?

— Non.

— Non ? Vous avez tout oublié ?

— Au contraire, je me rappelle très bien justement. Il n'y avait eu aucune émotion de sa part. Elle était venue passer un week-end ici toute seule. Elle venait juste de l'apprendre. Après avoir tant souffert pour y parvenir, elle donnait l'impression de ne rien ressentir.

— Vous en aviez discuté ?

— Bien sûr ! Je lui avais dit que je la trouvais bizarre. Elle m'avait soutenu que tout allait bien.

— Peut-être qu'elle avait eu recours à des techniques de procréation artificielle, du style insémination artificielle avec donneur ?

— Elle me l'aurait dit ! Elle me racontait tout ! On n'avait aucun secret l'une pour l'autre. Normalement. Mais c'est vrai qu'il y avait quelque chose de déroutant dans son attitude.

— Un amant ?

— Pourquoi toutes ces questions ?

— Je suis désolée de vous l'apprendre ainsi, mais Hervé Froissant n'est pas le père biologique de Lucie. Elle a fait un test ADN et a découvert la vérité juste avant d'être assassinée. On pense que tout est lié.

— Alors là, je suis sidérée ! Et je ne peux vous aider en rien, hélas. Lors de ce fameux week-end, on s'était pas mal baladées sans beaucoup parler, contrairement à d'habitude. Elle était curieusement taiseuse. Elle s'était même posée dans le jardin pour bouquiner durant un long moment. Même si c'était sa grande passion, elle n'aurait jamais agi comme ça chez moi. On aurait papoté durant des heures avant de se quitter avec tristesse.

— Elle avait lu quel livre ?

— Elle avait acheté *L'Aiguille creuse*. Ça m'a marquée, car on aurait dit qu'elle gribouillait dessus alors qu'elle était si soigneuse d'habitude. C'est tout ce dont je me souviens. Pas de quoi vraiment vous aider…

— Merci infiniment pour votre hospitalité. Et ne parlez à personne de notre conversation, s'il vous plaît…

— D'accord. Vais-je vous revoir ? Je ne connais même pas votre prénom.

— Maëva. Et je m'engage à revenir pour tout vous expliquer quand ce sera fini.

Elle espéra que sa promesse ne se travestirait pas en mensonge.

6

Chris Muller jouait à l'équilibriste sur le fil de ses réflexions : devait-elle l'en faire chuter ou non ? Nathalie culpabilisait en permanence à l'idée de se laisser posséder par ce *cold case* au moment où le service subissait le choc tellurique de la possible implication de Dorian dans la disparition de sa femme. Mais elle avait beau les reconduire à la frontière de son esprit, les questions, indifférentes à ces expulsions répétées, revenaient sans cesse s'incruster en elle. Pourquoi le videur conservait-il sur lui ces deux incisives qui permettraient sans doute de convertir les très graves soupçons en accusations ? Comment analyser son échappée précipitée au bout de trois décennies qui avaient attesté de sa patience infaillible de joueur d'échecs ? Qui l'avait payé par mensualités interminables pour perpétrer un froid assassinat qui revêtait les apparences fallacieuses d'un crime passionnel ? Chercher des réponses aurait réclamé de sa part des pensées à plein temps, alors qu'une actualité brûlante accaparait l'essentiel de ses journées.

Elle allait éjecter une nouvelle fois ces interrogations obsessionnelles lorsque deux coups donnés sur la porte de son bureau en froissèrent le silence studieux. Le directeur de la DRPJ avait l'empressement d'un porteur de nouvelles, sans que son visage d'une neutralité absolue ne permît de distinguer si elles étaient bonnes ou mauvaises.

— Nathalie, la DGPN[1] vient de me prévenir de la découverte du portefeuille de Chris Muller sur la plage de Tarifa. L'info lui est remontée *via* les collègues de la DCI[2], puisqu'un mandat d'arrêt européen avait été lancé à son encontre. Par chance, la carte d'identité plastifiée a survécu à son séjour dans l'eau. Son permis de conduire, aussi. À l'intérieur, on a retrouvé la carte d'une société de sécurité basée dans les Yvelines, Vigilance. C'est tout ce qu'il reste. Je vais vous transférer la photo par mail.

— Il cherchait à rejoindre l'Afrique ? On dirait que sa cavale a mal tourné...

— Est-ce qu'il a fait une mauvaise rencontre ? Ou est-ce qu'il a été retrouvé et éliminé par d'éventuels complices ? Son cadavre pourrait lui aussi s'échouer sur les côtes espagnoles lors des prochains jours.

— Si c'est le cas, j'espère qu'il y a toujours le collier autour de son cou. Il faut prévenir l'officier de liaison[3] d'Algésiras que c'est un élément primordial. Définir l'ADN de la victime pourrait tout changer.

— Vous n'avez jamais réclamé au juge une procédure d'exhumation ?

— Si, au début des années 2000, lorsque les progrès dans le domaine de la génétique ont révolutionné nos méthodes d'investigation. Sauf que le reliquaire qui contenait les ossements de la victime avait disparu. Le gardien du cimetière n'a pas pu mettre la main dessus. J'étais furieuse. Sinon on aurait peut-être déjà réussi à l'identifier, en utilisant la recherche en parentèle[4]. En

1. Direction générale de la police nationale.

2. Direction de la coopération internationale.

3. Chargé de la coopération entre deux pays, essentiellement sur le plan judiciaire.

4. Méthode utilisée pour tenter de trouver des correspondances « familiales » au sein du FNAEG.

plus d'attester l'absence de viol, l'autopsie nous avait seulement appris qu'elle avait enfanté. Elle était blonde, la trentaine. Trop vague comme description. Et il n'y avait eu, à cette époque-là, aucune disparition inquiétante dans la région.

— On va probablement résoudre le mystère trente ans après. La partie espagnole des eaux du détroit de Gibraltar est sillonnée par les gardes-côtes en raison du trafic de drogue, très intense là-bas. Si le corps est retrouvé en mer ou près du littoral, vous vous mettrez tout de suite en rapport avec le juge Denain pour qu'il délivre une CRI[1] à la justice espagnole par le biais du Bureau d'entraide pénale. Puis, on enverra un enquêteur là-bas pour récupérer au plus vite les fameuses dents. Ce serait rageant qu'elles se perdent...

— Je sais que le moment est délicat pour s'absenter, mais j'aimerais beaucoup m'y rendre si sa dépouille est récupérée.

Durant quelques instants, le numéro un de la PJ versaillaise sembla bloqué au carrefour de ses hésitations. Un sourire bienveillant finit par prendre le pas sur le plissement prononcé de sa ride du lion, ravinée entre ses sourcils.

— C'est le feu, ici, reprit-il. Mais vu votre persévérance, il serait malvenu de ma part de vous en empêcher. Organisez-vous pour être absente le moins longtemps possible.

— Je vous remercie. Je contacte tout de suite l'attaché de sécurité intérieure à Madrid et l'antenne d'Algésiras de la SSI[2] pour les aviser de ma possible venue et leur demander de me considérer comme leur interlocutrice privilégiée dans cette affaire.

1. Commission rogatoire internationale.
2. Service de sécurité intérieure.

La policière chevronnée chercha aussitôt les coordonnées nécessaires à ses prises de contact, alors que des lampions s'allumaient les uns après les autres dans son cerveau irradié par une nouvelle énergie. Maintenant que ce dossier criminel prenait une tournure différente, ses idées empruntaient des cheminements qui ne lui étaient jamais apparus, comme des routes ouvertes au milieu d'une jungle jusque-là inaccessible à l'homme. Elle eut le sentiment d'avoir si longtemps examiné l'homicide sous un angle trop réduit qu'elle devait désormais l'élargir sans se laisser opprimer par de quelconques limites. Alors, elle en vint à douter de tout, même de ce qui n'était pas naturellement questionnable. Elle repensa aux restes du cadavre inconnu, se promettant de vite rendre visite à cet employé de mairie peu méticuleux à l'égard des défunts, au point d'en avoir égaré au moins un. Une disparition qui apparut soudain très inquiétante elle aussi.

7

La nature, artiste déjantée, avait ciselé de formidables monuments de craie blanche nervurés par les stries horizontales du silex noir. La falaise d'Aval était l'une des trois beautés friables d'Étretat, paysages en mouvement dont les évolutions se fondaient dans l'implacable marche du temps. Son arche se creusait sous un monstre de calcaire qui plongeait son museau dans la mer, comme une rétorsion, pour se repaître de la Manche belliqueuse, engagée, en soutien du vent et des fortes pluies, dans une guerre d'usure à l'issue certaine. Cette érosion festoyait année après année, grignotait sans fin les parois, avalait dix à quinze centimètres par an, tribut injustement prélevé à la magnificence des lieux. L'eau se projetait dans la roche poreuse et s'attaquait à ses composantes les plus faibles, aspirait goulûment la masse sableuse et argileuse, sapait les fondements du littoral, repoussé inexorablement. Certes, ces géants malmenés avaient expédié en territoire hostile un cône fameux, une avancée culminant à plus de cinquante mètres, une roche différente des autres, une pointe de résistance dressée au milieu des vagues, dont elle défiait en permanence l'oppression. Mais cet éclaireur, qui brillait dans la culture populaire sous le nom d'*Aiguille creuse*, était rendu à une solitude qui donnait tout autant le vertige que les hauteurs environnantes.

— Quel spectacle, nota froidement Dorian en voyant arriver Maëva.

— Je ne t'ai pas trouvé à l'hôtel. T'as vu des mouvements suspects ?

— Non. Mais je devais venir ici. Ne t'avance pas trop, il y a aucune protection ! Deux suicides par mois en moyenne depuis des décennies. Juste derrière la pendaison et l'arme à feu, se jeter de soixante-dix mètres de haut est le troisième mode le plus utilisé dans le département pour mettre fin à ses jours. Sans compter les accidents, avec tous ces imprudents et ces inconscients qui s'approchent trop près du bord et chutent. Il y a même des risques d'éboulement. Un accident est si vite arrivé...

Sa mise en garde ne tenait aucunement à de la prévenance. Elle avait tout de la menace, même pas amoindrie par les sous-entendus ou adoucie par l'ironie. Aussitôt, il s'avança avec des intentions goudronnées de noirceur.

— T'es devenu dingue ou quoi ! s'écria Maëva.

— Je suis perdu ! J'ai peur d'avoir fait du mal à ma femme avant qu'elle ne disparaisse, j'ai des flashs violents qui me reviennent en mémoire. Je me demande si je ne devrais pas en finir. Je n'arriverai pas à la sauver à temps en plus. Et elle est peut-être déjà morte !

— Tu débloques Dorian !

— Ne t'approche surtout pas !

Terrifiée, la biologiste le vit s'extraire du petit chemin de randonnée, centimètre après centimètre, sans pouvoir défaire le corset mental qui bloquait ses réactions. Il stationnait désormais tout près de ce vide dans lequel tant de désespérés s'étaient jetés, avec les idées noires à marée haute.

— Qu'est-ce que tu fous !

— Tu le vois bien. Je m'approche pour profiter de la vue.

— Stop ! Ne fais pas le con !

Seuls quelques centimètres le séparaient du grand

plongeon vers l'éternité. Il allait s'écraser sur ces galets au charme flétri par le drame.

— Arrête, merde, t'es cinglé ! Je suis sûre qu'on a un indice grâce à la tante en plus. On va avancer maintenant !

Le sol s'effrita légèrement sous les chaussures de Dorian, promesse d'un atterrissage sans parachute, outre-tombe. Il eut le visage soudain hachuré par la peur. Maëva, d'abord statufiée, tendit la main et le tira sèchement contre elle, pour lui offrir une étreinte spoliée de toute douceur. De nombreux promeneurs les frôlèrent en commentant la scène qu'ils venaient de voir, leurs bras amplifiés par la sidération.

— Ne me refais plus jamais un coup pareil ! Tu m'entends ? C'est toi qui dois me protéger, pas l'inverse !

— Je suis désolé… Ça fait quatre nuits que je ne dors plus. Ajouté à la canicule, j'ai pété un câble je crois…

Dorian s'échoua piteusement sur le sol, tandis que ses joues servaient de piste de descente à une discrète coulée de pleurs.

— Je suis tout près du burnout depuis deux ans à cause d'une enquête insoluble. Plus les histoires de couple avec la difficulté à avoir un gamin. Et toute cette folie qui me tombe sur la gueule, d'un coup…

— Hier, j'en étais à prier pour mourir de la façon la moins douloureuse possible. Je ne sais pas qui est le plus à plaindre de nous deux. On peut faire un concours, si tu le souhaites. Mais on a d'autres priorités, tu ne crois pas ?

— T'as raison… Je suis tellement désolé. Ça va mieux. Le gros coup de surchauffe est passé. Elle t'a raconté quoi, Lina Blanes ?

Le récit synthétisé de Maëva offrit un relief particulier à l'anecdote portant sur le célèbre roman de Maurice Leblanc.

— *L'Aiguille creuse !* Je l'ai piqué dans la bibliothèque quand je me suis rendu avec Ballant dans la meulière des

Froissant. Il y avait tous ses ouvrages. Quand la sœur de Lucie a parlé de la tante d'Étretat, j'ai pris celui-ci sans réfléchir. Il est dans mon sac à dos. Je n'ai même pas pensé à le feuilleter.

De cette vieille édition, frénétiquement agitée par Dorian, glissa une feuille qui voleta un instant, pactisa avec les airs, comme suspendue à un fil invisible tissé par le destin. Puis le rectangle de papier retomba à leurs pieds : une équation aux innombrables inconnues emplissait les gros carreaux.

X3X6X 26 1XXX634 56 23 XXXX16XX6 6X5XXXX6,
XXXXX6X 53XX 26X 1X6XY 56X3XXXX22X6X
56X X43X6X, X4XXX6 26 56X3XX 56 23XX6
6X X6X6XX6X 53XX
23XX4X226 1X64X6.

— Regarde, une énigme à déchiffrer, comme dans *L'Aiguille creuse* ! s'exclama Maëva, stupéfaite.

— Il va falloir s'occuper de ça plus tard. Jette un œil à la ville !

Tout en bas, une escouade de police se diluait en silence dans la masse des touristes et fracturait la quiétude de la station balnéaire.

— Séparons-nous, intima Dorian. J'ai le temps de me réfugier à pied au *Dormy House,* l'hôtel où nous étions tout à l'heure. Va chercher ta voiture et prends-moi au passage.

— Je suis en compagnie d'un flic ou d'un voyou ?

— On dirait bien que je suis considéré comme un fugitif. T'as le droit à tout moment de renoncer, je te le rappelle.

— Je n'ai pas vraiment le choix, malheureusement. Dépêche-toi !

Encore un peu groggy par la violence de sa pulsion

suicidaire, Dorian revint se tasser à l'ombre des parasols. Il but un café au milieu des vacanciers, dont l'insupportable légèreté aggravait la pesanteur de sa situation. Heureusement, son alliée pila sans trop tarder devant l'établissement juché sur des hauteurs de plus en plus irrespirables.

— Va te planquer à l'arrière !

— On aura tout vu, maugréa Dorian en prenant position.

— Juste le temps de sortir de cette cuvette !

Si le sourire de Maëva leur servit de sauf-conduit au milieu d'Étretat, la route du Havre était déjà bouchée par un barrage, assorti de fouilles promises à être néfastes pour le duo.

— Que fait-on maintenant, monsieur le commandant ?

— Prends la direction de Fécamp.

— Mais c'est l'autre sens !

— On n'a pas le choix, il faut attendre que ça se calme. Et réfléchir à cette énigme. Elle ne peut pas être là par hasard. Ça nous occupera.

— Dans un monde normal, au lieu de jouer aux devinettes, je serais en train d'accueillir des volontaires pour des dons de gamètes.

— Dans un monde normal, ma femme et moi, on ferait partie des candidats pour les recevoir.

La sonnerie du téléphone s'invita dans la discussion, éraflée par une pointe d'aigreur.

— J'espère que c'est important Duval ! s'emporta Dorian malgré lui.

— Dans les nouvelles correspondances de Lucie Froissant, il y a deux demi-sœurs et un demi-frère.

— C'est dingue !

— Le type que vous cherchez a fait des gosses à droite et à gauche ! Grâce à la photo et à l'identité des deux femmes, j'ai pu les retrouver sur les réseaux sociaux et les localiser. Une habite au Havre et l'autre à Chartres. Le demi-frère, lui, crèche dans le 92, à Meudon-la-Forêt. Je vous envoie les adresses par texto.

— Beau boulot ! Continue.

Toujours caché sur la banquette arrière, Dorian se redressa pour visualiser la route en même temps que la voie à suivre. Il se réappropria aussitôt son autorité de chef de groupe, entre prises d'initiatives avisées et leadership naturel.

— Allons jusqu'à Fécamp.

— Et une fois sur place ?

— J'espère y trouver un bateau qui nous conduira au Havre. On n'a pas de temps à perdre. Notre seul salut, c'est la Manche. Fonce !

Le court trajet se fit sous très haute tension, tant la peur irrationnelle de voir jaillir des gyrophares dans le rétroviseur flinguait leur sérénité. Ils rejoignirent directement le port, où l'urgence les condamnait à la plus brève des escales. Maëva alla seule à la capitainerie, puis entraîna Dorian vers le quai Vauban, où le pilote d'un Zodiac habitué à balader les touristes au bas des falaises les reçut avec un sourire luisant sans modération.

— Vous conduire au Havre ? Bien sûr. En moins d'une heure, sans trop pousser le moteur. Je pourrais aller plus vite, mais ça suce pas mal ce genre d'engin. Et vous allez casquer encore plus !

— Vous voulez combien ? demanda Dorian.

— Pour un aller simple, 380 €.

— C'est cher !

— Voyez avec un plaisancier sinon. Mais bon courage pour en trouver un tout de suite !

— On est pressés.

— C'est bien ce qu'il me semblait. On dirait presque que vous voulez échapper à quelque chose. Ce n'est pas le meilleur moyen pour négocier, mon ami. Et pour le paiement pas de souci, j'ai un terminal pour carte bancaire. Allez, montez à bord !

L'embarcation quitta le chenal et accéléra rapidement, leur offrant un onguent de fraîcheur sous le soleil brûlant.

8

La douceur s'était un jour posée sur le visage d'Émeline Dural pour ne plus jamais le quitter, comme une seconde peau. La veuve de l'ancien gardien du cimetière de Melun avait un sourire avenant qui propageait une lueur apaisante et marginalisait ses rides au sillon encore léger. Seule une larme de mélancolie du fond de son regard troublait l'expression de sa bonté. Un rappel incessant de sa solitude, sans doute, car le destin avait déchiré son couple, cisaillé sa vie à deux. Nathalie se désola à l'idée de griffer le moral de son hôte avec des questions dérangeantes sur son défunt mari. Avant de se lancer, elle remua son café une troisième fois alors que le demi-sucre expédié dans la tasse était déjà noyé depuis longtemps.

— Je vous remercie de me recevoir au pied levé, madame.

— Ne m'en veuillez pas de vous accueillir en robe de chambre, j'ai eu la flemme de l'enlever. Qu'est-ce que vous étiez si pressée de savoir sur Antoine ? Il est mort de maladie il y a dix ans. Et il n'a jamais eu affaire à la police de son vivant. Je lui disais souvent qu'il avait la discrétion de tous ces morts avec lesquels il passait ses journées. Il n'aimait pas que je lui répète ça. Mais pour moi, c'était un compliment.

— Je travaille sur une enquête que je voudrais mener à son terme avant de partir à la retraite. Un homicide qui date de trente ans. Une femme étranglée puis tellement abîmée qu'on ne pouvait plus savoir à quoi elle avait ressemblé.

— La pauvre malheureuse...

— Ses restes étaient conservés dans un ossuaire communal sur le lieu de travail de votre mari. Quand on a voulu les récupérer au début des années 2000 pour les faire analyser, le reliquaire qui les contenait avait disparu. À l'époque, j'ai cru à de la négligence et je ne me suis pas posé de questions. Maintenant, si.

La ceinture de son peignoir à fleurs tournoya brièvement dans les airs avec l'amplitude d'une hélice.

— Vous croyez que mon Antoine s'amusait à faire disparaître des cadavres ? Si c'est ça, vous pouvez repartir tout de suite !

— Je ne veux pas vous offusquer. Je cherche à comprendre, c'est tout.

— Qu'est-ce que vous voulez que je vous dise ? Je ne travaillais pas avec lui. Je ne sais pas ce qui a pu arriver là-bas. Y a bien des vols dans les cimetières et même des profanations !

— Je sais que c'est très loin, mais essayez de vous souvenir de cette époque-là, il y a vingt ans. Vous n'aviez rien noté de particulier dans son comportement au quotidien ? Quelque chose qui aurait changé ? Un fait étrange ?

— Plutôt merveilleux. En juin 2001, on a fait un très beau voyage. Le voyage de notre vie, même. Il m'avait promis qu'on irait un jour en Californie alors que je n'y croyais plus. On avait de trop petits salaires tous les deux. Et il était hors de question de prendre un crédit pour partir en vacances.

— Vous ne lui avez pas demandé d'où venait cet argent ?

— Antoine était un honnête homme. Il avait économisé pendant des années sans me le dire, forcément. Quand votre époux vous offre le cadeau de vos rêves, vous ne le harcelez pas avec vos questions. Vous acceptez et vous le remerciez.

— Il était client de quelle banque ?

— La BNP Paribas de Melun. J'y ai toujours mon compte. Je ne vois pas ce que vous recherchez. Je suis déjà assez malheureuse de l'avoir perdu.

— Ce que vous me dites restera entre nous. J'ai besoin d'avancer, pour la mémoire de cette femme. Je ne serai jamais en paix, sinon. Et elle non plus là où elle est peut-être…

Sa bienveillance fit sa réapparition dans des proportions inattendues, après avoir subi une brutale éclipse.

— Je comprends votre quête. Vous voulez fouiller ses papiers ? Vous trouverez peut-être quelque chose qui pourra vous aider ?

— Je vais être franche : s'il a reçu de l'argent pour faire disparaître ces ossements, comme je le crois, je ne pense pas qu'il ait conservé un reçu. Dans ces cas-là, on ne garde rien, si ce n'est sa culpabilité, sûrement. Je vais vous laisser tranquille. Merci pour votre accueil.

— Pas de quoi.

En sortant, Nathalie détailla une dernière fois Émeline Dural et projeta son futur sur l'écran blanc de ses cheveux. Elle aussi se marierait bientôt avec la solitude dans sa maison de famille, faute d'avoir réussi à voyager durablement à deux sur les torrents de l'existence, capables de renverser n'importe quel couple. Elle se demanda ce qui était le pire, survivre sans personne ou avec le seul souvenir de l'être aimé.

— Il est mort de quoi ? demanda-t-elle à l'instant de s'éloigner.

— D'un cancer de la gorge. Il ne pouvait plus du tout parler à la fin. Il m'écrivait des petits mots sur tout ce qu'il trouvait. Je n'oublierai jamais le dernier. Pourtant, il l'avait rédigé sur un tract politique. Dieu sait que je déteste ce monde de pourris.

— Il disait quoi ?

— *J'ai passé ma vie à côté des morts, je ne me suis jamais senti aussi vivant qu'auprès de toi. Je t'aime.*

— Le prospectus, vous l'avez encore ?

— Je demanderai même à être enterrée avec.

La retraitée alla le piocher dans une petite boîte en fer où la nostalgie se dispersait en de nombreux bouts de papier, comme des petits cailloux essaimés sur les longs chemins de la mémoire.

— Quand j'ai un coup de blues, j'en prends un au hasard et je le relis, dit-elle. C'est comme si je tapais dans un paquet de gâteaux. Sauf que ça ne me fait pas grossir. Au contraire, ça m'allège... Tenez, les voici : les mots de la fin.

Nathalie observa le tract, un support pas vraiment neutre à l'heure où les remords colonisaient sans doute l'esprit du mourant, avant que les insectes nécrophages n'en fassent de même avec son corps. On voyait sur l'image un candidat à la mairie de Versailles accompagné de ses colistiers, en 1989 : un certain Pierre Walter, sourire préfabriqué et sympathie factice. La policière songea alors à la carte sauvée des eaux et du portefeuille de Chris Muller, un rectangle qui délimitait le champ d'activité de la société de sécurité Vigilance : évènements sportifs, concerts et surtout meetings politiques. Le sentiment d'avoir enfin une piste l'électrocuta davantage que les deux doigts enfoncés dans une prise.

9

Le Zodiac bousculait les eaux paisibles de la Manche en laissant dans son sillage empressé une écume furieuse. À trente nœuds de moyenne, *L'Imperator* atteignit en vingt minutes les trois arches d'Étretat et frôla l'Aiguille creuse, dont la proximité arracha un instant Dorian à la sombre réalité de leur situation. Il se retourna et nota, soulagé, que le pilote avait couvert ses oreilles d'un casque audio, pour ne pas être importuné par le bruit du moteur, couplé au fracas de la navigation. Pour pouvoir discuter avec Maëva, ces nuisances sonores l'obligèrent à hausser la voix et à escalader les barrières de la prudence.

— Je te rembourserai tous les frais, évidemment. Si je paie avec ma carte, mes collègues vont me loger tout de suite.

— Ce n'est pas ce qui me préoccupe le plus. Ma mère s'est fait opérer hier et je ne pourrai même pas lui rendre visite. L'état de nos relations ne risque pas de s'améliorer. Je lui passerai un coup de fil dès que je pourrai. Tout ça est surréaliste…

— Tu en penses quoi de ce que Duval a dit ?

— Des demi-frères et sœurs, c'est le cas typique d'un don de sperme utilisé pour de multiples inséminations artificielles. Il faut savoir qu'en 1994, une loi a bloqué à cinq le nombre maximum d'enfants par paillette[1]. On est passé à dix en 2004. Mais, avant 1994, chaque CECOS faisait à sa sauce, avec une limitation à dix pour la plupart, mais pas tous. Et puis je ne te parle pas des cabinets privés ! Là, c'était *no limit* ! Les gynécos de province recommandaient leurs patientes à des collègues parisiens qui leur faisaient des IAD sans rendre de comptes à qui que ce soit. On est peut-être en plein dans ce schéma. Tu m'as dit que la victime, Lucie Froissant, avait quel âge déjà ?

— 40 ans.

— J'ai une amie née par insémination artificielle dans les années 1970. Elle a retrouvé huit demi-frères et demi-sœurs à peu près au même moment, suite à la mode des tests génétiques, fin 2019. Et ce n'est sans doute pas fini. Plus il y aura de profils dans les bases de données et plus la probabilité d'élargir la fratrie sera grande.

— On peut retrouver des archives sur les donneurs ?

— Dans les cabinets privés, toutes les traces ont disparu. Et dans les CECOS, de toi à moi, la conservation des dossiers de donneurs n'est pas toujours optimale. Certains ont été égarés. D'autres anonymisés.

Le passage au large du port d'Antifer, hôte des pétroliers géants, les obligea à se détacher un instant de leur discussion.

— On n'a donc pas d'autres choix que de retrouver les enfants qui ont entre eux un lien biologique et de comprendre pour quelle raison on les élimine, reprit Dorian.

— Et moi, j'ai quoi à voir avec tout ça ? Ma mère a été violée, où est le lien ?

— Je patauge ! On n'est même pas sûrs d'avoir affaire au même tueur.

— J'ai oublié de te préciser un truc à ce sujet. Le

1. C'est ce qui permet de conditionner et de conserver de petites doses de sperme congelé.

taré qui a cherché à me trucider a fouillé la maison. Il a pris quelque chose, un petit objet qu'il a glissé dans sa poche. Il venait sans doute de la chambre de ma fille à ce moment-là, car il a fait un commentaire sur une des photos situées juste avant la pièce.

— J'ai zappé quelque chose moi aussi ! Chez le détective, un des cadres de l'entrée avait disparu. Pourtant, il y était encore la veille de sa mort.

— Un fétichiste ?

— Très particulier alors. Et puis rien ne manquait *a priori* chez Lucie Froissant, excepté la carte de visite du détective, dérobée pour éviter que les enquêteurs ne tombent dessus. Laissons ça de côté. On doit se concentrer sur cette fratrie. On va voir une certaine Emmanuelle Lias. Elle habite cours de la République. On y sera très bientôt.

Le Zodiac décéléra à l'entrée du port de plaisance du Havre, où les mâts dénudés des voiliers dessinaient une forêt décharnée. Le pilote déposa Dorian et Maëva et repartit vers la Manche en leur jetant un regard toujours harponné par une curiosité malsaine.

— Si je fais l'objet d'un mandat de recherche avec signalement, il sera le premier à me dénoncer, celui-là, sourit Dorian.

— On y va à pied ? Ce n'est pas très long.

— Non. La gare est sur notre chemin, je préfère éviter les lieux publics avec caméras. On prend un tacot, tu le mettras sur ma note avec la facture du bateau.

Il leur fallut cinq minutes pour stopper un taxi et autant pour atteindre leur destination, un large immeuble tassé au-dessus d'un vaste magasin de vêtements. Ils s'engouffrèrent sous un porche à la couleur incertaine, sans doute du blanc dévoré peu à peu par le gris sous l'effet de l'usure et de l'humidité. Luc et Emmanuelle Lias habitaient au premier, accessible après avoir escaladé des marches qui craquaient davantage qu'un vieux château hanté. Quand Dorian sonna, un homme assurément dépressif leur ouvrit la porte de l'appartement et celle de ses états d'âme. Les soucis semblaient se répandre en lui autant que sa barbe s'éparpillait sur son visage semblable aux murs du rez-de-chaussée : le blanc virait au gris.

— Pardon de débarquer sans prévenir, mais on aurait besoin de voir votre épouse si elle est là, réclama Dorian, gêné. C'est vital pour nous.

Son regard fut crucifié par une vive douleur.

— Emmanuelle est morte il y a un an et demi...

— Nous sommes vraiment désolés... La personne qui nous a donné son adresse nous a dit qu'elle était encore présente sur Facebook.

— En effet, son compte est toujours actif. Je n'ai pas eu le cœur à faire une demande de fermeture. Je ne sais même pas comment ça se passe. Je continue même à le faire vivre avec d'anciennes photos, puisque j'ai ses codes. Je suis un peu paumé. Je n'ai même pas enlevé son prénom de la boîte aux lettres. On s'aimait tellement...

— Puis-je vous demander ce qui lui est arrivé ? questionna Dorian.

— Elle allait travailler très tôt le matin près du port. Ce jour-là, il y avait du brouillard en plus de la nuit. Elle a été renversée par un chauffard qui ne s'est pas arrêté. Personne n'a rien vu. Elle est décédée sur le coup, on m'a dit.

— On est désolés de remuer tout ça, mais on aurait besoin de discuter avec vous. C'est très important. Pourrait-on entrer cinq minutes ?

— Venez. Mais promettez-moi une chose ? Ne me jugez pas. C'est le bazar. Si Emmanuelle voyait ça, elle en crèverait une seconde fois...

Ils le suivirent dans un salon rempli de boîtes de pizzas aussi vides que sa vie semblait désormais l'être.

— J'allais faire un peu de ménage… Qu'est-ce que vous me voulez ?

— Les tests génétiques, ça vous dit quelque chose ?

— Le coton-tige dans la bouche ? Emmanuelle avait fait ça, oui, pas très longtemps avant d'être tuée. Pourquoi vous me parlez de ça ? C'est bizarre ! On n'a même pas eu le temps d'évoquer le résultat…

— Pour quelle raison avait-elle fait un test ADN ? demanda Maëva. Elle avait appris quelque chose concernant son passé ?

— Elle était même complètement perdue ! Sa mère a commencé à souffrir d'Alzheimer il y a quelques années. C'était léger, au début. Puis la maladie est devenue plus agressive. Un jour, elle a lâché à Emmanuelle que son père n'était pas son vrai père, en fait. Je ne sais plus de quelle façon elle a tourné ça. La première fois, on a mis ses propos sur le compte de ses déraillements. Mais elle l'a tellement répété que ma femme a fini par la croire. Imaginez le choc à 48 ans ! Alors, elle s'est décidée à passer un test, dans l'hypothèse où elle aurait ailleurs une autre famille, avec un père biologique différent de celui qui l'avait élevée. Et qui était déjà enterré, en plus.

— Son profil sur les banques de données privées est encore actif, précisa Dorian.

— Je ne risquais pas de le supprimer, j'avais oublié son existence. Et je n'ai pas ses accès, de toute manière… Vous allez m'expliquer les raisons de votre visite à la fin ?

— Votre femme avait au moins un demi-frère et deux demi-sœurs. L'une d'elles, Lucie Froissant, a été assassinée. On cherche à comprendre. Pour être franc, le décès d'Emmanuelle est très suspect, à mes yeux, vu tout ce qu'on a découvert depuis quelques jours. Je vais vous poser une question un peu spéciale et j'en suis désolé d'avance, mais c'est crucial. Quand vous avez récupéré les affaires de votre épouse le jour du drame, il ne manquait rien ?

— Elle mettait toujours la même pince à cheveux, un cadeau que je lui avais fait au tout début de notre rencontre. Elle a dû être éjectée sous la violence du choc. Je l'ai cherchée désespérément dans la rue durant des jours. J'ai même posté des messages sur les réseaux sociaux au cas où quelqu'un l'aurait ramassée près du lieu de l'accident. J'étais prêt à payer cher pour la récupérer, même si sa valeur est uniquement sentimentale...

— Vous avez une photo de cet accessoire ?

— Ce n'est pas ce qui manque dans mon portable...

Sur les clichés, une broche en forme de petite rose rouge pactisait en permanence avec sa longue coiffure disséminée jusqu'aux épaules.

— C'est tout ce qu'il me reste, reprit le veuf. Des images. Je ne peux même plus évoquer la mémoire d'Emmanuelle avec sa mère.

— Où peut-on la trouver ? rebondit Maëva.

— Ne songez même pas à l'interroger, vous n'en tirerez rien. Elle en est au stade terminal. Elle n'est même plus capable de manger ou d'aller aux toilettes toute seule.

— Repensez aux fragments de souvenirs qui ressurgissaient au début de sa maladie, s'il vous plaît. Il n'y a rien qui pourrait nous aider par rapport à la manière dont Emmanuelle avait été conçue ?

— Vous imaginez bien que ma femme lui a demandé plein de fois qui était son géniteur. Elle donnait toujours la même réponse.

— Laquelle ?

— Le diable !

Un bref silence détruisit leurs tympans, avant qu'il ne poursuivît :

— Et maintenant que vous êtes devant moi, je me demande si ce n'est pas lui qui est revenu la chercher.

10

Depuis la veille, chaque mouvement de sa messagerie sollicitait les nerfs de Nathalie à outrance. À presque 20 heures, elle reçut enfin le mail tant attendu et l'ouvrit avec une excitation vite démolie par la déception : rejeté à son tour par la Méditerranée sur la plage de Tarifa, le corps de Chris Muller, identifié par les autorités espagnoles, était dissocié du fameux collier ! Sans les dents, le cadavre sans visage restait coincé dans ce sas ignoble où se bousculent les morts sous X, une lettre semblable à la croix que ces défunts anonymes portent pour l'éternité. À l'idée de ces efforts anéantis, une fatigue monumentale se jucha sur ses épaules. Elle n'allait pourtant pas se courber devant l'échec qui lui susurrait perfidement de renoncer et de laisser patauger pour toujours cette affaire dans le grand marais boueux des *cold cases*. Elle demanda à PAC de déplacer dans son bureau son mètre quatre-vingts, physique de fil de fer surmonté d'un regard bleu acier.

— On a retrouvé Dorian ? demanda-t-il d'emblée.

— Non. J'espère que tout ça ne va pas mal finir pour lui... Si jamais il tente de te contacter, essaie de le ramener à la raison.

— Je ferai au mieux.

— Je voulais te voir pour l'affaire de la forêt de Fontainebleau.

— J'en avais presque oublié ce dossier. On a du nouveau ?

— J'ai bien avancé. Moi qui loue en permanence le travail d'équipe, j'ai bossé de mon côté ces derniers jours. Pas pour faire mon numéro, mais parce que j'ai convenu avec le juge Denain de ne pas faire d'acte officiel tant qu'on n'aurait pas de biscuits.

— Tu me racontes ?

Nathalie déballa soigneusement les détails rangés dans sa mémoire, en favorisant le déroulement des évènements andalous et le récit de sa visite prolifique chez la veuve.

— Depuis, je me suis renseignée, conclut-elle. À côté de son boulot à plein temps au *Dancefloor*, Chris Muller faisait des piges pour la boîte de sécurité Vigilance. Il a notamment bossé lors des meetings de Pierre Walter, qui fut maire de Versailles pendant plus de vingt ans. Il connaît donc des gens dans le milieu politique local. C'est forcément lui qui a graissé la patte de l'ancien gardien du cimetière de Melun pour récupérer les ossements de la victime. Était-il accompagné par des personnes figurant sur le tract politique ? En tout cas, l'employé municipal a fait le lien pour une raison ou une autre. Même s'il a pu offrir à son épouse le voyage de ses rêves, il a sans doute regretté sa complicité jusqu'à la fin de ses jours. Et écrire son dernier mot d'amour sur ce prospectus était un aveu implicite de son forfait.

— Ton raisonnement se tient, mais il est improuvable.

— J'ai besoin que vous preniez le relais. Cette histoire m'obsède, mais je ne peux pas lui accorder les trois quarts de mes journées vu ma fonction. Et j'ai perdu trop de temps à attendre ces incisives. Il faut que vous enquêtiez sur Pierre Walter et ses principaux colistiers de 1989. Un ou plusieurs de ces types sont liés à l'homicide, j'en suis certaine. La victime appartenait sans doute de près ou de loin à leur cercle, devenu très prestigieux. Walter est ministre de la Défense. Ce n'est pas le seul à accomplir une belle carrière politique.

— Le juge Denain a autorisé la mise sur écoute ?

— Oui. La mort de Chris Muller pourrait ressusciter des souvenirs et provoquer des discussions compromettantes entre eux. Surtout qu'ils ignorent qu'on a réussi à remonter jusqu'à eux si longtemps après. On traite une affaire vieille de trois décennies, je te le rappelle. Et elle implique sans doute des gens qui se protègent depuis tout ce temps en espérant que la vérité ne les rattrape jamais. Des gens qui ont vu arriver les avancées de la science en se disant qu'elles allaient peut-être ruiner tous leurs efforts pour rendre impossible la manifestation de la vérité.

— Je repense à cette femme justement. Ses vêtements n'ont pas été conservés sous scellés ? Il y aurait peut-être matière à récupérer du matériel biologique ?

— Elle était nue. Entièrement nue… On avait voulu supprimer le moindre signe d'identification. À se demander pourquoi on n'avait pas brûlé ou enterré le cadavre dix pieds sous terre. Il n'y aurait jamais eu d'enquête. Radical.

— T'as songé à un moment que Chris Muller puisse être un simple croque-mort ?

— Que veux-tu dire ?

— Ton hypothèse est qu'on l'a payé pour qu'il assassine cette femme. Et si on l'avait employé seulement pour qu'il fasse disparaître le cadavre ? Ce serait plus cohérent par rapport à ton histoire de dents. Au lieu d'enfouir le corps en pleine forêt de Fontainebleau, comme on le lui a demandé, il le laisse à découvert. Mais le massacre pour qu'il ne soit pas du tout reconnaissable. Et il prend bien soin d'emporter les deux dents, susceptibles de le trahir, oui, mais qui constituent aussi un moyen de pression. Pour être sûr d'être payé. Ou pour se protéger, pourquoi pas…

— Ton raisonnement se tient. Je n'avais pas relié les faits ainsi… Si ça se trouve, elles étaient sous son tee-shirt quand j'ai discuté avec lui l'autre nuit devant le *Dancefloor* ! Et là, elles se trouvent sans doute au fond de la mer...

— Tout n'est pas mort pour autant. Je vais mettre des hommes sur les écoutes. Et lancer les investigations à propos des politiciens. En revanche, ça pourrait prendre du temps. Tu dois songer à repousser ta retraite imminente si tu veux résoudre cette histoire avant de partir.

Nathalie concéda un léger sourire aussitôt défiguré par le stress : peu agréable à la base, ce compte à rebours devenait invivable.

11

Tenter de résoudre l'énigme offrait à leur regard un chemin de croix : Dorian et Maëva dénombraient inlassablement soixante et un « X ». Après trois heures de cogitation brûlante, leur cerveau s'était transformé en four à neurones, au bord de l'extinction. La demi-feuille A4 à décrypter en duo était devenue un papier buvard, qui avait aspiré bon nombre de leurs espoirs et asséché l'essentiel de leurs idées.

— J'ai la tête lourde, pesta Dorian. Il est quasiment minuit. Je n'en peux plus d'être dans cette chambre d'hôtel tristounette ! On aurait dû prendre un tacot tout de suite pour repartir à Fécamp chercher ta caisse au lieu de se poser au Havre. Cette devinette nous fait perdre un temps fou. Et je suis de la PJ moi, je n'ai pas une formation d'Arsène Lupin !

— Gentleman enquêteur, quand même. T'as voulu qu'on se repose un peu. Tu m'as laissé le lit et tu t'es vautré dans le fauteuil, où tu n'as pas tardé à ruminer devant la feuille.

— Je suis désolé... Je suis devenu insomniaque et je t'empêche de dormir. En plus, le temps file et on tourne en rond !

— Je sais mais il faut insister ! C'est peut-être notre moyen d'avancer le plus rapidement ! Reprenons. Dans l'intrigue de Maurice Leblanc, les chiffres de 1 à 5 désignaient, dans l'ordre de l'alphabet, les voyelles « A »,

« E », « I », « O », « U ». C'était la première déduction de Beautrelet, le jeune enquêteur opposé à Lupin. Là, en revanche, ils vont jusqu'à 6. On pourrait imaginer que le « Y » se rajoute. Mais ça ne veut rien dire, quand on le remplace !

— Emma Froissant a copié l'idée du message codé. Mais cette histoire l'a tellement obsédée, j'imagine, qu'elle a eu tout le temps d'inventer un autre système, jugea Dorian. Elle n'allait pas faire jusqu'au bout le parallèle avec *L'Aiguille creuse* ?

— Et si au contraire le clin d'œil était poussé ? Regarde ! Les deux derniers mots sont les seuls à pouvoir contenir, par leur longueur, le titre de ce roman. C'est une évidence !

— Exact ! À partir de là, on sait que le 1 désigne le « C », le 2 le « L », le 3 le « I », le 4 le « U » et le 6 le « E ».

— On doit trouver ce qui se cache derrière le 5, maintenant. Si on part du principe que les chiffres se suivent, une devinette subsidiaire se présente à nous : CLAU5E.

— La clé n'est pas à chercher dans l'imaginaire de Maurice Leblanc ! s'exclama Dorian. Elle est liée au peintre de *L'Aiguille creuse*, le fameux tableau du même nom : CLAUDE, pour Monet !

— Oui ! On devrait y voir encore plus clair avec le « D » !

Le message se délesta aussitôt d'une partie de son opacité, sous leurs yeux enluminés par la fièvre.

XAXEX LE CXXXEAU DE LA XXXXCEXXE EXDXXXXE,
XXXXXXEX XEXX LEX CXEXY DEXAXXXXLLXEX
DEX XUAXEX, XUXXXE LE REXAXD DE LAXXE
EX XEXEXXXEX DAXX LAIGUILLE CREUSE.

— Dur de deviner autre chose, poursuivit Dorian. Le troisième mot pourrait être « château ». Je n'ai rien de plus.

— Alors juste après, c'est « princesse », non ?

— Pas mal ! Alors, la première partie de la proposition contient peut-être : « le château de la princesse endormie ».

— Nous voilà bien avancés. Dans l'histoire écrite par Maurice Leblanc, le pic rocheux cache le trésor des rois de France. Un lien ?

— Je suis perdu ! Il nous manque un indice pour aller plus loin. Et si on était en train de s'entortiller le cerveau avec un mystère à deux balles ? Et si tout ça ne menait strictement à rien ? Et si…

— Tu ne vas pas abdiquer ! Je suis sûre qu'il y a encore un à percer. On ne s'est pas penchés sur le « Y ». Tous des « X », sauf lui. Curieux, non ?

— Et donc ? Une question de chromosomes, tu crois ?

— Te fous pas de moi, j'essaie de réfléchir !

— Désolé…

Tout l'optimisme de Dorian s'écoulait à gros bouillons dans les égouts boueux du renoncement.

— Attends ! sursauta-t-il. Les « X » désignent le reste de l'alphabet excepté les lettres contenues dans « CLAUDE ».

— Jusque-là, on est d'accord.

— Et si le « Y » était un contre-pied ? Une finesse ?

— Je ne te suis plus, là !

— Je veux dire : et si les « X » étaient tout sauf… le « X », auquel elle a substitué le « Y » ?

— Tordu, mais brillant ! Ce n'est qu'un caractère en plus, hélas !

— Non ! Active tes méninges ! Il y a beaucoup de chances que le mot soit « cieux ». Du coup, à la fin de ce morceau, on peut imaginer qu'il s'agit de : « des nuages ».

— Alors, avant « les cieux », on peut deviner « vers » !

— « Monter vers » ?

— Non ! « Grimper vers » !

— Géant ! Dans la troisième partie, on a certainement « l'ange » !

— Je prends des risques mais je pense que *L'Aiguille creuse* est précédée par : « pénétrer dans » !

Leurs travaux de réflexion avaient tellement favorisé l'édification de la vérité que seules manquaient les finitions, désormais.

XAXEX LE CHÂTEAU DE LA PRINCESSE ENDORMIE,
GRIMPER VERS LES CIEUX DEXAXXXXLLXEX
DES NUAGES, XUIXXE LE REXAXD DE LANGE
ET PÉNÉTRER DANS LAIGUILLE CREUSE.

— On y est presque ! s'extasia Maëva.

— Tu crois vraiment que ça va nous aider ? Plus on éclaire la phrase, moins j'y vois. Y a trop de sens caché ! Je n'y comprends rien !

— Tu voudrais abandonner, alors qu'on fait des bonds vers la vérité ?

— On est en 2021. Quel lien entre ce texte lunaire et tous ces morts ?

— Prends-le comme une porte pour aller un peu plus loin, c'est tout.

— On dirait presque que toute cette histoire t'amuse !

— Elle m'évite de penser à ce qu'est devenue ma vie depuis un peu plus de vingt-quatre heures.

— Je n'aurais jamais dû t'embarquer avec moi...

— Tu ne m'as pas entraînée, j'ai absolument voulu te suivre !

— « Suivre » ! Après « nuages », c'est le mot le plus logique. Car il s'emboîte bien avec « grimper » et « pénétrer ». C'est un verbe à l'infinitif qui permet de débuter chaque proposition. On y est presque !

— Et après ? « Le regard » ?

— « Le regard de l'ange » !

— Oui ! Voyons ce que ça donne !

XAXEX LE CHÂTEAU DE LA PRINCESSE ENDORMIE,
GRIMPER VERS LES CIEUX DEXAXXXXILLES
DES NUAGES, SUIVRE LE REGARD DE L'ANGE
ET PÉNÉTRER DANS L'AIGUILLE CREUSE.

Le résultat, quasi intégral, s'affichait dans une éclatante obscurité.

JOUR 5

La fratrie en danger

1

— Vous avez passé un agréable voyage, messieurs dames ?

Dorian salua le chauffeur de taxi avec une froideur d'ours polaire et donna un coup de griffe à son énervante bonne humeur.

— La clim était trop forte. Au revoir.

La nuit ne put camoufler le haussement de sourcils de Maëva, surprise par les lacunes du policier en matière de politesse.

— Il était plutôt sympa le gars, qu'est-ce qu'il t'a fait ?

— Lui, rien. Cette connerie de rébus m'a pris la tête ! Emma Froissant devait vraiment s'emmerder lors de ce week-end passé chez sa sœur en se prenant pour Maurice Leblanc. On n'a rien à gagner à insister avec un message imbitable écrit il y a plus de quarante ans. Rien ne vaut les bonnes vieilles méthodes de flic ! Écoutes téléphoniques, filatures, balisages, soums[1], sonorisations, tout ce que tu veux sauf ce texte à la con !

Ils grimpèrent dans la Fiat 500 de Maëva, toujours stationnée dans le port de Fécamp, à l'orée des bateaux endormis, bercés par les infimes ondulations de l'eau.

— Voilà comment je vois les choses, reprit le policier dès qu'ils furent partis. Il est 5 heures. On va se rendre directement chez la demi-sœur qui habite Chartres, en espérant que celle-ci soit encore en vie. Ensuite, on ira à

1. Planque dans un véhicule banalisé.

Rambouillet. J'avais un studio là-bas avant de rencontrer Sonia. Ma banque y est toujours. J'irai retirer un max de liquide puis on filera chez toi pour que mes collègues n'aient pas le temps de me repérer.

— Pourquoi aller chez moi ? Ça craint !

— Je veux savoir si quelque chose t'appartenant a disparu. On dirait que les victimes se font subtiliser un objet qui a du sens pour le tueur. C'est peut-être le lien.

— On ne fera que passer ?

— Non, on y créchera, si t'es d'accord. C'est l'endroit le plus sûr pour moi : personne ne viendra m'y chercher.

— Je ne vois pas les choses de la même manière ! Je croyais que tu souhaitais me protéger !

— Si le tueur revient, tant mieux : je l'attends ! Le meilleur moyen d'avancer serait de se confronter à lui.

— Eh bien, je ne suis pas près de retrouver le sommeil !

— Je ne peux plus te proposer de rester chez moi. Mes collègues sont à mes trousses. Ils ont sûrement déjà fait une perquisition et risquent de traîner dans le coin. Tu ne pourras pas leur cacher ton identité et ils rappliqueront aussitôt dans ta baraque.

— Il est où le bouton sur lequel il faut appuyer pour arrêter tout ça !

— C'est toi qui décides encore une fois. Tu n'as personne qui pourrait te cacher ? Tu ne peux pas rejoindre ton mari au Qatar ?

— Je ne tiens pas à laisser ma fille toute seule en France. Et je ne vais pas passer le reste de ma vie à fuir !

Dorian profita d'une faille dans leur discussion tendue pour composer le numéro de PAC avec un mobile acquis près de la gare du Havre.

— Tu ne vas quand même pas appeler quelqu'un à cette heure-ci !

— Si, mon adjoint. Le seul type qui ne me lâchera pas

dans toute cette mouise ! Je suis sûr qu'il attend mon coup de fil.

Deux sonneries furent suffisantes pour attester de l'exactitude de sa prémonition.

— Je savais que tu finirais par me contacter, Dorian.

— J'ai fait comme les truands. J'ai pris un téléphone à carte prépayée. Pourquoi ils seraient les seuls à les utiliser !

— Comment tu vas ?

— C'est une question que je n'ai pas trop le temps de me poser. J'ai besoin de toi. Mais t'as le droit de refuser, je comprendrai.

— Le commissaire Richard m'a fait du chantage aujourd'hui. Il m'a bien fait comprendre que si je te trahissais, ma carrière avancerait vite.

— Il t'a promis ma place, sans surprise.

— Tu es le principal suspect, désormais. Il semble considérer que tes jours comme chef de groupe sont comptés. Écoute... Je pense toujours que Ballant t'a baisé bien profond ! Imagine. Il est toujours amoureux de Sonia. L'autre soir, alors que t'es en train de picoler pas loin de la PJ et de raconter tes problèmes de couple sans aucune discrétion, il part chez vous pour tenter de la draguer ou de la récupérer. Ça tourne très mal. Il se passe quelque chose de grave, elle meurt ou se retrouve grièvement blessée. Pour qu'elle ne le dénonce pas, il la maintient en captivité. Un scénario machiavélique germe alors dans son esprit tordu. Il t'agresse et s'arrange pour qu'on fasse le lien avec la mort de Lucie Froissant. Une idée plus que géniale ! Au lieu de partir sur les traces de ta femme, t'es pris par une affaire d'homicide complexe. Pour peu que tu aides Ballant à avancer, c'est tout bénéfice pour lui. Il ne lui reste plus qu'à te lâcher à la première occasion et le tour est joué !

— Ça m'effleure régulièrement l'esprit, PAC. Mais tant

que je n'aurai pas le corps de Sonia sous les yeux, je n'aurai pas d'autre choix que de poursuivre cette enquête. J'ai besoin que tu te rendes dans un immeuble du 8e. C'est celui où un détective en généalogie s'est fait massacrer, t'as dû en entendre parler. Je vais t'envoyer l'adresse par texto. Interroge les voisins, il me faut à tout prix une info. Un tableau a disparu à l'entrée de son appart : que représentait-il ? Avec un peu de chance, l'un d'eux le connaissait bien et avait l'habitude d'aller chez lui. Sinon, il faudra essayer de trouver des proches.

— C'est tout ?

— Ce serait déjà top pour moi ! J'espère ne pas t'impliquer davantage.

— Je serai toujours là pour toi.

— Merci mec. Vraiment.

Quand Dorian raccrocha, il se sentit doucement ligoté par les cordes de la somnolence. Il ferma les yeux et se laissa directement tomber dans un gouffre de sommeil. Ses visions des derniers jours remontèrent à la surface : l'escalier, les cris, le bruit du verre cassé et la douleur aiguisée, inlassablement logée à l'arrière de son crâne. Puis le souffle puissant d'une rêverie le souleva de son siège pour l'emporter ailleurs, dans des contrées imaginaires et apaisantes. Des lumières se trémoussèrent sur son visage, des rires se nichèrent dans ses oreilles. Un songe apaisant très vite sabordé par la vision oppressante de Sonia, sa blonde aux yeux verts, terrifiée.

2

Quelques hauts arbres et étroits hachuraient la façade de la maison, taquinée de chaque côté par les branches des sapins, dont les pelages d'aiguilles étaient secoués avec malice par le vent. La demi-sœur biologique nommée Patricia Loisel occupait ce pavillon fourni en végétation dans une rue ténue surplombant la gare, avec vue sur la cathédrale de Chartres, dont les deux tours grattaient le dessous des nuages. À l'instant de s'avancer vers la demeure, Maëva eut soudain les traits tourmentés d'un supplicié moyenâgeux.

— Ça va ? demanda Dorian, inquiet.

— Une petite crise de panique, désolée. Je pensais aller mieux depuis mon agression. Mais là, d'un coup, je me sens phobique. C'est comme une bête tapie jusque-là dans mon esprit qui me saute dessus sans prévenir.

— Je t'avais dit que tu pouvais patienter dans la voiture. Tu te serais reposée en plus, d'autant que…

— Que toi, tu as roupillé pendant tout le trajet ! T'as juste ouvert une fois l'œil après un cauchemar. Là, ce n'est plus mon heure ! Je viens avec toi.

— Il est encore tôt, mais je n'en peux plus d'attendre. Allons-y.

D'un claquement autoritaire de talon équivalent à une brusque prise de commandement, Dorian lança le signal de l'assaut pacifique vers la maison. Il s'infiltra en premier à travers les lignes de buisson qui striaient le jardin et prit position devant la sonnette, actionnée d'un coup sec. L'absence de réponse l'incita à pousser la porte légèrement entrouverte, invitation implicite à sonder le couloir d'entrée. Ils furent accueillis par des murs carrelés de peintures de bords de mer, voyages immédiats vers les rivages du dépaysement.

— Il y a quelqu'un ? cria Dorian. Madame Loisel, vous êtes là ? C'est la police judiciaire de Versailles.

Le silence des lieux gloutonna sa voix.

— Je n'aime pas pénétrer chez les gens sans y être invitée, murmura Maëva.

— J'ai moins de scrupules ! Et puis je n'aime pas ça. De toute façon, on est allés trop loin pour reculer maintenant.

Dorian reprit le pilotage sans hésiter et orienta le mouvement vers le salon, dont le sol blanc était lacéré par d'épais traits vermillon. Ces coulées menaient à un petit bout de femme, recroquevillée par terre en position fœtale, une manière de quitter la vie comme elle s'était préparée à y entrer. Son chemisier rose saumon, labouré au niveau du sein gauche, laissait imaginer la lame qui avait plongé avec férocité au plus profond de son cœur balafré. Sa tête, légèrement orientée vers la fenêtre, était en contradiction avec cette posture plus naturelle, peut-être une manière pour le destin de différer la stupéfaction de ceux qui la découvriraient. Quand ils se déplacèrent pour voir son visage, ils plongèrent leurs yeux ahuris dans un vide effroyable : deux cavités fraîchement creusées apparaissaient sous ses sourcils maculés.

— On lui a arraché les globes oculaires ! constata Dorian.

— Quelle horreur, articula difficilement la jeune femme, incapable de réprimer un haut-le-cœur.

La fresque horrifique qui se dessinait chaque jour un peu plus venait d'agréger une nouvelle toile puisant dans une palette monochrome : du rouge, du rouge et encore du rouge !

— Cette fois-ci, il n'y a aucun doute, reprit le policier. Ce n'est pas un homicide déguisé en accident de la circulation. On est dans une logique d'élimination de toute une fratrie : Emmanuelle Lias au Havre fin 2019, Lucie Froissant il y a huit mois et maintenant Patricia Loisel, ici. Je dirais qu'elle a autour de 45 ans, à peu près la même tranche d'âge que les autres. Tu vois quelque chose qui aurait pu disparaître de manière flagrante dans la pièce ? Je vais examiner le corps.

— C'est tout ce qui te vient à l'idée ? T'es bien un flic ! J'ai qu'une envie, c'est de gerber !

Imperturbable, Dorian se figea devant un détail dont le caractère futile, ou non, serait seulement précisé par le déroulé de l'enquête : le haut de la victime était déchiré sur un côté au niveau de la taille.

— C'est peut-être dû à une lutte, remarqua-t-il à voix haute. Ou peut-être pas…

Avec son smartphone, Dorian tapissa *illico* sa galerie de photos morbides, sans s'interdire des gros plans sur les excavations.

— Mais qu'est-ce que tu fous ! s'exclama Maëva. C'est…

— Une nécessité. Je n'aurai pas accès aux clichés qui seront réalisés par mes collègues. Mitraille tout ce que tu peux avec le tien dans la maison, s'il te plaît. On ne peut pas traîner. Imagine que quelqu'un se pointe ! Pendant ce temps, j'utilise le téléphone fixe pour alerter Ballant. Heureusement, j'ai quelques numéros de portable dans mon petit carnet.

Il compta quatre sonneries et cinq déglutitions avant d'entendre son collègue parler.

— Ballant, j'écoute.

— C'est Dorian.

— Putain Lemaître, tu m'as bien entubé !

— Ça y est, je suis Lemaître à nouveau ! Écoute-moi bien et prends des notes, je vais aller très vite. Je t'appelle depuis la baraque d'une dénommée Patricia Loisel à Chartres. Elle a été assassinée il y a très peu de temps, je viens de découvrir son cadavre. On lui a arraché les yeux. Elle est la demi-sœur biologique de Lucie Froissant. J'en ai trouvé une autre, Emmanuelle Lias, décédée au Havre dans des circonstances très suspectes alors qu'elle roulait à vélo près du port. Il reste un demi-frère, Sylvain Dole, à Meudon-la-Forêt. Avec un peu de chance, il est encore en vie.

— C'est quoi ces conneries ! Et qu'est-ce qui est arrivé à Sonia ?

— Tu le sais peut-être mieux que moi, non ?

Dorian raccrocha et observa Maëva, en proie à ses jeunes démons.

— Je ne me sens pas bien…

— On doit y aller. Ballant est déjà en train de prévenir le commissariat le plus proche.

— Je ne vais pas pouvoir continuer. Laisse-moi ici, je vais tout leur raconter. Je ne suis pas programmée pour ça !

— Ce n'est pas une bonne idée, vraiment. Personne ne sait que tu es avec moi. Tu as encore la possibilité de rester en dehors de tout ce merdier. Filons et ensuite, on trouvera une solution pour que tu te mettes au vert.

— Je ne sais pas, je n'en peux plus là tu comprends ! Je veux aller retrouver ma fille !

— Tu la mettrais en danger elle aussi !

— Y a pas de bonne solution ! Je n'ai jamais été aussi perdue de ma vie ! Je ne sais pas quoi faire…

— On n'a pas le temps de débattre ! Magne-toi !

— Ils ne vont quand même pas débarquer dans la minute ?

Au loin, un bruit de sirène énervée répondit à la seconde même à son interrogation.

— Il suffit qu'il y ait une voiture dans le coin ! Allez, on fout le camp ! tonna Dorian.

— Je viens, je viens...

Dorian entraîna avec rugosité Maëva vers la Fiat 500, démarrée dans un vrombissement coléreux.

— T'as vu le panneau, Dorian ?

— Quoi ?

— Dans ce sens-là, c'est une impasse !

La route commençait à se rétrécir telle une grosse piste cyclable, bordée sur la gauche par des buissons plus ou moins volumineux, qui contrariaient la circulation. L'arrivée fulgurante et bruyante, juste derrière eux, du véhicule de police n'autorisa pas à Dorian la moindre parcelle d'hésitation : il fonça à travers le monticule de verdure qui ensevelit toute visibilité durant quelques secondes. Après en être ressorti, il s'évada de justesse de cette voie rétrécie en frictionnant l'aile de voiture contre la façade d'une maison. Perturbé par les obstacles naturels qui fouettèrent le pare-brise, le candidat suivant ne connut pas la même réussite maximale à ce jeu-là : il encastra le pare-chocs de sa voiture contre un morceau invisible de muret et s'immobilisa dans un bruit de ferraille tordue. Dorian se retourna pour constater qu'il n'y avait plus aucun pot de colle pour les harponner dans l'immédiat. Après plusieurs kilomètres, quand il eut la certitude de n'être plus suivis, il balança dans l'habitacle un cocktail Molotov de ressentiments, véritable explosion de peur et de colère.

— On a perdu trop de temps ! S'ils ont vu ton numéro de plaque, tout est foutu !

— Je suis désolée. Je me suis affolée. Qu'est-ce qu'on va faire ?

— Ce que j'avais prévu. On passe à la banque puis on

va chez toi. Si je dois être coffré, je veux avoir trouvé un maximum de choses avant.

— Il faut que je te dise un truc. Pendant que je conduisais cette nuit, j'ai pensé à quelque chose par rapport à l'énigme de *L'Aiguille creuse*. Il est forcément question de peintures dans notre énigme. Un château de princesse endormie, des cieux et des nuages, un ange et, pour finir, l'Aiguille creuse. Ça me fait songer à un musée…

— Pourquoi on n'irait pas faire un tour au Louvre demain ? Ce n'est pas un coin à caméras, en plus ! Discrétion assurée !

— J'ai eu une autre idée, sinon.

— Plus tard !

Dorian flingua la conversation d'une accélération brutale, sans pitié.

3

Après avoir léché ses doigts au terme de leur promenade sur la liste des plats, PAC décida que le petit déjeuner à 48 € ne passerait pas par son estomac, occupé à multiplier les réclamations tapageuses, en vain. Il posa la carte et chercha à duper sa faim en se concentrant sur la déco du palace parisien, où ses investigations lui offraient un interlude chic, comme un grain de beauté éclos sur la peau maladive de cette enquête. Esseulé à sa table, tandis que se mitonnaient des discussions dans tous les coins, il attendait la dauphine de Miss Amphi, une étudiante parisienne en droit. Un rendez-vous dû aux grands pas effectués par l'enquête après deux ans de piétinement. Les longues jambes qui parcoururent la salle jusqu'à lui, au point de substituer des murmures admiratifs aux conversations bruyantes, se distinguaient, elles aussi, par leur surdimensionnement, mais bien plus gracieux.

— Ça vous dérange si on bavarde dans un fumoir ? demanda-t-elle d'emblée.

— Au contraire, on sera plus tranquilles.

Ils s'enfermèrent en tête à tête dans une pièce minuscule garnie de bancs, une boîte à cancer dotée d'un bel emballage.

— Pardonnez-moi de le dire comme ça, mais quand on en discute sur notre groupe WhatsApp, on rage, car rien n'avance depuis la mort de Mélanie, asséna-t-elle avec aplomb. Il se passe quelque chose ?

— On a du nouveau, oui.

— J'imagine que vous ne pouvez rien me dire ?

— Si, puisque ça vous concerne directement.

— Que voulez-vous dire ?

— La veille de son assassinat, Mélanie avait organisé une grande fête à bord d'une péniche, sur la Seine, pour célébrer son anniversaire.

— Je le sais très bien, j'étais invitée !

— Comme beaucoup de participantes au concours. À l'époque, on avait examiné toutes les vidéos partagées sur les réseaux sociaux par les fans qui étaient venus réclamer des photos sur le quai. Une cellule de veille a continué à enquêter. Il n'y avait rien eu de notable depuis très longtemps. Et regardez ce qui a été mis en ligne très récemment !

PAC fit défiler les images sous son regard happé par la surprise.

— Le film n'est pas de bonne qualité, mais on l'a amélioré. On dirait que les fameuses boucles d'oreilles hors de prix brillent entre vos cheveux blonds au moment où vous vous barrez, seule, de la soirée.

— On est dans quel cadre ? demanda-t-elle, déstabilisée.

— Une simple discussion pour le moment. Je ne souhaitais pas vous appréhender directement et provoquer un battage médiatique. Après, vous me suivrez dans nos locaux, où on notifiera vos déclarations dans un P-V. Vous ne pourrez pas éviter une audition au minimum. Voire une garde à vue si on sent que vous nous cachez des choses !

— Mais je ne l'ai pas tuée !

— On cherche désespérément ces bijoux depuis deux ans en enquêtant auprès des receleurs et dans le milieu du grand banditisme ! Et vous n'avez jamais dit que vous étiez partie avec !

— Mélanie me les avait prêtées jusqu'au lendemain.

— Pour quelle raison aurait-elle pris un tel risque, vu leur coût ?

— On s'entendait très bien.

— Pourtant les membres de la production et les autres candidates s'accordent depuis le début pour dire que vous vous détestiez.

— Vous pensez qu'elle m'aurait invitée à sa fête ?

— Une façon de vous proposer la paix. Vous voyez, j'ai un peu bossé avant de venir. Je vous conseille de tout me raconter. La vérité, même difficile à sortir, est souvent le plus court chemin vers la tranquillité.

Ses ongles longs tapotèrent la table basse, en une signature de sa nervosité.

— Je ne lui ai pas laissé le choix. Durant l'année, toutes les candidates avaient fait un voyage en Corse, sur le modèle de ce qui se fait avec le concours Miss France. Un jour, elle s'était absentée de sa chambre et en fouillant son téléphone, j'étais tombée sur une vidéo *hot* tournée avec un mec. Je me l'étais aussitôt envoyée, en me disant qu'elle pourrait m'être utile. Je le lui ai gentiment rappelé.

— Du chantage, en d'autres termes !

— C'était le bout de la nuit, j'étais bourrée, trop de vodka... Mais je ne lui ai pas extorqué un euro ! Je voulais juste faire... un court emprunt. Pendant qu'on s'amusait, j'avais posté pas mal de photos, notamment de Mélanie. Mon copain de l'époque n'arrêtait pas de m'envoyer des messages pour me dire que les pendants de Mélanie étaient sublimes. Il fantasmait à l'idée que je les porte pendant qu'on... Enfin, vous voyez quoi ? Alors, j'ai imposé à Mélanie un échange. Je lui ai passé ma paire de boucles d'oreilles en forme de cœur, qui n'étaient pas d'une grande valeur, et je suis partie avec la sienne. Je devais la lui restituer le lendemain chez sa mère, à Bougival, là où on l'a tuée...

— Vous y êtes allée ?

— Oui...

— Qu'avez-vous vu ? Parlez ! Sinon, je vous mets les bracelets devant tout le monde !

— Je me suis garée pas très loin de la baraque. À ce moment-là, Fanny Lange, la patronne de *Miss Amphi*, est sortie presque en courant. Elle avait l'air affolée, comme s'il y avait eu un drame ! Elle s'est tirée avec sa bagnole à toute vitesse. J'ai eu très peur, j'ignore pourquoi. Je suis rentrée chez moi. Je ne savais pas quoi faire. J'ai vite entendu aux infos qu'on avait assassiné Mélanie... J'étais terrorisée. Et puis tout a été vite déballé dans les médias. Les oreilles tranchées, les boucles envolées...

— Comment avez-vous pu garder le silence !

— On ne s'aimait pas, ce n'était un secret pour personne. J'aurais dû m'expliquer sur tant de choses que j'ai préféré me taire. Même quand l'enquête piétinait, je n'ai pas eu le courage. Je me déteste, croyez-moi...

— Où sont les bijoux ?

— Chez moi depuis deux ans, enfermés dans un petit coffre. Je ne les ai jamais ressortis.

— Vous avez conservé la *sextape* aussi ?

— Vous voulez la mater ?

— Vous croyez que vous êtes en position de plaisanter ?

— Fanny ne va vraiment pas aimer tout ça...

Un éboulis de regrets tomba dans ses deux miettes d'azur.

4

Ballant esquiva les rubalises étirées devant la maison et s'avança vers l'entrée sous un déluge d'émotions, qui explosaient dans son cerveau en flashs brûlants. Il ne s'attendait pas si vite à un nouveau rebond morbide, une autre vision d'horreur capable de cogner, d'agresser ses rétines avec sauvagerie. Pour se préparer à l'immonde, il prit soin de revêtir une épaisse armure mentale, au moment de se glisser parmi les combinaisons en mouvement. Les membres de la PTS s'étaient déjà approprié la scène de crime, à laquelle la technologie offrirait l'éternité, grâce à un scan utilisé pour une modélisation future. Le commandant fixa lui aussi chaque élément dans sa mémoire, en finissant par les deux sinistres crevasses, vouées à remplir à jamais ses souvenirs. Une mélasse de sang et de graisse orbitaire débordait des trous creusés par la main du diable.

— On lui a arraché les yeux et tous les muscles attachés dessus, nota le médecin venu constater le décès. Pourquoi rajouter une telle horreur ? Heureusement, c'était *post mortem*. Sinon, je n'ose imaginer les souffrances endurées par cette femme... Elle est morte d'un coup de poignard. La lame s'est enfoncée dans la plèvre, le poumon et le cœur, à première vue. Le corps va partir pour l'IML[1] de Garches.

1. Institut médico-légal.

— Il faut faire un prélèvement pour déterminer le profil ADN de la victime, réclama Ballant à l'équipe de la scientifique. On en aura besoin au plus vite. Surtout, vous ne le faites pas directement sur le corps. Utilisez le sang qui a coulé sur le carrelage, car il est détaché du cadavre.

— Une fine connaissance des textes ! Quelle idée avez-vous derrière la tête ?

Un homme corpulent et de grande taille lui adressa un sourire perdu au milieu de sa barbe drue.

— Lionel Tabal, substitut du procureur d'Orléans.

— Commandant Ballant, PJ de Versailles. C'est moi qui ai prévenu le commissariat de Chartres. Lemaître, un autre chef de groupe, m'avait auparavant alerté.

— Où est-il ?

— En fuite ! Ce serait trop long à vous expliquer. Je vais demander au parquet de Versailles de se mettre tout de suite en relation avec le vôtre. Cet assassinat est possiblement lié à celui d'une dénommée Lucie Froissant. On lui a prélevé le cœur.

— Je me rappelle très bien.

— On pourrait avoir affaire à une sombre histoire de fratrie, de demi-sœurs et demi-frères biologiques. Ces infos viennent de Lemaître, qui est sans doute aux abois. Mais je ne veux pas négliger cette piste, car l'enquête a fait un sacré bond depuis qu'il a fourré le nez dedans. Il me paraît indispensable que le profil génétique de cette victime soit comparé avec celui des précédentes, Lucie Froissant et Emmanuelle Lias, pour vérifier leurs liens de famille. Il faudrait pour ça lancer au plus vite des procédures d'exhumation. Les macchabées s'accumulent, on est dans une situation d'urgence !

— Je ne peux pas vous aider là-dessus, vous l'imaginez. Concernant cet homicide, vous serez cosaisi avec la PJ d'Orléans.

— Très bien. Unissons nos forces. Ça ne sera pas de trop. Je pressens une histoire qui sort de l'ordinaire...

Ballant fit tournoyer un instant son regard dans le salon offert du sol au plafond à l'inventivité exaltée d'une décoratrice douée. Ce constat le ramena près de Sonia, habile à choyer les intérieurs avec un talent immense qui se contentait de peu de frais. Quand elle avait abandonné leur trois pièces pour partir chez Lemaître, sa compagne suivante avait eu l'impression de pénétrer dans un sanctuaire. Il avait vécu comme une expropriation chacune de ses tentatives d'investir les lieux, même réduite au court trajet d'un bibelot ou au remplacement futile de quelques rideaux. Sonia l'avait quitté en abattant froidement leur amour et pourtant, lui ne parvenait à se séparer de rien, devenant le conservateur masochiste du musée de leur histoire. Ces fortes tensions initiales avaient fortement dégradé leurs rapports intimes, définitivement abîmés par son acharnement à oublier de rentrer du travail à une heure décente. En fait, pour une femme, se mettre en couple avec Ballant revenait à subir un ménage à trois des plus pervers, à accepter d'être trompée sans cesse avec le souvenir d'une autre. Chaque nouvelle relation lui rappelait avec une cruauté infinie son deuil impossible, chaque échec qui s'ensuivait faisait ressurgir le désir tout aussi utopique de la voir revenir. À nouveau libre depuis plus de deux ans, il guettait malgré lui à distance les possibles failles de ce couple sans enfant, une anomalie incroyable pour quiconque connaissait les prédispositions maternelles de Sonia. Désormais, sa disparition redonnait un élan prodigieux à son espoir de la garder pour lui seul, à jamais, s'il parvenait à la retrouver vivante. Il avait aisément obtenu du commissaire Richard la conduite de l'enquête ouverte à son sujet en lui promettant d'attraper Lemaître, avec une motivation boursouflée par la haine et l'envie de revanche. Néanmoins, il était troublé par toute l'énergie que brûlait son collègue, déterminé à faire jaillir la vérité dans l'affaire Lucie Froissant, noyée depuis si longtemps dans un puits de mystères...

— Un des primo-intervenants est dans le coin ? demanda Ballant à la cantonade.

— Brigadier Santon, intervint un petit brun sec. On était à proximité pour un problème de voisinage quand le central nous a alertés. On s'est pointés au moment où une Fiat 500 noire démarrait à fond ! On l'a prise tout de suite en chasse, mais on s'est plantés. Je me demande encore comment cette bagnole a réussi à passer au bout de la fausse impasse !

— Un numéro de plaque ?

— Non, c'est allé trop vite, on n'était pas assez proches.

— Vous ferez parvenir les images de vidéosurveillance du secteur à la DRPJ. On arrivera peut-être à la repérer dessus. Sinon, des infos sur la victime ?

— Patricia Loisel, une infirmière libérale qui vivait seule depuis son divorce, il y a cinq ans, selon une voisine. Elle est très choquée, comme vous pouvez l'imaginer. Elles avaient pour habitude de partager ensemble des gâteaux et les derniers ragots du quartier, tout aussi savoureux, sans doute.

— Elle est où ?

— Chez elle. Prostrée. Elle n'est plus en état d'être interrogée, pour le moment. Elle a fait un malaise peu après notre arrivée.

— Elle a eu le temps de dire si elle a vu quelque chose ?

— Il lui a semblé entendre le bruit d'une moto qui quittait la rue à toute vitesse alors qu'elle était aux toilettes, un peu plus tôt dans la matinée. On ne va pas aller loin avec ça...

Habile sculpteur de poils devant sa glace, le brigadier tritura sa petite barbe pointue pareille à une ancre. Ballant afficha la même perplexité, alors que les meurtres sadiques commençaient à s'agréger en un long tunnel, glauque et désespérant.

5

Dorian fit comme prévu une halte à sa banque de Rambouillet, ancrée dans ses habitudes depuis très longtemps. La longue attente, due à l'indécision d'une cliente au sujet de l'ouverture d'un LDD, l'obligea à dilapider le peu de patience qu'il lui restait. Quand vint son tour de se présenter au guichet, sa mauvaise humeur s'afficha en format XXL devant l'employée aux couettes semblables à deux pompons.

— Bonjour, Dorian Lemaître. Je voudrais retirer 5 000 €.

— On ne peut pas vous donner une telle somme sur-le-champ, car elle dépasse largement votre plafond autorisé. Il aurait fallu nous prévenir plusieurs jours à l'avance.

— Je m'en doute. Mais c'est une situation d'extrême urgence. Je n'ai pas le choix. Ni le temps ! Pourriez-vous faire venir votre supérieure, s'il vous plaît ? Je la connais bien.

— Elle vous dira la même chose que moi.

— Tu vas l'appeler oui ou merde !

— Mais je ne vous permets pas de me parler comme ça !

Dorian songea à son arme et à la toute-puissance qu'elle était capable de légitimer auprès de la jeune femme récalcitrante. Il sut résister avec force à ce réflexe de petite frappe, en s'alarmant d'avoir pu se laisser amadouer par une telle pulsion.

— Un problème, Élodie ?

Annoncée par sa question au ton glacial, la responsable apparut avec l'air contrit d'une institutrice qui regrette l'interdiction de la fessée.

— Le client insiste lourdement pour récupérer un énorme montant en liquide sans délai.

— Monsieur Lemaître, votre plaque de policier ne vous donne pas tous les droits. Vous ne m'aviez pas habituée à un tel comportement.

— J'ai un énorme souci. Je dois quitter la région au plus vite.

— Repassez un peu plus tard, c'est tout ce que je peux faire. Dorian écarta légèrement sa veste et sourit largement :

— Je suis sûr qu'on peut accélérer les choses.

La vue parcellaire du pistolet statufia la directrice d'agence, dont l'immobilité contamina la guichetière, apeurée.

— Vous n'allez tout de même pas…

— Vous menacer ? J'espère ne pas avoir à le faire. Ce serait absurde. Mais plus je vais perdre de temps et plus je vais devenir nerveux. Filez-moi mon blé, qu'on en finisse !

— Je pourrais appeler…

— La police ! Vous l'avez devant vous ! Vous tenez vraiment à savoir jusqu'où je suis capable d'aller ?

Sa détermination, en apparence bâtie avec de vils matériaux, semblait très difficile à dynamiter.

— Élodie, allez chercher les liasses prévues pour les deux clients qui doivent passer cet après-midi. Vous devriez arriver à 5 000 €.

Le liquide s'écoula sans tarder dans son sac à dos.

— Je vais porter plainte, je vous préviens, monsieur Lemaître.

— Peu importe, j'aimerais beaucoup n'avoir que ce genre de soucis mineurs, croyez-moi.

— On verra bien. Je tiens à solder votre compte au plus vite, aussi.

— Dès que j'ai deux minutes, je reviens pour les formalités. De toute façon, vu votre manque de réactivité et de souplesse, je ne comptais plus rester très longtemps !

Le flic rangea son ironie encore fumante et déguerpit pour rejoindre la voiture qu'il avait pris soin de garer à bonne distance.

— Je prends le volant, décréta-t-il.

Propulsée par quatre-vingt-cinq chevaux et poussée par un conducteur débridé, la Fiat 500 s'arracha brutalement de Rambouillet. Dorian se rua vers la N10 pour rejoindre au plus vite Louveciennes et y entamer son opération de camouflage dans la terrible jungle urbaine.

— Ça ne s'est pas bien passé, on dirait ?

— Comme je m'y attendais. J'ai dû un peu brusquer les choses et me comporter comme un voyou. Vu que je suis à cran, je n'ai pas eu à me forcer.

— J'avais remarqué ! Pour me protéger d'un détraqué en liberté, j'ai hérité d'un flic en cavale, hypernerveux. Tu parles d'un garde du corps ! Je n'ai même pas l'assurance que tu ne sois pour rien dans la disparition de ta femme.

— Avoir perdu la mémoire ne fait pas de moi un coupable.

— J'aurais dû te filmer entre Étretat et Chartres. T'as fait un de ces cauchemars ! À filer les jetons ! T'as tout du mec qui n'a pas la conscience tranquille. Tu souffres sûrement d'amnésie dissociative. Pourquoi tu n'essaierais pas l'hypnose ?

— Tu crois que je n'ai vraiment que ça à faire ? Si tu n'as pas complètement confiance en moi, on se sépare. Mais je me débrouillerai plus facilement seul que toi.

Pour la première fois, l'éclat d'une dispute ébréchait leur complicité naissante. Dorian se retint d'en rajouter, laissant les tensions se noyer dans un trop-plein de silence. Une courte accalmie qui favorisa vite la dissipation de cette bouderie matinale.

— Je suis désolée, Dorian, reprit Maëva, stressée. Je suis si perturbée ! Ça me ferait du bien d'aller voir ma mère à l'hôpital. À elle aussi. Elle vient juste de quitter les soins intensifs. On peut faire un détour ? Sinon, je m'y rendrai seule. En pleine journée, je ne risque quand même pas grand-chose.

— Elle est où ?

— À Levallois.

— Je t'y amène. Je te dois bien ça. Moi aussi, je dois te présenter des excuses. Je ne m'attendais pas du tout à ce que ça prenne une telle tournure, avec cette clandestinité. J'ignore même si résoudre l'affaire Lucie Froissant m'aidera à sauver Sonia…

— T'as une photo d'elle ?

— Mon sac à dos. La poche de devant.

Maëva extirpa le portrait d'une blonde aux yeux verts, tout droit tombée du roman de Maurice Leblanc.

— Vous vous êtes rencontrés comment ?

— Elle vivait en couple avec Ballant.

— L'autre policier ?

— Je n'aurais pas dû tenter ma chance. Mais c'était plus fort que moi. Une telle évidence… À regretter jusqu'à la fin de ses jours de ne pas avoir osé ! Je me suis lancé un soir lors d'un repas improvisé chez PAC, mon adjoint, qui appartenait à l'époque au groupe de Ballant. Dire que je lui ai piqué sa femme puis son meilleur élément !

— Pourquoi il vous a rejoint ?

— Faut que je rembobine. Lors de ce gueuleton, il s'est passé un truc auquel je ne m'y attendais même pas. On s'est retrouvés à discuter tous les deux en tête à tête sur la terrasse. Ballant était sorti pour montrer sa nouvelle caisse aux autres mecs. Il a oublié de protéger son trésor. Un quart d'heure à peine de discussion a suffi à faire passer un frisson magique entre nous. Ballant était fou amoureux d'elle, mais je n'avais pas le sentiment, en discutant, d'une réciprocité. Elle n'a jamais voulu me dire pourquoi. On s'est vite revus en cachette plusieurs fois. Sonia n'a pas tardé à officialiser la rupture. Je m'entendais très bien avec PAC, qui n'a pas supporté d'entendre Ballant me dessouder en permanence. Il est allé voir Antoine Richard, le divisionnaire, pour lui dire qu'il voulait bosser avec moi. Sinon, il se barrerait de la PJ. Comme il est du genre brillant, il a vite obtenu son transfert. Quand on a discuté la nuit dernière, il m'a dit qu'il était persuadé de la responsabilité de Ballant dans la disparition de Sonia. D'après lui, il cherche à me faire porter le chapeau. Par moments, je suis perdu. Et elle me manque tant...

Des vagues de nostalgie s'échouèrent dans les réflexions silencieuses de Dorian, le temps de basculer vers l'A12.

— Tu voulais me suggérer quoi, tout à l'heure ? reprit-il.

— Elle habitait où Emma Froissant lors de la naissance de Lucie ?

— Là où Hervé Froissant vit encore : dans une belle meulière au sein de la vallée de Chevreuse.

— Quand elle a construit son énigme, elle se trouvait chez sa sœur à Étretat. Mais elle a peut-être songé à ce qu'elle connaissait le mieux ?

— Je ne comprends pas ?

— Cette femme avait du mal à avoir un enfant, n'est-ce pas ? Que fait-on dans cette situation pour positiver ? On se projette ! On imagine déjà dans quelle pièce le bébé vivra. Peut-être la chambre de Lucie quand elle était petite correspond au « château de la princesse ». C'est ainsi que beaucoup de parents surnomment leur fille !

— Trop simpliste !

— Tu penses vraiment qu'une femme à la vie et aux goûts modestes irait bâtir une énigme digne du *Da Vinci Code* ?

— À la réflexion, ça se tente. Il faut prévoir une expédition dès la nuit prochaine.

— Une entrée par effraction ?

— Pas le choix ! Au point où j'en suis... Je viens de cambrioler mon propre compte en banque. Tu m'attendras dans ta voiture si tu veux.

— J'aurai moins peur dedans avec toi que dehors seule !

— Pourtant t'es très courageuse, crois-moi ! D'autres auraient pris le premier avion pour rejoindre leur mari au Qatar.

— Le danger qu'on affronte est moins terrifiant que celui qu'on fuit, c'est tout.

Dorian médita longuement la maxime sans restreindre son admiration pour Maëva, balancée dans une centrifugeuse qui risquait de la broyer.

6

À peine subtilisée, la discussion fut offerte à la curiosité de PAC, qui goûta cette livraison toute chaude d'informations. L'ancien maire de Versailles Pierre Walter conversait avec « B », un interlocuteur encore protégé par les murailles de l'anonymat.

Extrait des retranscriptions de la ligne cellulaire n° 07 28 97 97 XX utilisée par Pierre Walter.

Conversation n° 75 en date du 28 juin 2021 établie entre Pierre Walter et B. Appel entrant débutant à 14 h 02.

P. W. : Bravo pour ta future promotion B.

B : T'es déjà au courant ?

P. W. : Je suis bien placé pour le savoir, non ? C'était normal que ton tour arrive enfin. T'étais le dernier à ne pas avoir été servi. Depuis le temps...

B : C'est vrai que je méritais d'être gratifié bien avant P. Je n'ai jamais compris pourquoi il avait été nommé à la Santé.

P. W. : Plus la peine de ruminer. On aura bientôt plein de choses à fêter.

B : Vivement qu'on soit débarrassés de tout ça. T'as eu l'info sur notre ami commun ?

P. W. : On m'a informé de son dernier voyage. Il semble que X ait été très efficace. Mais je ne l'ai pas eu à ce sujet.

B : Très bien. On aurait dû faire ça bien plus tôt. Ça nous aurait évité quelques soucis et beaucoup de stress.

P. W. : Au fait pourquoi tu utilises un portable anonyme ? Tu piques les méthodes de tes clients maintenant !

B : On n'est jamais trop prudent. Prends soin de toi.

P. W. : Toi aussi.

Appel finissant à 14 h 04.

Le visage fendu par un sourire de gourmet après la dégustation de cet échange, PAC partagea ses réflexions avec le groupe de la BRI saisi en appui de leurs investigations.

— Donc « P », c'est Jean-Daniel Piller, le ministre de la Santé, qui était un des principaux adjoints de Walter avec Paul-Louis Fange. Vous avez de suite adressé une réquisition pour savoir à qui appartient la ligne utilisée par « B » ?

— Elle correspond à un prépayé acheté il y a quelques mois sous un faux nom dans un taxiphone de Barbès, répondit un gradé. C'est trop loin pour qu'on réclame d'éventuelles images de vidéosurveillance. La géolocalisation indique qu'elle est utilisée la plupart du temps à Versailles. Le plus souvent, il active une antenne relais située rue de Noailles, à proximité du RER Versailles-Chantiers. Des hommes vont partir dans ce secteur, essayer de le loger.

— Ça devient intéressant. « B » figurait sans doute dans la mouvance de l'équipe municipale élue en 1989, sans en faire forcément partie. On devrait arriver à l'identifier assez facilement. Téléphone de guerre, méthodes de ses clients… J'ai l'impression qu'on a affaire à un baveux. Un pénaliste, même. Vous devriez vérifier s'il n'y a pas un cabinet d'avocats dans le secteur où le signal est détecté la plupart du temps. On recoupera ensuite. Certains de ces politiciens ont peut-être déjà fait appel à ses services. J'ai l'impression qu'on est vraiment entre amis, très proches.

— Bonne idée, PAC. Je transmets la consigne.

— Sinon, j'ai l'impression qu'ils parlent de Chris Muller, le videur qui a été éliminé dans le détroit de Gibraltar. Apparemment, un certain « X » s'est personnellement chargé de le réduire au silence. Mais ils n'en sont pas tout à fait sûrs non plus. On perçoit un manque de communication entre eux, par moments. En tout cas, il n'y a pas d'instantanéité. Bizarre...

Confronté à ce mixage de certitudes et d'interrogations, l'adjoint de Dorian en fit aussitôt une synthèse sommaire dans son carnet rempli d'annotations anarchiques.

— Pierre Walter
— Paul-Louis Fange
— P : Jean-Daniel Piller
— B ?? Baveux ??
— X ? ? Boss ??

Soudain, PAC, assailli par un malaise fulgurant, s'effondra.

7

L'ombre allongée de la peur assombrit le visage de Maëva dès qu'elle se retrouva devant la porte de sa maison.

— Tu peux entrer sans crainte, dit Dorian. Pas de trace d'effraction. Je viens de vérifier tous les accès.

— J'ai l'impression que ma baraque ne sera jamais débarrassée de la présence de ce taré !

La biologiste précéda le policier dans la demeure restée fraîche malgré le harcèlement du soleil, toujours aussi ardent. Elle inspecta d'emblée chaque pièce, avec la sensation manifeste d'être en permanence léchée par le danger.

— Essaie de te détendre un peu.

— Pas facile. Je n'imagine pas continuer à vivre ici… Mais t'as raison, faut que je pense à autre chose. Tu veux boire un truc frais ? Ou plus tard ? T'es sans doute pressé que je regarde si quelque chose a disparu quand il a essayé de me tuer.

— Un objet très personnel, genre la broche subtilisée à la victime du Havre, oui. Mais pose-toi un peu, d'abord. Je sens bien que ta visite à l'hôpital t'a bouleversée. T'as quasiment rien dit depuis qu'on a quitté Levallois.

— C'est tellement dur… Elle a subi une gastrectomie totale, car sa tumeur à l'estomac n'était pas superficielle. Elle est nourrie par une sonde. On n'a pas trop discuté, elle était assez fatiguée. J'ai compris qu'elle avait envie de me revoir très vite. Et moi, j'ignore quand je pourrai y repasser. Elle va m'en vouloir si je n'y fais pas un saut demain. Comment le lui expliquer ? Je ne pouvais tout de même pas raconter mes dernières quarante-huit heures, vu son état...

— Il vaut mieux la préserver. Surtout que tout ce qui t'arrive part de ce qu'elle a subi il y a quarante ans.

— C'est forcément le même scénario pour ces femmes que l'on tue. On en est déjà à trois. Elles possèdent toutes le même père. Ça voudrait dire que leurs mères ont été violées par le même mec et ont quand même décidé de garder leur enfant, comme la mienne.

— Assez improbable, non ?

— En effet. Ou alors, elles sont simplement nées grâce à une insémination artificielle. Dans ce cas, pourquoi vouloir les supprimer ?

— Il y a forcément une autre piste. Le gourou d'une secte ? Il aurait infligé à ses adeptes des relations sexuelles sous la contrainte et les aurait obligées à accoucher ?

Pour la première fois, Dorian eut la sensation, excitante et frustrante, d'effleurer un bout de vérité comme on frôle un morceau de peau, sans pouvoir la palper.

— Il existe forcément un point commun entre les mères de ces femmes tuées, qui ont procréé avec le même homme, de façon volontaire ou pas. Malheureusement, celle d'Emmanuelle Lias est en phase terminale d'Alzheimer, tandis que les deux autres génitrices sont mortes. Pour le moment, même si je n'y crois pas trop, notre seule piste est le message laissé par Emma Froissant. Comme un demi-aveu : voilà, je dépose ça là dans l'espoir que quelqu'un le trouve et fasse le lien.

— J'en suis persuadée, Dorian. Ce mystère montre que son esprit était coupé en deux, partagé entre l'obligation de se taire et le besoin tout aussi vital d'en parler. La trace cryptée de ce crime signifie : je vous dis qui c'est, mais il faudra quand même vous creuser le cerveau pour le trouver !

— Ça se tient. On commence à former un bon duo, pas vrai ?

— Je ne candidate pas à la PJ. Je veux retrouver une vie normale le plus tôt possible ! Je vais inspecter l'étage.

— Je te suis.

La sonnerie de son Nokia l'obligea à décaler ses velléités protectrices. Il eut à peine décroché que la voix rageuse de PAC s'engouffra avec force dans ses oreilles.

— T'es en train de péter les plombs ! T'as mis le bordel dans une banque de Rambouillet ! Le mandat de recherche lancé contre toi ne te suffisait pas ?

— Calme-toi s'il te plaît. T'as pu aller sur Paris pour moi ?

— J'ai fait tous les étages de l'immeuble. J'ai fini par tomber sur une vieille dame permanentée.

— Mon ange de la rue de Caumartin !

— Après s'être lamentée pendant dix minutes sur sa mort, elle a fini par lâcher qu'il lui arrivait de papoter avec le détective juste devant sa porte. Avec vue directe sur le cadre manquant. La reproduction d'un vieux tableau, d'après elle : des fleurs dans une coupe à champagne.

— Ah ? Rien d'intime en fait.

— Je ne sais pas ce que tu t'imaginais.

— Quoique… Si des roses sont représentées, ça peut coller avec la forme de la pince à cheveux dérobée à la victime du Havre.

— Non, figure-toi, ce sont des œillets.

— Il doit y avoir une symbolique qui m'échappe.

— Besoin d'autre chose Dorian ?

— Non, pas pour le moment. Je vais acheter au plus vite une autre carte SIM. Je t'appellerai avec un numéro différent la prochaine fois.

— Dorian, je me suis arraché alors que l'affaire de

Miss Amphi est en train de s'emballer et que celle du cadavre sans visage rebondit. Je ne pourrai pas faire ça dix fois !

— Je sais, PAC. Je ne t'en voudrai pas si à un moment, t'es obligé de me lâcher. Sache-le.

— J'espère reculer ce moment le plus longtemps possible. Prends soin de toi. À toute.

Dorian s'empressa de consulter les photos du cadavre prises le matin même à Chartres dans le salon empuanti par l'haleine de la Mort. Il polarisa son attention sur le chemisier rose saumon amoché au niveau de la taille, avec l'espoir fou d'extorquer un indice vital pour ce détail en apparence anecdotique. Il chercha avec une patience de collectionneur le modèle intégral qu'il finit par trouver sur un site de vente de vêtements par correspondance : la partie manquante correspondait à la griffe de la marque, un paquebot. Maëva redescendit à ce moment-là avec une expression bizarre, contrariée par l'étonnement.

— J'ai surtout regardé parmi mes affaires les plus personnelles, les bijoux, les vêtements. Il ne me manque rien d'apparent. En revanche, je pense qu'il a piqué un truc à ma fille.

— Quoi ?

— Un doudou. Le doudou, même ! Celui qui a traversé les années et qui trône sur son lit quand elle n'est pas là. Un petit ours qui ne ressemble plus à grand-chose tellement elle l'a mordillé quand elle était petite. C'est étrange…

— Une broche en forme de petite rose rouge, une peinture qui montre des œillets plongés dans un verre à champagne, un bateau imprimé sur un bout de tissu et une peluche mâchonnée jusqu'à en perdre ses poils : voilà chacun des souvenirs emportés par le meurtrier.

— Où est la logique ?

— Propre à l'assassin. Toi, ça aurait pu passer pour

une électrocution. Emmanuelle Lias a été éliminée par un chauffard dans le brouillard. En revanche, le mode opératoire utilisé avec Patricia Loisel et Lucie Froissant est bien plus gore. Comme s'il s'agissait d'un tueur en série qui masquait justement certains de ses crimes pour éviter qu'on fasse trop aisément le lien. Mais il y a ces éléments *a priori* invisibles qui lui permettent de tout relier. Et de raconter quelque chose.

— Une histoire ?

— Oui. Mais pas n'importe laquelle : la sienne !

L'évidence éclatait en flashs répétés sur ses pupilles dilatées.

8

Ballant stoppa le véhicule de la PJ devant un immeuble extralarge qui s'étirait autant que son sourire.

— Va juste falloir grimper un peu, sourit le lieutenant Girard. Il est perché au dixième !

— Je n'ai pas l'intention de me taper toutes ces marches ! Je te laisse faire si ça t'amuse.

L'officier précéda dans l'interminable tranche de béton son collègue d'origine guadeloupéenne, un sportif du dimanche et de tous les autres jours de la semaine. Les deux hommes s'immobilisèrent devant un ascenseur, lui aussi complètement à l'arrêt.

— Putain, en panne ! jura Ballant.

— Allez Greg, un peu de cardio !

Bravache, le chef de groupe tenta de copier les montées de genoux frénétiques de son numéro deux. Il finit par perdre son souffle au huitième et ne le retrouva que deux étages plus hauts, après l'avoir longtemps cherché dans sa poitrine.

— Si tu veux, je peux poser les premières questions le temps que tu récupères, chambra Girard.

— C'est bon, sonne !

Il fallut trois coups pour faire apparaître dans l'entrebâillement de la porte un visage rond, conquis par la méfiance aussitôt que la carte de police fut brandie devant ses yeux plissés.

— Commandant Ballant, PJ de Versailles. Monsieur

Sylvain Dole ? On a besoin de discuter avec vous de toute urgence.

— Vous voulez quoi, les keufs ? Vos collègues me sont tombés dessus tout à l'heure et m'ont demandé de pas bouger de chez moi jusqu'à votre arrivée sans rien m'expliquer.

— Ils ont passé la journée à essayer de vous joindre. Vous n'étiez pas à votre boulot.

— J'avais posé un jour de congé. On a dû leur dire !

— On peut entrer ?

— Le deal, c'est fini ! J'ai fait six mois de taule y a longtemps !

— On ne vient pas pour trouver de la beuh, on ne bosse pas aux stups, on s'en tape ! On est là pour une affaire bien plus importante. On doit absolument causer avec vous. C'est dans votre intérêt, croyez-moi.

Devant cette insistance raffermie par un regard inflexible, les ultimes résistances de l'occupant des lieux cédèrent en même temps que la chaîne de sécurité. Les deux flics découvrirent un deux-pièces troublé par un désordre à la lisière de la malpropreté. Sylvain Dole occupait un boulot à mi-temps de manutentionnaire qui ne s'étendait pas à son logement, où déplacer de la vaisselle sale semblait un geste superflu.

— Qu'est-ce qu'il y a ? demanda-t-il. On m'a coffré y a des années, je me tiens tranquille depuis.

— On vient de vous le dire, vos antécédents judiciaires, on s'en cogne, s'énerva Girard. Ce qui nous intéresse, c'est que vous figurez dans une base de données génétique.

— C'est quoi ce truc ?

— Vous ne connaissez pas ? s'étonna Ballant. Vous avez bien envoyé votre salive pour chercher des parents ou en savoir plus sur vos origines ?

— Non. Et puis, qu'est-ce que ça peut vous faire ?

— Vous partagez selon nos infos assez d'ADN avec

trois femmes pour être théoriquement leur demi-frère. Le problème, c'est qu'elles ont été assassinées. Patricia Loisel, ça vous dit quelque chose ?

— Connais pas.

— Lucie Froissant ?

— Non plus.

— Emmanuelle Lias ?

— Vous allez me sortir combien de meufs comme ça ?

— Vous auriez apparemment le même père biologique. Et leur âge est proche du vôtre, 45 ans.

— C'est quoi ces conneries ! Vous me faites un sketch, là ! Vous croyez que j'ai que ça à foutre ! Et un daron, j'en ai déjà un, même si ça fait longtemps que j'en ai plus rien à foutre de lui !

— On a fait des recherches sur vos parents.

— Le vieux, c'était un lâche ! Il s'est cassé quand j'étais petit, je ne connais même plus son prénom !

— Anthony.

— Je m'en tape ! C'est comme la vieille, j'sais même pas ce qu'elle est devenue ! Rien à foutre ! Une connasse ! Elle me battait ! J'me suis barré à 14 ans. Vous pouvez lui demander, je n'ai jamais revu sa sale gueule ! Et je n'y tiens pas !

— Alors, on a le regret de vous apprendre qu'elle est décédée il y a un peu plus de deux ans. Un cambriolage en pleine nuit qui a mal tourné.

Des lampions s'allumèrent au fond de son regard le temps de lancer un message dénué de tout cryptage : « Bien fait ! »

— On veut que vous compreniez bien que vous êtes sans doute en danger de mort, insista Ballant.

— C'est n'importe quoi ! Vous voulez qu'il m'arrive quoi ? Je n'ai rien à voir avec ces femmes j'vous dis ! J'fais ma petite vie tranquille.

L'OPJ se dirigea vers la fenêtre brouillée par la saleté et

enfonça ses prunelles dans les barres d'immeubles fadasses qui engloutissaient l'horizon crépusculaire.

— Pour une raison qu'on ignore, on les élimine l'une après l'autre. Et votre tour risque de venir.

— J'suis pas un faible. J'ai fait de la taule. J'ai pas peur. Et je suis sûr que tout ça, c'est des conneries !

— Accepteriez-vous de faire un test ADN pour qu'on vérifie que vous avez bien des liens familiaux avec les trois victimes ?

— Je suis fiché déjà !

— Oui, au FNAEG, mais ça n'a rien à voir. On aurait besoin que vous passiez à la police judiciaire de Versailles demain matin au plus tôt. C'est très important pour nous comme pour vous.

— J'verrai. Je dois aller bosser.

Énervé, Ballant repartit en emportant le souvenir de son nez épaté, un modèle identique à celui de Lucie Froissant.

9

Maëva s'approchait avec une anxiété sans bornes de la meulière des Froissant, engloutie par le vaste océan des ombres. Sa détermination, percutée depuis leur arrivée par ses hésitations, était chancelante.

— Tu veux toujours me suivre ? insista Dorian. Tu sais ce qu'il peut en coûter ?

Elle acquiesça avec un sourire contaminé par la peur et se serra contre lui, instinctivement. Seule la lampe torche du policier défiait le noir insondable dans lequel ils venaient de s'engouffrer avec des façons de spéléologue. Son faisceau paraissait une minuscule craie qui traçait des traits de lumière sur la plus noire des ardoises. Encordés par le stress, ils laissèrent derrière eux la mince barrière de la maison, haie mineure sur la route de leur détermination. Malgré son étroitesse, une fenêtre brisée en douceur par Dorian ne résista pas plus à leur quête d'effraction. Après avoir martyrisé leurs côtes, ils atterrirent tour à tour dans la buanderie, les deux pieds sur la machine à laver, tremplin de fortune vers le sommet de la demeure stylée.

— C'est le moment de voir si t'as raison, murmura-t-il.

— Je suis sûre de moi ! La clé se trouve ici. On n'est pas comme le Beautrelet de Maurice Leblanc, occupé à labourer la Normandie pour trouver cette fameuse « aiguille creuse ». Tu vas encore dire que c'est de la psychologie féminine à deux balles ! Pourtant, je vois très bien Emma

Froissant bâtir son énigme à partir de ce qu'elle connaissait le mieux, pour occuper son esprit écartelé entre la joie d'être enceinte et la douleur d'avoir été violée.

— Suis-moi. Normalement la baraque est vide.

Une fois à l'étage, ils convoquèrent à mi-voix le premier fragment de la phrase qui, depuis leur voyage à Étretat, secouait leur cerveau.

XAXEX LE CHÂTEAU DE LA PRINCESSE ENDORMIE

La chambre de Lucie Froissant annexa leurs prunelles. Une partie de son contenu désignait la fillette longtemps chouchoutée entre ces murs beiges, qui avaient abrité bien plus tard une jeune femme remodelée par la nature. Postées au sommet d'une armoire, des peluches au sourire mangé par l'usure, poussiéreuses vigies du temps passé, retenaient une enfance heureuse en ces lieux endeuillés. Tout partait forcément de cette douzaine de mètres carrés qui désignaient la résidence obsolète de la victime. Le mot incomplet se débarrassa alors de son mystère !

— Il faut « raser » la pièce ! devina Maëva.

Ils longèrent le château de la princesse endormie, qu'aucun baiser de prince charmant ne pourrait arracher à l'éternité, puis poursuivirent leur quête incertaine et vitale.

GRIMPER VERS LES CIEUX XEXAXXXXILLES DES NUAGES

« Cieux », « nuages » : ils avaient imaginé ces éléments aériens réunis sur une toile. Mais, dans le long couloir, la seule peinture recensée ne pouvait s'agréger au mystère qu'ils s'échinaient à décaper. Quelques promeneurs égarés dans une forêt crénelée de verdure s'entortillaient derrière la paroi de verre. Sûrement pas une œuvre de collection et encore moins l'étape suivante de leur entreprise de divination. Ils la poursuivirent par l'examen circonspect des toilettes, précédées de trois marches, détail qui matraqua leur esprit une fois qu'ils eurent aperçu le plafond bleu clair, tiré comme un firmament immaculé. À cet instant-là, ils bouchèrent les trous du mot manquant, clin d'œil à ces mioches dont on nettoie le visage quand ils ont gardé sur les joues les preuves succulentes de leur gourmandise.

— « Débarbouillés », triompha Dorian, de plus en plus convaincu.

La moitié de la route vers la vérité s'illuminait désormais dans les recoins opaques de l'habitation. Ils n'eurent pas le loisir d'en poursuivre l'exploration, car un bruit d'alarme de voiture cisailla le calme de la rue. Dorian éteignit aussitôt sa lampe et aperçut, dehors, la lueur agressive expédiée par les phares d'une bagnole de gendarmes. Ils se fondirent dans les ténèbres, le temps de voir s'éclipser le véhicule menaçant.

SUIVRE LE REGARD DE L'ANGE

— Une simple patrouille de nuit, sans doute, constata Dorian. Ne t'inquiète pas.

— Je suis terrorisée.

— Tiens le coup, on est arrivés aux trois quarts du chemin. Regarde la statuette posée sur une des étagères des W-C !

— Un petit ange !

— Il n'y a plus qu'à suivre son regard !

Mais les yeux bleutés de la figurine en porcelaine fixaient seulement, dans le couloir, le tableau paysager qu'ils avaient détaillé un peu plus tôt et délaissé à cause de son insignifiance.

— Ça ne mène à rien, pesta Dorian. Obligés, depuis

le temps, les occupants ont bougé quelque chose et ont brisé l'harmonie de cette énigme. En quarante ans, t'as le temps de refaire mille fois la déco ! C'était stupide d'y croire ! On n'y arrivera pas !

De rage, Dorian décrocha le cadre et l'expédia sur le sol, où il s'émietta tout autant que leurs illusions. Traces de leur déception autant que preuves de leur passage, les bouts de verre gisaient sur le plancher nervuré.

— Pas la peine de s'emporter, pesta Maëva. Notre venue ne risque pas de passer inaperçu au moins !

— Désolé, ça me rend dingue ! Ça fait déjà un jour de plus ! J'peux bien passer mes nerfs sur ce paysage à la con !

Sans attendre une quelconque approbation, Dorian shoota avec rage dans les débris, qu'il dispersa en endiguant un hurlement, bouche et poings fermés. Quelques secondes plus tard, ses lèvres gercées se descellèrent pour laisser s'évader un inattendu cri de victoire. Il se saisit de la reproduction et constata, dans un magma de joie en fusion, qu'elle en dissimulait une autre, bien plus fascinante.

— *Les Falaises à Étretat* de Claude Monet !

— Et surtout l'Aiguille creuse immortalisée dessus ! nota Maëva avec un bonheur tout aussi démesuré.

— On l'embarque pour la détailler. Sauf si tu m'accuses de pillage !

L'aube d'un sourire éclaira son visage aspiré par l'obscurité.

— On file ! J'ai trop hâte de l'examiner ! On va pouvoir avancer !

Le trajet menant à la sortie se fit sur coussin d'air, foulées aériennes et cœur léger. Ils s'échappèrent de la maison par l'ouverture étriquée de la buanderie, étroite fenêtre qui donnait accès à l'horizon sans fin de leurs espoirs. Mais leur euphorie fut vite écrasée par l'anxiété.

10

Depuis cinq minutes, la transpiration tressait des nattes de sueur sur son visage épouvanté. Les grosses gouttes entrecroisaient leurs sillons et roulaient avec excès vers sa poitrine offerte aux caprices du froid. Dans la voiture, le pervers avait eu le temps de lacérer son chemisier avec une délicatesse d'employé des abattoirs. La pointe de son long couteau avait laissé une rature entre ses seins, promesse sanguinolente d'être rayée du monde des vivants. Après avoir goûté son épiderme, la lame dentée avait jailli au-dessus d'elle, pour s'offrir un festin. Mais il avait bloqué le geste assassin à proximité de son cou, pour lui offrir un sursis bien plus atroce que la peine qui l'attendait. Il lui avait alors ouvert une portière, dans une inflation de sadisme. Depuis, elle fuyait à travers les arbres fouillés par les toutes premières lueurs du jour. Par endroits, des grappes de rochers bizarroïdes s'arrachaient doucement à l'obscurité, ici une souris géante au museau effrayant, là une tortue disproportionnée, sinistre clin d'œil à son rythme trop lent. Creusée grâce aux efforts immémoriaux de la nature, une cavité s'ouvrait sous sa carapace, futur tombeau ou cachette, le destin allait vite trancher. La proximité des bruits de pas la poussa à y tasser son corps meurtri. Elle appuya contre ses genoux sa mâchoire qui claquait sans retenue et croquait le silence. Puis, au prix d'un effort très violent, elle cadenassa sa respiration, imposa une pause à ses ahanements. Le vent frais sembla retenir son souffle, lui aussi. Plus rien ne bougeait, comme si le paysage rocailleux ciselé au milieu de la forêt imposait son immobilité. Elle se prit à espérer que le taré était passé, parti sur ses traces imaginaires, éconduit par sa ruse. L'espoir ralluma des étoiles au fond de ses yeux. Elles s'éteignirent avec l'intrusion d'un masque en peau humaine, seulement transpercé par des yeux purulents de démence, sous lequel elle imagina un sourire odieux. Chacun des gestes de son agresseur se fragmenta en une multitude d'éternités : une main s'avança doucement pour tirer avec méchanceté ses cheveux, l'autre se leva lentement pour brandir à nouveau l'arme et la laisser planer au-dessus de la proie. Puis, brusquement, il frappa trois fois en plein cœur, dans une boulimie de violence. Alors que la Mort la ligotait rapidement pour la kidnapper, elle sentit qu'on défonçait son visage avec une grosse pierre pour la défigurer, un dernier outrage à emporter dans l'au-delà...

Un cri jailli des profondeurs de la désolation cisailla son âme et la tira de cette scène de barbarie. Nathalie toucha aussitôt son nez, son front et sa bouche, tous rescapés de ce cauchemar qui l'avait transportée en forêt de Fontainebleau. C'était la première fois en trois décennies que cette vieille affaire faisait éclater son sommeil en mille morceaux, projetant des débris de réalité dans les brumes poisseuses d'un rêve. Elle se leva pour éjecter son tee-shirt ruisselant parmi le linge sale et rincer son corps en sueur sous le jet de la douche, avec l'espoir que l'eau lessivât aussi son esprit souillé. Une fois lavée et purifiée, elle renonça à retrouver les draps qui avaient désormais pour imprimés les suintements provoqués par ses malheurs fictifs. Il était moins de 1 heure du matin, mais la nuit s'annonçait couleur craie. Elle se pencha sur les retranscriptions des écoutes téléphoniques envoyées par PAC le temps de sa trop courte échappée dans les plaines de la somnolence. Il avait sélectionné à son intention un intermède luxuriant arraché à un désert de platitudes : une courte discussion entre l'ancien maire de Versailles et Paul-Louis Fange, un adjoint de l'époque devenu secrétaire d'État au numérique.

Extrait des retranscriptions de la ligne cellulaire n° 07 28 97 97 XX utilisée par Pierre Walter.

Conversation n° 85 en date du 28 juin 2021 établie entre Pierre Walter et Paul-Louis Fange. Appel entrant débutant à 23 h 52.

« P.W. : Tu arrives à joindre X ?

P-L.F. : Non. Pas de *news*.

P.W. : Pareil, aucune nouvelle. Je pensais qu'il avait frappé vite et fort au départ. Mais notre ami a fini tranquillement à la plage après un beau plongeon dans la Méditerranée.

P-L.F. : Du moment que c'est réglé, peu importe qui s'en est chargé…

P.W. : On ne devrait pas tarder à être tranquilles maintenant. Dans quelques jours tout sera fini.

P-L.F. : Et le pacte tiendra jusqu'à notre mort à tous.

P.W. : Il faudra qu'on se voie tous les quatre pour fêter ça.

P-L.F. : On en reparle avec B et P. Allez, bonne nuit. »

Appel finissant à 23 h 53.

Grâce à ce court échange verbal, Nathalie sut qu'ils avaient marqué un joli point gagnant. À l'évidence, les deux autres personnes évoquées appartenaient aussi au casting de l'équipe municipale élue en 1989, un gisement de suspects à la valeur inestimable. Tous ces hommes étaient forcément liés, ligotés entre eux par un acte ignoble qui les condamnait à se protéger les uns les autres depuis trente ans. Le plus dur serait sans doute de découvrir ce mystérieux « X », qui allait contribuer avec une générosité sans bornes à son insomnie à venir.

11

La vision d'une voiture de gendarmerie entrava leur cavalcade enjouée. Par réflexe, ils se jetèrent sur l'herbe, piste d'atterrissage d'urgence pour cambrioleurs en détresse. Puis rampèrent jusqu'à la clôture du jardin, avec la sensation d'amputer brutalement l'espace de leur liberté. Tout près, dans le jardin, deux pandores mariaient leurs torches pour aveugler la nuit et lui arracher ses sombres secrets.

— Je suis sûr que j'ai vu de la lumière quand on est passés devant, asséna le premier. Regarde, une fenêtre a été forcée ! C'est la maison du père Froissant. Il dirige une grosse boîte. Sa fille a été assassinée ici. Et lui a disparu depuis quelques jours.

— Regarde, c'est quoi, ça, par terre ? interrogea le second.

La lueur conjuguée des Maglite délogea, parmi les brins rabougris et avachis, un sac à dos, dont la présence majora leur méfiance. Dorian sentit le désespoir hisser la grand-voile sur la mer démontée de ses sentiments.

— Il y a peut-être encore du monde à l'intérieur, dit l'un d'eux. Je lance un appel.

Dorian saisit alors son arme et dégaina le premier la parole.

— Jetez vos flingues et vos radios derrière vous !

— Tu nous fais quoi ! s'emporta Maëva. Surtout pas de connerie !

— Laisse-moi faire ! Allez, balancez-les le plus loin possible !

Les deux hommes en uniforme durent se conformer à cette séparation forcée et douloureuse.

— À plat ventre, maintenant ! Et celui qui a les clés de la bagnole les envoie derrière lui !

Elles atterrirent tout près des pieds tremblants de Maëva, ballottés par la frousse.

— Tranquille, les gars, je suis de la grande maison. Commandant Dorian Lemaître, de la DRPJ. Retenez bien mon nom. Je sais qu'on a fait quelque chose d'illégal et que je me comporte comme une petite frappe. Je n'ai pas du tout le choix. Et je n'ai vraiment pas envie que ça dérape, j'ai assez d'emmerdes comme ça. Alors, vous ne bougez pas d'un millimètre et tout ira bien.

Il s'adressa à Maëva d'un ton imperméable à toute désapprobation.

— Fais le tour de la baraque. Tu vas bien trouver de quoi les ligoter et les bâillonner.

Le temps sirota lentement les secondes durant son absence. Elle revint avec deux cordes et un rouleau de ruban adhésif, aussitôt utilisé pour étouffer les récriminations du duo derrière l'épaisse paroi en plastique.

— Maintenant, vous vous levez doucement et vous allez vous asseoir chacun contre un des piliers de la terrasse, commanda Dorian. On va vous y attacher. Pas de geste brusque. Allez, on s'arrache !

Dorian laissa le volant à Maëva et souffla seulement quand leur véhicule échappa au regard tueur des gendarmes.

— La situation aurait pu déraper Dorian !

— Je sais ! Je n'ai pas eu le choix ! S'ils nous attrapent, je ne pourrai plus rien prouver ! Comme ça s'est bien fini, je peux même dire que ce n'est pas plus mal.

— Je n'arrive pas à suivre ton raisonnement !

— Ballant va se rendre compte que je ne lâche pas l'affaire, que je continue à enquêter alors que je suis recherché. Et, surtout, que j'avance. Si j'avais fait du mal à ma femme, je serais plutôt en train d'organiser ma fuite, non ?

— Tu dis toi-même que tu ne te souviens pas de tout.

— Tu doutes de moi ?

— Parce que tu doutes de toi. Ça se sent.

Ils terminèrent le trajet vers Louveciennes sans se parler, alors que les nombreux non-dits tombaient en un goutte-à-goutte crispant dans les cuves du silence.

— Reste dans la voiture, dit Dorian en arrivant devant chez Maëva. Je fais le tour de ta maison et j'en vérifie tous les accès.

Trois minutes plus tard, la biologiste fut conviée à entrer chez elle, d'un mouvement du menton qui n'engageait pas à parler, seulement à suivre le policier.

— Je suis désolée, Dorian.

— Oublions. Cinq jours sont déjà passés. Je ne peux pas me permettre d'avoir des états d'âme. Ni de m'arrêter aux tiens. Occupons-nous de la peinture qu'on a trouvée chez les Froissant.

— Tu veux une bière ? Entre les émotions et la chaleur, je suis assoiffée.

— S'il te plaît. On a gagné le droit de trinquer, quand même.

L'entrechoquement des canettes glacées précéda le doux choc de leurs regards, à nouveau complices. Aussitôt, leurs yeux rougis s'abîmèrent sur le dessin, dans lequel ils dénichèrent neuf lettres minuscules, suspendues aux falaises, agrippées au célèbre piton rocheux fantasmé par Maurice Leblanc : « p », « l », « e », « d », « a », « r », « l », « n », « i ».

— Elle s'est bien amusée, en fait, la garce, s'énerva

Dorian. Un mot à composer pour finir ! Sans être sûr que ce soit la solution finale.

— Ça ne doit pas non plus être introuvable !

— Un nom de famille, vraisemblablement. Ou de rue. Ou d'un bled. On n'y arrivera pas sans éléments supplémentaires.

— Moi je vais aller me coucher, je n'en peux plus !

— Attends, y a un truc qui me chiffonne. J'ai besoin d'un nouveau cours de psychologie féminine.

— Je t'écoute.

— D'après toi, Emma Froissant a bâti cette énigme pour accomplir une sorte d'exorcisme ou dans l'espoir pervers que sa fille Lucie tombe un jour dessus ?

— Si c'est l'option numéro deux, elle ne s'est pas contentée de glisser une feuille cryptée dans un bouquin que sa fille aînée n'ouvrirait peut-être jamais.

— Ou alors, elle a commencé par ça, mais ne s'est pas arrêtée là. Après tout, elle a eu des années pour parfaire son idée... Quand j'y suis allé avec Ballant, j'avais pris des photos. De la bibliothèque notamment. Elle figure dans une pièce qui est une sorte de musée en hommage à la mère de famille trop vite décédée. Heureusement, je les ai prises avant de piquer l'exemplaire de *L'Aiguille creuse*. Je suis peut-être passé à côté d'un détail crucial...

— En effet ! Ce qui me frappe sur tes clichés, c'est qu'elle possédait tous les ouvrages de Leblanc. Mais deux sont rangés à part, sur une autre étagère, en plein milieu. *L'Aiguille creuse* côtoie *Le Bouchon de cristal.*

— Laisse-moi regarder sur Internet. L'autre roman s'inspire du scandale de Panamá. Une affaire de corruption qui a éclaboussé plusieurs hommes politiques et industriels français sous la Troisième République. Je ne vois pas le rapport. Il y en a pourtant un, forcément... On est tellement loin de mes enquêtes traditionnelles à la PJ...

— Il n'y aurait rien de plus beau pour toi que de sauver ta demoiselle aux yeux verts grâce aux bouquins de Maurice Leblanc. Comme si tout était écrit !

— Pas sûr que celui qui s'en est pris à elle voie les choses de façon si romantique.

La cruauté de leur condition de bêtes traquées les gifla à nouveau.

JOUR 6

De la fuite dans les idées

1

Un craquement fendilla le silence. Ce bruit léger entra par effraction dans les rêves tumultueux de Dorian. Une alarme intime s'activa, provoquant la mobilisation de ses sens. Il descella ses paupières et déballa son cerveau empaqueté dans le brouillard. Grâce à la lueur fluette de son portable, il vérifia discrètement la présence de Maëva, toujours enrôlée par l'armée des dormeurs dans la pièce voisine. Lui s'était installé dans la chambre de sa fille, avec la promesse de veiller le plus longtemps possible sur son repos torturé par le stress. Mais il s'était laissé engloutir par le sommeil, que déchiquetaient sans faiblir les mêmes visions. Le policier allait se laisser à nouveau amadouer par la fatigue lorsqu'un son suspect ricocha dans son esprit en alerte. Même anticipé, le scénario d'un retour express du tueur lui paraissait des plus insensés, si peu de temps après la mort déprogrammée de la biologiste. Pour dégonfler ses doutes, Dorian saisit son 9 mm et s'enfonça dans la maison pétrie par l'obscurité. Une seule issue était prédisposée à une intrusion dans cette demeure aux volets clos, que les mesures de sécurité avaient reconfigurée en étuve infernale. Traquées par la sueur, ses mains moites n'avaient pas leur autorité habituelle sur l'acier du pistolet, ses pieds nus se décollaient du parquet avec la délicatesse de ventouses. Ses pas spongieux le conduisirent à la salle de bains, où la fenêtre, intacte, assurait toujours sa mission de protection.

Il s'apprêtait à se défaire de sa méfiance triple épaisseur lorsqu'un texto de Martin Duval sollicita son attention : « Désolé pour l'heure. Faut qu'on se parle au plus vite. Je pense avoir trouvé un truc hyperimportant. »

Cet instant de déconcentration grippa son mécanisme de défense. Une batte de base-ball surgie du néant s'écrasa sur son poignet droit. Sous le choc, son arme s'échappa de ses doigts ébranlés. Le second coup percuta son ventre et l'obligea à s'écrouler sur le carrelage, le moral en chute libre et le souffle fugueur. Dorian refusa d'attendre l'arrivée du troisième avec le fatalisme d'un condamné à mort. Quand il tenta de se relever, l'instrument de sa douleur lui frôla le front et s'échoua rudement contre un mur. La frappe suivante s'annonçait destructrice, peut-être même définitive. Le temps se figea un instant dans les replis de l'éternité. Un fracas inattendu le délivra de cette attente insensée. Son agresseur lâcha l'arme de bois en poussant un hurlement primal, tiré des limbes de la folie, puis fila sans omettre d'enfoncer son coude rageur dans l'estomac de Maëva. Freiné par sa respiration martyrisée, Dorian partit péniblement à sa poursuite. Il eut à peine atteint le seuil qu'un vrombissement de moteur lui renvoya le bruit insupportable de l'échec. La présence d'un porte-clés qui pendait à l'extérieur de la porte d'entrée signalait avec une absolue certitude de quelle manière l'intrus s'était faufilé dans leur bunker en carton. L'objet contenait la photo d'un homme et d'une jeune femme dont la ressemblance physique suggérait les liens du sang les plus resserrés : le mari et la fille de Maëva, à l'évidence. Furieux, l'OPJ s'empressa de remonter auprès de son hôte, dont le regard était encore lézardé par la peur. Leurs soupirs de soulagement s'emboîtèrent de la même façon que leurs souffles coupés s'étaient imbriqués auparavant.

— Je t'ai entendu te lever, je ne dormais pas, murmura-t-elle. Trop de chaleur, de tension… Quand j'ai entendu un bruit de lutte, j'ai pris le premier truc qui venait, un verre posé sur ma table de chevet. Je me suis ouvert la main en lui fracassant la tête avec.

— Je vais te faire un bandage. Je ne pensais pas qu'il reviendrait si vite pour…

— Finir le travail ?

— Ou du moins vérifier qu'il t'avait bien liquidée la première fois. C'était quand même très risqué de rappliquer si vite. Il y a un truc qui m'échappe. En tout cas, tu m'as sauvé la vie ce coup-ci. Un partout…

— Et maintenant ? On attend la prochaine fois ?

— Il faut que tu m'expliques un truc. Regarde. Il avait des clés !

— C'est le jeu de mon époux ! Il l'a laissé avant de partir au Qatar. Ce taré a dû le piquer la dernière fois. Je ne comprends pas. Il comptait revenir ? Ou il veut s'en prendre à eux aussi !

— Non, c'est la symbolique de l'image qui l'intéressait : le père avec sa princesse. Ça me paraît clair. Il a souffert d'un manque d'affection pendant son enfance. Le doudou et la rose sur la broche évoquent forcément l'amour maternel.

— Pareil pour les œillets. J'ai cherché un peu justement, comme je n'arrivais pas à pioncer.

— Et il a carrément pris le cœur de Lucie Froissant, car il ne trouvait rien qui puisse symboliser ce sentiment dans la meulière ! C'est très clair maintenant !

— Quelle horreur ! Et le cargo ?

— Un père absent, qui voyageait sur les mers ? Il y a sans doute des pièces du puzzle qui nous manquent, d'autres victimes dont on ignore l'existence.

— Il n'en a quand même pas tué…

— Combien ? On ne sait pas. C'est ça le pire !

— C'est bien beau ces découvertes, mais on n'est vraiment plus en sécurité chez moi !

— Je vais partir sans attendre. Tu vas appeler Ballant de ma part même s'il est 4 heures du mat' et tout lui raconter. L'agresseur a peut-être perdu des fluides corporels. Il faut faire examiner les débris de verre. Dis-lui aussi qu'il se déplace sur une moto rouge, son équipe le coincera sûrement grâce à la vidéosurveillance. Explique-lui bien que t'es en danger de mort. J'espère qu'ils ne te poursuivront pas pour m'avoir accompagné dans ma cavale.

— Ils pourront assurer ma sécurité ?

— C'est compliqué dans ta situation... Il y a le service de la protection, éventuellement. Parles-en à Ballant. Tu n'oublieras rien ?

— Non. Tout est clair. Et toi ?

— Je ne peux pas à la fois prendre soin de toi et sauver Sonia. Je dois me battre seul contre tous, pas le choix.

Sa détermination, prodigieuse, l'effrayait autant qu'elle le sublimait.

2

Les légers sifflotements du chauffeur de taxi glissaient sur les accords soyeux de Katie Melua, leur offrant une promenade sur ses *Nine Million Bicycles*. Peu à peu, Dorian se sentit aussi léger que les airs soufflés par les haut-parleurs du véhicule. Son esprit voleta entre les notes, puis s'échappa dans des contrées plus personnelles. Il songea à *Escape, 21 jours pour disparaître*, un programme de téléréalité parfois regardé avec amusement : dotés de moyens d'investigation poussée, d'anciens flics engagés par la production pourchassaient dans le pays plusieurs candidats, dans une version high-tech du jeu du gendarme et du voleur. Pendant leur fuite, certains participants commettaient des erreurs grossières pour seules conséquences les frissons tempérés d'une fausse arrestation devant les caméras. En revanche, en 2021, même pour un policier aguerri, une vraie cavale promettait un défi hyperépicé, à la mesure de son orgueil piétiné et fouetté par ses malheurs. Il le savait, il devait se dépêtrer de la toile d'araignée des moyens de communication, une dictature soft que les utilisateurs de smartphones et d'ordinateurs validaient à une écrasante majorité. Ses réflexes professionnels et son vécu le dispensaient d'une naïveté fatale aux apprentis fugitifs, heureusement. Il avait éteint depuis longtemps son portable, le mouchard idéal qui traque et trace chacun de nos mouvements, ogre jamais repu, occupé à aspirer dans son ventre nos vies, nos envies et nos vices. Dans un accès de paranoïa qu'il jugeait fort légitime, il s'était méfié même des ondes émises par la puce RFID de sa carte bancaire, pulvérisée et jetée à la poubelle en sacrifice. Il avait ainsi sectionné chaque attache le reliant au monde technologique, prison immatérielle qui précéderait un enfermement réel s'il ne s'extirpait pas de cet enchevêtrement de problèmes...

— On est arrivés boulevard de Belle-Rive, monsieur. Je vous dépose où ? lui demanda le chauffeur, très affable.

— Là, c'est très bien. Je vais finir à pied.

Dorian donna un billet retranché de son pécule extorqué à la banque et déjà bien amenuisé. Quand il sortit de la voiture, une nuit étrangement bardée de brume l'avala dans sa gueule humide. Il se dirigea aussitôt vers la Seine et repéra assez vite une péniche désaffectée, triste festin programmé pour les eaux silencieuses du fleuve, prêtes à broyer sa coque prémâchée. Lui aussi se trouvait en perdition, au point de songer que cette épave pourrait devenir une cachette flottante, un vaisseau pour fantôme traqué par les autorités. Martin Duval attendait juste devant, immobile, le visage décrassé de la morgue qu'il affichait lors de leur première rencontre. Dans sa situation périlleuse, il n'avait pas d'autre choix que de s'en remettre à l'étudiant militant, envers qui sa confiance restait néanmoins sujette à des variations de température.

— Ne me dis pas que tu crèches là-dedans pour te cacher Duval !

— Je me suis réfugié chez une tante à Rueil-Malmaison. Je ne voulais pas la réveiller en discutant à cette heure-ci. Elle est déjà bien sympa de me loger sans me poser de questions. Et puis, j'ai cru comprendre qu'on vous recherche, non ? Montez, on ne devrait pas être dérangés.

Avec un air dépité, Dorian grimpa aussitôt sur la péniche. Sa coque à l'allure maladive, rongée en de très nombreux endroits, donnait l'impression qu'elle se grattait.

— Du nouveau ? demanda Duval.

— Emmanuelle Lias est morte d'un accident de la route très suspect il y a un an et demi devant le port du Havre. Et je suis arrivé trop tard à Chartres pour sauver Patricia Loisel, assassinée un peu avant !

— Merde ! Alors ça confirme ce que je pensais !

— T'avais quoi de si urgent à me dire ?

— J'ai essayé de comprendre si on pouvait relier toutes les affaires. D'un côté, la biologiste qui a failli mourir à cause de moi. De l'autre, les trois demi-sœurs et le demi-frère : Lucie Froissant, Patricia Loisel, Emmanuelle Lias et Sylvain Dole. Quand j'ai extorqué l'ADN de Maëva Baugé, je l'ai envoyé à une seule base. Puis j'ai filé les identifiants à Jobard, le détective, pour qu'il transfère son profil génétique sur les autres bases. Avant de terminer par DNA-True, la plus ouverte aux transferts de données, il y a eu un laps de temps de plusieurs semaines. Il avait oublié. Comme j'étais pris par la préparation de mes exams de fin d'année, je n'ai pas pensé à le lui rappeler. Quand il l'a enfin fait, à peine trois jours après, on a tenté d'éliminer la responsable du CECOS. Maintenant, passons à Lucie Froissant et Sylvain Dole, qui avaient uniquement enregistré leur profil sur DNA-True. Là, c'est encore plus simple.

— Ça prouve quoi ? Patricia Loisel et Emmanuelle Lias, tu les as retrouvées en allant sur les autres sites ! Elles ne figuraient pas sur DNA-True.

— Je pense que Patricia Loisel, celle qui vient de mourir à Chartres, y était présente y a encore très peu de temps. Et Emmanuelle Lias s'y est forcément retrouvée aussi avant d'en être supprimée.

— Faut que tu m'expliques, Duval !

— La logique absolue quand on est français est d'aller sur DNA-True, qui a une politique hyperagressive sur notre territoire, avec la volonté affichée d'être la base hexagonale la plus fournie. À l'évidence, on a affaire à une manipulation destinée à éliminer une fratrie, puisque trois sont déjà mortes. Il n'y a aucun intérêt pour ceux qui manigancent ces assassinats de laisser toutes les victimes dans leur base. Une suffit. Imagine qu'une nouvelle personne s'inscrive et tombe sur quatre ou cinq demi-sœurs d'un coup. Puis découvre qu'elles sont toutes mortes dans des circonstances plus ou moins tragiques. Elle prendrait peur et se poserait des questions. S'il y en a une seule, Lucie Froissant en l'occurrence, on lui envoie un message, elle ne répond pas tout de suite, on patiente un peu et on finit par se faire tuer sans savoir pourquoi. Lucie Froissant est en réalité un appât qui finira bientôt par se faire remplacer.

Dorian rudoyait ses méninges dans l'obscurité du squat flottant où tout avait été arraché, jusqu'à l'évier de la salle de bains. La dangerosité du bateau le dérangeait moins que sa décadence intérieure, aggravée par cette odeur d'urine rancie que même les courants d'air humides ne parvenaient à déloger.

— Ça schlingue trop ici, on monte.

Ils trouvèrent refuge dans le poste de pilotage aux vitres brisées, ouvert à tous les vents qui se chamaillaient sans cesse.

— Ce que tu subodores est effrayant !

— J'en suis le premier consterné ! Je connais une femme qui bosse pour DNA-True. Je pense qu'elle acceptera de vous rencontrer si je le lui demande. Ce serait pas mal de discuter avec elle-même si elle est un peu *space*, vous verrez. On se bat contre quelque chose de très gros, qui nous dépasse largement ; même vous, le commandant de police.

— C'est bon ! Arrête de me vouvoyer et appelle-moi Dorian.

— Alors Martin, c'est mieux que Duval.

— Je vois ce que tu veux dire. Je déteste quand Ballant, un autre officier, m'appelle par mon nom de famille. Écoute, je ne peux pas compter sur grand monde en ce moment.

— Je l'avais compris.

— Je vais te filer du blé. 500 balles en liquide. Tu vas louer au plus vite une voiture de location à ton nom pour cinq jours et me la ramener ici.

— Pour quelle raison je ferais tout ça pour vous ? Et pourquoi cinq jours et pas quatre ou six ?

— C'est le temps qu'il me reste pour résoudre cette histoire de dingue et sauver ma femme. Et puis toi qui ne jures que par ces satanées bases de données, celle-ci a l'air de bien puer ! T'aimerais pas participer à démanteler un réseau criminel qui décrédibilise la généalogie par l'ADN et les revendications de ton association ?

— Vu ainsi. Je vais faire comme t'as besoin... Je voulais aussi savoir. T'as des nouvelles de Maëva Baugé ?

— Elle fait comme moi : elle essaie de survivre en milieu hostile. Et je crois que je ne vais pas avoir d'autre choix que de passer quelques heures sur ce rafiot pourri !

Incapable de retenir ses craquellements déprimants de château hanté, la coque lui répondit par un nouveau gémissement, signal de détresse annonciateur de son naufrage programmé.

3

La présence d'une Fiat 500 noire, sans doute celle aperçue à Chartres, permit d'emblée à Ballant de situer l'importance de l'appel qui venait de chahuter sa matinée et ses réflexions. Il n'eut pas besoin de sonner pour voir apparaître sur le seuil une femme dégageant une force sertie de fragilité : son allure était déterminée, son regard fissuré par la peur.

— Lemaître est parti il y a longtemps ? demanda-t-il sans préambule.

— Même si j'étais morte de trouille toute seule, j'ai attendu le milieu de matinée avant de vous contacter, pour qu'il ait le temps d'aller où il voulait. Ne me demandez pas à quel endroit, je n'en sais rien ! répondit Maëva.

— Il vous a ensorcelée !

— Surtout ne me prenez pas pour une jeunette ! Je suis assez grande pour décider de ce que j'ai à faire ! Je l'ai suivi en toute connaissance de cause à Étretat et Chartres. Mais ce qu'il s'est passé cette nuit est de trop. Je suis un poids pour lui. Et il ne peut pas me protéger à plein temps.

— Il devrait se rendre, ce serait plus simple pour tout le monde.

— Qui chercherait sa femme alors ?

— Moi. Je suis en charge de l'enquête sur sa disparition.

— À l'écouter, vous courez plus après lui qu'après elle.

— J'espère que vous aurez d'autre argument que

celui-ci quand vous serez présentée au juge d'instruction en charge du dossier Sonia Lemaître. Vous avez hébergé son mari, ce qui fait de vous une complice de la disparition de Sonia s'il en est le responsable. Venons-en au plus important, madame Baugé. Si j'ai bien compris ce que vous m'avez brièvement expliqué au téléphone, il estime que le même tueur a éliminé Lucie Froissant, Patricia Loisel et Emmanuelle Lias. Et qu'il a tenté d'en faire de même avec vous.

— Oui, par deux fois. Il y a trois jours, il m'a forcée à aller dans ma baignoire pour m'électrocuter. À deux secondes près, j'étais morte ! Dorian m'a sauvée ! La nuit dernière, il est revenu. Je lui ai éclaté un verre sur le crâne. On espère qu'il a laissé des traces de sang.

— En attendant, c'est vous qui avez bien morflé !

— Je l'ai serré si fort dans ma main qu'il a éclaté quand j'ai frappé avec.

— Vous pourriez le décrire ?

— Taille moyenne, voix plutôt mûre. Je ne vais pas beaucoup vous aider. La première fois, il portait une cagoule et des gants malgré la canicule, la seconde, il faisait très sombre.

— Venez, allons marcher un peu dans la rue le temps que l'équipe scientifique fasse son boulot. Pas la peine que je piétine chez vous.

Ballant la suivit un moment sur le trottoir et sur le chemin, très ardu, de ses explications enfiévrées.

— Un tueur fétichiste qui raconte son histoire intime en emportant des objets de ses victimes, Maurice Leblanc, neuf lettres dans le désordre qui désignent peut-être un coupable, une histoire vieille de quarante ans... C'est un roman que vous racontez !

— Regardez mon épaule, elle n'a rien de fictive !

Maëva tira sur son tee-shirt et arracha le pansement

extralarge pour dénuder le morceau de corps pelé jusqu'à la chair, tel un fruit privé de son écorce.

— Un échantillon de ce qu'il aurait pu me faire. Je suis une miraculée. Surtout quand je pense à l'état du cadavre que j'ai vu à Chartres. Cette vision va m'obséder jusqu'à mon dernier souffle !

— Lemaître vous a promis qu'on assurerait votre sécurité, j'imagine ? Il sait bien que le service de la protection est réservé aux personnalités médiatiques. Surveiller un seul individu vingt-quatre heures sur vingt-quatre, sept jours sur sept, réclame entre deux et six personnes. C'est très lourd comme organisation. Et ça se décide à très haut niveau. Je vais voir ce qu'on peut faire. Mais ne vous faites pas d'illusion, vous n'y aurez pas droit. De toute façon, vous allez commencer par nous suivre à la PJ pour prendre vos déclarations. Ce que je n'arrive pas à comprendre, c'est le rapport entre vous et la fratrie. Vous ne connaissiez pas ces trois demi-sœurs ? Aucune d'entre elles n'a eu de relations avec le CECOS que vous dirigez ?

— Pas du tout. Elles me sont complètement étrangères ! Le seul point commun qu'on peut imaginer est qu'elles soient le fruit d'un rapport contraint, comme moi.

— Je n'arrive pas à tout relier ! Si je résume bien, en deux jours, vous avez appris que votre père, que vous n'aviez jamais connu, était en fait un violeur et qu'il se nommait Valentin Laurent, un riche trader. Et pan ! Il s'est suicidé juste après avoir discuté avec Lemaître… Je n'ai jamais eu affaire à un merdier pareil ! Et ce Martin Duval qui m'a tout l'air d'un p'tit con, vous comptez porter plainte contre lui ?

— Je verrai ça plus tard. Je veux d'abord pouvoir retrouver au plus vite une vie normale, sans danger.

Ils retournèrent à ce moment-là dans la maison tourneboulée par les explorations indélicates de la PTS.

— Vous avez trouvé quelque chose ? demanda Ballant.

— Pas de traces de fluides dans la baraque ni à l'extérieur, répondit une des membres de la section d'intervention. Et aucune empreinte digitale sur la batte de base-ball, un modèle très courant.

— Madame Baugé, vous lui avez peut-être ouvert le crâne, mais il avait sûrement une cagoule, supposa Ballant. Si du sang a coulé, il est resté à l'intérieur. Et il n'a pas pu perdre de cheveux ou de salive non plus. Pour le choper, il nous reste cette histoire de moto. À Chartres, la voisine en a entendu une démarrer juste avant votre arrivée. Faut juste espérer que les plaques ne soient pas falsifiées si on repère quelque chose à la vidéo. C'est pas gagné...

— Il y a peut-être un truc à essayer, reprit la policière scientifique. La maison d'en face me semble inhabitée.

— Les voisins sont partis en urgence il y a deux mois, car le mari a été muté, précisa Maëva. Elle est en vente, mais ne trouve pas preneur.

— Je vois où tu veux en venir, répondit Ballant. Un poste d'observation parfait pour espionner.

— Personne ne nous en voudra de nous introduire quelques minutes dans une propriété privée sans autorisation. Suivez-moi commandant.

Ballant traversa la route en s'accrochant à la foulée rythmée de la jeune femme ensachée dans sa combinaison blanche.

— Imaginez que vous êtes en pleine nuit en train de surveiller votre proie, reprit la technicienne. Soudain, une lumière s'allume en face. Quel est votre réflexe ? Vous vous baissez, bien sûr. Et peut-être, vous vous serrez contre le portail. Vous avez pris une cagoule avec vous. Mais il fait si chaud... Vous n'allez pas la garder pendant tout le temps que vous espionnez. En plus, personne ne vous voit. Alors...

— Vous avez peut-être collé sans faire gaffe votre oreille

contre la paroi ! s'exclama le chef de groupe. Comme ces cambrioleurs qui écoutent aux portes avant de s'introduire dans les habitations.

— Jolie réflexion. Cette partie du corps laisse une fine pellicule de résidus graisseux qui peut se révéler sur n'importe quelle surface lisse, propre, non poreuse et sèche. Je vais utiliser un éclairage en rasance avec une lampe classique pour mettre ce support en surbrillance et essayer de détecter des zones de dépôt d'ADN sans détruire celui-ci.

Sous les yeux curieux de l'OPJ, elle sortit aussitôt le tour annoncé de son chapeau technologique.

— Il y a bien un dépôt biologique, observa sa collègue. Je le prélève avec un écouvillon. Il me reste maintenant à faire apparaître la trace d'oreille avec de la poudre dactyloscopique. Regardez ! Je n'ai plus qu'à la photographier et la prélever avec un adhésif. On ne sait jamais, ça pourrait servir...

— Avant tout, j'espère qu'un profil génétique pourra être mis en évidence par le labo. Toute cette histoire tourne autour de ça depuis le début. Ce serait bien le diable si...

Ballant cisailla sa phrase en observant Maëva Baugé, dont le visage à la lueur maladive rappelait sa rencontre avec le démon.

4

Le soleil était, lui aussi, en cavale, songea Dorian en observant l'épais mur cotonneux qui servait de planque à l'astre de vie. En son absence, le mercure avait chuté aussi brusquement que la cotation de certaines firmes à Wall Street. Du ciel humide fuitaient même quelques gouttes annonciatrices d'un écoulement plus important. Simplement vêtu d'un tee-shirt, le policier ne put repousser les frissons enclins à paresser sur son épiderme. Malgré tout, il demeura plusieurs minutes à se goinfrer comme un touriste lambda de la vue depuis la terrasse du château de Saint-Germain-en-Laye, le regard planté au sommet des tours de la Défense. De temps à autre, son regard se décramponnait du panorama et se faufilait dans les allées. Il en vit enfin surgir une jeune femme dont l'élégance s'ajustait à la majesté des lieux : trench-coat en cuir froissé, pull fin en col V, chemise en soie, pantalon taille haute en laine mélangée et escarpins bicolores. Avec son chapeau en feutre de grand couturier, elle avait l'air d'être tombée d'un défilé de mode. Même rempli à ras bord, le LDD de Dorian serait insuffisant à financer une telle tenue. Comme si sa présence en ces lieux lui coûtait, aussi, elle salua le policier sans se dessaisir d'une certaine supériorité, le visage recouvert d'une légère pellicule de morgue.

— Clara Finlay, dit-elle très froidement.

— Merci d'avoir accepté de discuter avec moi de

manière informelle, dit-il sans se laisser atteindre par son attitude glaciale.

— Sur le principe, il n'y a pas de souci. J'avais un rendez-vous dans le coin. Mais j'ai seulement accepté de vous rencontrer par amitié pour Martin Duval. J'ai de très bons rapports avec l'association Origine Inconnue. Je dois vous avouer qu'il a quand même dû me convaincre un peu. Vous êtes flic et vous faites une enquête officieuse, c'est ça ?

— Oui. J'aimerais en savoir un peu plus sur DNA-True.

— Vous imaginez que je vais livrer des secrets sur une société avec laquelle je collabore ?

— Je découvre ce milieu depuis quelques jours. J'ai juste besoin d'un apprentissage accéléré. Et peut-être d'une porte d'entrée vers cette firme.

— Pourquoi vous n'allez pas directement en Californie pour tenter de rencontrer son fondateur, Patrick Hans ?

— Mon emploi du temps ne me le permet pas dans l'immédiat.

— De toute manière, je ne suis pas une scientifique, je ne risque pas de vous filer des scoops. Le génome humain, ça me parle très peu. Je suis une lobbyiste à l'américaine. Vous le savez sans doute, le fondateur de DNA-True est français. Une pointure absolue dans son domaine. Il s'est exilé aux États-Unis pour se développer avec l'espoir de pouvoir s'attaquer un jour au marché hexagonal. Il est incroyable qu'on ait encore des textes si obsolètes. Depuis deux ans et demi, je tente de convaincre les décideurs pour que les tests ADN soient autorisés aux particuliers sans prescription médicale au préalable. Mais ce ne sera sans doute toujours pas le cas dans la prochaine loi sur la bioéthique[1].

1. Cette histoire se situe juste avant l'adoption, le 29 juin 2021, de la dernière loi sur la bioéthique, qui a maintenu l'interdiction des tests génétiques à but « récréatif ».

Dorian laissa son regard vagabonder quelques instants sur sa plastique façonnée par une nature inspirée.

— Quelles méthodes utilisez-vous ?

— Toutes celles qui sont légalement possibles d'employer, bien sûr, dans le respect de la morale. Qu'allez-vous donc imaginer ?

Avec un air encore plus ombragé par son couvre-chef, l'influenceuse le considéra de haut, pas seulement grâce à l'avantage de sa taille.

— Si notre discussion doit aller sur ce terrain-là, je préfère la stopper tout de suite.

— Je suis désolé. Repartons sur d'autres bases. Marchons un peu s'il vous plaît et parlez-moi de DNA-True.

— Très bien. Je vous accorde dix minutes.

En se tournant pour impulser leur promenade, Clara Finlay lui offrit la vision de son chignon bas joliment agencé à son couvre-chef et ciselé par des doigts de sculpteur.

— Au départ, c'est une base de données, reprit-elle. Le nombre d'individus qui envoient leur salive croît de semaine en semaine. La bibliothèque génétique de sa firme compte déjà plus de cinq millions d'échantillons ! De plus en plus de gens désirent en savoir plus sur leurs origines ou leurs potentiels risques de maladie, puisque les tests fournis sont aussi médicaux. Le génotypage est une chance pour l'humanité ! Plus besoin de lire le gène entier par séquençage, il suffit de vérifier par sondage des parties spécifiques pour chercher des mutations connues et liées à certaines maladies.

— Pour avoir passé un peu de temps avec une biologiste ces derniers jours, j'ai bien compris qu'il y avait beaucoup de pipeaux là-dedans ! Et j'ai potassé avant de vous rencontrer. Quand on vous présente sous forme de clip pompeux votre puzzle ethnique avec vos ascendances, on fait de grosses masses sur la carte du monde en fonction des zones qui ont été testées. On obtient de beaux pourcentages à la décimale près qui ne sont que de la poudre aux yeux. Ces tests se basent en fait sur un calcul de probabilités pour établir la proximité entre l'ADN de l'utilisateur et les populations qui sont répertoriées dans les banques de données. La marge d'erreur, dont on ne vous parle pas, est plus ou moins importante selon la quantité des marqueurs génétiques utilisés et les groupes humains de référence. Finalement, on apprend avant tout de quelles populations actuelles on est le plus proche. L'histoire des migrations est bien trop compliquée pour savoir à coup sûr que tel ou tel marqueur génétique correspond bien à telle population qui vivait il y a des milliers d'années à un endroit précis du globe.

— Je vois que vous avez bien bossé, en effet, monsieur le policier.

— La santé des gens n'est que le prétexte à faire un énorme business ! Il y a trois ans, DNA-True a vendu à une société de biotechnologie le profil de milliers de personnes atteintes de la maladie de Parkinson. On va parler de recherches scientifiques pour se donner bonne conscience !

— Vous ne voyez pas les choses comme il le faudrait. Patrick Hans est un visionnaire ! Son entreprise est largement gagnante sur le plan financier, impossible de nier l'évidence ! Mais la grande majorité des clients sont d'accord pour que leur ADN serve aux découvertes médicales. Il est ensuite logique que DNA-True s'associe à de grands groupes pharmaceutiques pour le développement de médicaments en partageant les dépenses et les bénéfices, car c'est long et onéreux. Vous devriez vous réjouir au lieu de ronchonner ! Peut-être qu'un jour un traitement issu de cette collaboration sauvera votre petite vie !

— Je vois que vous savez de quoi vous parlez vous aussi.

— Il faut bien que j'aie de quoi convaincre mes interlocuteurs avec des arguments solides, bien différents de ceux que vous imaginez ! Votre temps est écoulé. Qu'attendez-vous de moi, au fond ? Vous n'êtes pas venu pour tester ma connaissance du sujet ?

— Dites à votre boss que j'ai besoin de lui parler en visioconférence.

— Vous êtes gonflé ! Pourquoi je ferais ça ? C'est un des types les plus occupés de la planète ! Et vous ne me dites même pas dans quel cadre vous voulez le voir !

— Faites-lui savoir sans attendre que je possède des infos susceptibles de salir la réputation de sa société. Ça devrait suffire !

— Qu'est-ce que vous me racontez ? Vous imaginez que jouer au flic ténébreux va suffire pour que je le contacte ?

— Répétez-lui simplement ces trois prénoms : Lucie, Emmanuelle et Patricia. Je pense avoir de vos nouvelles assez vite.

Dorian s'esquiva, avec la sensation de tenter le coup de poker le plus périlleux de sa carrière : il venait de poser sa vie sur la table de jeu.

5

Les voix s'entortillaient les unes aux autres dans le bureau surchargé de Ballant. Le chef de groupe pulvérisa le brouhaha d'un simple raclement de gorge.

— On commence ! La plus grosse partie du dossier, c'est notre fratrie. Trois demi-sœurs mortes : deux assassinées et une renversée par un chauffard de façon très suspecte. Le lien génétique entre les trois a été fait suite à un travail effectué de manière non officielle par un dénommé Martin Duval, en utilisant illégalement le profil de Lucie Froissant sur une base de données. Ça n'a aucune valeur juridique, vous vous en doutez. Le juge a ordonné une procédure d'exhumation en urgence des cadavres de deux d'entre elles pour déterminer leur profil génétique et faire des comparaisons qui valideront cette hypothèse. On a aussi un demi-frère qui lui est en vie et qui, à l'entendre, n'a jamais effectué la moindre démarche pour se retrouver sur ces plateformes payantes. Je ne vois pas pourquoi il mentirait, mais il nous a paru très bizarre quand on s'est rendus chez lui avec Teddy hier soir. On ne peut pas le laisser comme ça dans la nature.

— On pourrait le filocher, suggéra son adjoint.

— C'est une option, mais ce n'est pas encore tranché. La priorité, c'est de recueillir un max de renseignements sur les mères d'Emmanuelle Lias, Lucie Froissant, Patricia Loisel et Sylvain Dole. Je sais que ce n'est pas évident. Trois d'entre elles sont décédées et la quatrième se trouve au dernier stade de la maladie d'Alzheimer. Il y a un point commun entre ces femmes : elles ont eu un enfant avec le même homme ou, grosse nuance, à partir d'un don de sperme qui leur a profité à toutes. Il faut solliciter leur entourage et remonter quarante à quarante-cinq ans en arrière. On peut très bien avoir affaire à un gourou qui violait ses adeptes et les mettait enceintes. Une autre hypothèse m'a été soufflée par Maëva Baugé, qui est la responsable du CECOS à l'hôpital Cochin, le Centre d'étude et de conservation des ovocytes et des spermatozoïdes. J'en profite pour vous la présenter. Elle a été victime à deux reprises d'une tentative d'assassinat qu'on suppose être en lien avec la série de meurtres. Elle sera ma consultante sur certains points du dossier. D'après elle, au cours des années 1970, les techniques d'insémination artificielle se pratiquaient encore beaucoup au sein des cabinets privés de gynécos, dans les grandes villes. C'est un autre axe de recherches. Retrouvez les toubibs qui suivaient ces futures mamans, tentez de reconstituer leur parcours de santé de l'époque… Voilà pour le volet victimes.

— Concernant le tueur, vous avez reçu par mail les objets qu'il récupère pour signer chacun de ses meurtres, enchaîna le lieutenant Girard. Il faut creuser cet aspect pour essayer de l'identifier. Il circule à bord d'une Yamaha Supersport, une 125. Il a été repéré sur des caméras à Chartres juste après l'assassinat de Patricia Loisel. On l'a également retrouvé près du domicile de Maëva Baugé à Louveciennes, aux heures où on a tenté de la tuer. Mais la plaque est fausse. C'est tout ce qu'on a pour le moment.

— La mort de Lucie Froissant était déjà hors norme, reprit Ballant. Mais là, on entre dans une autre dimension. Ces trois femmes ont été éliminées après avoir fait un test ADN récréatif. Le profil de Lucie Froissant avait matché avec celui de son père biologique, inscrit sous pseudo. Un détective généalogique qui collaborait avec moi sur ce sujet a été, lui aussi, assassiné, comme vous le savez. On est face à une organisation qui ne lésine pas sur les cadavres. Je veux tout le monde mobilisé jour et nuit ! Je sais que notre boulot est de moins en moins évident, entre le manque de moyens et le peu de considération que nous vouent les politiques. Mais on n'a pas d'autre choix que d'être au taquet !

Ballant distribua des directives supplémentaires en serrant les poings, avec une conviction d'entraîneur désireux de sublimer ses joueurs. À la fin de sa séance de motivation, il s'isola avec Maëva et lui parla sur l'élan de son discours gorgé de testostérone.

— J'espère que je n'aurais pas à regretter ma confiance. En attendant de voir comment tout finira, j'ai convaincu le parquet que le mieux était de vous garder près de moi, une sorte de contrôle judiciaire très novateur. Pendant la journée, vous resterez dans nos locaux. Je ne pense pas qu'on viendra vous y chercher. Vous passerez les nuits à mon domicile, où j'ai une chambre d'ami. Vous y serez en sécurité, à moins que vous ne me preniez pour le ravisseur ou le meurtrier de la femme de Lemaître. Dans ce cas, je ne vous l'impose pas.

— Vous pensez que Dorian est coupable et lui s'imagine que vous avez manigancé tout ça. Par rapport à votre guerre, je reste neutre. Mais il a un avantage sur vous : il m'a sauvé la vie !

— De mon côté, je sauve les apparences pour le moment. Vous avez besoin de moi, j'ai besoin de vous. Vous êtes au centre de beaucoup de choses, je préfère vous avoir ici. Une enquête a été ouverte suite au suicide de Valentin Laurent, vous devez raconter ce qu'il vous est arrivé à cause de ce Martin Duval. On a besoin d'avancer et de trouver la connexion avec tous ces homicides. On va vous conduire au Bastion dans la journée. Il faudra tout expliquer aux enquêteurs, je ne vous laisse pas le choix. Vous devrez aussi déposer plainte pour tentative d'assassinat. Il ne s'agit plus de fuir à partir de maintenant. Mais de faire les choses dans les règles.

— Je vous comprends très bien. En même temps, si Dorian n'avait pas violenté Duval afin de le faire parler, il ne serait pas arrivé à temps pour me sauver d'une mort par électrocution. Ce n'était pas très réglementaire, pourtant...

— Idolâtrez-le autant que vous le voulez, ça ne me dérange pas, je ne cherche pas à le remplacer. Je vous demande juste d'être réglo vis-à-vis de moi, de ne rien faire dans mon dos. Surtout pas avec lui !

— C'est la moindre des choses, ne vous inquiétez pas.

— Un dernier truc à vous dire. En rentrant du Bastion, j'ai demandé que vous puissiez faire un détour pour rendre visite à votre mère à la clinique. Profitez-en, je ne peux pas vous promettre que ce sera pareil tous les jours.

— Merci. Merci pour tout.

En regardant s'éloigner la biologiste, Ballant sentit revenir un frisson qu'il imaginait enseveli à jamais dans les décombres de son cœur brisé.

6

Cachée en partie sous le brouillard qui refusait de se dissiper depuis le matin, la vieille tour Eiffel avait des pudeurs de jeune fille. La brume s'enroulait par endroits comme des cache-nez autour de sa vénérable ferraille. Même accoutrée ainsi, elle restait attirante pour les nombreux visiteurs, accourus à ses pieds de géante. Dorian trancha d'une main acérée trois cordons de touristes et rejoignit Clara Finlay, hissée au-dessus de la foule par son chapeau en feutre noir. Le regard du flic eut le temps de se promener sur le léger trait de ses sourcils, descendre le long de son nez joliment poinçonné par un diamant, faire deux fois le tour de ses lèvres fines, se suspendre à son cou, glisser le long de ses bras et rouler jusqu'au bout de ses ongles vernis, alternativement bleu nuit et argenté.

— Pourquoi m'avoir donné rendez-vous au milieu de tous ces gens ? s'étonna la lobbyiste. Je ne comprends pas !

— J'ai mes raisons, répondit-il en rajustant sa casquette.

— Vous me demandez au pied levé de discuter par visioconférence avec le boss de DNA-True ! Patrick Hans accepte de vous parler, ce qui relève du miracle ! Et là, vous exigez d'organiser votre entretien en extérieur dans un des endroits les plus courus de la capitale ! Je passe pour quoi, moi ?

— On va marcher et s'écarter un peu. On va bien trouver un petit coin dans les allées du Champ-de-Mars.

En plus il ne fait pas beau du tout aujourd'hui, il y a sans doute moins de promeneurs que d'habitude.

— Écoutez, monsieur Lemaître. Ça se fait à mes conditions ou ça ne se fait pas ! Comme je vous l'ai dit, j'ai réservé un salon au *Novotel* tout près. J'ai l'habitude d'y organiser des rendez-vous. J'ai fait l'effort de venir jusqu'ici pour vous convaincre. Si vous ne me suivez pas, tant pis pour vous !

Dorian regarda s'éloigner avec dépit la minijupe en cuir à effet croco rigide agrafée à ses étroites hanches.

— OK, j'arrive...

Aussitôt, la paranoïa ne se gêna pas pour étendre ses dépendances dans son esprit saccagé par le stress. Il songea à l'existence, au sein de la préfecture de police, de nombreux écrans de contrôle, vampires qui enfonçaient leurs crocs dans les artères de la capitale pour en aspirer les moindres mouvements et alimenter un flux d'images permanent. Cet œil inquisiteur fragmenté en une myriade de caméras s'agrippait sans doute à leur trajet, d'une rue à l'autre, d'un trottoir à l'autre, d'un magasin à l'autre.

— Vous êtes curieux comme flic, dit-elle en arrivant devant l'hôtel. On dirait que vous fuyez quelque chose !

— Vous vous méprenez. Je cours, en effet. Mais après quelqu'un ! Le temps m'est compté.

— Il nous reste dix minutes avant le début du créneau qu'il nous a accordé. Faut se presser !

Conformément à ses propos, les habitudes professionnelles de la jeune femme à l'élégance agaçante s'incrustaient dans l'établissement situé en front de Seine. À peine entrée, Clara Finlay salua plusieurs salariés et fila dans une salle de réunion au plafond carrelé, symbolique de ce qu'était devenue la vie de Dorian : complètement à l'envers. Posé sur une table, un ordinateur portable proposait l'image fixe d'une salle de conférences vide, curieusement garnie de luxueux vélos d'intérieur en attente d'être chevauchés. Au bout d'une minute apparut un homme à l'attitude aussi décontractée que sa tenue *sportswear*, sweat à capuche et pantalon bleu délavé. Son look vestimentaire mentait avec force sur son âge. Dissimulés sous la couche de textile, ses 42 printemps étaient néanmoins dénoncés par les quelques rides qui sinuaient discrètement près de ses yeux clairs. Ces premiers sillons disgracieux étaient les seuls souvenirs déposés par les années sur son visage juvénile, qu'éclairait un sourire avenant. Lorsqu'il ouvrit la bouche, la dureté s'imprima sur son faciès et extermina toute cordialité.

— Veuillez me laisser seul avec monsieur Lemaître, Clara, s'il vous plaît, ordonna-t-il froidement.

— Très bien monsieur Hans.

Dorian toisa ce scientifique propulsé parmi les plus grandes fortunes des États-Unis grâce au surpuissant moteur de son ambition, alimenté par un carburant novateur, mélange de génétique et de business.

— Bienvenue par procuration dans notre siège high-tech. Une création hybride, moitié start-up ultramoderne, moitié club de fitness branché. Je crois depuis toujours aux vertus du sport au travail. Si vous étiez parmi nous, je vous montrerais nos bureaux sur tapis roulant. Mais je ne pense pas qu'en ce moment, vous pourriez sauter dans un avion direction la Californie. Je me trompe ? On m'a précisé que vous étiez un homme assez recherché.

— Je savais que vous vous renseigneriez sur moi. Je me doutais que vous seriez très intrigué, aussi.

— Que me voulez-vous ?

— Votre base de données permet de retrouver et d'assassiner au fur et à mesure une fratrie.

— Que me racontez-vous ? C'est du délire !

— Je suis sûr que vous êtes parfaitement au courant !

— Je n'ai pas créé DNA-True pour que ma société soit détournée à des fins criminelles ! Et encore moins pour éliminer des gens ! Quel serait mon intérêt à décrédibiliser et saboter ce que j'ai bâti ? Et avez-vous au moins des preuves de ce que vous avancez ? Vous êtes aux abois ! Je ne sais même pas pourquoi je discute avec vous.

— Je n'ai pas d'autre choix que d'aller au bout. La vie de ma femme en dépend.

— Je ne suis pour rien dans ce qu'il lui arrive, soyez-en sûr.

— Vraiment ? J'ai un marché à vous proposer.

— Je ne pense pas que vous soyez en position de négocier quoi que ce soit !

— Offrez-moi un duel à l'ancienne avec votre tueur. Ça se joue entre lui et moi. Je lui laisse le choix du terrain. S'il l'emporte, mon cas est réglé, vous êtes tranquille. S'il perd, je n'irai pas plus loin vis-à-vis de vous et de votre entreprise. Je veux juste récupérer mon épouse.

— Je vous le répète, monsieur Lemaître, je n'ai rien à voir avec elle. Cette discussion est stérile. Votre temps est écoulé ! Si vous essayez de me contacter à nouveau, je préviendrai les autorités françaises, sachez-le.

— Ça m'étonnerait que vous ayez les couilles de faire un truc pareil !

Le faisceau d'images se désintégra en même temps que ses espoirs d'étendre le dialogue. Dorian adressa à son smartphone un regard tartiné d'anxiété. Il avait maintenu ouverte l'application appareil photo pour utiliser l'effet miroir et espionner subrepticement derrière lui pendant la discussion. Dans le champ de vision de la caméra, il vit soudain planer un couteau à hauteur de son dos. Son bras droit s'éleva pour dévier la trajectoire de la lame, prête à s'enfoncer au plus lointain de ses chairs. La pointe ripa sur son épaule, lui arracha un vaste bout de peau et un cri de douleur. Déjà, l'acier effilé s'apprêtait à revenir vers lui pour, cette fois-ci, se perdre allégrement dans son corps. Toujours assis, le policier posa ses pieds contre le rebord de la table et catapulta son siège en direction des parties les plus fragiles de son adversaire. La violente collision occasionna à l'agresseur une souffrance fouettée par la surprise. Sur la lancée de sa riposte victorieuse, Dorian dégaina son pistolet et cibla l'individu, qui venait de perdre en plus du combat beaucoup de sa fierté. Plié en deux dans l'attente du retour espéré de son souffle, il ne ressemblait pas à un tueur méthodique au sang glacé, conditionné dans un iceberg. Sa taille moyenne, son début de calvitie et son physique fluet se fondaient dans une apparence plus que banale, celle d'un loup déguisé en agneau. Sa tenue de membre du personnel lui avait permis de s'infiltrer dans la souricière où Dorian s'était laissé attirer volontairement, pour tenter de coincer à son tour le criminel dans un piège à double entrée.

— Tu ne bouges plus bordel ou je te colle une balle dans le genou ! menaça-t-il. Je n'ai plus rien à perdre !

L'homme mis en joue se releva lentement en s'adossant à un mur avec des manières hésitantes. Dorian fut seulement éclairé sur ses intentions quand la lumière s'éteignit. Il se baissa par réflexe pour éviter un coup porté à l'aveugle dans cet endroit désormais assujetti à l'obscurité la plus traître. Avant qu'il n'eût esquissé le moindre geste, des bruits de pas ricochèrent depuis le couloir jusque dans ses oreilles. Un sixième jour de recherches allait se volatiliser en même temps que l'assassin s'il ne le rattrapait pas. Au moment de lui courir après, un réflexe le retint, l'immobilisa à la vue d'une carte magnétique échouée sur la moquette. En la ramassant, il se soucia de Clara Finlay comme il s'était inquiété pour Maëva la première fois que sa trajectoire s'était cognée à celle du psychopathe. Après quelques minutes d'exploration clandestine, il ouvrit grâce à la clé intelligente une pièce accaparée par le rangement du linge de chambre. Il y retrouva la jeune femme ligotée et bâillonnée, les traits aussi froissés que ses habits de grand couturier.

— Heureusement que vous êtes là, geignit-elle une fois libérée. Je ne comprends rien. Qui c'est ce dingue ? Il m'a dit qu'il allait revenir s'amuser avec moi une fois qu'il en aurait fini avec vous. Il m'a...

— Dépêchez-vous, il faut partir au plus vite d'ici.

— Mais je dois d'abord parler à la direction !

— Ce n'est pas possible.

— Et pour quelle raison ! On m'a...

— Maintenant, tu fermes ta gueule et tu me suis sans rien dire jusqu'à ma bagnole !

— Vous êtes taré vous aussi ! Qu'est-ce qui vous prend !

D'un geste autoritaire, Dorian exhiba son 9 mm à l'allure plus menaçante que rassurante.

7

Une tempête vêtue de cuir et annoncée par le grondement de ses talons déferla au deuxième étage de la DRPJ. Fanny Lange avait la voix emportée dans des tourbillons de colère, le visage malmené par l'exaspération.

— Je veux voir le commandant Lemaître !

— Il n'est pas là en ce moment, répondit PAC. Suivez-moi.

Deux minutes plus tard, la jeune femme se retrouva dans son bureau, avec un résidu de rage au fond du regard.

— Je vous attendais, dit sobrement l'adjoint de Dorian.

— Vous êtes si prévisible !

— Bien moins que vos jeunes candidates. Sexe, chantage et vidéo !

— Voilà ce que je redoutais depuis deux ans : que vous finissiez par fouiller les poubelles, alors que c'est déjà assez compliqué pour notre émission depuis l'assassinat de Mélanie. Vous allez souiller sa mémoire ! Et notre image, en même temps ! Ce sont des sponsors qui nous permettent de composer la majeure partie du budget de Miss Amphi. Vous souhaitez les faire fuir ?

— Vous voulez passer pour une personne qui refuse la recherche de la vérité ?

— Vous pensez vraiment que ces gamineries entre filles ont à voir avec le meurtre ?

— Ce que vous mettez sur le compte d'enfantillages n'a

pourtant rien d'innocent ! On parle notamment de bijoux d'une valeur de 65 000 € dissimulés pendant deux ans.

— Qui ça intéresse, à part les journaux de caniveau et les langues de pute des réseaux sociaux ?

— La police et la justice, principalement. Et puis, je vous rassure, votre dauphine est encore loin des assises. Même si elle s'est mise dans une position moins confortable que sur votre podium.

— Quelle petite conne ! Je les mets en garde, pourtant.

— Quand on gratte la vie de Mélanie, on ne trouve pas que des jolies choses. Je veux parler de la *sextape*.

— Elle a été pervertie par un petit con, forcément, pour s'adonner à de telles débilités ! Vous connaissez son nom ? C'est peut-être ce même abruti qui l'a tuée.

— Tout ce que je peux vous dire, c'est qu'on l'a retrouvé et qu'il est hors de cause. Pour le reste, ne m'en veuillez pas de m'abriter derrière le secret de l'enquête.

Un sourire chatouilla l'air pincé de la créatrice du programme.

— Personne n'ose me tenir tête, d'habitude. La richesse et la notoriété écrasent les résistances. J'apprécie quand quelqu'un ne se courbe pas devant moi. Enfin, pas en permanence.

— Si vous savez quelque chose qui peut nous aider, il est encore temps de le dire.

— Vous pensiez que j'étais au courant de cette bêtise ?

— Non. Mais, si vous avez connaissance d'autres éléments, je préfère les apprendre dès maintenant, au lieu de les découvrir par moi-même.

— Vous me demandez de balancer mes candidates ? Vous êtes gonflé ! Vous imaginez quoi ? Vous voulez toutes les mettre en garde à vue, comme la dauphine ? Un défilé dans vos locaux, c'est ça, votre fantasme de flic !

— Vous allez trop vite ! Elle a simplement été conduite ici pour être auditionnée hier.

— Je pourrai l'assister ?

— Vous possédez aussi une robe d'avocate dans votre penderie ?

— Ne vous aventurez pas dans mon dressing, il y a tant de vêtements que vous pourriez vous perdre dans une forêt de tissu.

Aiguillonnée par ce succès, Fanny Lange se leva et posa délicatement, sur un coin du bureau, son fessier cajolé par la soie de son pantalon, d'un bleu si clair que le ciel semblait avoir déteint sur lui. Face à ce summum de provocation, PAC s'assit, en équilibre très instable, le derrière posé sur le dossier de son fauteuil, les pieds installés sur les rebords et les yeux hissés à hauteur de son adversaire. De ce précaire perchoir, il impulsa la riposte, lança une pique logée dans un sourire de velours.

— Dites-moi, votre venue tombe parfaitement, j'allais vous convoquer au plus vite pour une audition, vous aussi.

— Pour quelle raison ? Ne me dites pas que vous me suspectez maintenant !

— Au minimum, j'ai besoin d'éclaircir certaines choses. J'appelle tout de suite ma collègue Lou pour qu'elle prenne votre déposition.

— Et si je ne veux pas répondre à vos questions ?

— C'est tout à fait votre droit. Vous serez alors placée en garde à vue. Ça vous rendra peut-être plus bavarde !

La cheftaine se redressa de tout son long, enveloppée dans cette toile de firmament qui avait également servi de matière à sa veste étroite. Elle surplomba PAC du haut d'une falaise de morgue, car elle n'avait pas mégoté sur la grandeur des talons : ils sublimaient sa supériorité de femme doublement inaccessible, par la fortune et par la taille. Curieusement, le dédain, concentré sur son visage, précéda un radoucissement inattendu.

— Je n'ai rien à cacher.

— Tant mieux ! Alors commençons tout de suite. D'après la dauphine, vous étiez présente dans la maison des Douce peu avant la mort de Mélanie. Elle vous a vue partir en courant. Affolée, presque.

— C'est exact.

— Pourquoi ne l'avoir jamais dit ? Vous pensiez que ce n'était pas important ?

— On ne me l'avait pas demandé jusque-là.

— Au moment du meurtre, on avait réclamé le bornage dans la zone de la scène de crime. Votre numéro n'y figurait pas, on l'aurait remarqué sinon. Vous aviez éteint votre smartphone ?

— Je l'avais oublié chez moi.

— Vous étiez pressée de vous y rendre au point de partir sans votre téléphone mobile. Et vous aviez tout autant hâte de vous en aller. Très étonnant ! Vous m'expliquez ?

PAC comprit que les coutures du silence ne craqueraient pas aisément.

— Moi, je pense avoir tout compris, reprit-il. Vous vous êtes disputées, car elle s'était montrée trop légère en prêtant les boucles d'oreilles la veille. Le joaillier est un ami à vous, en plus. Vous vous êtes sentie trahie. La discussion a brutalement dégénéré. Dans un moment d'égarement, vous avez saisi un poignard présent sur l'îlot tout proche et vous l'avez tuée. Avant de lui découper les oreilles avec le plus grand des sang-froid pour faire croire à un crime de détraqué.

— Vous êtes complètement cinglé ! Comment pouvez-vous imaginer des trucs pareils !

— Laissez-moi continuer ! En plus, vous avez eu de la chance que les boucles d'oreilles disparaissent de la surface. C'était parfait pour provoquer une diversion involontaire et nous embrouiller le cerveau avec un éventuel mobile crapuleux !

— Vous êtes à côté de la plaque ! Penser que je puisse

commettre une telle atrocité ! Je veux parler au commandant Lemaître !

— Pas la peine de l'appeler au secours, il a quelques menus problèmes à régler en ce moment.

— Alors, je n'ai absolument rien à vous dire ! À part que Mélanie avait besoin de me parler urgemment d'un sujet très important pour elle. Il ne me revient pas de dévoiler son secret alors qu'elle est morte !

— Un séjour dans nos sympathiques geôles de garde à vue vous fera peut-être réfléchir.

— Vous auriez pu officier comme responsable des ressources humaines dans une multinationale. Vous possédez toutes les qualités requises !

Quand Fanny Lange quitta le bureau, la rage trépignait au fond d'elle.

8

Dans un étonnant parallélisme avec la péniche, la tête de Clara Finlay, de plus en plus alourdie par la fatigue, s'inclinait légèrement sur son côté droit, elle aussi. Dorian l'aveugla avec sa lampe torche brandie à portée de ses pupilles et coinça son doux menton entre ses doigts crispés, réunis en un étau brutal.

— Il est déjà plus de 23 heures, je commence à en avoir ras le cul ! Si tu crois que je ne vais pas utiliser la manière forte, tu te goures !

— Vous comptez me frapper maintenant ? Ça suffit, libérez-moi ! Ça fait des heures que je suis attachée sur ce pont et que je vous répète que je ne sais rien !

— Mais tu n'es pas bien ici ? Je pensais que t'aimerais ma résidence principale du moment. On a presque les pieds dans la flotte ! Je ne te parle même pas de l'intérieur entièrement climatisé chaque nuit grâce aux vitres brisées.

— Arrêtez ! Vous êtes complètement malade ! Vous m'avez menacée avec votre flingue pour m'obliger à quitter l'hôtel ! Puis, vous m'avez menottée et jetée à l'arrière de votre caisse ! Avant de me conduire sur ce rafiot pourri ! Ça suffit maintenant ! Laissez-moi partir ! Je me pèle en plus !

— T'as rien compris ! J'en ai rien à foutre que l'humidité vienne te chatouiller sous ta jupe à quatre cents balles ! Je n'ai aucune limite ! Pour la première fois de ma carrière, je peux m'asseoir sur le code de procédure pénale ! Seuls les résultats comptent pour sauver ma femme ! Je recommence : est-ce qu'on t'a demandé de me piéger pour que je sois éliminé ? Les volets de la salle de réunion étaient fermés pour qu'on ne s'aperçoive de rien !

— Il y a eu une canicule, je vous le rappelle ! Normal d'avoir voulu empêcher la chaleur de rentrer pendant des jours ! Moi je n'étais au courant de rien avant d'aller au *Novotel*. Je ne tue pas les gens ! Et vous voyez bien qu'on a tenté de s'en prendre à moi aussi. C'est plutôt vous qui m'avez mise en danger que l'inverse !

— T'as raison, je t'ai embarquée dans ma galère. J'ai voulu faire sortir le loup du bois pour être sûr que toute l'affaire était liée à DNA-True. Et il n'a pas tardé à attaquer. On dirait que tu n'es pas grand-chose aux yeux de cet homme. Comme les femmes qu'il a fait disparaître de sa base de données et de la surface de la terre.

— Je ne sais rien là-dessus !

— Moi, je suis persuadé que tu ne veux pas tout me dire ! Tant pis pour toi ! La Seine va s'amuser avec ce bateau comme un enfant dans son bain avec ses jouets !

— Qu'est-ce que vous allez faire ?

— L'aider à couler un peu plus vite ! Y a une petite voie d'eau dans la coque. La flotte a déjà commencé à remplir le compartiment moteur.

— Non ! Vous n'allez pas faire un truc pareil !

— Ta gueule maintenant ! T'as quelques minutes pour réfléchir en silence au clair de lune. Profite !

Dorian la bâillonna à nouveau et disparut d'un pas déterminé dans les entrailles de l'embarcation condamnée à être avalée par ce fleuve qui la léchait avec gourmandise. Il attrapa un bout de ferraille et infligea à l'armature en acier des coups violents dont l'écho s'enfonçait dans le crâne de son otage. Quand il remonta, le stress attaquait le front de la lobbyiste et larguait d'énormes gouttes de sueur.

— Si tu ne causes pas tout de suite, j'me casse et je te laisse crever sans me salir les mains. C'est ta dernière chance de parler. Sinon t'auras plus qu'à discuter avec les poissons.

— C'est bon ! Je dois influencer des décideurs politiques pour que la loi sur les tests récréatifs change ! Parfois, un repas ou un verre suffisent. Et s'il faut baiser derrière, je le fais ! Voilà !

— Il y a autre chose que tu ne veux pas balancer. Tant pis pour toi !

— Je n'ai pas fini ! J'ai pour mission de leur subtiliser de quoi déterminer leur profil ADN. Un verre dans lequel ils ont bu. Ou bien une touffe de cheveux tombée sur l'oreiller. Et si je n'ai rien d'autre, une capote remplie de sperme évidemment. Je travaille avec un labo privé qui me file les résultats en toute discrétion. Ensuite, je les envoie directement au boss de DNA-True. Je suis payée très cher pour le faire sans poser la moindre question.

— T'as un avis sur ce qu'il se passe, quand même ?

— J'imagine que Patrick Hans a mis sur pied une base clandestine et qu'il y injecte les données génétiques de ces types. Ou qu'il utilise des faux profils pour les intégrer dans la banque classique. Et il espère sans doute une bonne surprise, sur le moment ou plus tard…

— Je capte tout ! C'est une façon de vérifier s'ils n'ont pas des enfants adultérins. Ou mieux, issus d'un viol ! Ce qui lui donne encore plus de moyens de pression. Si ces gars n'aident pas à faire changer la loi, la révélation de leur parenté est susceptible de mettre leur carrière en péril. Il en profite pour leur piquer du pognon aussi ?

— Je n'en sais rien ! J'ai dit tout ce que je sais. Je ne suis pas tenue informée de la suite.

— Mais t'as bien remarqué si certains avaient retourné leur veste ?

— Oui, forcément.

— Tu les estimerais à combien ?

— Cinq-six, pas plus. Tout le monde n'a pas des gosses cachés !

— Il me faut leurs noms. Valentin Laurent, le riche trader qui s'est suicidé, ça te dit quelque chose ?

— Rien du tout. Détachez-moi maintenant ! J'veux me barrer d'ici !

— La liste d'abord !

— Et après ? Vous allez me faire quoi ? Me laisser crever ici pour m'empêcher d'aller tout expliquer aux flics !

— Alors là, tu peux aller voir de ma part le commandant Ballant à la PJ de Versailles et lui raconter tout ce que tu viens gentiment de me confier. Je t'y encourage même ! Qu'il sache où j'en suis est pour moi la meilleure des choses ! Mais si tu fais un truc pareil, je ne donne pas cher de ta vie ! Tes amis m'ont l'air capables de tout !

Soudain, un bruit lointain de moteur dérangea leur discussion. Dorian détacha Clara Finlay et l'incita à se réfugier dans la partie inférieure avec la collaboration peu amicale de son 9 mm. L'obscurité de la péniche fut rapidement fendillée par des vives lumières projetées dans leur réduit empuanti. Pour matelasser les mesures de sécurité, il condamna à nouveau la jeune femme au silence en emprisonnant ses lèvres délicates derrière la barrière de tissu.

— Sans doute la brigade fluviale de Paris ou des Yvelines, chuchota-t-il. Tiens-toi tranquille.

La vedette ralentit à proximité de leur refuge précaire, laissant le policier dans un entre-deux inconfortable, au croisement de toutes les angoisses. Puis l'engin nautique se figea sur la Seine dans un silence dérangé par les forts battements de son cœur. Des voix rebondirent sur l'onde paisible. La tension fit crépiter des étincelles dans son regard. Dorian saisit son arme avec une rage d'animal piégé par son prédateur. Il attendit le verdict du destin durant plusieurs secondes, beaucoup trop lentes à déguerpir, elles aussi.

— Elle commence à couler, constata un des hommes.

— On l'inspecte ? dit son collègue. Il y a peut-être des squatteurs ?

— S'il y en avait, ils se sont barrés en nous entendant arriver. Laisse tomber. On prévient les pompiers et on rentre.

Quand la patrouille daigna enfin repartir, le flic traqué ouvrit en grand les vannes du soulagement. Une délivrance à la mesure de l'effroi éprouvé devant le constat perturbant de ses réflexes de criminel.

JOUR 7

La mère au diable

1

Les yeux désespérément ouverts, Maëva Baugé regardait sa vie défiler en cinémascope sur le plafond de sa chambre, écran luxueux offert à son pauvre moral. Elle se languissait de sa fille partie étudier à Tours, si près mais déjà si loin, au point de ressentir son absence comme une mutilation permanente. La sensation de manque était en revanche très résiduelle quand elle songeait à son cher mari. Lorsque le Qatar l'avait happé, le grand écart sur la mappemonde s'était rajouté à la distance considérable déjà prise sur le plan sentimental. Tout n'était plus que mensonge dans leur amour, dont la façade bien entretenue aux yeux des proches était de plus en plus impuissante à masquer sa décrépitude intérieure. La légèreté des débuts s'était depuis longtemps envolée à la vitesse à laquelle filent les jours heureux, soufflés par un vent doux et chaud, brise éphémère et mensongère. L'éternité trompeuse suggérée par la passion des premiers temps s'était transformée, au sein de leur couple, en perpétuité réelle. Ils n'étaient plus noués que par les liens distendus du mariage, proches de craquer. Normalement, elle aurait dû lui confier ses malheurs, il aurait même dû les deviner sans qu'elle ne lui en parlât. Mais il ne sentait rien et elle lui cachait tout, pour ne pas lui imposer de revenir en France, ni s'obliger à le revoir. Ses messages des derniers jours, drapés dans une neutralité absolue, se formaient de morceaux de phrases semblables à du préfabriqué, banalités agencées les unes aux autres… Maëva abaissa les paupières dans l'espoir de faire tomber le rideau sur ses pensées moroses. Puis, elle saisit des pinceaux pour dessiner une voûte céleste sur la toile de son imagination. Des années plus tôt, une nuit où le sommeil était insaisissable, elle avait fini par le coincer en comptant les étoiles une à une, lumineuse inspiration. Pourquoi pas des nuages, des avions, des fusées ou des comètes, autres compagnons indéfectibles du ciel ? Elle ne savait pas pourquoi et n'en cherchait pas la raison, se contentant de profiter de leurs vertus hypnotiques et tranquillisantes, de se suspendre à leurs branches et de se laisser aller. Mais, même là, les bougies de l'univers ne parvenaient pas à éclairer le chemin vers l'endormissement, à plus de 3 heures du matin. Maëva se leva pour rejoindre la salle de bains, en quête d'un cachet qui pourrait la délivrer de son insomnie. En chemin, elle passa devant la seule pièce qui avait échappé à la visite guidée de Ballant, en fin de journée, lorsqu'elle avait déposé toutes ses affaires et déchargé une partie de ses angoisses dans l'appartement. Une fois installée, elle avait patienté jusqu'au retour du flic, rentré vers minuit en expliquant, confus, qu'il avait perdu l'habitude d'être attendu, ignorant qu'elle subissait depuis des mois la même solitude poisseuse, pesante. Son hôte était-il désormais ligoté par les cordes de la somnolence ? Elle l'espéra au moment d'ouvrir la porte avec une douceur exagérée pour découvrir ce que recelait l'endroit mystère, vaste pochette-surprise offerte à sa curiosité malsaine. À l'intérieur, un lustre distribua sa lueur tamisée sur des photos, des films romantiques et des mots d'amour, débris éparpillés de son cœur brisé. Elle était en train de profaner un sanctuaire de la dévotion, où une blonde aux yeux verts faisait figure d'idole. La biologiste ressentit un malaise autant lié à son indélicatesse qu'à l'acharnement mis par cet homme à maintenir sous respiration artificielle ses vieux souvenirs avec Sonia. Par réflexe et par culpabilité, elle fit un pas en arrière, mais elle était allée trop loin et il était déjà trop tard. Quand elle se retourna, son regard coupable s'entrechoqua avec celui du commandant, deux prunelles irisées par la douleur davantage que la colère. Tous les deux, ils formaient un couple idéalement assorti, couleur déprime.

— Je ne savais pas que j'avais invité chez moi une cambrioleuse, dit-il avec dépit. Ou une fouineuse, plutôt. Dire que je vous rends service en vous logeant et en vous protégeant.

— Je vous assure, je ne voulais pas. Je me rendais à la salle de bains. Au passage, j'ai vu cette porte fermée. J'ai eu un très mauvais réflexe. J'en suis profondément désolée.

— Moins que moi ! Vous me prenez pour un détraqué maintenant. Un amoureux obsessionnel d'une femme partie il y a déjà des années. Vous allez vous empresser de communiquer l'info à Lemaître et de renforcer ses soupçons débiles !

— Depuis qu'on s'est séparés, il a déjà dû changer deux fois la puce de son téléphone. Je n'ai absolument aucun moyen de le contacter ! Et puis, surtout, je peux vous comprendre. Quand on est persuadé au plus profond de son âme et de son cœur d'avoir rencontré la partenaire idéale, l'autre moitié qui permet de faire un tout, le deuil est difficile. Quasi impossible parfois...

— Exactement. J'ai cru que nous deux, c'était l'addition parfaite : le un plus un égale un.

— Mais elle vous a quitté, elle est passée à autre chose, à une autre personne surtout, alors que, vous, vous faites du surplace. Le passé est une prison dont vous ne sortez pas. Vous pensez qu'il vous fait du bien, mais il vous détruit. Vous devriez brûler tout ce que vous avez conservé de votre relation.

— Je n'y survivrai pas !

— Vous tuerez une partie de vous-même, oui, mais l'autre renaîtra ! Croyez-moi !

— Du vécu ?

— Une histoire destructrice dont j'ai mis des années à guérir avant de rencontrer mon mari.

— Je n'arrive plus à aimer. À peine à vivre. Parfois, j'ai l'impression qu'il faudrait que Sonia disparaisse pour que je ressuscite enfin. C'est horrible comme sentiment... Et en même temps, je me fais tellement de souci pour elle. Ça me bouffe ! Si on ajoute cette maudite enquête, j'ai beaucoup de mal à pioncer... Vous voulez boire quelque chose ?

— Volontiers.

Maëva le suivit dans le salon épuré de la moindre fantaisie, excepté la présence obsédante de quelques masques tribaux indonésiens.

— Vous cherchiez vraiment quelque chose, demanda-t-il.

— Oui. Je ne peux pas dormir, moi aussi. J'ai pensé que vous auriez peut-être un somnifère. Quand on est passés chez le médecin pour qu'il me file un arrêt maladie bidon, j'aurais dû en profiter pour réclamer une ordonnance.

— J'ai bien mieux.

Ballant plongea ses doigts dans un meuble bas occupé par plusieurs bouteilles d'alcool et en soutira une intacte, préservée des convoitises des buveurs.

— Un rhum millésimé. On me l'avait offert il y a quelques années lors d'un dîner avec plusieurs collègues de la PJ. C'est ce soir-là que Dorian et Sonia avaient fait connaissance en profitant d'un moment où on était tous sortis admirer ma nouvelle voiture. Ils étaient très vite devenus amants. J'ai eu mille fois envie de la balancer contre un mur. Juste pour me soulager. J'ignore pourquoi je l'ai gardée, finalement. Il est plus que temps de l'ouvrir. Notre discussion me fait du bien.

Maëva, aussi, sentit son stress se diluer dans un énorme bien-être pour la première fois depuis que la Mort s'était présentée à sa porte. Quand, bien longtemps après, elle retourna à sa chambre, l'esprit emmailloté dans une douce torpeur, elle ne put contrer une pulsion inquisitrice, néanmoins. Malgré les reproches hurlés par sa mauvaise conscience, elle vérifia sans surprise que la porte du musée intime était désormais fermée à clé.

2

Accroché au sillage froufrouteux de Clara Finlay, Dorian s'engouffra dans un immeuble juché sur un magasin alimentaire. Au deuxième étage, malgré ses murs atteints par endroits de la varicelle, un grand studio les accueillit avec un luxe immodéré au regard de la pestilence de la péniche fuie un peu plus tôt.

— Y a besoin d'un coup de peinture, mais on s'en contentera, nota la jeune femme sur un ton neutre. Pas question que je retourne chez moi pour le moment. Une de mes amies me prête cet appart au bas du 15ᵉ en attendant que j'y voie plus clair dans tout ce merdier. Tu peux te planquer ici si t'as besoin.

— Tu me viens en aide alors que j'étais prêt à te laisser couler y a à peine une heure !

— Je suis très pragmatique. J'ai besoin de toi autant que t'as besoin de moi. Et puis je sais très bien que tu ne m'aurais pas fait de mal.

— Je suis en mission. Je ne peux pas...

— T'encombrer de ma présence ? Tu n'y arriveras pas seul.

— J'ai juste besoin de cette liste maintenant qu'on est au calme.

— Très bien. Voilà les noms des six types qui ont retourné leur veste avant le vote de la prochaine loi, suite à mon travail d'influence : trois députés et autant de sénateurs membres de leurs commissions spéciales respectives sur la bioéthique.

Dorian examina chacun des patronymes avec la déception chevillée à son visage défait.

— Malgré moi, je m'étais fait un film. Emma Froissant, la mère d'une des victimes, a laissé dans un bouquin de Maurice Leblanc un message codé qui nous a permis de deviner neuf lettres : « P », « L », « E », « D », « A », « R », « L », « N », « I ». Elles permettent sans doute de composer le nom du type qui l'avait mise en cloque. Et qui est aussi le père biologique d'Emmanuelle Lias et Patricia Loisel, deux autres demi-sœurs assassinées. Il me faut en fait les noms de tous les mecs à qui t'as piqué du matériel biologique. Il y en a peut-être un qui a été piégé et a changé de camp sans en faire état publiquement ?

— Tu m'en demandes beaucoup là !

— T'es une femme organisée. T'as tout noté dans ton smartphone, ne me dis pas le contraire : lieu, jour et heure. Et je suis sûr que tu fais des rapports très réguliers à ton boss.

— On sent le condé qui ne lâche jamais rien ! Tiens, jette un œil à mon agenda : une quinzaine de gars au total.

— Aucun ne correspond. Fait chier !

— Si je te suis, il y a quarante à quarante-cinq ans, un homme a mis enceinte plusieurs femmes dont les rejetons disparaissent aujourd'hui après un passage dans la base de données de DNA-True. Tous tués par un homme d'une main sanguinaire, celui-là même qui m'a agressée dans l'hôtel avant d'essayer de te supprimer ? Et mon boss serait à l'origine de ce massacre ?

— Exactement. Est-il possible que Patrick Hans emploie plusieurs personnes dans ton genre en France ? Et qu'une de tes collègues ait été chargée d'abuser l'homme que je recherche ?

— Non. Cette mission ne concerne que moi. C'est très clair depuis le début. Et j'ai en tête les noms de tous les intervenants importants de ce dossier. T'as dit « P », « L », « E », « D », « A », « R », « L », « N », « I » ? Je ne vois rien qui puisse correspondre ! Je vais creuser. T'as besoin de ma connaissance du milieu. Toi, fais ton enquête et tu sais que t'as un point de chute ici.

— Tu sais ce que tu risques ?

— Je deviens ta complice, oui. Mais, à choisir, je préfère perdre un peu de temps en prison plutôt que la vie.

— T'as fait quoi pour en arriver là ?

— En arriver à quoi ? À finir dans un pieu avec un apollon de 60 balais, chauve, ventru et assez con pour croire que son pouvoir de séduction lui permet encore d'emballer un canon de 25 ans ? À transvaser dans un scellé le contenu d'une capote usagée pendant qu'il est sous la douche, pour qu'il ne puisse pas se rendre compte de quoi que ce soit ?

— Je ne suis pas là pour te juger. J'ai vu tellement pire dans mon taf ! Je veux juste comprendre.

— Quoi ? Pour quelle raison je joue à la salope superficielle, vénale et sans scrupules ? C'est ça ? Écoute-moi bien ! J'ai un frère de 19 ans, autiste profond. La prise en charge en France des adultes est complètement déficiente : il n'y a aucune offre médico-sociale. Mes parents se saignent pour lui payer un établissement spécialisé à plein temps en Belgique. Ils ont aussi assumé une partie de mes études. Je me sentais très redevable... J'avais hâte de travailler pour les soulager un peu. Il y a un peu plus de trois ans, je suis partie en vacances au États-Unis avec mon mec de l'époque. On a pas mal bougé durant deux semaines. On a visité l'Utah, notamment. Il y avait à ce moment-là à Salt Lake City le plus grand congrès de généalogie au monde. Une fois par an, vingt-cinq mille personnes y participent. Et, forcément, ça causait ADN !

— C'est là que t'as rencontré Patrick Hans ?

— Ouais. J'ai assisté à sa conférence. DNA-True était en plein boom. Comme les tests, d'ailleurs. Le matin, les portes du salon ouvraient à peine que des centaines de personnes faisaient déjà la queue pour acheter leur kit d'analyse. La mode s'est un peu calmée, depuis. La question de la protection des données a refroidi du monde. Bref… Ce jour-là, je dois avouer qu'il m'a fascinée. À la fin, je suis allée lui parler. Je lui ai dit que j'achevais des études de marketing et de communication. Il m'a proposé de bosser pour lui en France quand j'aurai mon diplôme. Il a tenu ses engagements. Je devais répandre la bonne parole de sa firme dans notre pays et convaincre les décideurs de changer la loi. Mais c'est seulement une fois embauchée qu'il m'a révélé la vraie nature de ma mission : voler de quoi déterminer le profil génétique des cibles. Je pouvais me barrer sur-le-champ, bien sûr. Sauf que la prime liée à chaque réussite était dingue ! Je suis restée pour mon frangin. Et j'ai vite compris que je n'aurais pas vraiment le choix des moyens si je voulais obtenir des résultats. J'ai fait la pute, oui ! Et ce qui s'est passé hier est le moyen de quitter cette merde. Faut que le système explose ! C'est devenu une évidence sur la péniche. Dès demain, je vais prendre contact avec le ministre de la Santé, Jean-Daniel Piller. Je dois arriver à décrocher un rendez-vous avec lui au plus vite.

— Pourquoi lui en particulier ?

— C'est depuis des années le plus farouche opposant à un changement législatif. Il a donné mille interviews pour dire tout le mal qu'il pense de ces entreprises présentes sur le marché des tests ADN. Hans ne m'a jamais demandé de l'approcher, curieusement. Je vais lui balancer ce que je sais, sans dire que je te connais, bien sûr. Je verrai bien ce qu'il se passe.

— De mon côté, je dois aller voir les types qui ont retourné leur veste après que tu les as piégés.

— Commence par le député de la cinquième circonscription des Alpes-Maritimes, l'un des rapporteurs. Il possède un appart près de la porte de Saint-Cloud, une garçonnière à l'évidence. J'ai conservé le digicode.

— Très bien. Ça te dérange si je passe un coup de fil ?

— C'est plutôt la personne que tu t'apprêtes à appeler que tu risques d'importuner ! Fais comme chez toi.

Dorian contacta PAC à une heure où le jour allait bientôt posséder la nuit. La voix de son adjoint était altérée par une tiédeur inhabituelle, seulement perceptible pour qui connaissait par cœur le petit livre de ses attitudes.

— Je te dérange ?

— À 5 heures du mat' ? Jamais Dorian.

— Qu'est-ce qui ne va pas ?

— Je pense que tu ne devrais plus m'appeler. Je suis désolé.

— Explique-moi !

— Richard m'a dit que ton ADN et celui de Sonia figurent sur un bout de verre ensanglanté retrouvé chez vous. Et que c'est avec son hémoglobine que le mot « SALAUD » a été écrit sur le mur de votre garage. Qu'est-ce qui s'est vraiment passé ? Je t'ai fait aveuglément confiance. J'ai eu tort. Il y a beaucoup trop de choses troublantes dans ton histoire.

— J'ai compris : je ne te dérangerai plus !

Étourdi par cette violente trahison, Dorian raccrocha brutalement : il perdait un allié précieux au moment où il venait d'en trouver une autre, tout à fait inattendue.

3

L'excitation bousculait ses mots, la rage s'insinuait par moments entre ses phrases.

— On le tenait bordel, on le tenait ! hurla Ballant dans l'habitacle de la voiture. On était chez lui l'autre soir ! On l'avait en face de nous ! Comment on aurait pu se douter ? Il ne ressemble à rien ce type ! Merde ! Merde ! Merde ! Allez magne-toi Teddy ! Faut qu'on soit au plus vite à Meudon-la-Forêt !

Suivi par deux autres véhicules appartenant à la DRPJ, le lieutenant Girard ouvrait le bal des sirènes sur l'A86 à une vitesse inaccessible au commun des conducteurs.

— Sylvain Dole, le demi-frère supposé de Lucie Froissant, Patricia Loisel et Emmanuelle Lias, répéta Ballant. Il nous a bien pris pour des cons. Il n'est pas venu dans nos locaux hier et je comprends pourquoi. L'ADN retrouvé sur le portail de la maison qui fait face à celle de Maëva Baugé a matché avec son profil dans le FNAEG. Quelle idée géniale cette histoire de traces d'oreille ! Tout se tient de plus en plus dans ce bordel ! C'est ça la jonction entre les affaires !

— Pourquoi s'en prendrait-il aux membres de sa famille ?

— Ce n'est qu'un exécutant ! Est-ce qu'il connaissait ses liens avec les personnes qu'il supprime ? Pas sûr !

— Et quel rapport avec cette biologiste ?

— Tu m'en demandes trop ! Fonce ! Il faut le serrer

au plus vite en espérant qu'il soit chez lui ! Et taper une perquise !

À peine quelques minutes plus tard, les moteurs bouillants trouvèrent un répit que ne pouvait connaître la rage fumante de Ballant.

— C'est au douzième, ordonna-t-il à ses hommes en arrivant devant l'immeuble rectangulaire.

Une fois à l'intérieur, le chef de groupe fut forcé de suivre Girard dans l'escalier sans fin, les foulées allongées et le souffle court. Arrivé en haut avec quelques braises dans la poitrine, il laissa à son lieutenant le soin d'annoncer leur impromptue visite matinale.

— Police, ouvrez !

Des tambourinements peu mélodieux rythmèrent durant une minute les injonctions bruyantes. Ces coups répétés eurent pour seul effet d'affranchir brièvement la voisine de palier de son ennui sans doute pénible. Un pan de sa robe de chambre à carreaux se balança dans l'entrebâillement et précéda la lente apparition de deux yeux lustrés par la curiosité.

— Vous tombez bien, on va avoir besoin de deux témoins pour la perquisition, lui annonça le commandant. Vous êtes mariée ?

— Oui. Pourquoi ?

— Allez chercher votre conjoint.

— Mais il dort encore !

— Attendez qu'on défonce la porte avec un vérin hydraulique !

Le pronostic persuada la vieille dame à la permanente cabossée de la nécessité de réintégrer ses quartiers. Elle en ressortit peu après avec son homme, qui venait sans doute de jeter à la hâte un pantalon trop long sur son caleçon et un tee-shirt trop court sur son bidon. Les ultimes brumes de sommeil logées dans ses yeux mi-clos se dissipèrent quand la voie vers l'appartement s'ouvrit avec fracas. La petite troupe de policiers s'émietta l'arme au poing pour s'assurer en quelques regards avisés de la sûreté des lieux.

— C'est clair ! cria Girard.

— Ne touchez à rien, vous vous contentez de regarder, intima Ballant au couple juste avant d'entrer. Vous le connaissiez un peu ce Sylvain Dole ?

— Je l'ai vu partir avec un gros sac hier aprèm, répondit le voisin. Il l'a chargé sur sa moto et il s'est barré.

— Rouge, la bécane ?

— Ouais. Je me suis toujours demandé comment il pouvait se payer un engin pareil. Il avait l'air fauché le gars !

— Y avait du monde qui venait chez lui ?

— Non. Jamais. Il était très silencieux en fait. On ne savait jamais s'il était là ou pas.

— Merci.

Ballant distribua quelques coups d'œil aux vingt-cinq mètres carrés habitables, déjà soumis aux investigations soupçonneuses des autres enquêteurs.

— Si notre visite-surprise était à l'origine de son départ, il aurait tracé dès la nuit qui a suivi. Qu'est-ce que t'en penses Teddy ?

— Tu veux dire que quelque chose d'autre l'aurait poussé à se faire la malle entretemps ? Un truc qu'aurait mal tourné ?

— Le plus urgent, c'est de lancer un avis de recherche et de localiser au plus vite ce père dont il nous a dit ne plus avoir de nouvelles depuis très longtemps. J'attends aussi au plus tôt le rapport d'enquête sur sa mère, victime d'un homicide suite à un cambriolage qui a mal tourné. Je veux tout savoir sur la famille de ce type !

Pendant ce temps, la recherche méthodique n'ignorait aucun recoin du logement, ne délaissait pas le moindre rangement. Les professionnels du furetage chahutaient le contenu de tous les meubles, dérangeaient l'intérieur de chaque tiroir. Mais c'est au moment de déplacer une poubelle malodorante casée sous l'évier de la cuisine que les limiers sentirent enfin le doux parfum de la victoire.

— Commandant, y a un double-fond dans le placard ! cria un policier. Je vois des bijoux, des photos et une pièce d'identité au nom de Rita Dole.

De sa main gantée, Ballant brandit les objets découverts comme des trophées sous les vivats imaginaires de la foule.

— Voilà le butin piqué chez sa mère ! Il a liquidé sa maman chérie avant de faire croire à une effraction qui s'est terminée par un meurtre. Il n'a pas pu s'empêcher de conserver des souvenirs. Faut le choper au plus vite !

À cette idée, la rage l'emplit d'un jet, l'inonda de son écume fumante.

4

Dans la vie, Sylvain Dole vivait à fond sa passion pour la vitesse. L'argent facile entassé depuis deux ans l'avait autorisé à se payer une bombe roulée dans une robe rouge, fantasme ambulant chevauché avec une fierté incomparable. Il adorait faire corps avec la machine, éprouver ses vibrations et les mêler aux siennes, incessantes ondulations de plaisir. Par nécessité plus que par griserie, il accéléra davantage pour s'arracher à sa vie médiocre et foncer vers la clandestinité la plus totale. Prévenu d'une éventualité si radicale, il s'était préparé avec un soin infini à disparaître d'un monde où il n'était rien aux yeux des autres, un être invisible, une poussière glissée par la société sous le tapis du mépris. Sa moto était depuis peu le seul signe extérieur de richesse concédé à son quotidien étriqué, coincé dans un appart moisi. En quittant brusquement son logement, il avait emporté le plus important et laissé les papiers d'identité de la vieille, planqués avec peu de précaution sous l'évier pour apprendre aux flics que, de victime, il s'était transformé en juge et bourreau. Il était retourné chez sa pourriture de mère en 2019 après tant d'années à essayer de l'oublier, mû par un besoin qui lui dévorait le cerveau sans répit : il devait tout savoir avant qu'elle ne crève ! Les écluses de sa mémoire se levèrent, leurs retrouvailles affluèrent dans un torrent de souvenirs.

— *Bonjour maman.*

— Qu'est-ce que tu veux ? Qu'est-ce qu'il te prend de te pointer après tout ce temps ?

— C'est comme ça que t'accueilles ton fils chéri ? Je voulais prendre de tes nouvelles. Je n'ai pas le droit de m'inquiéter pour toi ? T'as tellement été géniale avec moi !

— C'est bon, arrête ton cirque ! Qu'est-ce que tu fous ici ? Pourquoi t'es revenu ?

— Tu n'es pas contente de me revoir ? Tu ne me proposes pas de m'asseoir ? Tu n'as pas envie de savoir ce que je deviens ?

— Si t'as décidé de rappliquer pour me piquer du fric tu ne vas pas trouver grand-chose.

— Mais je m'en bats les couilles de ton pognon ! Rien à foutre ! Je suis là pour savoir ! Pourquoi tu ne pouvais pas me piffrer à ce point ? Pourquoi tu m'insultais ? Pourquoi tu me méprisais ? Pourquoi tu me tapais ? J'me souviens que des coups, pas des caresses ! C'est ça une maman ? Salope ! Je rêvais tout le temps que tu disparaisses ! Ça aurait été pour moi le plus beau des Noëls !

— Barre-toi ! Je suis fatiguée ! Laisse-moi mourir en paix !

— Ah non ça c'est trop facile ! Tu vas parler ou je te découpe en morceaux vivante ! Tu m'as pourri la vie ! Tu m'as pourri la tête ! Saleté ! T'as même fait fuir ton mari ! Il ne supportait pas ce que tu me faisais ! Il m'a laissé avec ma cinglée de daronne ! Parle ! Parle !

— Tu veux que je te dise vraiment ? On m'a violée ! Je t'ai gardé ! Je pensais que j'arriverais à oublier ! Je voulais tellement un bébé ! Mais chaque fois que je te regardais je le voyais lui ! Chaque fois que je te parlais, c'est à lui que j'avais l'impression de causer ! Je t'ai détesté car je le haïssais à travers toi !

— Mon père le savait ?

— J'ai dû tout lui dire après ta naissance. J'étais tellement mal, il ne comprenait pas ce qui m'arrivait ! Je me sentais si sale !

— Qui t'a fait ça ? Qui ? Un inconnu ou un mec que tu connaissais ? Tu dois tout me balancer ?

Encouragée par quelques baffes, l'octogénaire avait craché le nom du coupable qui avait semé dans son corps outragé la graine du malheur, bien trop féconde. Elle avait aussi vomi tout ce qu'elle gardait en elle depuis si longtemps, sa souffrance recyclée en violence, sa honte expiée par des mutilations. Puis elle s'était excusée, trop tard pour échapper à une condamnation imminente, décidée par le tribunal de sa justice personnelle. Il l'avait exécutée avant d'emporter plusieurs de ses bijoux, bien moins précieux que cette confession crépusculaire : sa venue sur terre était un miracle façonné par une abomination dont il connaissait le responsable. Grâce à ces révélations, il avait échappé de la façon la plus remarquable qui fût à sa condition, avec la satisfaction décuplée de donner enfin un sens à son existence : tuer pour renaître ! Allongé sur sa bécane, les yeux collés au bitume, il avait déjà le regard tourné vers la cible suivante, située avec précision sur la cartographie de ses pensées : son père ! Ce faible, toujours silencieux quand sa sorcière de femme levait la main sur leur enfant, avait fini par ajouter l'abandon à la lâcheté en les quittant un jour où un coup plus violent que les autres l'avait projeté dans les territoires de l'inconscience. Ce lâche s'était sauvé, lui, au lieu de secourir son fils. Comme son paternel savait tout du secret de sa conception, il ne pouvait pas se permettre de le laisser en vie maintenant qu'il devait s'enfouir dans les strates les plus obscures. Entre deux râles contrariés par des sanglots, la vieille lui avait donné des indications sur l'endroit où il pourrait le localiser. Il était proche, désormais, de le retrouver, de pouvoir serrer très fort son cou. À cette idée, le fugitif étreignit encore plus fortement sa moto, dont la couleur flashy évoquait le sang versé par tous ses crimes.

5

Dorian écrasa sa carte de policier contre l'œilleton et ses poings sur la porte. Il vit surgir un homme dont l'âge s'inclinait vers la soixantaine et l'humeur penchait vers l'exaspération.

— J'arrive ! Pas la peine d'ameuter la rue entière !

— Commandant Lemaître, police judiciaire de Versailles. Je peux entrer ? J'ai besoin de vous parler d'un sujet important.

— Je n'allais pas tarder à partir. Je suis un peu pressé.

— Je pense que vous l'êtes bien moins que moi. Vous permettez ?

Dorian força légèrement le passage d'un coup d'épaule inamical pour se planter face à cet individu encore filiforme et habillé d'un costume vert, une vraie brindille d'herbe. Il vit un rictus de colère s'épingler à son visage ombragé.

— Vous avez de drôles de manières !

— On parle des vôtres plutôt ?

— Qu'est-ce que vous voulez dire ?

— Vous avez longtemps été opposé à l'autorisation sur le sol français des tests ADN récréatifs. Et maintenant, comme par magie, vous militez en leur faveur au sein de la commission sur la bioéthique de l'Assemblée nationale.

— Ça ne vous arrive jamais de changer d'avis ! Et puis je n'ai pas à répondre devant vous de mes convictions.

Finissons-en ! Vous venez me voir par rapport à quelle procédure ?

— DNA-True.

— Qu'est-ce que j'ai à voir avec cette firme américaine ?

— Elle vous a acheté.

— C'est insensé ! Vous êtes entré chez moi sans y être invité pour me lancer des accusations aussi débiles. Partez ou…

— Ou quoi ? Vous appelez la police ? Elle est devant vous !

Dorian saisit violemment le député par le catogan qui réunissait un petit bouquet de cheveux blancs. Il l'obligea à se mettre à genoux puis à ramper sur le parquet sans ménager ses cervicales ni sa fierté, tout aussi endolorie.

— Arrêtez ! Mais arrêtez ! Vous me faites mal !

Le pistolet enfoncé au fond de sa bouche eut pour vertu de stopper ses jérémiades, pas la course folle de ses yeux qui tournaient dans tous les sens.

— Écoute-moi bien ! Je suis en fuite, fatigué, stressé et dangereux. Je n'ai plus rien à perdre. Et surtout pas mon temps. Tu n'es pas le seul à t'être fait acheter. Si tu ne veux pas causer, je vais en voir un autre, pas de souci. Mais avant de partir, je t'aurais tellement refait la tronche que tu devras te rendre à un congrès de chirurgiens esthétiques si tu veux espérer ressembler à nouveau à quelque chose !

— Un type masqué m'a abordé dans un parking public en plein Paris. Il m'a expliqué qu'on m'avait pris du matériel biologique à mon insu. Cette petite pute avec qui j'avais couché s'en était occupée, j'imagine. Il a ajouté que mon profil génétique, injecté dans les bases de données, avait matché avec celui d'un fils illégitime. Il m'a donné son nom et son âge. Ça correspondait à une période où j'avais eu une maîtresse, il y a vingt ans. J'avais fini par la quitter, car ma femme commençait à avoir des soupçons.

Si elle en avait eu la confirmation deux décennies plus tard, elle m'aurait quitté sur-le-champ ! Elle a hérité d'une très grande fortune. Notre train de vie est essentiellement dû à son compte en banque.

— Qu'est-ce qu'il t'a demandé, le gars ?

— Il fallait que j'arrête de m'opposer aux tests. C'est ce que j'ai fait.

— Il t'a demandé du pognon aussi.

— Non, pas du tout.

— Tu mens !

— Non, je vous le jure ! Lâchez-moi maintenant !

— Tu t'es soucié de ton rejeton ?

— Le type m'a juste assuré que je ne serai pas ennuyé avec cette histoire. Je n'ai pas voulu en savoir davantage.

— Espèce d'enculé ! Tu t'en es lavé les mains ! Du moment que ton mariage et ta réputation étaient saufs ! Ils l'ont sans doute éliminé ! Comme d'autres ! On a déjà comptabilisé trois victimes !

— C'est pas un flic en cavale et prêt à tout qui va me faire la morale !

Un coup de genou bien senti abîma les parties les plus fragiles de son interlocuteur en même temps qu'il éreinta son amour-propre.

— Connard !

— Tu l'as bien cherché ! Tu n'en as plus entendu parler depuis ?

— Non. Jusqu'à aujourd'hui...

Dorian prit congé du politicien en lui infligeant une claque gratuite, partie microscopique du prix à payer pour sa lâcheté si jamais la vie lui présentait un jour l'addition. Il rejoignit trois étages plus bas Clara Finlay, dont la tenue était enfin ourlée de simplicité, excepté un large chapeau de grand couturier destiné à contrer les assauts d'un soleil redevenu conquérant.

— Alors, il a confirmé ? demanda-t-elle.

— Seulement qu'on l'a fait chanter pour changer d'avis... Ça me change des interrogatoires avec avocat et caméra.

— Flic ou voyou, monsieur le commandant ?

— Les deux désormais. Et ton ministre de la Santé ?

— J'ai rendez-vous ce soir chez lui en tête à tête. J'ai peur qu'il ne se fasse des idées, même s'il n'est plus tout jeune !

— Je t'attendrai dans la voiture. Avant qu'on se sépare, je t'appellerai, tu répondras et aucun de nous deux ne raccrochera. J'entendrai tout et je pourrai intervenir s'il y a un problème.

— Tu t'es demandé un instant pourquoi tu faisais tout ça ?

— Pour Sonia, tu le sais bien !

— Et si ça n'avait rien à voir ? Et si on avait voulu t'envoyer dans le mur ? Tu cherches tout sauf ta femme, là !

— Depuis la nuit dernière, j'ai la certitude qu'on fait tout pour me piéger et me rendre responsable de la disparition de Sonia. Alors, je n'ai pas d'autre choix que de continuer à me jeter dans cette affaire à corps perdu. Tu penses que quelqu'un tire les ficelles ? Moi aussi ! Je suis rentré dans son jeu, en utilisant des règles qui me sont interdites d'habitude. Et j'attends qu'il commette une erreur. Il me reste quatre jours et demi. C'est peu et beaucoup à la fois... J'ai quasiment tout perdu, déjà. Qu'est-ce que je risque à aller au bout de la partie maintenant ?

Un frisson indéfinissable le traversa, alors que la fièvre liée à cette enquête ne le quittait pas.

6

À l'endroit d'où partaient d'innombrables navires, parfois jusqu'aux confins de la planète, Greg Ballant se sentit arrivé au bout d'un long voyage.

— J'étais si pressé d'arriver que le trajet jusqu'au Havre m'a paru interminable, grogna-t-il.

— Jamais roulé aussi vite de ma vie ! s'exclama le lieutenant Girard. Le moteur de la bagnole doit ressembler au cœur d'un volcan !

Peu préoccupé par le capot bouillant de la Mégane, Ballant observait la Manche, sur laquelle un couvercle noir nuageux descendait de façon implacable.

— Au moins, on n'a pas affaire à des symboles cachés ! s'exclama-t-il. Dès que j'ai su que le père de Sylvain Dole avait passé sa vie à naviguer sur des cargos avant de finir sa carrière à la capitainerie du port maritime, j'ai fait le lien avec l'étiquette dérobée sur le chemisier d'une des demi-sœurs assassinées. On n'a aucune info sur les mères d'Emmanuelle Lias, Patricia Loisel et Lucie Froissant. Impossible donc de remonter pour l'instant jusqu'au type qui les a toutes mises en cloque. Peut-être que le père de Sylvain Dole sait quelque chose sur la manière dont son fils avait été conçu. Quand j'ai appelé chez lui avant de partir, sa compagne m'a dit qu'il passait toutes ses journées à se balader dans le secteur à vélo, sans portable, il déteste la modernité. Elle n'aime pas du tout qu'il ne soit pas joignable. Mais, bon, y a pas de raison qu'il soit mort !

Comme pour intimider le mauvais sort, le chef de groupe éprouva le besoin de taper avec pugnacité dans la main de Girard.

— Heureusement, elle m'a filé le numéro de son meilleur pote, Jacek, qui bosse ici, poursuit-il. J'espère qu'il ne va pas tarder à rappliquer !

— Je lui passe un coup de bigophone, proposa le lieutenant.

En attendant, Ballant se tourna vers Maëva, dont les doigts étaient restés très fusionnels avec la ceinture de sécurité durant la course vers la Normandie.

— Pas trop secouée par la conduite de Teddy ? J'ai pensé que nous accompagner serait mieux pour vous que de rester au bureau. Et puis si Lemaître ne vous avait pas envoyée vers moi avec tous ces indices sur le tueur, on n'aurait pas progressé si vite.

— Et concernant les recherches sur sa femme, vous avez avancé ?

— Elle s'est volatilisée... Pas de bornage téléphonique, zéro retrait bancaire, aucune tentative de rentrer en contact avec ses amis proches ou sa famille. On a retourné leur maison. Rien. Un mystère. Tout ce qu'on a, c'est un collier lui appartenant retrouvé dans un entrepôt construit par l'entreprise d'Hervé Froissant. On peut imaginer qu'elle y a séjourné. Mais c'est peut-être une fausse piste...

— Vous croyez toujours que Dorian lui a fait du mal ?

— Mon métier ne consiste pas à croire, mais à chercher des indices et à prouver des faits. C'est mon suspect numéro un, ça ne veut pas dire qu'il est coupable. Et ce que j'en pense ne présente aucun intérêt pour le parquet.

Une vieille Peugeot arriva à ce moment-là sur le parking du port de plaisance. La chevelure du conducteur, pas plus entretenue que sa 306, était lestée à l'arrière du crâne par de grosses touffes qui juraient avec sa calvitie de plus en plus dominante. Sa denture, incomplète, achevait le tableau, délabré, mais pas sinistre. Car son sourire à trous brillait de gentillesse.

— Je suis Jacek. Montez !

Ballant s'installa à l'avant, où traînait une bouteille de vodka, dont seule une infime partie avait échappé à une consommation sans doute soutenue. Des rires précieux s'échappèrent de la bouche low cost de leur guide.

— Ne vous inquiétez pas, dit-il. Je suis sobre !

— Vous maîtrisez la géographie des lieux, j'imagine ?

— Dans une certaine mesure. Le port maritime du Havre, c'est quand même une superficie de dix mille hectares, jusqu'à Tancarville !

Ils s'enfoncèrent rapidement dans une zone protéiforme, une salade architecturale qui mélangeait des bouts de ville et les morceaux de port. En roulant, Jacek, polonais d'origine, assurait les commentaires, truffés de quelques bribes de son savoir.

— Des polars ont été tournés ici, expliqua-t-il. Il y a quelques endroits abandonnés qui servent de décors de films.

— Ce n'est pas une visite guidée qu'on veut faire, mais localiser votre pote, rétorqua Ballant. Ça urge !

— Comme il a longtemps bossé à bord des bateaux, il aime bien flâner sur le quai Hermann-du-Pasquier. On va commencer par là.

Ils rejoignirent un coin désert, presque désolé, laissé à la remorque de la modernité.

— Il faut imaginer qu'il y a plus de vingt ans, les cargos étaient rangés les uns derrière les autres, commenta Jacek.

— Visiblement monsieur Dole n'y est pas ! s'agaça Ballant. On peut espérer le trouver où sinon ?

— Il y a trois terminaux où des sociétés privées sont spécialisées dans la manutention portuaire. Je connais un endroit où il aime bien traîner. Même s'il est à la retraite, il s'est démerdé pour garder un badge qui permet d'accéder à la partie publique.

Jacek les conduisit à travers des routes désertes jusqu'à une bande de verdure propice à observer le chargement d'un cargo, voyageur à dos d'océans. Agrippé, chaque caisson métallique se détachait du camion qui le transportait et s'élevait avec douceur, plume d'oiseau promise à un vol éphémère. Puis l'utilisateur du portique géant l'orientait vers le porte-conteneurs et le superposait délicatement aux autres boîtes colossales garnies de bois, vêtements, ordinateurs ou crèmes glacées.

— Vous voyez, on peut apprécier leur activité, même de loin, commenta Jacek, admiratif.

— Bon, ça suffit, arrête de nous prendre pour des cons ! hurla Ballant. Il est où ton pote ? Il a une maîtresse ? C'est pour ça qu'il se casse tous les jours de chez lui ?

— Pas du tout. C'est juste que...

— Quoi ?

— Il aime bien se faire un p'tit joint tranquille quoi. Sa femme ne le sait pas.

— Je m'en tape de ses pétards ! Je veux qu'on le trouve !

— OK. Je connais tous ses endroits favoris. Je l'y rejoins parfois lors de ma pause.

— Magne-toi !

Ils remontèrent dans la Peugeot grattouillée par la rouille et atteignirent un entrepôt enkysté dans sa décrépitude. Il ne lui restait que sa charpente en bois, triste carcasse ouverte à tous les vents et à toutes les intrusions. Sauf que son accès était protégé par une haute barrière surmontée de trois fils électriques, une garde royale plantée devant cette construction miséreuse.

— Je ne vois pas son vélo, il n'est pas là, constata Jacek.

— Je commence à en avoir ras le cul ! s'énerva Girard. Je vais y jeter un œil quand même. On ne sait jamais.

— Tu penses que les câbles sont sous tension ? demanda Ballant.

— Dur de répondre sans avoir essayé !

Le lieutenant entama son escalade avec la prudence d'un alpiniste débutant confronté à son premier sommet alpin. Une fois qu'il se retrouva juché sur le dessus, sa tentative pour esquiver les barbelés en sautant eut un retentissement démesuré. Son pied droit accrocha un câble et précipita sa chute bruyante sur le sol bétonné, quadrillé par des graviers piquants. La réception fut douloureuse, surtout pour son amour-propre.

— Au moins, maintenant, on sait qu'on ne chope pas le jus ! lança Girard sans s'appesantir sur sa hanche meurtrie. Je vais voir !

Le lieutenant pénétra dans une des nombreuses ouvertures qui l'avala doucement. Il en ressortit sans tarder avec une moue qui se dispensait d'une étude approfondie.

— Aucune trace de vie humaine, pesta Girard.

— On bouge tout de suite, décréta Jacek.

Le rugissement fougueux d'une moto, non loin, figea un instant leur élan.

7

Depuis plus d'une heure, Dorian était contraint au silence des statues, comme à leur immobilité. Son système artisanal l'obligeait à bannir de la voiture tout son et mouvement susceptibles de dénoncer sa présence indiscrète par-delà la propriété imposante de Jean-Daniel Piller. Sans se faire entendre, il pouvait espionner l'échange entre le ministre de la Santé et Clara Finlay, occupée à déverser par rasades successives ses révélations sur les activités occultes de DNA-True et les méthodes scélérates de son fondateur, Patrick Hans. Quand l'influenceuse eut clos sa longue confession, seul un bruit de glaçons qui se cognent au fond d'un verre cavala dans un premier temps jusqu'aux oreilles du policier.

— Ce que vous me racontez est énorme, finit par dire l'homme politique. Je ne suis pas fou. Je connais le poids des lobbies. J'ai bien vu que certains avaient retourné leur veste. Mais je n'aurais jamais soupçonné un tel machiavélisme pour faire changer une loi ! Vous devriez aller dénoncer ces faits auprès du procureur de la République de Paris. Il y a largement matière à ouvrir une enquête préliminaire.

— Je suis trop impliquée. Et il n'y aura surtout personne pour me protéger si je fais une chose pareille, surtout. Vous avez peut-être moyen de faire passer les infos au parquet par le biais du garde des Sceaux ?

— Alors le mieux serait une dénonciation anonyme de votre part. Je préfère rester en retrait. Vous comprenez ?

— Vu que vous êtes un farouche opposant à ces tests, on va de toute façon se douter que vous êtes derrière une action, non ?

— Commencez par faire éclater l'affaire. Vous pourrez ensuite compter sur moi pour que personne ne l'étouffe. J'ai assez de relais parmi les journalistes. Il y aura rapidement une effervescence médiatique. Le sujet a tout pour plaire, en plus. Je ne peux pas vous dire mieux.

— J'ai besoin de réfléchir…

— Je comprends. Cela ne doit pas être évident de se retrouver dans un tel tourbillon.

— Je l'ai un peu cherché, aussi.

Dorian observa un instant la bâtisse ceinturée par de monumentales grilles s'enfoncer doucement dans des lueurs incertaines, celles qui s'abattent lorsque le jour finissant est écrasé par la nuit.

— Pourquoi une telle obstination de votre part à s'opposer à une évolution de la loi ? demanda Clara Finlay.

— L'ADN ne peut pas être un business ! Je n'en démordrai jamais. J'aurais dû être une de vos cibles principales, d'ailleurs. On ne vous a pas envoyée vers moi. Curieux…

— Vous avez des regrets peut-être ?

— Je vous offre un verre ?

— J'ai un ami qui m'attend. Il m'a amenée ici.

— Très bien. Tenez-moi au courant. Vu ce que vous m'avez raconté, vous êtes en danger.

— On me prête un studio dans Paris.

— C'est ma résidence secondaire ici, vous y seriez à l'abri si vous décidiez finalement de tout révéler à la justice. Personne ne viendrait vous chercher au fin fond des Yvelines. Songez-y. Je vous laisse mon numéro de portable perso. Vous pouvez m'appeler n'importe quand. Surtout, avertissez-moi dès que vous décidez de la conduite à tenir, s'il vous plaît.

— Je n'y manquerai pas, monsieur le ministre.

— Jean-Daniel, je préfère.

Quand Clara Finlay revint cinq minutes plus tard, Dorian ne manqua pas de singer le ton charmeur et la voix veloutée du septuagénaire au moment de saluer son hôte.

— Jean-Daniel, je préfère, ma chère !

— Plutôt classe pour un homme de 75 ans. Charismatique même.

— Tu penses que l'invitation vaut pour moi aussi ?

— Je ne crois pas qu'il aimerait me voir rappliquer avec toi !

— Tu comptes faire quoi ?

— Ai-je vraiment le choix ? Si je parle, on va chercher à m'éliminer. Si je me tais aussi, puisque je suis un danger. Je me laisse la nuit pour réfléchir. J'irai probablement au tribunal judiciaire demain.

— Je ne pourrai pas t'accompagner là-bas.

— Je suis une grande fille qui doit assumer ses conneries. Je ne vais pas passer le reste de ma vie à fuir. Et toi, tu vas faire quoi désormais ?

— Si quelqu'un tire vraiment les ficelles, je dois le faire sortir du bois.

— T'as listé tous les tordus susceptibles de t'en vouloir au point de kidnapper ton épouse et t'obliger à enquêter sur une autre affaire que sa disparition ?

— Au départ, je pensais à mon collègue Ballant. Il aurait pu essayer de reconquérir Sonia. Et quelque chose aurait mal tourné. Mais je suis de plus en plus persuadé que je me plante.

— T'as un autre suspect en tête ? Un type qui aurait fait de la taule à cause de toi peut-être ?

— Je ne crois pas que la vengeance d'un criminel serait aussi subtile.

— Je peux te poser une question personnelle ?

— Je t'écoute.

— Tu t'entendais bien avec ta femme ?

— Il y avait des tensions... On n'arrivait pas à avoir d'enfants. Et je n'étais pas très chaud pour avoir recours aux techniques de PMA.

— Et niveau sexe ?

— Clara, on se connaît à peine !

— On est quand même devenus assez proches en très peu de temps !

— Je l'ai trompée... Ça me bouffe de l'intérieur !

— Avec quelle femme ?

— Fanny Lange.

— La créatrice friquée de l'émission *Miss Amphi* ?

— Oui. Je suis en charge depuis deux ans de l'assassinat de Mélanie Douce. J'ai craqué pour elle à un moment où je n'étais pas bien. Et j'ai brutalement stoppé notre relation. En t'attendant j'ai écouté les infos. Elle a été placée en garde à vue.

— Elle pourrait être à l'origine de tout ça ?

— Non, le mobile est insuffisant !

— T'as besoin d'en causer ?

— Ce n'est pas de refus...

Durant le retour vers la capitale, Dorian vida pour la première fois le réservoir boueux de sa culpabilité.

8

Ballant cherchait en vain à capter l'écho du bruit de moteur qui avait bousculé ses sens en alerte et la quiétude morose des lieux.

— Tu sais combien de motos circulent en France ? chambra Girard. Détends-toi ! Tu ne vas pas sursauter chaque fois que t'en entends une au loin ! C'est comme si tu t'inquiétais de chaque craquement de bois dans une vieille baraque !

— S'il est arrivé quelque chose de fâcheux au type qu'on recherche, tu n'oublieras pas de me rappeler ta remarque pendant qu'on lui ouvrira le corps à l'autopsie !

— On arrive à un endroit où mon pote aime bien y passer des moments tranquilles, coupa Jacek. Ça m'arrive de l'y retrouver.

La poursuite de leur ronde incertaine et improvisée les amena à côté du mur-écran, immense rampe au plan incliné sur laquelle s'inscrivait le nom du Havre, en lettres gondolées. Ce vieux brise-vent condamné à l'inutilité n'avait pas le privilège de décrépir en paix.

— Cet endroit sert désormais de lieu d'entraînement aux pompiers et aux services de police, qui simulent des interventions en milieu urbain, expliqua le guide improvisé. Ce n'est pas une forteresse, comme vous le voyez ! Regardez les tags sur les murs des bâtiments, juste derrière. J'imagine qu'il y a des squatteurs, à l'occasion.

— Cette fois, j'y vais, décréta Ballant.

Le policier se posta autoritairement face au portail qui, même hérissé de quelques pointes pareilles à des canines, était plus facile à affronter que le précédent. Malgré tout, au passage, une des dents en métal lui laissa un souvenir superficiel en égratignant son pantalon en toile et sa cuisse droite. Sans s'attarder sur cette anicroche, Ballant sauta à pieds joints et se dirigea vers les édifices délabrés, véritables antithèses de coffre-fort. Sa silhouette disparut par un des nombreux orifices qui vérolaient les murs. Pour Jacek, dont le regard grésillait d'impatience, l'attente dura le temps d'une cigarette. Quand le chef de groupe revint, il arborait le sourire démesuré d'un vainqueur de chasse au trésor.

— Un « pet » qui a été fumé y a peu, sourit Ballant.

— Et alors ? s'étonna Girard. Il pourrait appartenir à n'importe qui !

— Vu les habitudes addictives de notre ami, y a quand même des chances que ce soit lui. On continue ! Jacek, on s'est assez baladés là ! Tu nous le trouves !

— On va à un endroit où quelques bateaux de plaisance sont à terre pour être réparés ou entretenus. Il lui arrive de se planquer à bord de l'un d'eux pour fumer à l'ombre. Certains propriétaires ne sont pas pressés de faire exécuter les travaux. C'est même la cachette idéale pour garder quelqu'un vivant pendant un moment.

— Vous en avez déjà eu l'idée ? grimaça Ballant.

— Non, non, je plaisante…

Leur chauffeur redémarra aussitôt sa Peugeot 306 pour les conduire à proximité d'un vaste hangar désaffecté, mélange hideux de bois avarié et de ferraille jaunie qui toisait un bassin d'eau. À côté, dans un lieu grillagé, une dizaine d'embarcations échouées sur le sol attendaient l'intervention qui leur permettrait d'être à nouveau le jouet consentant des mers.

— C'est Jacek, mec ! hurla le manutentionnaire depuis

l'extérieur de l'enclos. Si t'es là, sors, y a les condés qui veulent te parler ! C'est très important à ce qu'il paraît ! Ils s'en tapent de tes joints. Montre-toi !

— Il n'est pas là, pesta Ballant ! Ça commence à me gonfler cette histoire. On n'a pas le luxe de passer la journée à courir après lui !

— Qu'est-ce que vous voulez que je vous dise ? Il est comme ça ! Il kiffe faire du vélo à travers l'immense port maritime ! Il faut savoir que des zones logistiques se développent à proximité du pont de Normandie.

— Autant essayer de trouver une putain d'algue dans l'océan !

— Tu ne crois pas qu'on devrait aller chez lui attendre son retour ? suggéra Girard.

— On a autre chose à foutre ! Et puis un sale pressentiment ne me lâche pas depuis tout à l'heure... Allons voir dans cet entrepôt !

Le quatuor pénétra à travers une petite entrée dans ce lieu poussiéreux où tout exhalait l'abandon. Les deux flics déridèrent grâce aux faisceaux lumineux de leur lampe l'obscurité nichée à l'intérieur du bâtiment. Perdu au milieu du vide, un petit bateau arraché à son milieu naturel croupissait plus qu'il ne trônait sur un échafaudage.

— Des vapeurs d'essence ! nota aussitôt Girard. Un véhicule est entré là-dedans, il y a très peu de temps !

— Vu l'étroitesse de l'accès, ce ne peut être qu'un deux-roues, jugea Ballant. On se partage la superficie en deux sur la longueur. Je prends le côté gauche avec Maëva.

Chaque équipe suivit scrupuleusement le découpage invisible et scruta le sol à la lueur d'une torche, dans un silence crépi d'angoisses. Maëva fut la première à distinguer un corps inerte barbotant dans une flaque de sang épaisse qui avait pour source l'entrejambe mutilé.

Convoqué par ses exclamations de stupeur, Jacek accourut et s'effondra devant le cadavre émasculé, qui venait de composter un ticket pour l'éternité au tarif le plus douloureux.

— Écartez-vous, ordonna Ballant. Même si la scène de crime est sans doute polluée par les squatteurs qui défilent, pas la peine de piétiner. Teddy, tu préviens les autorités du coin. Tu leur demandes la mise en place de barrages autour du Havre pour intercepter toutes les Yamaha correspondant au modèle de Sylvain Dole. Nous, on ira voir sa femme avec Jacek dès que nos collègues du coin auront pris le relais.

— Leur appart est situé pile en face du port de plaisance, signala l'ami éploré, la voix étranglée.

— Vous nous laisserez parler s'il vous plaît. Pas la peine de donner à sa veuve les détails de ce que vous avez vu.

Ballant observa Maëva, plus blanche que le plus pur des linceuls.

— Je n'aurais pas dû vous embarquer là-dedans. C'était une erreur.

— Je suis une grande fille, ne vous inquiétez pas. Même si ce que je viens de voir ne va pas faciliter mes nuits.

— Sylvain Dole a pris à son père ce qu'il lui avait manqué vis-à-vis de sa femme pour l'empêcher de frapper leur fils : sa virilité. Et j'ai bien peur que la victime ait subi cette atrocité de son vivant…

— Pourquoi l'éliminer dans de telles souffrances ? Par vengeance ?

— Ça, il aurait pu la faire bien avant. Il savait qu'on viendrait. Au-delà de la nécessité de disparaître, il a besoin qu'on ne puisse pas découvrir le secret de sa conception. Son paternel savait forcément des choses sur son père biologique. Des infos qui auraient peut-être permis de remonter jusqu'à ceux qui utilisent les instincts meurtriers de Sylvain Dole. Selon moi, c'est un simple exécutant. On est encore loin de tout avoir découvert, hélas !

Plus encore que la sueur, la frustration ruisselait sur son visage.

9

Lou prit la liberté de s'asseoir dans le fauteuil de PAC et de contempler les photos éparpillées sur son bureau, infimes tranches de vie coincées derrière des parois de verre. Observer Dorian en de multiples versions diffusa en elle des sentiments douloureux, un réconfort poignardé par la tristesse. Numéro trois du groupe, la policière vouait à son chef un respect qui ne se dispensait pas d'un regard lucide sur les derniers évènements. Mais rien de ce qu'elle connaissait de lui ne pouvait objectivement le désigner comme le meurtrier de sa femme, même si les crimes passionnels, par nature imprévisibles, pouvaient pousser les plus sages à escalader les barrières de la raison. Sa cavale irrationnelle depuis plusieurs jours s'étirait dans une atmosphère qui l'était tout autant à la PJ, tant PAC prenait un soin minutieux à ne pas laisser ce sujet brûlant se fondre dans des discussions enflammées. Ce mutisme tenait sans doute autant à son malaise qu'aux avancées sur l'affaire de la Miss, qui ringardisait d'office les plus récents dossiers. Malgré ce silence perturbant, elle soupçonnait des contacts clandestins entre ces deux hommes soudés par une amitié *a priori* incassable. Lou aussi aurait aimé fournir son soutien à Dorian, lui faire cadeau de quelques phrases de réconfort empaquetées dans un sourire, même par texto. Elle pourrait peut-être en discuter avec PAC après le nouvel interrogatoire de Fanny Lange. En attendant leur arrivée, l'enquêtrice fit coulisser un tiroir bondé de dossiers sans s'apercevoir de son indélicatesse flagrante. Sa curiosité décomplexée sautilla d'une chemise cartonnée à l'autre. Coincée au milieu de la pile, une pochette contenait des clichés volés de Dorian et Fanny Lange, surpris dans une posture nullement ambiguë : un baiser de cinéma, avec la musique de la passion pour bande-son imaginaire, cimentait leurs lèvres ! Lou les rangea à la hâte en entendant arriver le capitaine en compagnie de la patronne de *Miss Amphi*, à la voix pulsée par l'indignation.

— Vous me retenez dans votre prison moisie alors que vous n'avez aucune charge contre moi, s'exclama-t-elle en entrant dans la pièce. Tout ce que vous faites, c'est exciter les médias !

— Ils vous sont bien utiles, non, quand vous avez besoin de mettre en valeur votre émission ? Installez-vous. On va vous entendre à nouveau.

— La caméra est indispensable ?

— Comme dans toute affaire criminelle. On recommence.

— Pas la peine de poser vos questions. J'ai décidé de tout vous dire.

— Tout ? insista Lou.

— L'essentiel au moins !

— On vous écoute, alors, reprit PAC.

— Cette histoire n'a été qu'un jeu qui s'est fini de façon tragique. Mais je n'y suis pour rien !

— C'est l'instruction qui le dira, pas vous, rétorqua Lou.

— Laissez-moi parler ! Vous le savez, mon père est un riche magnat de l'audiovisuel. *Miss France* m'a toujours fait rêver. Il y a trois ans, il m'a permis de lancer cette émission sur le même modèle, avec un concours réservé aux étudiantes.

— Vous ne nous apprenez rien, s'irrita PAC. Venez-en aux faits.

— La première gagnante, j'ai voulu la fabriquer. Pas d'en choisir une à l'avance parmi les candidates et truquer les votes, non ! Il s'agissait de la construire de A à Z, à partir de quelqu'un pas du tout prédestiné pour ce genre de concours. Une de mes amies responsable d'une agence de mannequins m'a permis de consulter son fichier masculin. J'avais besoin de commencer par créer une histoire d'amour. Je sais que ça peut paraître assez excentrique mais...

— Continuez, l'encouragea Lou.

— J'ai payé un enquêteur pour tout savoir sur la vie de Mélanie Douce, ses loisirs, ses goûts en matière de garçons. Elle avait pour habitude de se promener dans les jardins du château de Versailles. Là-bas, elle a été abordée par un jeune homme tout à fait dans son genre : allure sportive, des boucles brunes et un regard ténébreux. Ils sont vite devenus fous l'un de l'autre ! Il était payé pour l'inciter à s'inscrire au concours et disparaître de sa vie presque aussi vite qu'il y était entré. C'est pour ça que vous n'avez jamais entendu parler de lui.

— Vous avez provoqué un coup de foudre ? s'étonna PAC.

— Exactement. Mélanie a eu un gros chagrin d'amour quand il l'a quittée. Mais elle avait déjà passé les sélections dans les Yvelines. Je me suis évidemment arrangée pour être présente à l'étape suivante, pour l'Île-de-France. J'ai discuté avec elle, innocemment. Ça lui faisait du bien d'être mise en valeur et chouchoutée par la production. J'avais gagné mon premier pari. Comme j'avais le jury dans la poche, elle s'est ensuite retrouvée parmi les douze finalistes nationales.

— En gros, vous avez acheté tout le monde ! s'exclama PAC.

— Je lui ai donné un coup de pouce, c'est tout ! Miss Amphi est sacrée uniquement grâce aux votes sur les réseaux sociaux ! Mélanie était lumineuse, elle avait la fraîcheur d'une jeune femme qui n'avait jamais songé à participer à ce concours. Une ingénuité qui a joué auprès des votants.

— Mais quelque chose a dérapé et Mélanie l'a payé de sa vie !

— Sa mort n'a rien à voir avec mon action !

— J'emploierais plutôt le mot « manipulation » ! coupa PAC.

— Mais pourquoi aurait-elle été tuée des mois après sa victoire si c'était à cause de son sacre ? Ça n'a pas de sens !

— Elle a peut-être fini par avoir des soupçons ? Que faisiez-vous dans la maison de sa mère peu avant sa mort ? demanda Lou.

— On était devenus assez proches. On échangeait souvent. Elle m'a envoyé un message pour me dire qu'elle était furieuse. Elle venait de croiser dans Versailles, par le plus grand des hasards, le type que j'avais payé pour la séduire. Il lui avait tout déballé. Elle était en furie. Je me suis rendue chez elle à toute vitesse pour lui expliquer la raison de mon action. Je n'ai même pas pu ! Elle m'a foutue à la porte. Je suis partie avec l'idée de revenir quand elle serait calmée. Il était vital que je puisse tout lui raconter… Sauf qu'on l'a assassinée peu après mon départ. Je n'ai jamais rien dit de ma venue sur le lieu du crime, car ça m'aurait conduite à expliquer bien trop de choses. Et, surtout, je ne voyais pas le rapport avec son assassinat.

— C'était à nous d'en juger ! asséna PAC. Maintenant, répondez à la question principale : pourquoi elle ? De quelle manière avez-vous choisi cette étudiante de classe moyenne qui se destinait à l'enseignement ? Vous appartenez à une famille très riche. Votre père vous a d'ailleurs payé un petit caprice avec cette émission. Votre monde est à des années-lumière de celui de Mélanie. Ne nous dites pas que vous l'avez désignée au hasard dans la rue, on ne vous croira pas !

— Je suis même persuadée que Mélanie est le point de départ de tout ! appuya Lou. Vous aviez forcément tout imaginé avant même de créer le programme. Pourquoi elle ? Quels étaient vos liens ?

— Parmi mes multiples activités, je m'occupe de la gestion d'une application de rencontres un peu particulière que j'ai lancée en association avec une start-up en 2017. Elle est basée sur le principe très tendance du DNA dating : on propose à chaque inscrit des partenaires susceptibles de correspondre sur le plan génétique. Son nom est Love match. Un jour, je passais en revue les profils des membres et je suis tombée sur Mélanie. Quelque chose m'a troublée. Je n'avais pas de ressemblance physique avec elle, mais elle possédait quelques traits communs avec mon père : la forme des yeux, quelque chose d'indéfinissable dans le regard. J'ai utilisé son ADN pour faire un test. Elle s'est révélée être ma demi-sœur ! La fille cachée de mon père. Vu son âge, il l'avait forcément eue suite à une relation extraconjugale. Je suis enfant unique. J'avais toujours rêvé d'avoir une cadette. Je venais de la trouver. Mais je ne pouvais rien dire à qui que ce soit, au risque de faire exploser ma famille. Et surtout pas à elle.

— Comme vous ne pouviez pas descendre à son niveau, vous avez utilisé tous les moyens possibles pour qu'elle vous rejoigne dans votre sphère, nota Lou. Sauf que quelque chose a foiré. Sacrément foiré !

— Je ne comprends pas ce qu'il s'est passé... Mais je

n'y suis pour rien ! Songer que je puisse être impliquée dans sa mort est insensé ! Je ne voulais que le meilleur pour elle. L'excellence, même.

Pour la première fois, durant un instant, un sourire blessé triompha de sa froideur permanente.

10

Depuis plusieurs jours, Hervé Froissant avait pour univers un trou noir. Dans cet infâme cachot pétri par la vermine, le sol s'effaçait sous un nappage de déchets et d'excréments d'animaux, une sédimentation accumulée à mesure que s'épanouissaient les couches de pourriture. Le millefeuille de ces immondices craquelait sous ses pas dès qu'il le traversait pour rejoindre la cavité réservée aux besoins naturels, d'où remontait une odeur nauséabonde aux relents puissants d'une arme chimique. On l'avait laissé là quelques jours avant, sans un mot, en compagnie des nombreux cafards qui rampaient inlassablement sur les parois, comme les idées noires le long de son esprit tourmenté. Le chef d'entreprise profitait aussi du voisinage des rats, imprévisibles musiciens qui jouaient une symphonie répétitive, en se cognant à toute heure dans des boîtes de conserve au passage de leur course empressée. En écho à ces bruitages ignobles, ses sentiments faisaient vibrer en permanence la corde du désespoir. Pour quelle raison le laissait-on croupir là, sauf à l'affaiblir et à le briser ? Pas de sommeil, peu d'eau, de très rares portions d'une immonde nourriture : l'enfer possédait un appartement témoin dans lequel on lui infligeait un séjour prolongé. Des hurlements s'échappèrent de sa bouche asséchée, des larmes cajolèrent ses lèvres craquelées avant de vite se tarir, l'abondance ignorant aussi ses réserves lacrymales. En écho à ses cris achalandés de pleurs, des bruits de pas martelèrent le sol et mitraillèrent son moral. En voyant arriver son geôlier, cagoulé, le moral du sexagénaire, déjà bien amoché, reçut un gnon fulgurant.

— Tu vas te calmer oui !

— Qu'est-ce que je fous là ! J'ai perdu ma femme il y a vingt-cinq ans à cause de cette pourriture de cancer ! On m'a volé ma fille aînée il y a huit mois en lui arrachant le cœur ! Ma cadette est tout ce qu'il me reste dans la vie et elle doit être morte d'inquiétude ! Et je ne parle même pas de mes employés qui sont sans nouvelles de moi ! Vous voulez quoi à la fin ! Du fric ?

— Je m'en tape de ton pognon ! J'ai juste besoin de te garder au chaud pour le moment, mon ami. En attendant ce que je décide de faire de toi. Si j'avais voulu t'éliminer, ce serait déjà fait. Et proprement, pas besoin de t'affamer avant.

— Qu'est-ce que je vous ai fait ?

— Personnellement, rien. Tu n'es qu'un pion dans un jeu. Je ne sais pas encore comment je vais te bouger.

— Un jeu ? Vous vous foutez de ma gueule !

— Non. C'est le mot exact. Je m'amuse bien, en plus !

— Connard !

Des rires crachés telles des insultes firent chanceler la raison du patron de société.

— Dites-moi au moins si c'est vous qui avez assassiné ma Lucie ! Je veux savoir, bordel ! J'ai le droit !

— Je n'ai rien à voir avec une telle horreur, si ça peut t'apaiser un peu, mon ami. Je ne suis pas aussi cruel que ça ! Une telle barbarie aurait même tendance à me dégoûter, pour tout te dire. Il y a tant de façons de tuer rapidement…

— Je vais rester encore longtemps ici ?

— On a dépassé la moitié de la partie. Je sais, ce n'est pas le grand luxe. Surtout à côté de la superbe meulière où on est venus te chercher en pleine nuit, pendant que tu ronflais après avoir picolé comme chaque soir ta bouteille de rouge. Pas assez pour être bourré, mais suffisamment pour t'endormir sans trop cogiter sur ton existence de merde. Tu vois, je te connais bien. J'espère que le réveil n'a pas été trop brutal, mais je n'avais pas vraiment le choix.

— On l'a toujours ! Chacun est responsable de ses actes ! Personne ne vous force !

— Si, le destin, mon ami. Il est plus fort que tout, plus puissant que chacun d'entre nous. Je ne peux pas t'expliquer. Pas l'envie. Ni le temps. Je dois repartir tout de suite.

— Attendez ! Si vous êtes masqué, c'est qu'il y a une toute petite chance que je sorte d'ici. Sinon, vous n'hésiteriez pas à me montrer votre visage.

— Ne te fais pas de films, c'est surtout que me déguiser m'amuse !

— Espèce d'enculé ! Va crever !

Hervé Froissant se leva pour secouer la grille en fer qui circonscrivait cet espace putréfié, liquidant aussitôt les ultimes forces de son corps exténué. Victime de son emportement aveugle, il fut assailli par un terrible vertige qu'il ne put contrer et chuta dans les failles profondes de l'épuisement, inexorablement.

JOUR 8

UNE LIAISON MAL CICATRISÉE

1

Dorian pila sur quelques gravillons, bruyamment expulsés du chemin. L'inquiétude empoussiérait son visage creusé. Celui de Fanny Lange avait la pâleur d'une lune décolorée par le brouillard. Statufiée dans la nuit, elle attendait le flic avec une nervosité qui se désolidarisait de sa maîtrise habituelle.

— Commandant, je suis si heureuse de vous voir !

— Que s'est-il passé ?

— J'ai été réveillée au milieu de la nuit par du bruit. Je suis sortie dans le couloir. J'ai senti une présence ! Je me suis barricadée et j'ai appelé la police en hurlant dans mon téléphone ! Vos collègues viennent juste de partir. Quelqu'un est venu chez moi !

— Un cambriolage ?

— À première vue, je ne pense pas, rien n'a disparu.

— Je ne peux rien faire. Cette enquête n'est pas de mon ressort. Ça ne doit pas être simple de vivre seule dans cette grande maison ?

— Je vois un homme, parfois.

— Vous n'êtes pas encore complètement prise, alors ?

— On va dire qu'il n'est pas complètement libre, pour le moment.

— Pourquoi ce n'est pas lui que vous appelez au secours au milieu de la nuit ?

— Il dort avec sa femme, au moment où je vous parle.

— Je me trouvais près de la mienne, moi aussi.

— Mais vous êtes quand même venu à 5 heures du mat' !

— Vous paraissiez tellement affolée !

— Mais je le suis ! Vous ne pourriez pas rester un peu ?

Ses yeux imploraient une prière peu catholique. Dorian peinait à tracer une frontière nette entre supplication et séduction. Ses réflexes de policier lui indiquaient fermement la sortie, son orgueil de mâle choyé par tant d'insistance lui intimait de rester. Il se plia aux ordres les moins raisonnables et suivit Fanny Lange dans un salon, où un feu s'agitait dans une cheminée et dévorait quelques bûches dodues à proximité d'un sofa. La propriétaire des lieux le convia à s'asseoir et saisit une bouteille de rhum. À voir le verre aux trois quarts vide posé à côté, une petite partie avait déjà voyagé vers son palais.

— J'avais besoin d'un remontant. J'ai eu la frousse ! J'ai besoin qu'on me protège ! Je suis tellement angoissée depuis la mort de Mélanie…

— Les policiers ont constaté une intrusion ?

— Une fenêtre a été fracturée. Vous voulez aller vérifier ?

— Non, non…

— Vous êtes sceptique ! Vous me pensez assez tordue pour m'abaisser à une mise en scène et essayer de faire croire qu'on m'en veut aussi ? Sortez tout de suite si c'est ce que vous pensez !

Dorian ôta sa veste, sans se dévêtir de son flegme. Il s'installa à côté d'elle et chercha la bonne distance, ni trop près ni trop loin de cette femme qui faisait sans cesse valdinguer sa raison.

— Pourquoi m'appeler moi ? Parce que j'ai un insigne et un flingue ?

— Parce que vous étiez le mieux placé pour m'offrir du réconfort.

— Je suis marié, vous le savez bien.

— Vous n'avez pas l'air heureux ! Et moi, j'ai besoin de vous ! Collez-vous à moi ! J'ai eu froid pendant que vous étiez en route.

Sans attendre, la blonde inaccessible supprima la distance entre eux par un court déplacement de son fessier et vint appuyer son dos contre le torse du policier. Il n'avait jamais eu une aussi belle vue sur sa nuque, sublime de perfection, jusqu'au grain de beauté ciselé discrètement sur un côté. La proximité tant fantasmée fit grimper son cœur à bord d'un avion en loopings. Il appela l'humour à la rescousse pour tempérer les secousses.

— Même à cette heure-ci, votre chignon est impeccable. Si vous ne viviez pas seule, j'imaginerais bien une employée en train de vous recoiffer au milieu de la nuit.

— Défaites-le si ça vous chante. Allez, vous en crevez d'envie !

Dorian choisit de clore ses yeux pour dénouer avec soin les mèches entrelacées. Il les rouvrit pour voir les cheveux tomber tel un rideau, une chute d'une sensualité inouïe, vertigineuse, bouleversante. Fanny Lange tourna vers lui sa bouche frémissante, sous l'effet du désir et de la peur. Qu'il fut exquis ce baiser, il avait le sucré d'une pêche dévorée au pied de l'arbre par une splendide journée d'été, la douceur des rayons de soleil qui accompagnent la renaissance de la nature aux premiers matins du printemps, la chaleur des couleurs ocre peintes par l'automne sur les feuilles des arbres. Qu'il fut long, aussi, ce baiser, sorte de fleuve tranquille qui précéda l'irrésistible courant de l'excitation. Pressé de la voir habillée par son seul désir, Dorian la dévêtit en toute hâte, évinçant d'abord le sage chemisier et la longue jupe. Il fit ensuite glisser la dentelle qui recouvrait son sexe, puis ôta celle qui voilait ses tétons survoltés. Le flic imposa alors une halte inattendue à son empressement, prit le temps de semer nombre de baisers sur ses longues et fines jambes. Une fois chaque centimètre carré de peau anobli par ses lèvres, il sentit des doigts se poser sur ses tempes et l'inciter tout délicatement à relever la tête. Il put lire le désir incrusté au fond de ses prunelles aussi luisantes que des astres. Aussitôt, leurs deux corps ne furent plus que du magma en fusion. Leur étreinte le propulsa dans le ciel de la félicité, jusqu'à se cogner aux étoiles. Il en retomba exsangue, le souffle et les jambes coupés. Incapable de bouger ou parler, Dorian resta longtemps coincé dans une dimension parallèle réservée à sa seule béatitude. Le commandant en sortit quand Fanny Lange se délivra de son étreinte pour s'asseoir en silence. Il fut à nouveau fasciné par la cascade de cheveux qui ondulaient le long de son dos et chatouillaient le bas de ses reins, de manière indécente, presque. Cette vision affola ses sens.

— Qu'est-ce qui te prend ? demanda-t-elle.

— Pourquoi t'as tout le temps un chignon ? Tes cheveux sont sublimes !

— Je ne peux pas ressembler à une candidate ! Je suis tout de même leur responsable ! J'aurais l'air de quoi au milieu d'elles ?

— Ce n'est pas ça qui me perturbe...

— Qu'est-ce qui ne va pas ?

— De dos, tu ressembles tellement à Mélanie Douce ! Je suis désolé de faire une pareille comparaison ! Mais j'ai vu tellement de photos de son cadavre dans le dossier...

— C'est quoi ce délire ? T'es malade ! Tu viens de gâcher en deux secondes ce délicieux moment ! Je fais front depuis le début, alors que personne ne se soucie de savoir comment je vais ! Et quand je cherche enfin une épaule, elle se dérobe aussitôt ! Je ne veux plus te revoir ! Barre-toi ! Tout de suite !

Sa colère débordait en rasades successives. Un réflexe inconscient poussa Dorian à chercher sa veste, balancée par terre en préambule à leur effeuillage précipité.

— C'est ça que tu veux ?

Le Sig Sauer s'agitait au bout de sa main tremblante.

La vision du pistolet flingua le sommeil de Dorian. Il se réveilla dans l'appartement prêté à Clara Finlay avec la sensation d'avoir fait peu de rêves aussi réalistes, reconstitution minutieuse et troublante de la nuit où il s'était échoué dans les bras de Fanny Lange, le moral en perdition. La coulée de souvenirs finit de débouler dans sa mémoire : elle avait rendu l'arme pour reprendre aussitôt possession du corps du policier, marqué brièvement au fer rouge de leur passion.

2

Lou accueillit le regard interrogateur de PAC avec un sourire bordé de malice. Ils traversèrent la route et s'enfoncèrent dans une rue piétonne, bordée par plusieurs cafés, réceptacles à touristes au terme de la visite du château de Saint-Germain-en-Laye. Elle choisit d'office un établissement qui les canarda de ses couleurs joyeuses. Un ton brique fardait les murs et leur donnait un joli teint, du rouge enrobait les lampes, un vieux rose pigmentait les tables légèrement marbrées et du grenat s'appropriait les banquettes en cuir. La voix de Nora Jones, à la douceur de satin, étoffait l'ambiance apaisante du bar. Escortés par les accords jazzy, ils se posèrent, elle, devant un thé, lui un café, qui mariaient leur vapeur. Les questions en train d'infuser dans l'esprit du capitaine ne tardèrent pas à s'ébruiter.

— Qu'est-ce qu'on fait par ici, Lou ? Et pourquoi t'as voulu me voir si tôt ? T'as un problème perso dont tu veux me parler ?

— Il y a plusieurs choses importantes. D'abord, tu peux me dire ce que font des photos de Dorian et Fanny Lange au fond d'un de tes tiroirs ?

— T'as fouillé dans mes affaires !

— C'était machinal ! Tu mettais trois plombes à arriver avec la cheftaine, alors, machinalement, j'ai ouvert des tiroirs. La vraie question, ce n'est pas pourquoi j'ai mis mon nez dedans, mais plutôt pour quelle raison tu ne m'as rien dit ! Tu les as depuis quand ces clichés ?

— Pas longtemps... Je la trouvais bizarre cette femme. Pas suspecte, mais pas nette non plus. Tu te souviens, Dorian ne voulait rien entendre. On avait l'impression qu'il la protégeait.

— Il faut dire que tu n'avais aucun élément contre elle !

— J'ai décidé de la filocher de mon propre chef, après le boulot. C'est là que je me suis rendu compte il y a à peine un mois qu'il passait des moments chez elle le soir. J'ai tout arrêté. Je n'ai rien dit à personne. Tu imagines le bordel si tout le monde avait appris un truc pareil ? J'ai voulu protéger mon pote, c'est tout ! Tu ne dois pas en parler. Vu sa situation, ce serait terrible. On le soupçonne d'avoir fait disparaître Sonia. Si on apprenait en plus qu'il avait une maîtresse impliquée dans un dossier d'homicide dont il est en charge, ce serait clairement en sa défaveur !

— Quelle merde ! J'aimerais beaucoup parler à Dorian. Tu arrives à le joindre ?

— Je viens de mettre nos discussions sur pause. Trop risqué. Je dois la jouer très fine avec le commissaire Richard. J'ai l'impression qu'il attend le moindre faux pas de ma part. Ne cherche surtout pas à entrer en contact avec Dorian. Je sais que tu l'apprécies et que tu te fais du souci pour lui. Mais il vaut mieux que tu restes en dehors de tout ça.

— C'est difficile...

— Reste focus sur l'affaire de la Miss ! Fanny Lange est une immense manipulatrice. On ne l'a pas déférée, car j'ai estimé qu'on avait trop peu d'éléments à charge. Sa présence dans la maison de la mère de Mélanie, à proximité de l'heure de l'assassinat, est la seule chose qui la mette en difficulté. Quand je suis passé voir le juge Denain hier, il m'a dit qu'il la convoquerait quand même pour un interrogatoire de première comparution. Il veut lui mettre la pression pour voir ce qu'elle a dans le ventre.

— Elle a parlé avec son cœur hier. On sent vraiment qu'elle aimait Mélanie Douce comme une sœur. Je ne l'imagine pas un instant lui faire le moindre mal ! Et encore moins lui trancher les oreilles ! On doit chercher ailleurs !

— Il y a cette histoire d'appli de rencontres basée sur la génétique. Il y a peut-être une piste à creuser ?

— Putain, tu ne vois pas que ça pue le secret de famille à plein nez ! Imagine que le père de Fanny Lange ait appris d'une façon ou d'une autre qu'il avait une autre fille susceptible de mettre à mal son mariage et sa réputation ? Emmanuel Lange est très riche. Elle a filé une info hypercruciale sans même s'en rendre compte !

— Et donc ? On convoque cet industriel fortuné pour une audition ? Impossible de prouver leurs liens de sang ! Même si Fanny Lange a fait faire des tests ADN, on ne peut pas l'obliger à nous en fournir les résultats, surtout pour mettre en cause son père. À moins de faire une perquise chez elle et de les saisir. Si elle les a gardés, bien sûr…

— Et la mère de Mélanie Douce ? Elle sait bien avec qui elle a eu sa fille, non ? Il faut la faire parler au plus vite !

— Elle va sans doute simplement nous dire que Mélanie est née suite à une insémination artificielle avec donneur. Tu t'emballes de la même manière que Fanny Lange en imaginant tout de suite que la Miss a été le fruit d'une relation extraconjugale ! Si elle en avait parlé à son célèbre paternel, il lui aurait peut-être simplement répondu qu'il avait offert sa semence aux couples infertiles quand il était jeune !

— On doit aller au fond de cette histoire.

— Très bien. On la convoque au plus vite.

— Pas la peine. Elle arrive.

— Qu'est-ce que tu racontes ?

— Je me suis dit que ce serait plus sympa de parler ici qu'à la DRPJ. Comme elle est enseignante dans le coin, je lui ai donné rendez-vous ici avant ses cours.

— Parfait. Je vois que t'as tout organisé dans mon dos. Fanny Lange t'a donné des leçons particulières ?

— Avec toi, j'ai un bon modèle en matière de dissimulation, pas besoin d'aller voir ailleurs !

— C'est comme ça que tu le prends ?

Lou se retint d'en rajouter, laissant les tensions se noyer dans un trop-plein de silence. La venue de Nathalie Douce favorisa heureusement la dissipation de cette bouderie matinale. C'était une petite femme brune, recroquevillée sur sa douleur, telle une fleur délicate qui se referme. En lui enlevant sa fille, l'assassin l'avait condamnée à payer à vie la rançon du chagrin. Son visage étroit, fraîchement sillonné par les larmes, venait d'ailleurs d'effectuer un nouveau versement.

— Bonjour, leur dit-elle presque dans un murmure. Je suis désolée, je ne vais pas très bien en ce moment. Deux ans, c'est un très triste anniversaire... Vous avez quelque chose à me dire ?

— À vous demander surtout, répondit Lou. Asseyez-vous d'abord. Vous voulez boire quelque chose ?

— C'est gentil, mais je ne peux rien avaler. Dites-moi.

— Un aspect de l'enquête n'a jamais été abordé : le père de Mélanie.

— On est divorcés depuis 2015 et il se trouvait en Chine quand c'est arrivé...

— Je parle de son vrai géniteur.

— Que voulez-vous dire ?

— Vous me comprenez très bien.

L'atmosphère fut soudain ficelée par l'émotion.

— Comment avez-vous su ?

— C'est vous qui devez nous apprendre des choses, exigea PAC.

— Une connerie de jeunesse au départ... Une sortie en boîte de nuit entre copines.

— Vous avez leurs noms ?

— Je vous les donnerai, oui...

— Que s'est-il passé ?

— L'une d'elles m'a refilé un maudit cacheton que je n'aurais jamais dû prendre. J'ai perdu le contrôle. Quand j'ai retrouvé mes esprits, je me souvenais à peine d'avoir baisé sans capote avec un type dans les chiottes. Glauque. Et débile, surtout. J'ai fait des tests pour vérifier que je n'avais pas attrapé le sida et j'ai tenté de passer à autre chose. Je sortais avec un homme à l'époque. C'était très sérieux. On avait des projets. Je venais même d'arrêter la pilule, car il voulait être papa au plus vite. Quand je me suis rendu compte que j'étais enceinte, ça a été le moment le plus merveilleux et le plus douloureux que je n'avais jamais connu : j'ignorais de qui était l'enfant.

— Vous avez tout gardé, enchaîna Lou : le bébé et vos doutes.

— Des doutes, je ne peux plus en avoir aujourd'hui. Vous ne seriez pas en train de me parler de ça sinon...

— Vous connaissez son identité ?

— Non. Je n'ai même plus son visage en tête... Je pense que vous en savez plus que moi !

— On ne peut rien vous dire pour le moment, hélas.

Lou garda aussi ses conclusions en rétention : celui qui lui avait donné une fille, Emmanuel Lange, était peut-être venu la lui voler vingt et un ans plus tard.

3

Telle une garce, la vie reprend souvent ce qu'elle a donné ou offre le contraire de ce qu'elle a promis, des perfidies qui font tout son charme même si celui-ci s'avère parfois démoniaque. Nathalie n'avait, elle, pas de motif de réclamation ou de plainte vis-à-vis de l'existence, à condition de cantonner ses appréciations à son univers professionnel. Elle avait projeté son destin dans la police judiciaire en étant épaulée par une vocation toujours aussi consistante alors que quarante années avaient déjà été aspirées par le puits sans fond du temps. Sa constance sur plusieurs décennies était de moins en moins la norme à une époque où l'investissement exigé à la PJ décourageait les ardeurs des jeunes policiers davantage qu'il ne les sublimait désormais. Les groupes se renouvelaient donc bien plus vite, provoquant des rotations au sein du service, dont elle restait l'axe immuable. Le revers de cet engagement constant, jamais questionné, était la difficulté à charpenter une relation de couple durable. La proximité de son départ agrandissait donc l'ombre menaçante de la solitude qui l'attendait, une chipie, capable de vous tourmenter sans relâche jusqu'au dernier jour. Par chance, grâce à la multiplicité des affaires en cours, son esprit affichait complet, n'avait pas de place pour la nostalgie. Seule l'excitation s'y manifestait, encore plus quand elle vit surgir sur l'écran de son téléphone un numéro nanti d'un préfixe espagnol.

— Bonjour Nathalie, c'est Jason, l'officier de liaison d'Algésiras.

— Vous avez du nouveau ?

— Une info qui devrait vous réjouir : les autorités ont retrouvé les incisives !

— Fantastique ! À quel endroit ?

— En cherchant sur toutes les images de vidéosurveillance possibles, les policiers andalous ont retrouvé la trace de Chris Muller avant qu'il ne disparaisse. Il se trouvait dans une marina, au cœur de la baie de Gibraltar. Il était sans doute aux abois et cherchait une embarcation pour se rendre au Maroc. Un couple présent depuis plusieurs jours l'a reconnu sur les photos et a indiqué qu'il avait engagé la discussion avec le propriétaire du bateau de plaisance amarré juste à côté du leur, avant de monter à bord. En fouillant, les hommes de la garde civile ont mis la main sur le collier, égaré sur le ponton. Il a dû être arraché lors d'une lutte.

— Je dois venir le récupérer au plus vite.

— Vous perdriez du temps à vous déplacer. En plus, il s'agit d'une preuve dans une affaire d'homicide. C'est l'ADN qui compte, non, pas les dents ? Grâce à la coopération judiciaire, le magistrat qui s'occupe de votre affaire devrait pouvoir obtenir leur analyse par un laboratoire local dans les plus brefs délais. Comme ça, vous pourrez incorporer le profil dans le FNAEG dès réception des résultats.

— C'est le mieux, en effet.

— Ça ne vous empêche pas de venir nous rendre visite à l'occasion. Vous êtes la bienvenue.

— Je prends ma retraite dans quelques jours. Direction la Bretagne.

— Réfléchissez-y. Mon invitation n'est pas limitée dans le temps. Je ne suis pas loin de la quille moi aussi. J'ai prévu de rester dans le coin, après. J'aurai du temps libre pour vous faire visiter.

— En vous contactant, je cherchais un collier, pas une bague. Mais je ne m'interdis pas d'accepter.

— N'hésitez pas. Et puis tenez-moi au courant de la suite s'il vous plaît.

— Bien sûr. À très bientôt.

Nathalie sentit un léger trouble affleurer à la surface de ses pensées, un doux frissonnement de l'âme. Un sentiment piétiné dès que PAC débarqua dans son bureau avec l'enthousiasme débridé d'un inventeur en train de tester sa dernière trouvaille.

— Deux bonnes nouvelles, dit-il. Je rentre de Saint-Germain-en-Laye, on a bien avancé sur la Miss. Je t'en parle après. Le plus important est qu'on vient d'identifier « B » avec certitude. Il s'agit de maître Bois. Il a été l'avocat de la ville de Versailles sur plusieurs dossiers lorsque Walter en était le premier magistrat. La BRI l'a logé grâce à un téléphone prépayé qu'il utilise pour discuter avec les principaux membres de l'équipe municipale de l'époque.

— Maître Bois, l'employeur de Sonia... Il est également l'avocat de la partie civile dans le dossier de l'assassinat de Lucie Froissant.

— Il dirige le plus gros cabinet pénaliste de Versailles, avec pas mal de collaborateurs. Pas étonnant de le retrouver un peu partout... Hervé Froissant est un entrepreneur qui monte, en plus. Tout à fait le genre de personnes qu'il doit croiser dans les soirées mondaines. Même s'il préfère défendre les gros trafiquants de drogue, il n'a sans doute pas pu refuser de s'occuper de la victime, pour une fois.

— Toutes ces connexions sont quand même très troublantes. Quelle serait cette promotion si on en croit les écoutes ?

— On annonce un remaniement du gouvernement. Garde des Sceaux ? Après tout, les trois autres sont ministre ou secrétaire d'État. Il ne manque que lui. Ce serait logique.

— Dans quoi on met les pieds ? Ça pue vraiment.

Et les relents nauséabonds du passé devenaient de plus en plus incommodants.

4

Quelques minutes auparavant, la discussion avait emprunté la voie du silence. Mutique, comme les deux policiers, Maëva observait à travers la vitre du véhicule la route rectiligne qui transperçait le paysage plat. À l'inverse de son quotidien vallonné, hérissé de sensations vertigineuses. Embarquée malgré elle dans une enquête glauque, mais horriblement addictive, elle envoyait des nouvelles de plus en plus espacées à son mari et de plus en plus mensongères à sa fille, pour se préserver de l'un et protéger l'autre.

— C'est un peu surréaliste. J'ai l'impression de bosser avec vous, dit-elle pour revivifier la conversation.

— Ton taf te paraîtra bien pépère quand tu l'auras retrouvé, ricana Girard. Surtout après la journée d'hier !

— Tu ne vas pas tomber à chaque fois sur un cadavre, lança Ballant. Et puis ta venue est justifiée. T'as eu une bonne idée de flic ! On n'a rien trouvé en perquisitionnant chez le père, au Havre. Mais Sylvain Dole avait hérité de la baraque de sa mère il y a deux ans. Il s'était empressé de la revendre pour toucher un peu de pognon. Et pour faire le ménage au plus vite, forcément, après l'avoir tuée. Notre seul espoir, c'est qu'il soit passé à côté de quelque chose d'important en faisant le vide.

— Mais les occupants actuels n'ont rien trouvé qui appartenait à sa vieille, soupira Girard. Avec notre aller-retour jusqu'à Cambrai, on va perdre une journée pour rien !

Grâce au rétroviseur, Maëva laissa couler son regard sur le crâne rasé de Girard. Une surface glabre, antagoniste avec ses sourcils épais, sorte de dôme broussailleux qui surplombait des yeux très clairs, épurés à l'extrême. Sa colère les zébrait de rayures rouges.

— Ça vaut le coup d'essayer, insista Maëva. Il y a peut-être un indice qui nous mettra sur la voie. La mère de Lucie Froissant avait glissé une énigme liée à *L'Aiguille creuse* dans un bouquin. Peut-être que Rita Dole a, elle aussi, laissé un message indétectable aux yeux de son fils. Je sais bien qu'on ne sait pas vraiment ce qu'on cherche, mais on va bien trouver quelque chose.

— Ça, c'est de la réflexion ! s'esclaffa Girard, soudain moins grognon. On manquait d'intellos depuis le départ de PAC.

— C'est qui celui-là ?

— L'adjoint de Lemaître, répondit Ballant. Il l'a suivi comme un toutou quand Dorian s'est barré de mon groupe après m'avoir piqué Sonia. À croire qu'ils ne peuvent pas bosser l'un sans l'autre !

— Il t'a pris ta femme, mais pas ton meilleur flic, chambra Girard.

— Laissons Maëva en dehors de nos histoires de mecs, décréta Ballant. On arrive de toute façon.

Le lieutenant stoppa leur véhicule devant une maison joliment fardée avec ses briques rouges d'argile léguées par le passé ouvrier du Nord. Prompt à réagir, un jeune homme au visage enrobé de sympathie leur ouvrit dès le premier coup de sonnette. Il avait un ventre généreux qui étirait au maximum un tee-shirt bleu parsemé de taches de ciment, comme autant de nuages rajoutés à la couleur d'origine.

— Bonjour. Vous êtes les policiers de Versailles, j'imagine ? s'étonna-t-il.

— Oui, acquiesça Ballant. C'est important pour nous de fouiller un peu, si vous le permettez. Ce n'est pas une perquisition. Ça dépend de votre bonne volonté. On voudrait juste jeter un œil. Ou plutôt les deux.

— Je vous ai dit au téléphone qu'il n'y avait quasiment plus rien de la précédente habitante, madame Dole. Mais vous ne me dérangez pas. Je profitais d'un jour de repos pour réaliser un enduit dans la salle de bains. On est en plein dans les travaux depuis deux ans. On n'en voit pas la fin. Le temps nous manque autant que le blé... Suivez-moi.

Ils pénétrèrent dans un intérieur choyé par une décoration chaleureuse, entre couleurs douces au pouvoir apaisant et tableaux de bords de mer au charme reposant. Une larme d'exotisme coulait sur un des murs de l'entrée grâce à la présence discrète de bibelots asiatiques.

— Vous êtes sûr que vous n'avez pas découvert quelque chose qui vous a paru insignifiant, mais qui serait important pour nous ? insista Ballant, peu sensible à l'environnement. De vieux documents par exemple.

— Vous cherchez un trésor ou quoi ! Non, on n'a rien trouvé. Mais on n'a pas encore refait toutes les pièces.

— On peut voir celles encore intactes en premier ? questionna Girard.

— Bien sûr. Il nous reste le salon et une des chambres, à l'étage.

— Commençons par le haut, réclama Ballant.

Au bout de l'escalier en bois, ils découvrirent une douzaine de mètres carrés, spoliés de toute modernité et en conflit ouvert avec le reste de la demeure.

— Dès que notre bébé sera en route, je m'y attaquerai, commenta le proprio. On n'a rien touché dans cette chambre. Même le bureau et la commode sont d'origine. Sans rien dedans, je vous le garantis !

— On va fouiner par ici avec Maëva, décida Ballant. Vu les motifs vieillots de la tapisserie, je pense que Rita Dole dormait là. Teddy, je te laisse le rez-de-chaussée. On te rejoindra quand on aura fini.

L'examen scrupuleux des lattes de parquet ne révéla rien d'autre que leur dégradation prononcée dans certains coins, où la surface maladive s'écaillait telle une peau morte. L'inspection approfondie des murs ne mit en évidence aucune cavité, seulement le vide de leurs résultats. Et la visite des tiroirs, aussi minutieuse qu'infructueuse, finit de valider l'échec intégral des investigations.

— C'est bon, on descend, intima le commandant.

— Attends, intervint Maëva. Dans le salon, il y a une peinture un peu défraîchie, mais qui ne donne pas du tout l'impression d'être d'origine. Alors qu'ici le papier peint se décolle et ça ne date pas d'aujourd'hui ! Je ne dirais pas qu'il a été posé juste après la construction, mais il n'est pas vraiment récent. Bizarre pour une femme de vivre si longtemps sans en changer. C'est juste mon ressenti...

— Tu prends la confiance ! Tu veux jouer au flic ? Impressionne-moi !

— Notre hôte ne nous en voudra pas de le déchirer un peu pour voir ce qu'il y a en dessous. Simple curiosité...

En utilisant ses ongles en amande, la biologiste entreprit de décoller la mince couche sans défense harcelée par ses doigts intrusifs.

— Elle part facilement, dit-elle.

— Ça ne rime à rien, insista Ballant. On ne va pas passer une heure à lui mâcher le boulot quand il voudra tout refaire. On n'est pas là pour ça !

— On va l'enlever intégralement. On va même bouger les meubles !

— Je rêve !

Avec le concours actif du policier, Maëva poursuivit l'élimination systématique des motifs à fleurs, plus démodés que vintage. Mais, une fois les murs quasi dénudés, seule une évidence leur apparut : ils n'avaient rien à cacher.

— Tout ça pour ça ! s'exclama Ballant. Tu pensais trouver quoi ?

— On n'a pas terminé, il reste un morceau de tapisserie derrière la tête de lit.

— C'est de la perversité ! Mais au point où on en est...

— Regarde !

Sous l'ultime bout arraché figurait un message posthume gravé au couteau, dénonciation balancée depuis l'au-delà : « MOLLO POURRI ».

— J'avais raison ! Rita Dole a réagi exactement de la même façon que Lucie Froissant : elle n'a pas pu s'empêcher de dissimuler une trace de son malheur et de laisser une accusation *post mortem* !

— J'appelle la PJ pour qu'on fasse des recherches sur ce nom !

Deux minutes plus tard, la réponse fusa dans le hautparleur du téléphone :

— On a un Edouard Mollo à Cambrai. Un ancien gynéco !

Le puzzle géant de l'enquête venait d'accueillir une énorme pièce, pile en son centre.

5

Vêtue d'une robe moulante couleur vert pomme, Clara Finlay était à croquer. Un zip interminable courait du milieu de son dos au bas de ses cuisses, épousant au passage sa courbe fascinante tracée par un dessinateur doué. Dorian s'imposa de dévier son regard, autant happé par ce qu'il observait que par ce qu'il devinait sous le jersey classieux.

— T'es décidée, tu te rends chez le proc ? demanda-t-il, troublé.

— Oui. De toute manière, je ne peux plus reculer. J'ai prévenu le ministre dès mon réveil. Il m'envoie son chauffeur pour me conduire au tribunal de Paris en toute sécurité.

— Ah oui, Jean-Daniel pour les intimes ! La prochaine fois que tu seras en tête à tête avec lui, ce sera JD ou Dan, méfie-toi !

— Pour l'instant, c'est un parfait gentleman. Et toi ?

— Je veux entrer en contact avec une de mes collègues, Lou. Je vais essayer de la voir discrètement durant la journée. Elle a ses habitudes dans un troquet, où elle boit souvent un café en solitaire. Ce n'est pas loin de la PJ, mais tant pis. Je ne peux pas prendre le risque de me rendre chez elle.

— On se tient au courant. J'ai hâte d'avoir tout déballé de mon côté.

— Je comprends. Prends soin de toi.
— Toi aussi.

Clara, à peine sortie, Dorian se sentit tourmenté par une idée à laquelle il fut d'abord incapable de donner forme, tel un ébéniste bloqué devant un bois précieux à sculpter. Cette réflexion diffuse le narguait à l'image de ces mots qu'on sent tout au bout de sa langue sans pouvoir les expulser. Soudain, des néons de fête foraine s'allumèrent dans son cerveau : « Dan, pour les intimes ! » Il allait contacter Clara avec un empressement fébrile lorsque la sonnette de la porte d'entrée s'ébruita dans ses pensées. La lobbyiste avait sans doute omis d'emporter un document certifiant l'authenticité de sa confession devant le magistrat du parquet. Délesté de toute méfiance jusqu'au dernier gramme, le policier aguerri ouvrit la porte avec une ingénuité coupable. Un individu casqué lui infligea un coup de tête monumental qui assécha en un instant toutes les nappes de sa lucidité. La souffrance fissura son crâne de toutes parts pour s'enfoncer au plus profond de son système nerveux. Le brouillage de sa vision s'accorda avec une perte brutale d'équilibre pour l'expédier au sol, où il s'écrasa avec la grâce d'un oiseau aux ailes tranchées. Quand Dorian se retrouva à terre, ses réflexes partis en cavale, et il fut impuissant à parer le coup de pied qui termina sa course au creux de son estomac. La douleur le transperça avec l'aisance d'un poignard.

— Je vais bien m'amuser avec toi le flic ! gueula son agresseur. Tu ne t'en sortiras pas cette fois !

Quelques nœuds bien serrés plus tard, il se retrouva ligoté à une chaise et réduit à une impuissance douloureuse. Au moment où le motard eut l'intention d'ajouter un bâillon à sa panoplie de prisonnier, il réclama un sursis avant d'être condamné au silence.

— Faut qu'on cause...

— T'as des trucs à dire le condé ? OK. Je t'écoute. Un seul cri et je te coupe la langue. Compris ?

Dorian acquiesça d'un mouvement de tête, freiné par les vertiges qui s'empilaient à l'intérieur.

— T'as fait quoi de Clara ?

— La meuf qui vient de sortir de l'appart ? Rien, pourquoi ? Elle est avec nous !

— Non ! Tu mens !

— Elle s'est laissé acheter pauvre con ! Et elle t'a vendu ! Elle t'a fait croire qu'elle allait tout balancer ? T'es naïf pour un flic ! Elle a mis ça au point hier soir. Ce n'est pas pour elle que tu dois te faire du souci ! Je vais bien m'occuper de toi.

La confusion la plus totale submergeait les pensées de Dorian, emplies par un chaos de fin du monde.

— Pourquoi tous ces meurtres ?

— Pour le pognon !

— C'est une raison insuffisante ! Tu pourrais proprement les exécuter comme un tueur à gages.

— Je peux m'amuser et je ne m'en prive pas ! J'avais ça en moi, mais je n'osais pas ! Comme dit Piller, ça m'a permis de libérer mes instincts !

— C'est quoi tes liens avec ce type ?

— Il y a deux ans, je suis revenu chez ma vieille. Je m'étais barré quand j'étais ado. J'en avais ras-le-cul qu'elle me gueule dessus et me cogne toute la journée. Mais depuis tout ce temps, je voulais savoir !

— Pourquoi tant de haine ?

— Ouais, c'est ça, t'as tout compris... Elle a fini par avouer que son gynéco l'avait violée. Tu crois ça le flic ? C'était sa façon à lui de lui permettre d'avoir un mioche. Elle m'a gardé. Elle aurait dû avorter la salope ! Elle s'est vengée sur moi ! Elle m'a pourri la vie et a fait fuir mon daron ! J'ai dû un peu l'aider pour qu'elle me file le nom de ce sale bâtard ! Elle n'avait pas pu l'oublier, il était devenu ministre de la Santé ! J'ai espionné ce gars pendant des jours. J'ai découvert qu'il avait un studio dans Paris pour baiser des meufs en cachette. J'ai attendu qu'il soit seul pour le choper. Quand je lui ai dit que j'étais son fils, il est devenu tout blanc. J'avais envie de le saigner durant des heures. Et puis on a parlé. Longtemps. Il m'a raconté plein de trucs sur sa vie, il s'est intéressé à la mienne. Ça ne m'était jamais arrivé. Il m'a proposé d'être son associé. Il m'a fait kiffer. J'ai eu l'impression qu'il me respectait, lui. Et qu'il allait tirer le meilleur de moi. Enfin !

— Donc, pour que DNA-True ne le fasse pas chanter, t'élimines pour lui les enfants qu'il a eus en violant ses patientes ? T'as déjà assassiné trois de tes demi-sœurs !

— Je m'en tape de ces connasses ! Elles sont rien pour moi ! C'est pas ma famille !

— Et les autres victimes ? Quel est le rapport avec Piller ? Pourquoi t'as essayé deux fois d'assassiner Maëva Baugé par exemple ? Son père était un riche financier. C'était pour lui faire cracher du fric ?

— Ta gueule ! Assez parlé !

Le retour du bâillon signifia la fin de la conversation et, surtout, l'abolition imminente de ses chances de survie.

— T'as le privilège de choisir comment tu vas crever. Voilà six bouts de papier, tous numérotés. Je vais compter de un à six. Tu dois me faire signe avant la fin pour en choisir un. Si tu ne sais pas te décider, je te promets une agonie de plusieurs heures à faire patienter la Mort sur le pas de la porte avant qu'elle ne te prenne enfin. C'est parti. Un, deux, trois, quatre...

Malgré sa lenteur calculée, le comptage filait à la vitesse d'une fusée. Dorian songea avec effroi à Sonia, née un 5 mars, chiffre d'ordinaire porte-bonheur qui allait décider des conditions plus ou moins barbares de son passage de vie à trépas. Il figea la voix de son bourreau en effectuant une grimace désespérée et attendit le verdict imminent avec sa respiration qui semblait déjà à l'arrêt.

— Cinq ? Très sympa. Regarde ce qui est écrit.

Deux mots lui explosèrent au visage : *Cœur arraché*.

6

Le gynécologue à la retraite occupait non loin du centre de Cambrai une demeure bourgeoise à la façade bigarrée, dont le crépi blanc était subtilement colorié par des briques rouges. Le trio non conventionnel d'enquêteurs se présenta devant la haute porte d'entrée au sommet très arrondi, aussi courbé que les sourcils d'Edouard Mollo, lorsque celui-ci découvrit la plaque de Ballant.

— « Mollo pourri ! » martela le chef de groupe sans délicatesse en montrant la photo du bout du mur. On vient de mettre à jour cette accusation chez Rita Dole, l'une de vos anciennes patientes.

— J'ai travaillé ici durant des décennies ! Je ne me souviens pas du nom de toutes les femmes dont je me suis occupé. Surtout celles qui venaient consulter au début de ma carrière !

— On vous parle des années 1970 en effet !

— C'est n'importe quoi ! Et je lui aurais fait subir quelle infamie ?

— Un viol !

— Et vous croyiez que j'aurais exercé dans cette ville pendant plus de quarante ans sans être inquiété ? En croisant chaque jour des gens que je connais à la boulangerie ou chez le marchand de fruits et légumes ? Si vous saviez comment ça cause dans les petites villes de province !

— Alors c'était plus subtil que ça, accusa Maëva. Elles

venaient subir une insémination artificielle et vous profitiez de votre position pour abuser d'elle. C'est monstrueux !

— Vous vous trompez de cible ! Entrez, je préfère qu'on discute à l'intérieur.

Ils suivirent Edouard Mollo dans le salon, sans pour autant être conviés à investir la banquette noire pigmentée par la présence de petits coussins rouges.

— Pour les IAD, je les envoyais chez un confrère parisien qui recevait des femmes venant d'un peu partout, reprit-il, stressé, en faisant les cent pas. C'est lui le criminel ! Deux d'entre elles se sont confiées bien plus tard à ma secrétaire, qui a fini par tout m'avouer il y a seulement cinq ans, au moment où j'ai fermé mon cabinet.

— Et vous n'aviez entamé aucune démarche ? s'indigna Maëva.

— Il y avait prescription ! Qu'est-ce que vous vouliez que je fasse ? Que j'aille voir la justice alors que les victimes s'efforcent sans doute d'oublier ce qui leur est arrivé depuis des décennies ? Ça fait partie de ces choses qui circulent malheureusement dans des cercles fermés !

— Et ce gynéco, il s'appelle comment ? réclama Ballant. Vous n'avez pas oublié son nom au moins !

— Ce serait difficile ! Il s'agit de Jean-Daniel Piller, le ministre de la Santé ! Il se faisait appeler Dan à l'époque. J'ignore s'il a étiré son prénom pour brouiller les pistes. Mais il s'agit de lui, j'en suis sûr. J'ai suivi de loin son parcours en politique.

Les lettres trouvées grâce à *L'Aiguille creuse* rappliquèrent aussitôt dans l'esprit de Maëva : « P », « L », « E », « D », « A », « R », « L », « N », « I » s'agençaient parfaitement pour former Dan Piller !

— Vous avez des archives ? questionna Girard. On doit absolument retrouver des patientes qui pourraient témoigner contre lui.

— J'ai tout gardé, heureusement. J'allais les détruire

lorsque mon ex-employée m'a tout raconté. Je me suis dit que ça pourrait me servir un jour. Je ne sais pas pourquoi cette Rita Dole a fait une fixette sur moi. Sans doute qu'elle m'a considéré comme le principal coupable, car je lui avais recommandé ce cabinet. Je suis infiniment désolé pour toutes ces femmes. J'ignore combien elles sont. J'imagine qu'il était très dur pour elles de le dénoncer à l'époque. Elles allaient dans la capitale pour bénéficier d'une technique de PMA et repartaient avec une souillure à vie. Que dire à leur mari ? Elles ont choisi de conserver leur horrible secret...

— Vous pouvez nous apporter vos dossiers ? demanda Ballant.

— Ceux des années 1970 et 1980 n'ont jamais été informatisés. Ils sont à la cave. Je vais les chercher...

Le vieil homme disparut au rythme de son pas traînant, en emportant sa respiration saccadée et son épaisse carcasse de plus en plus difficile à mouvoir.

— Il a pris un terrible coup, jugea Ballant.

— Il a l'impression d'avoir été malgré lui le complice d'un monstre, nota Maëva.

Étourdie par la brutale accélération des investigations, la biologiste pouvait désormais sculpter dans son esprit une œuvre immonde à peine imaginable jusque-là.

— Avec Dorian, on avait pensé à une secte. On avait faux. Mais on a affaire à une sorte de gourou qui avait forcément une emprise sur ses patientes. J'ai eu l'occasion d'en parler avec lui durant un colloque, Piller est le plus fervent opposant à la légalisation des tests ADN. Je comprends pourquoi ! Il savait qu'avec les bases de données, on risquait de mettre en évidence l'existence de ses innombrables enfants ! Combien sont-ils ? Dix, vingt, trente, quarante, cinquante ? Il a essaimé sa descendance pendant des années ! Et il la supprime en partie aujourd'hui ! Que comptes-tu faire ?

— J'appelle tout de suite le juge qui instruit l'affaire Lucie Froissant, répondit Ballant. On doit faire au plus vite une perquise chez lui et le placer en garde à vue pour prélever son ADN. Pas une mince affaire. Je déteste quand on touche aux politicards. Et là, c'est au plus haut niveau ! J'entends déjà le magistrat dire qu'il a besoin de témoignages de victimes pour qu'on puisse l'interpeller. En attendant, d'autres personnes sont susceptibles d'être éliminées !

Edouard Mollo revint à ce moment-là avec une grosse caisse métallique dont la lourdeur semblait exagérée par le poids de sa culpabilité.

— Voilà les années 1970 et 1980, dit-il d'une petite voix. Vous allez avoir du boulot pour contacter d'anciennes patientes. Il n'y avait pas de portable à l'époque et les numéros de fixe ont changé depuis ce temps.

— Ne vous inquiétez pas, on a l'habitude de chercher des gens, le rassura Girard. Et de les trouver surtout !

— Si vous saviez comment je m'en veux d'avoir collaboré avec ce gros salopard ! Depuis que j'ai appris ce qu'il s'est passé, je n'en dors plus… Ça fait cinq ans que je vis dans la crainte que ça éclate un jour.

L'ancien gynécologue plaqua sa main droite sur le cœur et parut chercher de l'oxygène avec l'impuissance d'un poisson banni d'une rivière.

— Remettez-vous, plaisanta à moitié Ballant. On a encore besoin de vous.

— Il fait vraiment un malaise, s'inquiéta Maëva. J'appelle le SAMU !

Quelques minutes plus tard, une ambulance emporta le septuagénaire délivré de son secret, mais pas de ses tourments.

7

Avec son physique fluet, banal, quasi inoffensif, ce psychopathe avait l'allure d'un bourreau déguisé en victime. Depuis quelques minutes, il fouillait sans modération toutes les pièces avec des gestes truffés de nervosité. Ligoté et allongé sur le sol, Dorian observait ce manège qui lui offrait un sursis à durée indéterminée, mais fatalement trop bref. Soudain, l'exécuteur s'approcha et pencha sur le visage du policier ses traits noyés dans la masse des poils de barbe en pleine expansion.

— Tu ne trouves pas le temps long ? Ah oui, c'est vrai, tu ne peux pas causer !

Il descendit le bâillon et dans un même mouvement dégaina un scalpel qu'il fit courir le long de sa gorge en une caresse proche de basculer vers la morsure.

— Y a rien à toi ici.

— Ce n'est pas chez moi. Et puis de toute façon mon cœur sera le souvenir, non ? Comme pour Lucie Froissant.

— T'as rien compris. Si je te le prends, c'est parce que ma mère n'en avait pas. Quand j'ai voulu électrocuter la gonzesse que t'as sauvée, c'est parce que ma connasse de daronne m'obligeait à mettre les doigts dans la prise quand j'étais gamin, pour me punir.

— Chaque mode opératoire est lié à un souvenir de maltraitance.

— Ouais le flic, tu causes bien, j'aurais pas dit mieux !

— Et les yeux crevés de la victime de Chartres ?

— La vieille m'enfermait à la cave dans le noir pendant des heures : je n'y voyais rien, je sentais seulement ces saletés de rats me frôler.

— Et celle que t'as renversée à vélo au Havre ?

— C'était le début. Piller m'avait demandé de faire passer ça pour un accident. Ça m'a vite ennuyé. J'ai continué à condition de faire ce que je voulais.

— Qu'est-ce que t'as emporté, alors, chez Lucie Froissant, à part la carte de visite du détective en généalogie ?

— Pourquoi tu tiens tant à le savoir ?

— Je veux tout comprendre avant de mourir. L'étiquette du cargo. La broche en forme de cœur. Le porte-clés avec la photo…

— Je lui ai piqué un truc très intime ! Pour toi, je vais bien finir par trouver ! On est tranquilles tous les deux. Tu préférerais sans doute être avec la blonde qui vient de partir d'ici. Sacré canon ! J'espère pour toi que tu te l'es tapée juste avant de crever !

Dorian eut soudain la voix très faible, séquestrée dans un murmure.

— Je ne sais pas ce que tu vas garder de moi… Mais je peux prendre quelque chose de toi…

— Qu'est-ce que tu dis ?

Alors que le tueur se baissait, Dorian se redressa subitement et croqua dans son oreille droite avec des dents en guise de sécateur. Un cri de douleur et de rage perfora ses tympans. Sans lui laisser un instant de répit, il lui asséna un formidable coup de tête et lui explosa une arcade sourcilière dans un geyser de sang. Sous l'effet du choc monumental, son tourmenteur s'enlisa dans le marécage de l'inconscience. Malgré l'éruption de douleur abritée par son crâne en fusion, le gradé devait se défaire au plus vite de ses entraves. Le bistouri abandonné près de son corps paralysé pouvait désormais lui sauver la vie, suspendue à un minuscule fil. En commençant à se mouvoir péniblement vers l'objet tranchant, il eut la sensation que chaque millimètre gagné réclamerait une fraction d'éternité. Dans le même temps, l'autre remuait déjà, s'échappait du néant en poussant des grognements semblables aux premières notes d'une symphonie terrifiante. Face à ce péril, une urgence absolue gouvernait chacun de ses gestes, lents, pénibles, vivement contestés par les cordes. Il parvint enfin à frotter contre la lame les liens qui nouaient ses poignets, sans pour autant épargner à sa peau le contact froid et cruel de l'acier effilé. En quelques secondes, il libéra ses mains de leur prison de nylon au prix de quelques coupures sacrificielles. Il assistait en même temps au rétablissement inexorable de son ennemi, dont les jambes et les bras se mirent successivement en mouvement et en ordre de bataille, comme les soldats d'une même unité. Quand il eut aussi délivré ses pieds, Dorian se releva doucement et peina à atteindre un équilibre incertain, rudoyé par des vertiges. Dans une troublante simultanéité, le prédateur se planta face à lui, exhibant la plaie rougeoyante agrafée à son faciès cabossé de boxeur. Durant des secondes démesurément extensibles, ce fut entre eux un duel de western sans révolvers, avec les doigts qui tremblent autant que les portes du saloon. Ils se jaugèrent sans fin, chacun tentant de camoufler son jeu et de décrypter les intentions de l'adversaire. Malgré le scalpel en sa possession, le flic refusait de frapper le premier, préférant la riposte disproportionnée à l'agression. Au lieu de déclencher l'assaut, le tueur abandonna soudainement le champ de bataille. Quand il voulut le poursuivre en dehors de l'appartement, Dorian fut ralenti par ses étourdissements puis stoppé par un impératif suprême : extirper Clara Finlay du piège dans lequel elle avait plongé, du haut de ses certitudes.

— On se retrouvera, promit-il à voix haute en recrachant le bout de cartilage qui laissa, longtemps après, un goût de sang dans sa bouche.

8

Depuis une heure, leurs pérégrinations à Cambrai étaient traversées par des courants contraires : Ballant accélérait le pas, Girard s'échinait à le freiner.

— On devrait revenir demain en nombre, pesta une nouvelle fois le lieutenant. On a déjà fait quatre adresses pour rien : leur insémination s'était passée sans aucun souci, à les entendre. Je parie que certaines mentent pour éviter de remuer la merde si longtemps après ! On crève de chaud en plus. J'ai envie d'une bonne mousse !

— Tu m'emmerdes Teddy ! On ne rentre pas à Versailles tant qu'on n'a pas trouvé une femme qui confirme les déclarations du gynéco sur Piller. Pour nous suivre, le juge Denain souhaite au minimum un témoignage. Je veux taper la perquise chez le ministre dès demain ! Alors, on continue !

— Tu me fais chier Greg ! Ras-le-cul de cette enquête !

Dans un bureau, les portes auraient fortement claqué, mais là, seule une canette laissée sur le bitume paya l'énervement du lieutenant à un tarif majoré.

— Je ne sais pas si mon avis peut vous intéresser, mais je vous le donne quand même, intervint Maëva. Je vous sens à cran. Un peu de tact féminin ne fera pas de mal si on a la chance de tomber sur une des victimes.

— T'es bien gentille, mais c'est nous qui posons les questions, riposta Girard.

— C'est bon là Teddy, laisse-la en dehors de tout ça !

Et puis elle a raison, faut ménager ces femmes. On a déjà Edouard Mollo à l'hosto. Heureusement, c'était juste un malaise.

— Et alors ! C'est ma faute s'il s'est senti mal ?

La vision d'une petite maison serrée entre deux demeures plus hautes et stylées, comme accroupie devant ses voisines plus imposantes, ne permit pas de faire éclater la bulle d'animosité. Toujours branché sous haute tension, Girard appuya sur le bouton rond sans s'apercevoir que sa pression prolongée de l'index transformait le coup de sonnette en convocation impérative. Précédée par l'écho de ses talons sur le carrelage apparut une dame âgée nantie d'un chignon qui étirait sa haute taille. À la vue du trio, l'inquiétude et la surprise se disputèrent la place sur son doux visage parcouru par de nombreuses rides, ces marques d'impolitesse de la vieillesse.

— Madame Lacroix ? demanda Ballant.

— Qu'est-ce que vous me voulez ? Je suis en famille avec mon fils et mes petits-enfants.

— Police judiciaire de Versailles. On aurait besoin de discuter avec vous. Peut-on faire un petit tour dans la rue tous les quatre ? On en a seulement pour quelques minutes.

— Il est arrivé quelque chose de grave ?

Maëva parla sur le ton de la confidence pour faire affluer la confiance et amadouer ses probables réticences.

— Madame, on doit vous parler d'un évènement qui risque d'être difficile à évoquer pour vous. On n'a pas du tout le choix. Des vies sont en danger.

— Qu'est-ce que vous me racontez ?

— On a besoin de revenir dans les années 1970. À la conception de votre fils justement…

— Vous voulez dire que…

— On sait ce que Dan Piller, le gynéco, vous a sans doute fait subir. Vous n'êtes pas la seule. Aidez-nous à le faire tomber s'il vous plaît. Ces viols ont des conséquences dramatiques.

Jeanne Lacroix fit quelques pas difficiles sur le bitume à leurs côtés, comme si son esprit retournait à marche forcée vers le passé.

— J'avais été envoyée dans un cabinet à Paris par la personne qui me suivait à Cambrai... Là-bas, le gynéco était nerveux, car l'étudiant en médecine n'arrivait pas. C'est lui qui devait fournir le sperme frais pour l'insémination. On était en 1973. C'était encore artisanal. À un moment, ce monsieur Piller s'est avancé près de moi. J'étais positionnée pour recevoir la semence. Il m'a demandé : « On ne peut plus l'attendre. Vous le voulez vraiment ce gamin ? Par-dessus tout ? » J'ai répondu que oui. Je ne voyais pas où il voulait en venir. J'ai compris quand il s'est débraguetté. J'étais paralysée, je n'ai rien pu faire. Il n'a plus dit un mot jusqu'à ce que je sorte. Et moi, je n'ai pas osé lui parler, encore moins le regarder. J'avais honte, comme si j'étais la fautive. C'était terrible. À mon retour, mon mari a voulu savoir comment ça s'était passé, j'ignore comment je ne me suis pas effondrée... Ça fait quarante-huit ans que j'ai enfoncé cet horrible secret au fond de moi sans m'être jamais confiée à qui que ce soit. Vous n'allez pas en parler à mon fils ? Je ne veux pas qu'il apprenne cette horreur !

— La meilleure manière de le protéger, c'est de dénoncer ce que vous avez subi, croyez-moi, précisa Ballant. Plusieurs enfants nés de ces rapports forcés ont déjà été tués. Aidez-nous à l'arrêter.

— D'accord... Je témoignerai.

— Merci. On va vous conduire au poste de police le plus proche pour prendre votre déposition en bonne et due forme. Prenez quelques minutes pour parler à votre fils. Ce serait bien qu'il vous accompagne même. On collectera son ADN en même temps.

— Je sais que ça va être compliqué pour lui et pour vous lors des jours à venir, ajouta Maëva. Mais vous ressentirez du soulagement, aussi. Et ce n'est pas pour ça qu'il vous aimera moins. Bien au contraire.

— Merci pour votre bienveillance. Je ne pensais pas avoir un jour à remuer cette sale histoire. Mais c'est mieux, finalement... Attendez-moi, je reviens.

Ballant profita de cette courte pause pour notifier au magistrat un premier succès qui en appelait forcément d'autres, réaction en chaîne susceptible de provoquer une fission dans le noyau du pouvoir.

— Monsieur le juge. On en tient une !

— Vous pensez que c'est suffisant ?

— Il faudra un travail de longue haleine. Des patientes venaient sans doute de toute la France dans son cabinet parisien. On devra en trouver d'autres. L'instruction prendra pas mal de temps. Mais le plus urgent est d'empêcher la poursuite de cette série macabre. Il faut placer Piller en garde à vue au plus vite et perquisitionner son domicile. Vous n'avez pas envie de continuer à compter les morts, j'imagine ?

— Pas plus que vous ! Mais vous croyez que c'est aussi simple ?

— Il n'est pas député. Il ne bénéficie pas de l'immunité parlementaire.

— Pour la perquise, il n'y a pas de problème. Je vous donne rendez-vous chez lui demain matin à 8 heures. Le placement en garde à vue, c'est autre chose. Un seul témoignage à son encontre, c'est trop léger.

— Sauf que je mise tout sur la prise d'ADN et la comparaison de son profil avec celui des trois demi-sœurs mortes, puisque les exhumations de cadavres ont déjà été faites et les prélèvements effectués. Quand on l'aura relié aux victimes grâce aux correspondances à 50 % qui prouveront que ce sont ses enfants, on disposera alors d'un élément à charge suffisant pour le garder durant quarante-huit heures au chaud et le faire craquer.

— Alors, on doit prendre des libertés avec le secret de l'instruction.

— Des fuites dans la presse ?

— J'ai quelques amis journalistes. Puisqu'on n'a pas le temps de multiplier les histoires, notre chance est de donner le maximum de publicité à celle que nous avons sous la main. Au début de ma carrière, la problématique aurait été différente. Mais là, entre sites Internet et chaînes d'info en continu, on a de quoi lui mettre un bon coup de pression dès ce soir pour tenter de le déstabiliser.

— Je suis partant même si le risque est d'amoindrir l'effet de surprise.

— Vous n'êtes pas naïf, commandant. On n'est pas dans une bulle, vous le savez. Vos responsables vont logiquement informer le patron de la DRPJ de notre visite chez Piller. Et ça va remonter jusqu'à la place Beauvau en un temps record. Peu importe. Ce n'est pas le plus important, si je suis votre raisonnement. Cela étant, je vous préviens, la garde à vue sera séquencée. Vous serez obligé de le laisser rentrer chez lui pour dormir. On peut juger ça écœurant, mais ce n'est pas un justiciable comme les autres. Il faudra la jouer fine. Je transmettrai au plus vite l'ordonnance d'expertise au labo. Cependant, même en cas de procédure d'urgence, il faudra un minimum de six à huit heures pour obtenir les résultats. Vous ne pourrez pas retenir Piller aussi longtemps sans raison valable.

— On fera traîner ! Et on trouvera ce qu'il faut dans sa baraque.

— Très bien. Ne me décevez pas.

Son avertissement exprimait autant une menace qu'une crainte.

9

Jean-Daniel Piller observa longuement Clara Finlay à travers la mince ouverture dans la porte, admira sa beauté fripée par le chagrin. Assise à l'autre extrémité de la cave, la jeune femme semblait regarder le sort funeste qui l'attendait avec ses grands yeux clairs remplis d'eau salée. Quand le ministre de la Santé entra soudain dans la geôle improvisée, la prisonnière s'évada de ses lugubres réflexions pour lui décocher un regard de tueuse à la vue de son pistolet.

— Je suis confus, ma chère, vous avez dû trouver le temps long dans ce réduit indigne de votre condition. Sylvain n'a pas appris les bonnes manières. Vous savez, le type qui vous a endormie et ligotée ce matin dans la voiture qui était censée vous conduire au Palais de justice. Il n'a pas choisi de vous enfermer dans la pièce la plus confortable de la maison en attendant mon retour. Allez, passez devant moi, je vous prie. Un seul geste désobligeant et je vous abats. Il n'y aura que les animaux des bois tout proches pour entendre la détonation.

— L'autre détraqué m'a noué les mains derrière le dos et a tellement serré les liens qu'ils m'entament la peau. Vous devriez arriver à me contrôler sans problème.

— Vous trouvez encore le courage d'être sarcastique. C'est admirable. Je hais les couards qui se pissent dessus au moment de partir. Allez !

L'homme politique l'aiguilla sans douceur jusqu'au

salon en utilisant le canon de l'arme pour la manœuvrer à travers la maison. Il lui intima de s'asseoir près d'une bibliothèque en bois précieux garnie d'ouvrages anciens qui s'entrechoquaient avec le destin contrarié de la lobbyiste, dont la jeunesse allait être brutalement amputée.

— Vous avez bien fait de venir me demander quelques conseils, hier soir. Malheureusement, ce matin, je ne pouvais vraiment pas vous autoriser à les suivre. À l'heure qu'il est, je pense que l'ami qui vous accompagnait a déjà été liquidé.

— Et vous pensez que m'éliminer à mon tour va régler tous vos problèmes ? Vous n'allez faire que les repousser ! C'est pathétique...

— Je n'ai pas le choix ! À mon âge, l'essentiel, c'est de gagner du temps.

— Voilà un beau projet de fin de vie : mourir avant que toutes vos saloperies ne vous éclatent à la gueule !

— Qui aurait pu imaginer ça il y a quarante ans, très chère ? Depuis les années 2000, je vois ces bases de données prospérer à l'étranger. Je suis admiratif devant leurs formidables potentialités, notamment pour développer de nouveaux médicaments et traitements. Quel progrès, vraiment ! Mais je faisais ce qu'il fallait pour m'en méfier et m'en protéger. En évitant également de tremper dans des affaires louches qui m'auraient valu de faire un passage en garde à vue. Me retrouver fiché dans le FNAEG aurait été la pire des choses ! Et voilà que DNA-True a débarqué avec un boss français, Patrick Hans, désireux de conquérir son pays. Je me montrais si farouchement opposé à la légalisation des tests que j'ai été sa première cible, avant même que vous ne commenciez votre boulot de pute de luxe, voleuse de matériel biologique. Je ne sais pas comment il s'y est pris, mais Hans a obtenu de quoi déterminer mon profil. Et a ainsi découvert une partie de ma descendance cachée...

— Il a voulu faire pression sur vous.

— Oui. Et c'est là que j'ai été astucieux ! Pardonnez mon immodestie. J'ai retourné ce coup bas à mon avantage en soudoyant un des plus proches collaborateurs d'Hans. Je lui ai expliqué qu'il disposait d'un formidable moyen de s'enrichir à l'insu de son patron en faisant chanter les types les plus fortunés de la planète. Le procédé est simple : il s'agit de récupérer leur ADN grâce à des complicités sans qu'ils ne s'en aperçoivent. Un verre qui traîne sur un comptoir de bar, des poils de barbe dans le lavabo d'une chambre d'hôtel, du sperme dans une capote... Puis, on cherche des correspondances, dans l'espoir de tomber sur un enfant illégitime, directement ou suite à un travail de recherche généalogique. Un système génial facilité par la présence de nombreuses personnes en quête de leur père biologique dans les bases de données. En très peu de temps, des millions de dollars ont été accumulés et m'ont notamment permis de proposer beaucoup d'argent à Hans pour qu'il m'oublie et fasse pression sur d'autres opposants au changement législatif à travers votre action. S'il savait que ce pognon, c'est DNA-True qui m'a permis de l'obtenir ! Mais il ignore tout ! Et ce n'est sûrement pas vous qui allez l'en informer. Dommage ma belle, c'est fini. D'habitude, j'ai un exécutant très acharné pour ces missions : il n'a aucune empathie. Il prend même un plaisir fou à torturer. Vous avez de la chance, je vais m'occuper de vous.

— Arrêtez ! Arrêtez !

Jusque-là très discrète, la peur s'étala sans retenue sur son faciès gracieux. Son apparition stimula la pulsion meurtrière de Piller, pour une fois désireux de salir ses mains, une expérience rare qui manquait à son existence déviante, embrassée en permanence par le Mal. Avec l'étau de ses doigts, il comprima le cou gracile jusqu'à éradiquer le moindre souffle de vie. Quand il eut fini, le regard de sa victime, resté accroché au sien, semblait l'accuser depuis l'au-delà où il venait de la transférer. Il refusa de détourner la tête, pour la fixer longuement et goûter sans restriction au sentiment de toute-puissance qui déferla en lui en une incomparable vague de jouissance. L'écume du plaisir était encore bouillonnante quand il contacta son exécutant, avec peu de mots et aucun remords.

— Sylvain, viens me débarrasser de la fille maintenant.

— J'ai pas eu le condé ! Ce bâtard m'a amoché une oreille en plus !

— Espèce d'incapable ! Tu l'as déjà raté deux fois !

— Démerde-toi ! Je me mets au vert. J'ai assez de fric au chaud pour dix générations. Ça pue trop maintenant toutes vos histoires ! J'ai les flics au cul ! Pourquoi je me suis retrouvé dans cette base de données de merde ? Vous me l'avez faite à l'envers !

— Je te l'ai déjà dit, je ne comprends pas ce qu'il s'est passé ! Et j'ai besoin de ton aide une dernière fois.

— Les condés sont arrivés juste après moi au port du Havre quand je me suis débarrassé de mon vieux pour qu'on ne remonte pas jusqu'à vous, j'vous signale ! On est quitte, non ?

— N'oublie pas que sans moi, tu serais encore au RSA à bouffer des pâtes midi et soir ! Tu ne te serais jamais payé une si belle moto et encore moins une deuxième ou une troisième, vu que tu vas forcément en changer pour ne pas être repéré !

— C'est bon, je vais m'en occuper... Barrez-vous de votre baraque, le temps que je vienne débarrasser le corps.

— Après, tu pourras disparaître à jamais.

Jean-Daniel Piller allait offrir un sort identique au corps de Clara Finlay.

10

Dorian émergea péniblement d'un sommeil lourd, déchiqueté quelques instants plus tôt par son cauchemar récurrent, empli des cris d'effroi de Sonia. La remise en ordre des évènements réclama quelques minutes au policier, qui avait la mémoire en vrac et les idées en pièces détachées. Après la fuite du tueur, il avait dévalé les pentes de l'inconscience. Les conséquences du choc de têtes, sans doute, tant la collision avait broyé sa lucidité. Il encaissa un nouveau coup violent en songeant à Clara, sans doute déjà réduite au silence éternel par cette organisation qui avait le crime pour ADN. Si jamais il restait un soupçon d'espoir de la sauver, il ne pouvait le dédaigner, néanmoins. Il contacta Ballant avec un optimisme très parcellaire, en imaginant la chaleur tout aussi relative de son accueil.

— C'est Dorian.

— Putain Lemaître ! Qu'est-ce que...

— Laisse-moi parler ! Je sais qui est le père biologique des demi-sœurs assassinées : un ministre !

— Exact ! Jean-Daniel Piller ! Ou Dan, pour les intimes.

— Comment tu l'as appris ?

— Je bosse ! Je ne sais pas comment t'y es arrivé toi aussi !

— Tu veux la vérité ? Par hasard, par malchance même, grâce à Clara Finlay, une influenceuse employée par DNA-True. Elle est en danger de mort. C'est peut-être même déjà trop tard. Je suis sûr que le politicien est de mèche avec Patrick Hans.

— On doit perquisitionner chez Piller demain matin. Je viens d'envoyer deux équipes en planque devant sa résidence des Yvelines pour le filocher s'il partait en pleine nuit. Je me méfie des fuites au plus haut niveau.

— À l'aube, ce sera trop tard !

— On ne peut pas débarquer chez lui maintenant parce qu'un flic en cavale depuis des jours le soupçonne d'avoir perpétré ou ordonné un homicide. Tu veux que j'aille expliquer ça au magistrat instructeur ? Sérieusement Dorian ? Rends-toi et avoue ce qui s'est passé avec ta femme. T'as assez fait diversion comme ça, tu ne crois pas ?

— Ce n'est pas moi qui suis à l'origine de sa disparition !

— Alors pourquoi Sonia a-t-elle écrit le mot « SALAUD » dans votre garage ?

— Est-ce que c'est vraiment elle qui l'a fait ?

— Aurait-elle eu une bonne raison de laisser un message ? Tu l'as trompée ?

— Oui… J'ai eu une liaison brève et intense avec Fanny Lange. Et c'est moi qui ai décidé de tout stopper. Elle m'en a terriblement voulu.

— Tu ne la mérites vraiment pas ! Ton adultère est un élément en ta défaveur que je communiquerai au juge, sache-le ! En attendant, aujourd'hui, ton ancienne maîtresse est sortie de garde à vue pour l'affaire Miss Amphi. Je l'ai croisée quand elle quittait le commissariat. Elle s'entretenait avec son avocat, qui la prévenait de sa prochaine comparution devant le juge. Ton grand ami PAC ne t'a pas encore informé ?

— On ne se parle plus.

— Alors si même lui t'a lâché !

— Tant pis. J'irai au bout tout seul. Demande au moins à ce que soit ouverte une enquête pour disparition inquiétante au sujet de Clara. Après avoir raccroché, je t'enverrai l'adresse de l'appartement où on a créché pendant quelques jours. Il y a du matériel pour déterminer son profil biologique, des vêtements à faire renifler aux chiens spécialisés dans la recherche de personnes. J'ai rassemblé plusieurs objets et effets personnels sur son lit en prenant soin de ne pas les polluer.

— Tu t'emballes !

— Est-ce que je t'ai raconté beaucoup de conneries jusque-là ?

— Non, les investigations n'auraient pas avancé sans toi. Tu dépenses tellement d'énergie pour convaincre tout le monde de la véracité de ton histoire. J'imagine que bosser à plein temps sur mon dossier t'empêche de penser à ton énorme connerie. Commettre un meurtre passionnel peut arriver à n'importe qui. Même à un flic. Sonia voulait se barrer à cause de ta liaison et tu ne l'as pas supporté ?

— Tu m'emmerdes !

Après avoir raccroché, Dorian se hâta de changer de portable et de carte SIM, aussitôt remplacée par une sœur siamoise. Puis il examina les vestiges des liasses extorquées lors de son passage tumultueux à la banque : de très rares billets circulaient encore dans les poches de son sac. Il avait quasiment dilapidé l'intégralité de ses moyens financiers et, surtout, de son crédit-temps, à l'aube du neuvième jour, déjà. Il ne pouvait plus s'autoriser une stratégie attentiste, qui visait à essayer de faire sortir le loup du bois pour mieux le dévorer : il devait désormais le trouver et se rendre directement dans sa tanière. En attendant, il lui fallait décaper une des nombreuses couches de mystère encore étalées sur cette histoire. Dorian prit la direction de la demeure de Fanny Lange, une immense propriété qui exhibait son luxe outrancier près de Rambouillet. Il fut introduit dans un vaste salon d'hiver ceint de baies vitrées permissives avec les dernières lueurs du jour, qui s'éteignaient à petit feu dans la forêt voisine. La clarté s'était complètement esquivée quand la propriétaire des lieux arriva.

— Tiens, le fugitif ! On ne parle que de nous deux dans les journaux, pour des raisons différentes. Une autre manière d'être ensemble. Ne m'en veux pas de te recevoir ici, mais j'ai des invités sur ma terrasse. En même temps, la clandestinité, c'est ce qui te va le mieux depuis quelques jours. Que me vaut un tel honneur ? Tu viens prendre de mes nouvelles après mon délicieux séjour dans vos geôles ?

— Arrête ton ironie. Je n'ai pas percuté, au départ. Mais je suis de plus en plus sûr que tu t'es vengée de moi en racontant tout à ma femme. Tu l'as rendu folle. Ensuite, on s'est sans doute violemment disputés à cause de toi, même si je n'en ai pas le souvenir à cause d'un traumatisme crânien. Et elle a disparu depuis !

— T'es devenu dingue ! Et tu n'as absolument aucune classe ! Tu m'as draguée alors que tu dirigeais l'enquête. Tu m'as larguée comme un vulgaire coup d'un soir. Tu m'as humiliée en ne répondant plus à aucun de mes messages. Et là, alors que je sors juste de garde à vue, tu viens m'achever en m'accusant d'avoir manigancé des représailles contre toi à travers ta chère épouse. Dont tu te souciais peu quand tu débarquais chez moi, champagne et bouquet de fleurs en main, pour oublier les petites et grandes misères de ta vie de couple. Avec ton adjoint qui m'a accusée d'avoir assassiné Mélanie, vous faites bien la paire ! Pauvre minable ! Comment peux-tu imaginer que je me sois rabaissée à aller raconter nos minables parties de jambes en l'air à ta si charmante moitié ? Barre-toi avant que je n'appelle tes collègues !

— Tu oublies un truc essentiel ! Même si t'as toujours

nié, j'ai deviné ta parenté très proche avec Mélanie la première nuit où on a couché ensemble. Depuis cette révélation, j'ai la sensation que son assassinat est lié de près ou de loin à une affaire de famille. Ma trop grande proximité avec toi m'a empêché de creuser cet aspect déterminant de l'affaire. Tu n'as donc pas totalement à te plaindre de nos ébats ! Que j'ai écourtés pour cette raison : t'étais trop impliquée !

— Il faudrait que je te remercie peut-être ? T'as simplement mis cet élément de côté, car il te mettait trop en cause toi ! Comment expliquer que tu avais été frappé par ma ressemblance physique avec Mélanie en voyant mes cheveux détachés ? Ils se seraient bien marrés dans ton service ! Je le dis pour la dernière fois : du vent ! Et ne reviens plus jamais ! Une dernière chose : tu diras à ton subordonné de ne plus traîner par ici.

— PAC ? Récemment ?

— À l'époque de notre très brève liaison. Il avait été surpris par les caméras de surveillance un soir alors que tu étais là. On ne l'avait pas identifié sur le moment, l'image était moyenne. Mais j'ai eu assez affaire à lui ces derniers jours pour le reconnaître sans risque de me tromper. Il épiait qui : toi ou moi ?

La question matraqua Dorian, plus désemparé et isolé que jamais.

JOUR 9

De Phil en aiguille

1

Occupée à déguster le récit corsé d'une surveillance dans un soum, Lou en oubliait de finir son verre, planté à côté d'un bol de chips. Elle attendit que le lieutenant Girard terminât cette histoire pour exfiltrer son fond de rosée du camp des amuse-gueules et le descendre d'un coup. Sans attendre, le vin plongea à nouveau dans les ballons, remplis par les grandes marées de la générosité.

— Qu'est-ce que c'est bon de souffler un peu, même si tard ! s'écria-t-elle. Il me tardait de picoler un peu. En ce moment, on est aux trente-cinq heures, mais à la suite !

Son rire tinta en même temps que se cognèrent leurs verres, à l'instant de trinquer pour la troisième fois.

— C'est la même chose pour nous, répondit l'adjoint de Ballant. Alors profitons de la vie quand on le peut. On est des jouisseurs nous les flics !

Girard lui adressa une œillade prolongée qui se dispensait de sous-titres développés. Depuis qu'elle avait rejoint la DRPJ, il la draguait avec une ténacité de chercheur d'or.

— T'as enfin accepté un rencard, sourit-il, satisfait. Je commençais à désespérer.

— C'était très compliqué entre ton chef et le mien. Je ne voulais pas rajouter de tensions entre les deux groupes.

— Je n'ai pas l'impression que ça se soit amélioré entre eux !

— T'as vu comment Dorian a fait avancer les choses

dans l'affaire Lucie Froissant ? Je suis sûr que Greg est persuadé de son innocence au fond de lui.

— Et si on arrêtait de parler boulot ? Tu n'es pas aussi obnubilée par le taf que ton collègue PAC, j'espère. Je ne l'ai jamais senti, lui, le toutou à Lemaître...

— Fous-lui la paix, c'est un superflic. Et puis, quand il a quitté le groupe de Ballant pour suivre Dorian, ça t'a permis de grimper dans la hiérarchie. Tu devrais l'en remercier, non ? Pourquoi tu le détestes ?

— Professionnellement, y a pas de souci. Mais il est bizarre ce type. Surtout en ce moment. J'ai un pote à la BRI. Il est chargé des écoutes sur des politiciens.

— L'affaire du cadavre sans visage.

— Ouais... Il m'a raconté que PAC s'est effondré dans leur salle. Il venait de débriefer avec eux. Il a griffonné sur son carnet et, d'un coup, vlan, plus personne !

— Un malaise après du surmenage, ça arrive. Pas de quoi lui en tenir rigueur.

— Sauf qu'il a fait jurer à tous les mecs présents de ne rien dire de ce qu'il s'était passé. Il avait l'air complètement déboussolé. Il n'arrêtait pas de lire ce qu'il avait marqué. Il devrait aller boire des coups et se détendre un peu, si tu vois ce que je veux dire.

— Pas trop, non. Tu me fais un dessin ?

Lou allait chuter dans ses longs bras sans se retenir lorsqu'une idée la fit temporiser.

— Les mecs ont vu ce qu'il avait écrit ?

— Il avait fait une liste à la con, rien de plus. Tu ne veux pas l'oublier un peu ton capitaine ? On s'en fout ! Surtout à cette heure-ci. Il est plus de minuit !

— Il y a un truc qui m'échappe. Ce n'est pas un tordu d'ordinaire. Et surtout pas un mec qui se la joue perso. Il donnerait même sa vie pour protéger l'un d'entre nous lors d'une intervention. Quel intérêt aurait-il à faire de la rétention ?

— Je ne comprends rien à tes marmonnements, ma jolie.

— Je dois y aller.

— Tu plaisantes là ! On allait juste...

— Ce n'est que partie remise, promis. La prochaine fois, tu viendras chez moi, tu fermeras la porte de l'intérieur et tu planqueras les clés. Je ne pourrai pas m'échapper ! Mais là j'ai une urgence, désolée !

En sortant à vive allure, Lou songea aussi aux photos volées de Dorian et Fanny Lange, autre cachotterie à mettre au débit de PAC, dont elle découvrait les penchants conspirateurs. Une fois dans sa voiture, elle échoua à plusieurs reprises à le joindre alors qu'elle connaissait son appétence pour les séries américaines, visionnées en excès devant une boîte de bonbons, elle aussi, sollicitée à outrance. Elle devait pourtant lui parler au plus vite, pour attribuer une cohérence à ces éléments troublants qui injectaient en elle le poison foudroyant du doute.

2

Le break Volvo de PAC déboucha dans la petite rue à une allure plutôt dédaigneuse envers les limitations de vitesse. Dorian, qui patientait près de la maison de son adjoint, jaillit devant le véhicule pour obliger le conducteur à maltraiter ses disquettes de freins. Dès que la voiture eut pilé en griffant le bitume, le chef de groupe monta à bord avec une autorité vite désarmée par la placidité déroutante de son collègue.

— Salut Dorian. Je savais que tu finirais par passer à l'improviste.

— Bien obligé, je fuis et toi, tu me fuis !

— Pour nous protéger tous les deux !

— Je ne comprends pas !

— T'as vraiment tout oublié ? C'est dingue ! Je croyais que tu faisais la comédie au début. Mais non...

— Qu'est-ce que tu racontes ? Arrête de jouer avec moi !

— Tu veux savoir la vérité ? Tu m'as appelé il y a onze jours en fin de soirée, pour que je vienne chez vous de toute urgence. Quand je suis arrivé, tu m'as avoué le pire : tu venais de tuer Sonia accidentellement après une dispute.

Une douleur fulgurante poignarda son cœur, un chagrin intense tissa un voile noir sur son visage décomposé.

— Arrête, je ne te crois pas ! hurla-t-il. Tu mens !

— Je suis désolé Dorian, c'est la vérité.

Secoué par le séisme émotionnel le plus dévastateur de son existence, Dorian frappa plusieurs fois la vitre avant avec son front, puis écrasa des larmes en abondance contre la plaque de verre.

— Où est le corps ? finit-il par murmurer.

— Je suis allé l'enterrer dans la forêt de Rambouillet.

Dorian sombra dans les abysses de la tristesse, visita des profondeurs si sombres qu'il aurait pu les croire inaccessibles à l'âme humaine. Il réussit à en émerger au bout de longues minutes en s'accrochant de toutes ses forces à ses réflexes de flic, entre instinct de survie et besoin de comprendre.

— Pourquoi m'as-tu couvert, PAC ?

— T'es mon pote, mon modèle. Je ne pouvais pas te lâcher. Je pourrais mourir pour toi.

— Stop ! On arrête ce délire ! Où est le cadavre de ma femme ? Je veux le voir quelques secondes, le temps de me recueillir et lui demander pardon. Après, j'irai me rendre. Et pas un instant, je ne parlerai de ta complicité, tu peux en être sûr.

— Alors laisse-moi aller chercher des outils. Je t'y conduirai ensuite, si c'est ce que tu veux au plus profond de toi.

Dorian attendit seul durant deux minutes dans un silence de sépulture.

— J'ai besoin de détails. Je suis paumé ! réclama Dorian à son retour.

— Plus tard. Je préfère qu'on se recueille pendant le trajet.

Cette directive n'empêcha pas Dorian de se parler à lui-même, sans s'apercevoir que s'échappaient de sa bouche quelques murmures qui tombaient comme les sciures du silence. Il tourna soudain vers PAC son visage ombré par une gravité inouïe, un concentré de douleur et de désespoir.

— J'ai tué ma femme... Mais comment...

— Plus tard, Dorian. On est arrivés.

Le ciel avait déjà étendu son immense édredon de velours noir quand PAC gara son break au bord de la départementale et coupa le contact, pour s'en autoriser un à l'égard de Dorian, dont il pressa amicalement l'épaule en un geste bref et intense.

— Allons-y.

Après un détour par le coffre pour en extirper deux pelles, les deux hommes s'enfoncèrent dans une nuit visqueuse qui suintait le malheur. Dorian suivit son ami à travers la végétation contrariante jusqu'à ce que celui-ci désigne le pied d'un arbre avec une assurance optimale.

— Je veux la déterrer seul, PAC.

— Je comprends. Je me charge de t'éclairer.

— Merci.

Dès qu'il commença à mutiler le sol, Dorian s'aperçut de sa dureté, incohérente avec le scénario d'une inhumation sauvage une dizaine de jours plus tôt.

— C'est étrange, on ne dirait pas que la terre a été remuée récemment. T'es sûr que t'as retrouvé le bon endroit ?

— Complètement. C'est parfait ici.

— Parfait ?

— Pour creuser un trou. Continue !

PAC afficha soudain un large sourire sur lequel coulait la bave du mépris. Puis mit en joue Dorian avec une détermination froide comme l'acier de son révolver.

— À quoi tu joues ? demanda Dorian.

— Je t'ai menti pour te faire venir ici. Balance ton flingue à mes pieds ! Pas de bêtise.

L'arme voltigea et s'écrasa sur l'herbe ratatinée, en même temps que s'effondraient les chances de survie du chef de groupe.

— J'ai découvert que t'avais une liaison avec Fanny Lange. Quel salopard tu fais !

— Tu n'as pas à me juger !

— Ferme-la ! Je vous ai pris en photo. Je les ai gardées quelque temps, sans trop savoir qu'en faire. Puis le fameux lundi, j'ai décidé que mon devoir était d'en parler à Sonia. En fin de journée, je suis allé chez vous et je lui ai montré les clichés.

Dorian comprit la présence singulière dans le texto du mot « cassis », déformé par un correcteur d'orthographe probablement rétif à écrire le terme « Cassius ». Malgré sa fureur indicible de femme trompée, Sonia, férue d'histoire, avait eu la délicatesse de désigner ce traître à César comme PAC l'avait été envers son mari.

— Elle est devenue dingue quand elle a appris ton adultère ! continua son adjoint.

— Tu la kiffes en fait !

— Pas du tout !

— Ne me dis pas que t'es amoureux de moi alors ? C'est pour ça que t'as demandé à quitter le groupe de Ballant pour me suivre ?

— Tu n'as vraiment rien compris ! Mais ce n'est pas l'essentiel. Ce soir-là, mon comportement a provoqué une succession d'évènements qui nous ont tous dépassés. Sonia m'a rappelé quelques heures après, complètement affolée, pour me demander de venir chez vous. Quand je suis arrivé, tu gisais au sol, inconscient. Elle m'a dit qu'elle t'avait tué involontairement. Elle venait de te balancer un verre sur le crâne. Il y avait aussi des débris de vaisselle sur le sol. Quand j'ai pris ton pouls, je lui ai fait croire que t'étais mort…

— Comment as-tu pu…

— La ferme, Dorian ! C'est ce que j'ai souhaité sur le moment ! Tu ne la méritais pas ! Mais c'est là que c'est parti en vrille… Avant que je ne réagisse, Sonia s'était barrée en voiture. J'allais appeler les secours quand j'ai vu que tu commençais à émerger doucement. Je me suis cassé avant que tu ne te rendes compte de ma présence. Le lendemain, t'es arrivé au boulot la tête à l'envers. Tu ne voulais rien me dire, mais je savais qu'elle était partie. C'est là que tout m'a échappé. Je ne comprends toujours pas ce qu'il lui est arrivé. Je pensais tout bêtement que tu parviendrais à la joindre sans souci et que vous vous sentiriez tous les deux très cons. Minable de ma part, oui, t'as raison... Ensuite, un jour, deux jours, trois jours se sont passés sans nouvelles d'elle. J'étais coincé, je n'osais rien te raconter. Tu picolais comme je ne t'avais jamais vu le faire. Et puis il y a eu ton agression, ce dossier Lucie Froissant que tu t'es approprié. Tout s'est enchaîné... Je savais que tu finirais par venir me trouver. Et j'avais prévu de te mentir pour te conduire ici.

— Et maintenant, tu veux me liquider pour de bon, c'est ça ?

— Je ne t'ai pas amené jusque-là pour t'éliminer, dit-il en baissant la voix au maximum. C'est moi que je veux supprimer ! Ma vie n'a plus aucune valeur. Tu diras à Lou qu'elle doit progresser sur les filoches. Je l'ai aperçue quand elle était devant chez moi tout à l'heure. Même si elle a éteint ses phares, je sais qu'elle nous a suivis jusqu'ici. Tu lui demanderas pardon de ma part, s'il te plaît. Je vais l'obliger à exécuter ce que je n'ai pas le courage de faire.

PAC pointa son 9 mm sur Dorian pour impulser sa propre condamnation à mort.

— Ne fais pas ça, je t'en supplie !

Une détonation fit exploser le monde du silence.

3

Il ne restait de la nuit, méthodiquement éparpillée par l'offensive du jour naissant, que de très rares lambeaux voués à s'effacer sous peu. Les policiers de Versailles allaient bientôt se déverser fiévreusement dans la demeure du ministre pour rudoyer son intimité. Installé dans une des voitures, Ballant vérifia une dernière fois le dispositif tout en inspectant ses états d'âme en compagnie du juge Denain.

— Je ne sais toujours pas quoi penser de Lemaître. Quand je l'ai eu hier soir, il s'est montré très convaincant. Cette Clara Finlay semble en grand danger. Aucun proche n'a eu de ses nouvelles récemment.

— Vous avez bien fait d'aller dans l'appartement qu'il vous a indiqué. Il ne faut rien négliger. J'ai signalé l'affaire au parquet de Paris qui a ouvert une enquête préliminaire pour disparition inquiétante.

— Sauf que selon nos collègues de la BRDP[1] le bornage du mobile de la jeune femme montre que le dernier relais activé se situe dans le 15e, pas ici. C'est depuis la même zone que Lemaître m'a contacté avant de changer de puce et de mobile. Est-il vraiment pour rien dans ce qui a pu arriver à cette influenceuse ? J'ai l'impression qu'il s'enfonce un peu plus chaque fois.

— Je suis comme vous, troublé par ces éléments

1. Brigade de répression de la délinquance contre la personne.

négatifs et en même temps par la ferveur qu'il met à l'œuvre dans l'affaire Lucie Froissant depuis le début, répondit le magistrat. Vous me dites qu'il a parlé en premier de Piller lors de votre discussion ?

— Exactement.

— C'est un nom qui revient dans l'affaire du cadavre sans visage, que j'instruis aussi... Curieux. Concernant le commandant Lemaître, serrez-le sans tarder, c'est le plus important, pour avoir une chance de retrouver sa femme. S'il est pour quelque chose dans ce qu'il lui est arrivé, bien sûr.

— On continue par ailleurs de fouiller les constructions qui ont été bâties par la société d'Hervé Froissant. Il a monté sa boîte il y a trois décennies. Je vous laisse imaginer le chantier. En sachant que Sonia Lemaître peut se trouver tout à fait à un autre endroit...

— Insistez commandant. Je dois évoquer une dernière chose avant la perquisition. Comme vous le savez, j'instruis aussi le dossier Miss Amphi. Un aspect m'intéresse vivement : Mélanie Douce ignorait qu'elle était la fille illégitime d'un homme très riche, le père de Fanny Lange. Le schéma ressemble à celui de Valentin Laurent et Maëva Baugé, même s'il n'est pas question de bases de données, mais seulement d'une appli de rencontres qui fonctionne avec l'ADN. Je reçois Emmanuel Lange aujourd'hui en tant que témoin.

— Très bien. Je passerai vous voir au palais dans la soirée pour faire un point sur tout ça. Ballant fit voyager les ultimes consignes sur les ondes.

— Ça va être l'heure d'entrer, dit-il dans son talkie. Les gars, ce n'est pas une perquise comme les autres. On sonne à la porte et on attend poliment qu'on vienne nous ouvrir. Le ministre devrait avoir une humeur de clébard à cause de l'horaire hypermatinal et du bazar fait hier dans les médias.

— Reçu, répondirent à la chaîne plusieurs voix.

— Dernière consigne. On attend qu'il soit parti à la PJ pour faire sortir le chien pisteur du camion. Il ne doit pas s'apercevoir qu'on profite de notre venue chez lui pour chercher des traces éventuelles de la dénommée Clara Finlay. On y va !

Laissée ouverte, la grille de l'imposante propriété s'effaça devant une vingtaine de policiers accueillis par des visages bien plus fermés. Obligé de contenir une exaspération qui se polarisait néanmoins dans son menton crispé, Jean-Daniel Piller patientait sur le seuil aux côtés de son avocat.

— Messieurs, vous débarquez aux aurores comme si j'étais un vulgaire criminel qu'il fallait sortir du lit, s'agaça l'homme politique. Vu ce qui est paru hier soir sur Internet, je pouvais m'y attendre. Vous étiez pressés de me rendre visite à ce que je vois.

— Ça va durer combien de temps ? demanda le baveux.

— La journée peut-être, répondit Ballant. C'est grand ici. Au moins, soyez rassuré, grâce à notre présence, personne ne viendra cambrioler la demeure pendant que vous serez dans nos locaux.

— Très drôle commandant Ballant, réagit Piller en le toisant.

— Je ne crois pas que nous ne nous soyons déjà croisés ?

— On m'a parlé de vous en très haut lieu. Je ne comprends pas en quoi je peux être soupçonné d'avoir un quelconque lien avec l'information judiciaire ouverte sur la mort de cette Lucie Froissant, que je ne connais pas.

— Quelles sont les qualifications du placement en garde à vue ? exigea l'avocat.

— Complicité d'homicide volontaire avec préméditation et en bande organisée, précisa le juge.

— Mon client ne peut être que complètement étranger à des faits d'une telle gravité. C'est absurde !

— Rassurez-vous, on aura tout le temps pour en parler, rétorqua Ballant. La mémoire vous reviendra peut-être. En attendant, veuillez nous excuser, on va s'y mettre de suite, ce ne sont pas les pièces qui manquent. Je vois que vous avez deux employés de maison. Ils nous serviront de témoins. Ils auront pas mal de boulot quand on sera parti.

Ballant glissa en premier sa petite taille dans l'entrée avec une allure de conquérant d'un monde nouveau.

4

Depuis plusieurs heures, Lou était perdue dans l'espace infini de ses tourments. Des sentiments extrêmes se télescopaient furieusement en elle, la joie d'avoir sauvé Dorian, l'effroi d'avoir failli abattre PAC. Ballottées par les tourbillons malsains de la culpabilité, ses pensées s'arrimaient à cette nuit surréaliste qui lui semblait par moments écartelée entre rêve et réalité. Elle en revisitait les évènements sordides en silence, alors qu'elle tentait d'offrir un petit déjeuner à son estomac noué par le stress. Elle se sentait si mal à l'aise que les aliments se coinçaient dans sa gorge, comme les mots.

— Comment tu te sens, Lou ? demanda Dorian.

— Terrassée. Je l'ai entendu parler. Je l'ai vu brandir son arme dans le faisceau de sa lampe. J'ai cru qu'il allait te tuer. Alors qu'il cherchait à ce que je l'abatte en fait... Si tu n'avais pas bondi à la dernière seconde pour le faire chuter, je l'aurais tué. Mon pote quoi ! T'aurais aussi pu recevoir une balle perdue. J'aurais porté ça jusqu'à la fin de mes jours. Je ne m'en serais jamais remise.

— Tout s'est bien terminé, c'est l'essentiel.

— Comment peut-il être désespéré au point de vouloir provoquer sa mort ? Et ce mensonge terrible fait à Sonia qui venait de l'appeler à l'aide... Continuer à travailler tous ensemble va être compliqué après ce qui vient de se passer.

— Quand on s'est séparés dans la forêt, il m'a simplement

dit qu'il allait réclamer un entretien à Richard pour couper quelques jours. Je dois t'avouer que je n'ai pas le temps de m'appesantir sur ses états d'âme. J'aurai une longue discussion avec lui quand j'aurai retrouvé Sonia. À ce sujet, il faut que tu m'expliques un truc. Dans la bataille, PAC a laissé tomber son carnet par terre.

— Tu ne le lui as pas rendu ?

— Je voulais savoir s'il avait noté des choses sur Fanny Lange et moi avant de le lui rendre. Vu que tu as sûrement entendu tout ce qu'il m'a dit, pas la peine que je te fasse un résumé.

— J'attendais que tu m'en parles.

— J'ai déconné à pleins tubes...

— Je le sais depuis hier. J'ai découvert dans son bureau des clichés où on vous voit tous les deux en train de vous embrasser. C'est en grande partie pour ça que je me suis ramenée chez lui si tard.

— Je sais ce que tu penses : je suis une merde.

— Là aussi, je crois qu'il vaut mieux en reparler à un autre moment. Et puis, ce n'est pas à moi que tu dois des explications... T'as trouvé quelque chose d'intéressant dans ses notes ?

— Sur la page la plus récente, il y a plusieurs lignes qui m'intriguent. PAC a superposé des noms : Pierre Walter, Paul-Louis Fange et Jean-Daniel Piller qui, lui, est au cœur de l'enquête sur les demi-sœurs assassinées. Puis, il a écrit B = Bois. L'avocat chez qui Sonia bosse, sans doute. Et pour finir un truc très mystérieux : monsieur X.

— C'est lié au cadavre de la femme sans visage. Nathalie a eu du nouveau pendant ton départ en cavale. Fange et Piller étaient adjoints de Walter, ancien maire de Versailles. Et maître Bois est un intime de tous ces politiciens.

Une information guère étonnante pour Dorian, car le baveux possédait une proximité gluante avec les milieux de pouvoir, qu'ils fussent officiels ou souterrains. Une telle intrication lui donna le sentiment, pour la première fois, que toutes ces affaires pouvaient être aussi enchevêtrées que des algues filamenteuses.

— Ça me fait penser à la bibliothèque chez les Froissant, dans la pièce consacrée à Emma. *Le Bouchon de cristal* placé à côté de *L'Aiguille creuse*. Un roman inspiré du scandale de Panamá, marqué par la corruption d'hommes politiques. Il est là, le lien : elle avait vu Piller, son violeur, démarrer sa carrière à la mairie de Versailles. Un pourri lui aussi, mais d'un autre genre...

— Apparemment, ces découvertes ont bouleversé PAC, qui a fait un malaise il y a quelques jours dans la salle des écoutes après avoir noté les noms. Mais ne perds pas ton temps avec toutes ces histoires. On doit se concentrer sur Sonia. Si je te suis, il lui est arrivé quelque chose dès le lundi soir, quand elle a pris la tangente après t'avoir cru mort. Ce que j'ai du mal à comprendre. C'est ta femme, quand même ! Tu l'avais trahie, mais de là à fuir sans demander son reste et à te laisser sur le carreau, ça ne lui ressemble pas !

— Elle a paniqué, je ne vois pas d'autre explication. Mais où a-t-elle pu partir ? Qui a-t-elle pu contacter ? Je me suis posé la question mille fois. Aucune de ses amies proches n'a eu de ses nouvelles.

— Et sa famille ?

— Elle n'en a pas. Ses parents sont morts suite à un accident de la route quand elle avait 18 ans. Ni frère ni sœur. Juste une tante...

— Comment avancer ? Il y a la disparition du père de Lucie Froissant, aussi. Tu penses que tout est lié ?

— Forcément. Mais j'ai raté quelque chose. Et pourquoi cette mise en scène trois jours plus tard avec les cadres et les post-it ? Que s'est-il passé pour Sonia entre le lundi et le jeudi ?

— Je me sens tellement écrasée par tout ça...

— Lou ! Je n'en serais pas là si je n'avais pas gardé espoir. C'est très compliqué par moments. Je vois les jours défiler... Pourtant, je suis persuadé qu'à un moment tout va basculer. J'ai une force en moi !

— Désolée. De quelle façon je peux t'aider ?

— Tu vas essayer de contacter le privé chargé par Hervé Froissant de retrouver l'assassin de sa fille aînée. Il s'appelle Phil, un ancien de la maison. Ils sont pas mal à avoir encore son numéro à la PJ. Quand je l'avais interrogée avec Ballant, la sœur de Lucie nous avait dit que son père lui semblait surexcité avant de disparaître. Le chef d'entreprise avait peut-être trouvé quelque chose grâce à son enquêteur personnel.

— Si ce Phil avait des éléments en sa possession, il nous les aurait communiqués, non ? Surtout en tant qu'ancien flic !

— J'ai tenté de le joindre plusieurs fois ces derniers jours, en vain. J'ai fini par apprendre qu'il se trouvait à l'étranger en raison d'un deuil, portable coupé. Il est peut-être revenu. Il est susceptible d'avoir gratté une info qui lui paraît insignifiante. Mais qui peut prendre de l'importance si on la replace dans un contexte global. Dis-lui qu'une personne de ta connaissance aimerait vivement le rencontrer au sujet de son employeur. Donne-lui rendez-vous à 10 heures sur le parvis du château. Je connais sa tête. Et je pense qu'il n'a pas oublié la mienne.

— Et moi ?

— Tiens-moi au courant de tout ce que tu apprends sur les politicards s'il te plaît. Je ne veux rien négliger. Ce ne peut pas être un hasard, j'en suis persuadé.

— Pas de problème.

— J'ai l'impression de t'utiliser, Lou.

— Ne le vois pas ainsi. Et puis, tu n'as pas le choix.

— Je suis un homme traqué depuis des jours. Quand

on joue sa peau, une seule règle compte : c'est qu'il n'y en a plus aucune !

Lou acquiesça timidement en repensant aux images de la nuit d'avant, collées à jamais sur le mur de ses souvenirs.

5

Quand Ballant retourna dans les locaux de la criminelle, l'atmosphère avait des affinités prononcées avec un ciel d'orage. Le défenseur du ministre, regard noir et gestes électriques, faisait gronder sa mauvaise humeur dans le bureau du commissaire Richard.

— On n'attendait plus que toi, Greg, ironisa le divisionnaire.

— Vous nous faites poireauter depuis plus d'une heure et demie ! s'énerva son avocat. C'est un manque absolu de respect à l'égard de mon client. Je jurerai que vous jouez la montre. Pourquoi le conduire ici aussi tôt et mettre ensuite autant de temps à le questionner ?

— Laissez, tempéra Piller. À l'âge que j'ai, je ne vais sûrement pas tomber dans leur piège grossier et m'énerver. C'est de bonne guerre.

— Je suis resté un bon moment dans la résidence du ministre pour la perquise, argumenta Ballant. Je tenais à en superviser le début. Et je souhaitais vous laisser tranquillement exécuter vos obligations.

— Maintenant vous allez nous dire ce qu'on lui reproche, renchérit le baveux.

— Vous savez très bien que je ne vais pas vous livrer d'emblée tout le contenu du dossier. Et vous remarquerez que pour l'instant rien n'a fuité dans les médias. Notre but est de pouvoir vous interroger en toute sérénité.

— Mes plus proches collaborateurs sont déjà avertis de

ma garde à vue, ainsi que les principaux membres du gouvernement, pesta Piller. Sans parler bien sûr du président de la République, que j'ai pris soin de prévenir directement dès hier soir. Je ne voulais pas que quelqu'un d'autre le lui apprenne. Alors, vos pseudo-précautions m'indiffèrent, surtout que tout sera sur Internet bien avant que je ne sorte d'ici. Venons-en aux faits maintenant.

— Commençons par le début, alors. Monsieur Piller, j'aimerais bien qu'on remonte aux années où vous étiez gynécologue.

— C'est pour ça que je suis ici ? Sérieusement ?

— Oui. L'activité que vous aviez dans votre cabinet privé m'intéresse. Particulièrement les actes d'insémination artificielle dans les années 1970.

— Que voulez-vous que je vous dise ?

— Simplement comment ça se passait.

— Des patientes venaient d'un peu partout. J'étais surchargé ! Elles prenaient rendez-vous, recevaient la semence fraîche et repartaient chez elles, à Paris ou ailleurs. Que raconter de plus ? Vous m'avez interpellé pour aborder un tel sujet !

— Qui fournissait le sperme ?

— Des étudiants en médecine.

— Plusieurs ?

— Oui, ça tournait énormément. Il aurait fallu un surhomme pour satisfaire à lui seul toutes les demandes.

— Vous avez gardé leurs noms ?

— C'était du bouche-à-oreille. J'entrais en contact avec un, qui m'en recommandait un autre... On ne passait pas des petites annonces dans les journaux pour ce genre de chose !

— Vous n'êtes resté en contact avec aucun d'entre eux ?

— Vous me parlez d'une époque qui remonte à quarante ou cinquante ans en arrière !

— Une de vos anciennes patientes nous a parlé de vous, hier. Elle ne peut pas vous oublier malgré tout ce temps passé !

— Pour quelle raison ?

— Elle vous accuse de l'avoir violée en 1973.

— J'ai lu ça hier soir, c'est n'importe quoi ! Elle a vu que j'étais devenu ministre et elle cherche à se faire de la pub sur mon nom !

— Ce n'est pas l'impression qu'elle nous a donnée.

— De toute manière, il y a prescription, rétorqua l'avocat. Et je ne vois pas le lien avec l'information judiciaire qui a conduit au placement en garde à vue de monsieur le ministre.

— J'y viens. La dame à l'origine de ces très graves accusations habite Cambrai. Elle s'appelle Jeanne Lacroix. Elle a un fils, Pierre, dont on a déterminé le profil biologique. Il est le demi-frère d'Emma Froissant, mais aussi de Patricia Loisel et Emmanuelle Lias, toutes assassinées ou mortes dans des circonstances très troubles. Il y a un autre demi-frère, Sylvain Dole, toujours en vie lui. Il est suspecté d'être l'auteur de ces crimes. Un mandat de recherche a été lancé contre lui.

— Que vient faire mon client dans ce sac de nœuds ?

— Cette fratrie, constituée sans doute grâce à une succession de viols, a un père : monsieur Piller.

— C'est du délire ! Maître, vous entendez ça ? On m'a convoqué pour me raconter une histoire de science-fiction !

— Vous rigolerez sans doute moins quand on aura fait les comparatifs en matière d'ADN.

— Et vous comptez me retenir jusque-là ? C'est une blague !

D'un mouvement du bras qui se refusait toute délicatesse, Richard entraîna Ballant en dehors de la pièce pour exprimer sa colère ouatée.

— Il ne m'a pas l'air du tout déstabilisé, grinça le

divisionnaire. Avec ton juge, vous êtes vraiment sûrs de votre coup ? C'est intenable ! Une pression de dingue nous tombe dessus ! Ça ruisselle carrément depuis l'Élysée !

— Piller est un des chouchous du président. Normal.

— Vous avez décidé de vous la jouer « cool attitude » ?

— J'ai d'autres cartes en main.

— Alors, abattez-les. Je n'ai pas envie de sauter en même temps que vous !

— Pas tout de suite !

Ballant réapparut avec le sourire avenant d'un serveur qui passe pour la troisième fois devant des convives avec son plateau rempli de mets.

— On reprend. Êtes-vous encore en contact avec certaines de vos ex-patientes, monsieur Piller ?

— J'ai vendu mon cabinet en 1992 pour me lancer à plein temps dans la politique, alors que j'étais déjà adjoint à la mairie de Versailles depuis trois ans. Mon activité de gynéco est très loin derrière moi ! J'y pense moins que vous, apparemment. On va s'appesantir pendant des heures sur mon passé ?

— Il faut bien trouver des occupations jusqu'au milieu de l'après-midi.

— C'est n'importe quoi ! s'indigna l'avocat. Vous jouez votre poste commandant Ballant ! Je vais m'occuper de vous très sérieusement quand cette mascarade sera terminée. Ce sera un massacre !

— Je ne suis pas celui qui a le plus à perdre ici, croyez-moi.

— Une menace ?

— Une prémonition, j'espère.

Ballant laissa chuter négligemment sur le bureau quelques photos des victimes de Sylvain Dole, cadavres mutilés recrachés par l'enfer.

6

Une vaste escouade de touristes japonais semblait prête à fondre sur le château avec un empressement d'acheteurs compulsifs le premier jour des soldes. Dorian contourna le groupe de visiteurs et repéra d'emblée le privé, aussi discernable pour son regard expert qu'un parapluie noir parmi une forêt d'ombrelles multicolores. Son coup d'œil circulaire se figea sur les lunettes de soleil et le tee-shirt sombre de l'individu posté avant le filtre de sécurité. Il se dirigea vers son ancien collègue avec la sensation d'être tout autant repérable dans ses habits étriqués de fugitif, cou serré, torse oppressé, taille comprimée. Lorsqu'il l'eut atteint, un subtil et discret salut de la tête se substitua à la poignée de main virile et voyante.

— Salut Dorian. Je me doutais que c'était toi qui voulais me voir.

— Salut Phil. Tu n'as pas prévenu Ballant, j'espère ?

— Non. Tu ne prendrais pas le risque de te mettre en danger pour rien dans ta situation. Et mon but n'est pas de te foutre en taule, plutôt de retrouver Hervé Froissant. J'ai encore mes antennes à la DRPJ. Je sais bien que sa disparition, en même temps que celle de ta femme, est plus que troublante. Mais je ne peux pas croire qu'il l'ait enlevée et séquestrée. Je bosse pour lui depuis des mois. C'est un mec désespéré qui cherche à comprendre pourquoi on a tué sa fille avec autant de perversité. Il force parfois sur la bibine quand il n'en peut vraiment plus de souffrir. Mais il n'a pas le profil d'un ravisseur.

— On va discuter tranquillement dans ma caisse. Suis-moi.

Dorian le conduisit à son véhicule stationné dans une rue adjacente en laissant une distance de sécurité avec son nouvel acolyte, pour éviter tout amalgame entre eux s'il était interpellé. À cause de sa condition de flic recherché, la paranoïa ne se gênait pas pour étendre ses dépendances dans son esprit saccagé par la fatigue et le stress. Il libéra un profond soupir une fois réfugié dans l'habitacle.

— Ça n'a pas l'air d'aller fort, mon vieux, reprit le privé.

— Les joies de la cavale...

— Que veux-tu me demander ?

— Selon sa cadette, Hervé Froissant semblait surexcité avant de ne plus donner signe de vie.

— Malheureusement, je suis parti à l'étranger pendant plusieurs jours pour le décès d'un proche et j'ai complètement débranché. Quand je suis rentré hier, j'ai appris qu'il s'était évanoui dans la nature depuis un moment déjà. Ce n'est pas la première fois qu'il disparaît sans rien dire depuis le décès de Lucie. Il a aussi participé à un tas d'émissions télé pour tenter de faire bouger les choses. Il a filé des interviews dans la presse, également. Le retentissement a été important. Au point qu'il a créé un groupe Facebook « Justice pour Lucie », alors qu'il ne connaissait rien aux réseaux sociaux à la base. Il tenait à le gérer lui-même. Il a reçu des tas de soi-disant infos complètement farfelues. Je lui disais souvent de se méfier, qu'il perdait son temps avec des gens qui passent le leur à essayer de se rendre intéressants. Mais il ne m'écoutait pas. Du coup, ça lui arrivait de prendre le large sans prévenir qui que ce soit. Et de revenir tout penaud en disant qu'il avait gaspillé un jour ou deux.

— Et toi, t'avais avancé sur quelque chose ?

— Franchement, non. Mais ça le rassurait d'avoir quelqu'un à plein temps. Il sait très bien qu'à la PJ les dossiers criminels s'accumulent et que les plus anciens finissent par dormir quand il n'y a aucune piste. J'étais une sorte de cellule de veille pour lui. J'activais officieusement mes réseaux dans la police et la justice au cas où une autre affaire de ce genre aurait eu lieu à l'autre bout de la France sans qu'aucun rapprochement ne soit effectué. Je fouillais aussi parmi les *cold cases*. On aurait pu passer à côté d'un aspect sériel.

— L'assassin de Lucie Froissant utilise différents modes opératoires. Je ne sais pas s'il a fait pareil avec toutes ses victimes. Mais j'ai failli y passer : il propose de choisir au hasard entre six bouts de papier. Une de ses proies qui a échappé de justesse à la mort a eu droit à un jeu identique. Il a perfectionné sa façon de tuer. Il est monté en puissance, aussi, au niveau de l'horreur : il se lâche de plus en plus. Je comprends ta démarche, mais je ne pense pas qu'on trouve un crime semblable de sa part commis il y a longtemps. Il frappe depuis environ deux ans, pas plus.

— J'avais juste gratté un dossier à peu près similaire en 2014. Un junkie tué de façon barbare dans la Somme, sans doute par un autre shooté. Cœur arraché, pareil. Mais je n'ai trouvé aucune autre similitude.

— Je suis davantage intéressé par cette histoire de groupe Facebook. On peut y jeter un œil sur l'ordinateur de bureau d'Hervé Froissant ? Il le consultait sans doute régulièrement en travaillant.

— Son assistante doit disposer du mot de passe. Le siège est implanté dans une ZAC, à Gif-sur-Yvette. Allons-y au plus vite. J'enverrai un message en route.

Une frayeur s'incisa rapidement dans leur trajet débridé. La vision de deux motards de la gendarmerie postés avant l'embranchement vers la N12 infligea à Dorian une décharge d'anxiété aux effets paralysants. Sa respiration revint à faible allure dès que la paire de pandores se fut échappée de l'image captée par son rétroviseur central. Leur proximité étant favorable aux confidences, il mit alors à nu la majeure partie de ses découvertes sans omettre de jeter un voile pudique sur la partie sensible qui se rattachait à PAC et Fanny Lange. Le passager goûta le récit de ses investigations périlleuses avec des manières d'expert en objets d'art planté devant un tableau hors normes.

— Respect, Dorian. Je n'aurais jamais pu imaginer une pelote de laine aussi énorme. Je me suis concentré sur l'hôpital où travaillaient Lucie Froissant et le chirurgien qui était son compagnon. J'ai cherché si elle avait pu avoir une liaison avec un autre membre du personnel. Le groupe Ballant avait évoqué l'hypothèse d'une vengeance de la part d'un employé en raison de son attitude autoritaire et méprisante en tant que chef de service. Mais il ne s'était pas penché sur la possibilité d'une affaire de cœur ou de cul. Et puis, ça collait avec le fait qu'on avait prélevé son organe. J'étais persuadé que la personne à l'origine de cette saloperie travaillait dans la médecine. Raté ! À t'écouter, on a affaire à un tueur à gages qui se comporte en *serial killer* démoniaque. Le coup de l'enfance maltraitée à l'origine d'une existence remplie de haine et de revanche. Classique. Sauf qu'il puise dans le catalogue des sévices subis quand il était jeune pour supplicier ses victimes…

La proximité de leur destination les obligea à délaisser leurs réflexions pour s'enfoncer sur un chemin qui tailladait un vaste espace défiguré de chaque côté par des travaux. Au bout de la route, une barrière se souleva pour leur permettre d'approcher un jardin urbain, collier de verdure qui enserrait un étincelant dôme de verre.

— Tout est certifié HQE[1], précisa le privé. L'électricité est verte. Il y a des bornes de recharge pour les véhicules électriques. Froissant est entièrement tourné vers le développement durable et l'écologie. Tu peux te garer sur les places réservées à la direction. On nous attend.

Ils pénétrèrent dans un hall qui capturait en abondance la lumière du jour, otage permanente de ses parois translucides. Deux ascenseurs, trois couloirs et quatre contrôles plus loin, ils atteignirent le huitième étage, avec vue sur un horizon hachuré par les constructions modernes. Ils furent conduits dans le bureau du P-DG par une collaboratrice au visage sévère et au tailleur strict, mariage austère égayé par une pointe d'espoir logée dans le regard. L'ordinateur, déjà allumé, fut livré sans attendre à leur curiosité exaltée.

— Tu ne penses pas que tes collègues ont déjà jeté un œil dessus ? demanda Phil.

— Y a tant de choses à la fois : Froissant, sa fille, ma femme, toutes ces victimes... Je suis le seul à avoir à peu près un regard d'ensemble sur tout ce merdier. Alors, je préfère vérifier. Les derniers messages qu'il a reçus sur « Justice pour Lucie » avant de disparaître ne peuvent pas être négligés.

— T'as raison. J'aurais dû avoir ce réflexe.

À l'instant de détailler chaque post, l'attention de Dorian fut agrippée par des courriers disséminés à proximité.

— Des lettres envoyées par maître Bois ? s'étonna-t-il.

— C'est l'avocat de la partie civile concernant l'assassinat de Lucie. Mais il est très passif. Froissant lui reprochait de ne pas assez mettre la pression sur le juge d'instruction pour faire avancer l'enquête. C'est ce qui a fini par le mettre en rage et l'a amené à faire appel à moi pour que les choses bougent un peu. C'est quasi au même

1. Haute qualité environnementale.

moment qu'il a créé le groupe Facebook, d'ailleurs. Bon, on les examine ?

Le défilement des commentaires, d'abord dénués d'intérêt, leur offrit après une centaine de lignes quelques mots susceptibles de harponner leur curiosité : « Je suis si peinée pour vous. Votre fille me ressemblait tellement, en plus. Je ne sais pas pourquoi je m'identifie à elle. » Une photo prise dans une crique briquée par le soleil accompagnait cette prose attristée : on y distinguait une femme brune, un peu potelée, un sourire doux gravé dans le marbre de son visage un peu cuivré.

— Mais oui, une autre demi-sœur forcément ! s'exclama Dorian. Et si Froissant l'avait contactée ? Ou même rencontrée ? Et qu'elle lui avait appris des choses ? Elle habite dans les environs d'Orléans. Il faudrait pouvoir vérifier le bornage du téléphone de ton boss.

— Attends ! Pour se déplacer, il utilise une voiture et une carte bleue de la société. J'avais demandé le relevé des dépenses les plus récentes pour voir s'il n'y avait pas quelque chose à gratter, style paiement au péage ou dans une station-service.

L'examen du listing arracha à Phil un cri de victoire qui concassa le silence feutré :

— Froissant s'est rendu à Orléans un jour avant de disparaître !

7

Lestées par l'attente, les minutes s'écoulaient trop lentement dans le bureau du directeur de la DRPJ, où la patience n'était pas la vertu la plus équitablement partagée. Le grand patron multipliait les pas, le commissaire Richard sautillait sur place, attitudes dissemblables qui décrivaient le même bouillonnement intérieur. Seul Ballant gardait un flegme quasi surnaturel dans cette pièce, autant en surtension qu'un pylône frappé par la foudre. Gaspiller de l'influx dans de vaines gesticulations aurait été malvenu, alors que cette affaire le spoliait de la plus grande partie de son temps de sommeil, entre travail tardif et insomnies à rallonge. La nuit d'avant, à l'heure de se lever pour aller chez le ministre, ouvrir ne serait-ce qu'un œil lui avait réclamé dix minutes d'échauffement. Pour s'offrir un shoot d'adrénaline, il avala une gorgée de café brûlant dont sa langue se remit avec difficulté. Quand le juge Denain fut introduit, le commandant ne put déterminer ce qui fumait le plus, son breuvage ou le cerveau du nouveau venu.

— Ma greffière a mis la pression au labo comme jamais, expliqua le magistrat expérimenté, physique sec et sourcils épais. Les résultats doivent arriver de façon imminente. J'ai demandé à ce que vous soyez tous en copie. Je préférais être avec vous à ce moment-là pour envisager la suite à donner à l'instruction.

Quelques secondes plus tard, les e-mails tombèrent en rafales. Ballant fut abattu en lisant le verdict.

— Il n'y a aucune correspondance biologique entre Jean-Daniel Piller et la fratrie, nota froidement le directeur. C'est la grosse merde !

— Ce n'est pas possible ! Toute la stratégie reposait là-dessus ! pesta le juge.

— Je n'y comprends rien ! se désespéra Ballant. Ça n'a pas de sens !

— Il faut relâcher Piller maintenant, on n'a pas le choix, martela le magistrat.

— Non ! Il y a aussi cette histoire de disparition inquiétante, contesta Ballant. Depuis l'aube, on met le paquet pour retrouver Clara Finlay avec un chien pisteur. On avance bien. Les fadettes ont montré qu'ils ont été en contact très récemment. Et on a désormais la preuve qu'elle a été retenue chez lui. Cette gonzesse, c'est notre seul moyen de le faire tomber. On ne peut pas s'être plantés sur toute la ligne ! Il est forcément impliqué dans ce bordel !

— Greg, vous le sous-estimez ! Vous le pensez assez con pour avoir tué cette femme et l'avoir enterrée près de chez lui ? riposta le directeur de la DRPJ.

— Il ignorait qu'on venait aussi pour elle. Et puis il a un sentiment d'impunité depuis plus de quarante ans ! Ce genre de personne finit toujours par se croire intouchable. Je veux croire qu'il a fait une erreur fatale. Gardons-le encore un peu au chaud. Il ne se couche pas avec les poules. On peut très bien le relâcher en fin de soirée.

— Vingt-trois heures max, trancha le juge. Vous ne le retiendrez pas un instant de plus, commandant. Vous commencez à me faire regretter de vous avoir suivi sur ce coup.

Ballant revint dans son bureau avec une remorque de soucis accrochée à son dos soudain voûté.

— Un problème ? demanda le baveux.

— Aucun, à part qu'ils sont surbookés au labo. Il faudra un peu plus de temps que prévu.

— C'est n'importe quoi !

— Poursuivons. Je vais vous parler de Moka maintenant.

— C'est qui ? ricana Piller. Un autre de mes supposés enfants ?

— Un chien pisteur de la brigade cynotechnique des Yvelines.

— Quel est le rapport ?

— Clara Finlay. Vous connaissez ?

— Vaguement. Une bombe qui joue de son cul pour retourner les opposants à la légalisation des tests ADN récréatifs.

— Vous en faites partie. Vous êtes même en guerre contre les bases de données génétiques. On peut bien se demander pourquoi !

— Où voulez-vous en venir, commandant ? râla l'avocat.

— Vous l'avez déjà rencontrée, monsieur Piller ?

— Je l'ai croisée plein de fois de loin.

— Et au moins une fois de près, non ? Son téléphone a borné avant-hier soir près de la zone où vous habitez.

— Une courte visite pour me sortir son baratin habituel. Un verre et je l'ai poliment éconduite.

— Elle n'est pas revenue le lendemain ?

— Pas du tout.

— C'est étonnant, car elle ne donne plus signe de vie. Et Moka est sur ses traces. Ce matin, il l'a d'abord reniflée dans votre salon. Normal, me direz-vous, vu qu'elle est venue chez vous, il y a très peu de temps. Puis il a surtout marqué sa présence dans la cave où on a recueilli de nombreux fluides en train d'être analysés eux aussi. On peut supposer qu'elle est restée dans cet endroit assez longtemps pour pleurer toutes ses larmes.

— Une enquête officielle a-t-elle été ouverte suite à la disparition de cette jeune femme ? demanda l'avocat.

— Oui. Elle a été confiée à la BRDP. On a aussi été saisis puisqu'on a signalé sa disparition au parquet de Paris alors qu'on enquêtait sur l'affaire Lucie Froissant et ses ramifications.

— Ce n'est pas le motif de la garde à vue ni de la perquisition ! s'indigna le défenseur du ministre. C'est un piège ! Cette affaire n'a rien à voir avec la présence de mon client ici ! Je vais lui demander de ne plus répondre à vos questions à compter de maintenant !

— On verra s'il a quelque chose à déclarer quand on aura mis la main sur le corps.

Pour la première fois, la sensation d'invulnérabilité dégagée par Piller sembla se fêler légèrement.

8

Depuis le milieu de l'après-midi, le placement en garde à vue de Jean-Daniel Piller monopolisait l'actualité avec la possessivité d'un mari jaloux. Devant l'hôtel de police, le millefeuille médiatique comptait de plus en plus de couches. Occupés à de croustillants bavardages, les journalistes étaient indifférents à la présence pourtant sensationnelle d'un des hommes les plus recherchés de France. Abrité par la large visière de sa casquette, Dorian bénéficiait aussi de la complicité de ses lunettes noires pour s'emmitoufler dans l'anonymat juste à côté d'eux. Il sortit sans risque son mobile pour adresser à Ballant un texto très court susceptible de rendre tout aussi brève sa condition d'homme libre : « Je suis avenue de Paris. »

L'autre chef de groupe sembla propulsé par un moteur à réaction au moment de débouler dans la rue.

— Dorian, incroyable ! C'est le Bronx ici ! L'ADN de Piller ne colle pas avec celui de la fratrie. Et tu réapparais comme par magie ! Je dois y voir un rapport de cause à effet ?

— J'ai du nouveau.

— Je n'ai pas le temps de m'occuper de toi là. Mais t'as bien fait de venir. Je vais demander à ce qu'on te conduise directement chez le juge. Il sera ravi de te recevoir.

— Je ne suis pas ici pour me rendre. Sonia est en danger de mort, ne l'oublie pas ! T'as bien cinq minutes pour écouter un témoignage vital ? Tu décideras après.

Je ne m'opposerai pas à mon arrestation, si c'est ce que tu souhaites.

— Si j'avais voulu directement te coffrer, t'aurais déjà les pinces aux poignets.

— Allons jusqu'à ma voiture alors, quelqu'un nous y attend.

Après quelques dizaines de mètres de marche, ils retrouvèrent une femme qui avait le visage pétri par la fatigue et la nervosité.

— Je te présente Agnès, dit Dorian. Elle vient tout droit d'Orléans. Elle a rencontré Hervé Froissant avant qu'il ne disparaisse. Ils ont passé plus de deux heures ensemble. Vous pouvez lui résumer votre discussion, s'il vous plaît ?

— Il m'a contactée suite à un message que j'avais envoyé sur la page Facebook « Justice pour Lucie ». Je trouvais que je ressemblais beaucoup à sa fille. Je ressentais quelque chose d'inexplicable en voyant ses photos. Je lui ai envoyé la mienne. Vous trouvez peut-être ça bizarre ?

— Non, non, continuez, intima Ballant.

— Ce monsieur m'a demandé s'il pouvait me rencontrer. Il avait envie de connaître mon histoire. Je pense que ça lui faisait beaucoup de bien de me parler. À moi aussi... Je n'avais jamais raconté mon passé à qui que ce soit. Je ne pensais pas le faire un jour. Et sûrement pas à un étranger. Mais il y avait une sorte de connexion entre nous. Je lui ai dit que j'étais née d'un viol lors d'une insémination artificielle effectuée dans le cabinet d'un gynéco, en 1976. Ma mère a longtemps gardé cette monstruosité en elle. Mais elle a éprouvé le besoin de s'en libérer quand j'ai eu 18 ans. Un joli cadeau d'anniversaire...

— Elle vous avait révélé l'identité du médecin ?

— On ne parle que de lui depuis hier : Dan Piller. J'en suis secouée, je n'en ai pas dormi de la nuit.

— Et Froissant, il a percuté ?

— Oui. Il m'a dit qu'il se souvenait de ce nom. Il a tout compris, d'un coup. Pourquoi sa femme était si stressée après avoir bénéficié de l'IAD et lui avait fait jurer de n'en parler à personne, pas même aux autres membres de la famille. Pourquoi ils s'étaient disputés maintes fois, car il espérait avoir un second enfant assez vite. Pourquoi elle avait attendu des années avant d'accepter de recommencer, mais dans une clinique des Yvelines. Il n'a jamais perçu qu'il s'était passé quelque chose de très grave. On a eu une très longue conversation. Avant de repartir, il m'a montré des clichés de ses deux filles, très différentes sur le plan physique, forcément.

— Mais oui, logique ! s'exclama Ballant.

— Qu'est-ce qu'il y a ? demanda Dorian.

— Je viens de comprendre un truc fondamental. Mais ce n'est pas le lieu pour un briefing ! Tu me proposes quoi, maintenant ? On a beau avancer sur l'affaire de la fratrie, ça ne change rien au sort de Sonia. Et tu restes le principal suspect par rapport à sa disparition. Je ne peux pas être complice de ta cavale !

— Réfléchis bien. Qui s'occupe de représenter la partie civile dans le dossier Lucie Froissant et avait accès aux pièces du dossier ?

— Maître Bois.

— Qui est l'employeur de Sonia ?

— Maître Bois.

— Qui est l'avocat de Piller ?

— Maître Sanson. Rien à voir.

— Je suis sûr que les deux baveux se connaissent très bien. Bois a déjà représenté Piller par le passé. Tu peux vérifier, c'était pour une affaire de fraude électorale. Il était très proche, aussi, de l'équipe municipale élue en 1989. C'est plutôt lui qui devrait l'assister dans sa garde à vue en ce moment. C'est comme s'il savait ce qui allait arriver à son client…

— Tu extrapoles, là. Suppositions et compagnie. Donne-moi une seule bonne raison de ne pas te déférer sur-le-champ.

— Tu as en tête l'endroit où le téléphone d'Hervé Froissant a borné pour la dernière fois ?

— Chez lui, au milieu de la nuit.

— Et avant ?

— Je ne connais pas ses déplacements par cœur !

— Grâce à Phil, son privé, j'ai eu accès à ses ultimes dépenses. En fin d'après-midi, à son retour d'Orléans, il a réglé son stationnement par carte bleue rue des États-Généraux. Dans ce coin se situent les bureaux de…

— Maître Bois, forcément.

— Après avoir appris des choses si graves sur Jean-Daniel Piller, Hervé Froissant est allé directement en parler à son avocat. Rien de plus logique. Comme par hasard, le chef d'entreprise disparaît la nuit d'après. Comme par hasard, le lendemain, l'appartement d'Agnès est visité. Par chance, tellement bouleversée par ce qu'elle venait d'apprendre, elle venait de partir chez sa mère, à Tours, pour lui en faire part. Une réaction qui l'a sans doute sauvée. Sinon, elle aurait rejoint ses demi-sœurs dans l'au-delà.

— Toujours de jolies hypothèses.

— Dernière chose. Quand j'ai appelé au bureau de Sonia pour prévenir de sa disparition, la secrétaire m'a répondu que j'avais déjà appelé trois jours avant pour prévenir son patron qu'elle était malade. Soit je ne m'en souviens pas, soit quelqu'un a menti.

— Maître Bois, forcément. Mais je ne vois toujours pas de bonne raison de te laisser repartir.

— L'ultimatum signifié par les onze post-it expire dans deux jours. Laisse-moi au moins vingt-quatre heures. Si je n'ai pas retrouvé Sonia d'ici là, je reviens me constituer prisonnier.

— Très bien. Tu sais par où commencer à chercher, au moins ?

— J'ai ma petite idée. Mais je vais avoir besoin de toi. Dès que t'es revenu à ton bureau, envoie-moi par message le secteur où le mobile de Sonia a borné pour la dernière fois, le lundi soir.

— J'imagine que t'as déjà une hypothèse ?

Dorian avait vissé au plus profond de son âme une certitude qu'il ne pouvait partager raisonnablement avec Ballant : après l'avoir cru mort, le crâne détruit par le verre qu'elle venait d'expédier sur lui, Sonia s'était réfugiée chez maître Bois, forcément.

9

Ballant retourna vers la brigade d'un pas décidé, appareillé à son air déterminé. Il consulta aussitôt les rapports de téléphonie liés à Sonia, en même temps qu'un trouble s'épaississait en lui. L'ultime bornage de son portable, décelé aux environs du cabinet de l'avocat, confirmait l'intrusion soudaine de maître Bois dans le périmètre des investigations. Il s'empressa de retrouver Nathalie pour offrir un écho immédiat à cette découverte qui faisait swinguer ses réflexions. Elle sortait de la vaste salle conjointe au bureau du directeur, où l'on venait d'effectuer une mise à jour collective des dossiers les plus délicats.

— Réunion matin et soir en ce moment, nota Ballant.

— Entre le dossier Lucie Froissant, un ministre en garde à vue dans nos murs, l'affaire Miss Amphi et l'attente fébrile des résultats ADN de la femme sans visage, il y a de quoi s'occuper, énuméra-t-elle avec anxiété. Piller a balancé un truc ?

— Non. Je viens pour autre chose. Il va falloir réorienter l'enquête sur la disparition de Sonia autour de maître Bois.

— Encore lui ! Il est déjà impliqué dans le dossier de la victime de Fontainebleau.

— Il pourrait être au centre de pas mal de choses.

— Pour quelles raisons ?

Ballant déballa ses arguments réunis en un faisceau de présomptions.

— C'est Dorian qui t'en a convaincu ?

— Je viens de le voir en effet.

— Vous constituez un magnifique binôme, en fait. Tu m'expliques ?

— Il m'a appelé, je suis descendu. C'est tout.

— Tu lui fais encore confiance ?

— Et toi, plus du tout ?

— Je suis partagée depuis le début. Je pensais qu'il essaierait d'entrer en contact avec moi pour me donner sa version.

— Il ne veut pas te mettre en porte-à-faux j'imagine. Il sait à quel point tu l'apprécies. Moi, je le déteste à la base. Paradoxalement, dans la merde où il se trouve, nos rapports s'en trouvent facilités. Le choix de son interlocuteur n'est pas l'essentiel, après tout. Le plus important, c'est qu'il se trouve sur la bonne voie.

— Si tu veux placer l'avocat sur écoute, ce sera impossible à partir d'une simple présomption. La procédure est très sensible. Le juge doit prévenir le bâtonnier. Et il autorisera les interceptions seulement si on a de graves indices concordants. En revanche, il a un portable de guerre qu'on a branché sans savoir qu'il s'agissait de lui, au départ. Ses potes l'appelaient simplement « B ».

— Bien joué.

— On va attendre un peu avant de préciser notre découverte dans la procédure, puisque vous n'avez rien pour étayer vos soupçons.

— C'est pour ça qu'on a besoin que Lemaître soit en liberté. Il est le facteur X. Il n'a pas peur de mettre de grands coups de pied dans le nid de serpents, quitte à se faire mordre. Il a l'énergie du désespéré.

— Quel cynisme.

— Non. Simplement du réalisme. Il est le moteur de

l'enquête. Je suis sûr qu'il a prévu de filocher le baveux, ce qui est bien plus dur à faire pour nous. Laissons-le agir. À moins que tu ne veuilles l'expédier en préventive ? J'ai son dernier numéro de portable. Il serait facile à loger.

— Non. Continue à le gérer. Je te couvre.

— Merci. Je vais demander à mon groupe de bosser sur maître Bois et ses relations avec Piller. On doit aussi voir s'il a des connexions avec l'avocat du ministre, Sanson. Il faut également miser sur la vidéosurveillance et demander les images à proximité de son cabinet, le lundi soir. On verra peut-être apparaître Sonia.

Ballant transporta cette interrogation jusqu'à son bureau, où les photos des demi-sœurs assassinées l'accueillirent sinistrement. À la vue des clichés accrochés au mur, il comprit ce qui avait agité ses pensées à l'évocation des différences d'aspect entre les sœurs Froissant, l'une conçue dans la brûlure éternelle d'un viol, l'autre dans la froideur passagère d'une insémination. Lucie Froissant, Patricia Loisel et Emmanuelle Lias, en revanche, partageaient une petite taille et une silhouette gironde, estampilles laissées par le même père biologique. Chahuté par cette constatation, le chef de groupe appela Maëva, restée dans son appartement, où elle s'était retirée du monde qui défilait à la brigade criminelle.

— Du nouveau Greg ?

— J'ai eu une illumination à l'instant : on a oublié de se pencher sur les caractéristiques physiques de la fratrie. Les demi-sœurs n'ont pas de point commun avec Piller, qui est grand et élancé. C'est la même chose pour Sylvain Dole et pour l'autre demi-frère trouvé à Cambrai : ils sont tous râblés. Si ces cinq enfants ont surtout pris du père, celui-ci est de taille moyenne et a une tendance à être trapu.

— De mon côté, j'ai cogité depuis que tu m'as dit que ce n'était finalement pas Piller. Un des étudiants en médecine qui apportait sa semence a forcément commis lui aussi des horreurs ! Je ne vois pas d'explication plus rationnelle. Ils ont chacun violé des patientes. Et ce sont les rejetons d'une autre ordure que le ministre fait supprimer pour lui éviter d'être rattrapé par son sale passé. Il protège son complice qui a forcément un poste plus important que le sien pour qu'il se mouille autant !

— Piller est très proche du président de la République, dit-on...

— Sérieusement ! L'homme qu'on tente d'identifier a fait des études de médecine dans les années 1970 et gravite dans les plus hautes sphères du pouvoir. Tu devrais étudier la composition des deux commissions sur la bioéthique : t'as un vrai nid à suspects là-dedans ! Et tu connais la morphologie du coupable.

— Ton hypothèse se tient. Qu'est-ce que je ne ferais pas sans toi ?

— Je me dis la même chose par moments.

Durant quelques instants, le silence accueillit leurs souffles retenus.

— Je pense que tu n'es plus en danger, Maëva, reprit Ballant, ému. Leur système a été percé, il n'y aura plus de victimes. Sylvain Dole va essayer de se faire oublier.

— J'étais bien chez toi. J'ai pu faire le point sur beaucoup de choses. Mais je dois reprendre une vie normale, t'as raison. Je vais revenir à la clinique dès demain et aller voir ma fille à Tours au plus vite. Il me faut aussi appeler mon mari pour lui dire que je veux divorcer.

— Ce serait bien qu'on se parle ce soir, si je ne rentre pas trop tard.

— Quelle que soit l'heure, je t'attends.

Ballant rangea cette promesse au fond de son cœur, qui n'avait plus été à pareille fête depuis de longues années. Le visage de Maëva était le premier à se superposer avec succès sur celui de Sonia, à effacer ses sourcils fins, éteindre l'éclat de ses yeux émeraude, gommer son sourire d'ange dessiné par un démon. La voix moins affriolante du commissaire Richard s'insinua soudain dans ses pensées intimes.

— Ballant, je vous cherchais ! Ce n'est pas le moment de disparaître !

— On a encore du temps. On ne va pas le relâcher maintenant !

— Il n'est pas question de ça. Écoutez ! J'ai un des membres de la PTS en ligne.

Le haut-parleur du smartphone laissa s'ébruiter une nouvelle qui allait pousser à fond le volume de leur sidération.

— On allait repartir de chez le ministre quand on a mis la main sur un jean qui présente des traces récentes de suie, au fond du panier à linge sale. Curieux, car la baraque ne compte aucune cheminée apparente. On a décidé de fouiller à nouveau de fond en comble. Au sous-sol, on a fini par découvrir une trappe cachée. En dessous, il y a une pièce désaffectée qui contient un énorme poêle à l'ancienne. Il y a des restes de corps humain calcinés à l'intérieur.

— Quel gros salopard ! éructa Ballant. On le tient. J'appelle le juge Denain. Il va passer la nuit ici en attendant le résultat des analyses ADN.

Quelques minutes plus tard, l'air supérieur de Piller s'écailla telle une vulgaire peau de serpent.

10

Quand juin cessa d'étirer le jour à n'en plus finir, la voiture de Dorian stationna à proximité du cabinet de maître Bois. Lou et Phil, le privé, l'escortaient pour une planque à la marge de la légalité, d'une durée tout aussi incertaine que le résultat.

— Les lampes de son bureau sont encore allumées, constata Dorian. Je connais par cœur la disposition des lieux. Au début de ma relation avec Sonia, quand on devait se cacher pour se voir, elle prétextait un travail tardif pour ne pas rentrer de suite à l'appart qu'elle partageait avec Ballant. Je passais la prendre pour l'amener un petit moment à l'hôtel. Avant de descendre, elle vérifiait chaque fois que j'étais là en jetant un œil par la fenêtre...

— T'es persuadé qu'elle est venue ici le lundi soir ? demanda Lou.

— Quand PAC lui a fait croire que j'étais mort, elle s'est réfugiée ici, forcément, pour demander conseil et assistance à son patron. Elle savait qu'il travaillait tard. Elle a les clés. Elle a dû débarquer sans prévenir et voir quelque chose de trop compromettant pour le baveux. Bois est un gros vicieux. Il est l'avocat de la partie civile dans l'affaire Froissant. Il est forcément à l'origine de la mise en scène dans notre baraque laissant croire qu'il s'agissait du même meurtrier que celui de Lucie. Puis il a tout manigancé pour suggérer que j'étais à l'origine de cette mauvaise imitation avec le mot « SALAUD » inscrit avec le sang de Sonia, comme si elle l'avait fait elle-même. Il en a rajouté aussi sur le tesson de verre qui m'avait blessé à l'épaule.

— Ça signifie qu'il l'a blessée, au minimum, pour utiliser son hémoglobine, angoissa Lou.

— Je n'imagine pas qu'il lui ait fait une prise de sang, c'est clair. Mais je pense qu'il a pris soin de ne pas trop lui faire de mal, car il avait besoin d'elle vivante. N'oubliez pas le compte à rebours. Les onze jours...

— Et comment tu agencerais tout ça avec la disparition de Froissant ? questionna Phil.

— Quand le chef d'entreprise a appris suite à sa rencontre avec Agnès que sa fille aînée était issue d'un viol dans le cabinet Piller, il en a forcément parlé à Bois dès son retour. J'ignore si le baveux connaissait déjà cette histoire. Mais il est très proche du ministre de la Santé, sans doute. Pour protéger son ami, l'avocat a fait disparaître Froissant. Lui, je ne sais pas s'il est toujours en vie. Tout dépend s'il leur est encore utile ou pas. Ont-ils réfléchi à quelque chose de tordu qui les lierait ? On n'a plus beaucoup de temps pour sauver le père Froissant et Sonia ! L'avantage, c'est qu'ils sont peut-être détenus au même endroit...

— Je ne vois plus de lumière en haut ! coupa Lou.

— Ça bouge ! s'écria Phil.

Quelques secondes après, l'habitué des prétoires s'arracha furtivement de l'immeuble pour se diriger vers l'impasse attenante, sans détecter leur voisinage très collant. Une Mercedes Classe S gris métallisé avala sa haute silhouette, avant de gober les hectomètres avec férocité. Le luxueux véhicule se régala d'un tronçon de la rue des États-Généraux puis, obéissant à l'appétit de vitesse de son conducteur, fonça sur la D939. Dorian reçut un appel au moment où leur filature, soumise aux emballements de la voiture poursuivie, s'affranchissait avec déraison des limitations de vitesse. À la vue du numéro incrusté sur l'écran, son rythme cardiaque subit lui aussi une accélération incontrôlée.

— Nath ?

— Greg m'a donné ton numéro. T'es en train de filocher Bois, je parie.

— Avec Lou, notamment. On file vers le sud des Yvelines. Comment tu le sais ?

— Il a un portable prépayé placé sur écoute dans une autre affaire, celle de la femme sans visage. Trop long à t'expliquer. On le géolocalise aussi. Il reste « B », pour le moment. On n'a rien indiqué dans les P-V pour éviter d'alerter le bâtonnier. Mais on ne peut pas mettre en place de surveillance officielle tant qu'on n'est pas censés connaître son identité.

— Je fais donc partie de l'équipe ?

— Très officieusement. Mais, si vous tombez sur quelque chose, vous ne jouez pas les cow-boys. Vous me prévenez !

— Bien sûr... Je suis content de t'avoir eue.

— Je me suis posé des questions sur toi par moments, tu sais.

— Il m'est arrivé de douter de moi-même. Je ne vais pas le reprocher aux autres.

— Prenez soin de vous.

En raccrochant, Dorian se sentit empli par le soulagement et regonflé comme jamais, une vraie baudruche.

— On arrive dans la Vallée de Chevreuse, nota-t-il aussitôt.

— La meulière des Froissant se situe dans le coin, s'étonna Phil. J'espère qu'il ne nous a pas détronchés. Avec ce dingue, il aurait fallu un dispositif au complet.

— Il se sent tellement intouchable qu'il ne s'inquiète de rien, suggéra Lou.

— Ou il est pressé de rencontrer quelqu'un, suggéra

Dorian. Je ne sais même pas s'il regarde dans son rétro, tellement il fonce.

Après avoir troué la nuit durant quelques kilomètres supplémentaires, la Mercedes se jeta à l'intérieur d'une propriété isolée. Dorian éteignit les phares et laissa glisser leur véhicule au plus près de cette habitation emboîtée dans l'obscurité touffue. Il n'y avait pas une seule étoile saupoudrée au-dessus de leurs têtes.

— Une résidence secondaire de Bois ? interrogea-t-il.

— Je vais demander une vérification, répondit Lou.

— Il ne va pas être seul, on dirait, nota Phil.

Une autre voiture rallia aussitôt cet endroit qui accaparait toute leur vigilance. La lumière fugacement propulsée dans la cour leur permit d'en intercepter l'immatriculation à l'aide de jumelles.

— Je la transmets, ajouta Lou.

Les deux réponses rejoignirent l'écran de son mobile en un minuscule fragment de temps.

— Ça appartient bien à l'avocat. Et la Peugeot qui vient de débarquer est enregistrée au nom de Suzanne Ledoux. Une rapide recherche sur LinkedIn m'informe qu'elle bosse pour le secrétariat sur la Transition numérique.

— C'est Paul-Louis Fange forcément. Une petite réunion entre amis pour évoquer l'actualité brûlante. Il ne manque plus que Pierre Walter, vu que Piller est retenu dans nos locaux. À moins que « monsieur X » ne vienne aussi ? Ce serait top ! On ne bouge pas d'ici.

Quelques secondes plus tard, le téléphone de Dorian se signala dans l'habitacle, cadenassé par le silence. Le haut-parleur répercuta la voix de Nathalie, ensachée dans le stress.

— On a perdu le signal du portable de Fange, dit-elle. Il l'a coupé depuis un bon quart d'heure.

— Il est au même endroit que Bois, la rassura Dorian. On espère un troisième larron. Voire un quatrième.

En l'absence de répartie de sa supérieure, la discussion chuta dans un vide déroutant.

— Nath ? T'es toujours là ?

— Désolée. Je reçois à l'instant un mail du FNAEG. Le profil génétique de la femme sans visage n'a aucun équivalent dans le fichier. Il fallait s'y attendre… Je vais tenter d'obtenir une recherche en parentèle auprès du magistrat instructeur, ce qui n'est pas gagné d'avance. Et même s'il me l'accorde, ça prendra beaucoup de temps. Je ne suis pas près de régler cette affaire !

Un nouveau silence engloutit la discussion.

— Qu'est-ce qu'il y a ? demanda Dorian.

— J'avais aussi demandé au laboratoire d'hématologie médico-légale de Bordeaux de nous fournir un portrait-robot génétique en urgence, pour obtenir la couleur des yeux, en plus de celle des cheveux, qu'on possédait déjà. La morte de la forêt de Fontainebleau était blonde aux yeux verts !

— Comme Sonia !

— Elle a été tuée il y a trente ans, exactement l'âge de ta femme. Ce serait dingue si…

— Sonia était la fille de la victime en même temps que son portrait craché ? Impossible ! Ses parents sont décédés dans un accident de voiture, ne l'oublie pas.

— Tout se relie au fur et à mesure et on retrouve les mêmes individus dans chaque affaire. Je contacte tout de suite le juge Denain. Il faut absolument trouver un labo qui fasse pendant la nuit un comparatif d'ADN. Peu importe le coût ! Je veux éliminer au plus vite cette hypothèse folle. En attendant, arrêtez votre filoche et rentrez. Nos politicards ne vont pas s'envoler.

Quand Dorian raccrocha, la stupeur la plus intense était oblitérée sur tous les visages.

11

Soudain, Jean-Daniel Piller tira une fermeture éclair imaginaire sur ses lèvres et boutonna son visage, hermétique à toute expression.

— Je ne réponds plus à vos questions.

— Moi, je ne réponds plus de rien vous concernant ! s'énerva Ballant. Qu'est-il arrivé pour que vous assassiniez cette jeune femme avant de faire brûler son cadavre ? On vous a lâché ? On n'a pas voulu faire le sale boulot à votre place pour une fois ? Je ne vous imaginais pas capable de ce genre de sale besogne. Vous salir les mains à ce point ? Étonnant. À votre âge, vous allez crever en taule !

— Pas la peine d'insister, commandant, mon client ne vous fera plus aucune déclaration, appuya son avocat.

— Moi j'ai plein de choses à vous raconter, monsieur le ministre. On a trouvé chez vous de vieilles photos. On vous voit fêter un de vos diplômes entre potes. On les a scannées et envoyées à la dame qui vous accuse de viol. Elle n'a jamais pu oublier le visage de son agresseur. Pourtant, elle ne vous reconnaît pas sur les clichés. Au début, je ne comprenais pas. Puis tout m'est vite paru très clair : un des donneurs de sperme se faisait passer pour vous avec votre complicité et violait certaines patientes. On va le retrouver. Même s'il est très puissant. Au point que vous le couvriez et que vous fassiez tout pour lui éviter de gros ennuis.

— Je ne protège personne.

— Si. Un type avec qui vous formiez un beau duo de pervers !

— Je ne sais pas de quoi vous parlez. Vous affabulez et vous n'avez aucune preuve de quoi que ce soit.

— Ne vous inquiétez pas, on continue à remuer votre baraque. Et on fouille toute votre vie. Toute la PJ est sur le coup. On est partis d'un postulat : vous connaissiez très bien le salaud avec qui vous profitiez de la faiblesse de ces femmes. Les réseaux sociaux n'existaient pas. Dommage. Mais en sollicitant vos connaissances et les étudiants que vous fréquentiez en fac de médecine, on va bien finir par trouver des photos qui feront tilt auprès de votre victime. Demain, je ne veux pas que vous soyez déféré devant le juge seulement pour assassinat. Non, il y a aussi ce système de détection d'une fratrie grâce à l'ADN puis son élimination à mesure qu'elle apparaît dans les bases de données. Combien sont ces enfants nés de rapports forcés pendant toutes ces années ? Dix ? Vingt ? Trente ? Parlez, vous êtes coincé de tous les côtés !

— Même si tout ça était vrai, je ne gagnerais rien à vous aider. Je ne m'exprimerai plus jusqu'à ce que je me retrouve devant le juge.

Ballant comprit la vanité de son opiniâtreté à vouloir le faire parler : autant essayer de percer un coffre-fort avec des outils de bricoleur du dimanche.

— Très bien, c'est votre droit. Vous ne verrez le magistrat que demain matin. Vous avez la nuit entière pour profiter de votre cellule. Bien sûr, si votre langue se met à fonctionner de nouveau, je suis dispo à n'importe quel moment.

Le cliquetis des menottes sonna la fin de l'interrogatoire, qui n'avait jamais vraiment recommencé, entre les regards fuyants et les marques de mépris de Piller. Courroucé, Ballant rejoignit le patron de la DRPJ, occupé à coordonner les prospections les plus intimes dans l'existence du ministre, retournée et secouée dans tous les sens.

— Il y a une conférence de presse du proc en ce moment, expliqua le directeur. Elle a été organisée au pied levé. Tous les journaleux ont déguerpi au palais. C'est le branle-bas de combat jusqu'au sommet du pouvoir.

— Je m'attendais à ce qu'il y ait plus de pressions politiques, s'étonna Ballant.

— On dirait que la machine est lancée et que rien ne pourra l'arrêter.

— Il est déjà plus de minuit. Je rentre me reposer un peu. Je ne vois pas ce que je peux faire de plus ce soir.

— Beau boulot. Vous pouvez être fier, Greg.

— On est loin d'être au bout. Et il faudra remercier Lemaître aussi. Il nous a filé un sacré coup de main pendant sa cavale. Il ne peut pas être responsable de la disparition de sa femme.

— Elle est liée à une affaire bien plus complexe qu'une histoire de couple, en effet. La femme sans visage pourrait être la mère de Sonia.

— Alors là ! J'ai la tête un peu trop farcie pour réfléchir à tout ce que ça implique.

— Allez vous reposer. Tout le monde doit être sur le pont de très bonne heure.

Ballant se retira aussitôt, tandis que la surprise provoquée par cette nouvelle quitta moins vite son faciès. Elle s'effaça néanmoins à l'idée de retrouver Maëva, qui bénéficiait d'une hospitalité permanente dans ses pensées. Il portait en lui cette évidence de l'avoir trouvée après s'être égaré pendant trop d'années dans le labyrinthe de ses souvenirs. Sa présence était une boussole, son sourire discret la promesse d'un nouveau cap à suivre, son regard assuré la certitude d'une navigation au long cours. Semblables sentiments étant impossibles à cacher plus longtemps dans les soutes de son cœur, le policier comptait les dévoiler sans attendre sous la douce lumière de la sincérité. Il n'avait pas songé que la lueur pût être plus rougeoyante. En découvrant chez lui la biologiste vêtue d'une courte robe en gaze de coton, il eut l'impression de se retrouver propulsé dans le shaker qui avait servi à préparer les cocktails posés sur la table basse.

— Qu'est-ce qu'on fête ? demanda-t-il. Ton départ ?

— Plutôt ton arrivée dans ma vie.

— J'ai quelque chose de vital à faire avant de trinquer.

Il extirpa une clé de son jean et ouvrit la porte de la pièce qui abritait les vestiges de son histoire avec Sonia, liaison naufragée dont il allait enfin échapper. En moins d'une minute, lettres et photos s'échouèrent dans la cheminée, dans l'attente d'une flambée purificatrice.

— C'est l'heure de brûler le passé, dit-il en grattant une allumette.

— Un feu en plein été, quelle idée !

— C'est ce que tu provoques depuis plusieurs jours en moi, pourtant.

Leurs corps s'embrasèrent devant l'âtre, bien tiède en comparaison.

12

Pierre Walter ne prit pas la peine de frapper à la porte découpée dans la façade couleur crème ornée de colliers de verdure. L'ancien maire de Versailles ouvrit directement et s'engouffra dans le salon spacieux à la déco obsessionnelle et obsédante : une dizaine de têtes d'animaux empaillés au regard fixe semblaient sortir des murs blancs pour juger les visiteurs avec des manières de tribunal suprême. Inscrits au concours du plus grand nombre de pas effectués à la minute sur le carrelage rouge et noir, André Bois et Paul-Louis Fange étaient malmenés par l'impatience. Ils l'accueillirent tous les deux avec un air sombre ravagé par un large rictus.

— Tu n'as pas été suivi ? demanda l'avocat.

— J'ai emprunté la voiture d'un collaborateur au ministère, expliqua Walter, très tendu. Et j'ai coupé mes téléphones.

— J'ai fait pareil, acquiesça Paul-Louis Fange, tout aussi stressé.

— C'est la merde absolue ! ragea Walter. D'abord Piller en garde à vue. Et maintenant cette vidéo. Si les flics l'ont reçue en même temps, on est morts ! C'est qui cette Sonia Lemaître ?

— Ma secrétaire, admit Bois, penaud.

— Tu l'as baisée au moins j'espère ? Car elle nous l'a bien fourré à tous celle-là !

— Comment j'aurais pu me douter que c'était la fille

de la morte ! Aucun de nous trois n'avait vu sa tête à l'époque !

— Un colis sympa que nous avait envoyé X, s'étrangla Fange. Tout ça pour une poule dont personne n'a jamais déclaré la disparition. Quel con ! Il nous avait appelés pour l'en débarrasser... Comme des cons, on avait dit oui !

— On n'avait pas le choix, martela Walter. D'ailleurs ça nous a servi à tous, non, de le couvrir et de faire le sale boulot à sa place ? Ça ne devait être qu'un cadavre à foutre six pieds sous terre ! Ah si ce videur n'avait pas été une grosse tanche ! On aurait dû l'éliminer depuis le temps celui-là ! Ou s'occuper de cette commandante de merde qui n'a jamais lâché le morceau. On n'a jamais tenté de faire pression sur le parquet pour que le juge rende une ordonnance de non-lieu, non plus.

— C'est un reproche ? s'énerva Bois. C'était la dernière chose à faire, on se serait attiré des soupçons. Eh, vous pensez que c'est le moment de nous prendre le bec ?

Paul-Louis Fange tenta d'éponger avec un mouchoir déjà spongieux les énormes gouttes de sueur qui dansaient sur son front.

— T'es obligé d'assumer Pierre, dit-il à Walter sans aucune décontraction. Tu dois reconnaître que tu l'as tuée, même si ce n'est pas toi. Et que t'as forcé André à payer Chris Muller.

— Tu penses t'en sortir comme ça ! Si on ajoute Jean-Daniel en taule, tu serais le seul à avoir une virginité. Tu nous prends pour des abrutis ?

— C'est quoi le plus important ? Protéger X, non ? Qu'on ne remonte jamais jusqu'à lui. Pierre, tu dois endosser le meurtre. Et toi, André, la complicité.

— Va te faire foutre ! gueula Bois.

L'avocat se dirigea vers une armoire et ouvrit brusquement la vitrine pour arracher un fusil à son arsenal varié de chasseur glouton. Avant qu'il ne brandisse le modèle choisi, plusieurs détonations perforèrent ses tympans. Les cent vingt kilos de Fange s'écrasèrent sur le sol dans un mouvement irrésistible. Cinq balles incrustées dans son corps venaient de lui indiquer le plus court chemin vers la mort.

— Putain tu nous as piégés ! hurla Walter.

— Non, je n'ai rien fait !

— Salopard va !

Walter déplaça son épaisse carcasse vers l'avocat qui, dans un réflexe impossible à combattre, tira deux fois sur son complice, une balle par poumon, pas de jaloux. Sidéré par cet enchaînement supersonique, le baveux frotta ses yeux rincés par l'horreur. Au loin, un bruit de sirènes ajouta à son trouble démesuré, la stupeur absolue se convertissant en panique totale. La plus vile, la plus confortable, la plus instantanée des options s'imposa alors à son cerveau oxydé par la peur : il plaça le canon sur sa tempe droite, fixa un cerf et pressa la détente. Sa cervelle éclaboussa les bois de l'animal figé dans la vie, pendant que son corps s'affaissa à son tour sur le sol plus rouge que noir, désormais. Dans les secondes suivantes, deux mains gantées firent disparaître le piège pervers à l'origine des premiers coups de feu suite à l'ouverture de la vitrine et placèrent l'arme automatique entre les mains inertes de Walter. Le scénario macabre écrit *a posteriori* par les enquêteurs ne souffrirait ainsi d'aucune imperfection : avant de fuir ce bas monde, Bois avait assassiné Walter qui avait d'abord éliminé Fange. Satisfait, l'individu quitta ces lieux recrépis par le drame et s'enfonça dans la nuit épaisse qui venait de lui prêter une part de ténèbres.

JOUR 10

Des lettres capitales

1

Ce fut d'abord un souffle à peine audible, un bruissement de l'âme. Soudain, ce frémissement fut balayé par une rafale de soupirs, plaintes joyeuses provoquées par d'obscures manipulations. Puis Maëva se laissa emporter par une tempête, brève et violente, plana le temps d'un vol tumultueux, traversé par des secousses de plaisir. L'atterrissage sur la couette, doux tarmac pour corps lourd, fut des plus agréables. Ballant éparpilla des baisers sur sa peau suave et se plaqua contre elle avec le sentiment curieux d'avoir fait l'amour comme un condamné grille son ultime cigarette. La sonnerie de son téléphone ne lui laissa même pas le temps d'inhaler complètement ce bonheur.

— Ballant, j'écoute.

— Brigadier Perron. Je suis de permanence. Le gardé à vue demande à vous voir.

— Tout de suite ?

— Oui. Il a des choses à dire. Seulement à vous.

— J'arrive !

Dans un accès d'allégresse, Ballant picora les dernières miettes de leur festin avec ses lèvres gourmandes, baladées sur les mamelons.

— Piller souhaite me parler ! Je dois y aller.

— La moitié de la nuit lui a porté conseil, on dirait.

— C'est bizarre. Il était si fermé la dernière fois que je l'ai interrogé… Je file. J'espère te revoir demain matin ?

— Ne t'inquiète pas, j'ai prévu de m'en aller dans la journée.

— J'ai l'impression de partir comme un voleur.

— J'espère que t'as dérobé mon cœur.

— Je n'ai pas été aussi bien depuis très longtemps.

— Copieur.

— À très vite.

Le chef de groupe fit le trajet dans une confusion de sentiments, maelström improbable mêlant l'écume du plaisir charnel et l'intense bouillonnement suscité par l'interrogatoire à venir. Dès son arrivée, il ordonna l'extraction du ministre, pour un face-à-face singulier, avec la perspective d'arracher la lumière à la plus sombre des nuits. Piller débarqua dans son bureau avec une mine de crayon à papier mâchonné par un élève stressé. Le masque d'impassibilité affiché en permanence la veille craquelait de partout.

— La caméra est coupée ? demanda le gardé à vue.

— Je ne l'ai pas encore mise en route.

— Je vais vous dévoiler la grande majorité de mes méfaits. À une condition : je refuse de finir mes jours au trou !

— Vous me demandez l'impossible, vous le savez bien !

— On peut trouver un arrangement. Vous avez sans doute un coupe-papier dans votre bureau ou celui d'un de vos collègues.

— Je dois pouvoir en trouver un, oui.

— Parfait. Vous me laisserez repartir avec, avant de me raccompagner personnellement à ma cellule. Quand on me retrouvera décédé au petit matin, vous direz que vous avez eu quelques instants d'inattention pendant l'interrogatoire. Et que vous ne vous êtes pas aperçu que je l'avais pris et glissé dans mon caleçon. On ne vous emmerdera pas trop, vu ce que j'aurai lâché avant de me suicider.

— Je ne peux pas faire une chose pareille. On

chercherait de quelle façon vous vous êtes procuré l'arme. Et je serais le premier suspecté.

— Vous avez dix secondes pour faire le choix le plus important de votre carrière professionnelle. Si vous refusez, je demande à retourner dans ma cellule et je me tairai à jamais. Et je trouverais bien un moyen de me foutre en l'air. Quitte à payer pour qu'on s'occupe de moi en taule !

Après un court débat contradictoire entre le Bien et le Mal, Ballant choisit de s'enfoncer dans son fauteuil et s'asseoir sur ses principes.

— Mourir est vraiment ce que vous voulez ?

— Oui. Comme le dernier des lâches.

— J'ai toujours des lames de rasoir en stock pour les fois où je n'ai pas le temps de me raser chez moi. En voilà une. Je me débarrasserai des autres. Prenez une capote aussi.

— Pour quoi faire ?

— Mettez la lame dans le préservatif, que vous vous fourrerez ensuite dans le cul. Gardez-le quelques heures avant de vous ouvrir la gorge pour que le légiste puisse supposer que vous l'aviez déjà en entrant dans nos locaux. S'il y a un peu de merde dessus, ce sera l'idéal.

— Je fais ça tout de suite ?

— Oui. Je vous regarde. Pas question de tenter un sale coup en vous saignant dans mon dos.

Malgré l'humiliation qui ruisselait sur ses prunelles, Piller ne quitta jamais le policier des yeux pendant l'intrusion du corps étranger dans son orifice.

— Parfait, dit Ballant. J'appelle un des policiers de garde pour qu'il tape en même temps votre déposition et que vous puissiez la signer avant de repartir dans votre cellule.

Lorsqu'il fut secondé par un brigadier, Ballant actionna la caméra et se connecta complètement avec le ministre.

— Je vous écoute. Vous me confirmez que vous avez

souhaité vous exprimer spontanément sans la présence de votre avocat ?

— Je suis devant vous de mon plein gré, en effet.

— Très bien. On va faire comme hier : commencer par le début.

— J'ai pratiqué plein d'inséminations artificielles avec du sperme frais, dans les années 1970. Quelques étudiants en médecine me prêtaient leur concours désintéressé. L'un d'eux était très, très en retard, un jour. La patiente n'en pouvait plus d'attendre. Et moi aussi. Il m'était arrivé deux ou trois fois d'aller me masturber dans la pièce d'à côté pour pallier au dernier moment l'absence d'un donneur. Cette fois-là, j'ai vrillé. La dame semblait fragile, fatiguée. Je ne lui ai pas laissé le choix. Je l'ai violée. Elle est partie très choquée. Je me suis soudain senti comme la pire des ordures. Et c'est là que je me suis rendu compte qu'il était là. Qu'il avait tout vu.

— L'étudiant que vous attendiez ?

— Oui. Il avait le sourire de celui qui vient de gagner au loto. J'ai cru qu'il allait me faire chanter. J'aurais préféré... Il a exigé de prendre ma place de temps en temps. De se faire passer pour moi. En quelques années, il a abusé d'une dizaine de patientes. Chaque fois, j'étais persuadé que c'était la dernière. Que les flics allaient débarquer dans mon cabinet quelques heures après et mettre fin à tout ça. Je l'espérais presque pour tout vous dire. Je ne veux pas me faire passer pour une victime. Le péché originel, c'est moi qui l'ai commis.

— Ainsi, vous avez quitté votre métier de gynéco pour vous lancer à plein temps dans la politique.

— C'était le seul moyen de mettre un terme à cette folie !

— Vous cherchiez à vous protéger, aussi ?

— Même pas ! Mon père avait été député. Suivre ses traces était la seule explication logique à mon abandon, après tout ce temps passé à la fac. C'était en outre un métier public qui m'exposait au souvenir des victimes. J'ai donc rallongé mon prénom, Dan est devenu Jean-Daniel. Comme, physiquement, je ne ressemblais en rien à l'autre, j'espérais ne jamais être inquiété.

— Mais l'ADN a tout bouleversé longtemps après.

— Oui. Forcément, j'ai toujours été opposé à un changement de la législation sur les tests récréatifs. Il y avait prescription par rapport aux viols. Mais j'étais devenu un personnage très connu. J'ignore comment Patrick Hans, le boss de DNA-True, a réussi à me dérober du matériel biologique. Le résultat, c'est qu'il est parvenu à savoir que j'avais un fils caché. On venait d'ouvrir la boîte de Pandore… Il m'a proposé de garder le silence. En échange, je devais faire du lobbying auprès des parlementaires pour que la loi évolue. Je lui ai proposé largement mieux pour qu'il oublie ma situation personnelle : pas mal de pognon ! Hans, qui œuvre à la création d'une banque de données universelle et totale grâce à des ordinateurs quantiques, a besoin de sommes monstrueuses pour concrétiser ses rêves. J'ai bénéficié de la complicité d'un de ses principaux collaborateurs pour faire chanter des gens très fortunés en utilisant sa base de données. J'ai financé sa folie des grandeurs avec de l'argent extorqué indirectement grâce à sa société. Je l'ai bien baisé en utilisant ses propres méthodes !

— Le trader Valentin Laurent, qui s'est suicidé dans les locaux de sa société, a fait partie des cibles ?

— Effectivement. On a retrouvé sa fille illégitime, Maëva Baugé, une biologiste du CECOS. Quelle ironie !

— Mais pourquoi avoir voulu la liquider après avoir touché l'argent ?

— Ce n'est pas moi qui l'ai souhaité. Ce n'était pas l'idée de départ. Mais il ne m'a pas écouté.

— Vous parlez de Sylvain Dole, je présume ?

— Il est venu me trouver il y a deux ans. Sa mère venait de lui révéler le secret de sa conception. Il l'avait un peu secouée pour qu'elle parle, d'après ses dires. Je lui ai laissé croire que j'étais son père, pour préserver l'autre une fois de plus. Il m'a réclamé du pognon pour se taire. Je lui ai fait une proposition très supérieure, car j'ai senti tout son potentiel maléfique, qui ne demandait qu'à s'exprimer. Il tombait à pic pour accomplir nos basses œuvres : supprimer les enfants indésirables issus des viols que j'avais commis avec mon complice. L'autre partie de sa mission consistait juste à faire chanter les gens fortunés. Mais il s'est mis à assassiner leurs rejetons illégitimes une fois le fric reçu pour qu'il n'y ait plus de trace. J'avais « enfanté » un formidable tueur en série devenu de plus en plus gore. Au début, il était discret. Mais au fil des assassinats, il est devenu incontrôlable. Il y avait trop de surenchère. Le tournant a été la mort de Lucie Froissant. Lui arracher le cœur de son vivant… Le mode opératoire attirait trop l'attention. J'ai dû demander à Bois de faire en sorte que la partie civile le désigne en tant qu'avocat pour être averti des investigations. J'ai créé un monstre qui a échappé à mon contrôle. D'ailleurs, il y a quelques jours, on avait introduit son profil dans la base de données à son insu. On prévoyait de le piéger et de se débarrasser de lui à court terme, mais tout s'est précipité…

— Et Clara Finlay, l'influenceuse que vous avez assassinée ?

— Je l'ai étranglée. Une pulsion due à un sentiment de toute-puissance sans doute. J'ai appelé Dole pour qu'il me débarrasse du corps. Il m'a dit d'aller me promener dans le bois bordant ma résidence. Il devait l'emporter ailleurs. Quand vous avez retrouvé le cadavre calciné, j'ai compris qu'il avait pour consigne de me faire tomber. Il l'a brûlé chez moi et a barbouillé un de mes vêtements de suie. Beaucoup trop subtil pour que l'idée vienne de lui…

— Elle émane forcément de votre complice qui a souillé toutes ces femmes en utilisant votre identité. Et qui occupe forcément un poste très exposé pour que vous continuiez à le protéger plusieurs décennies après. Car l'idée d'éliminer sa descendance vient de vous, n'est-ce pas ?

— En effet. Lucie Froissant, Emmanuelle Lias, Patricia Loisel… Au fur et à mesure que les membres de la fratrie sont apparus dans les bases de données, on les a supprimés. Je ne voulais pas que l'autre tombe. Car il m'aurait entraîné dans sa chute.

— Pourquoi taire son nom jusqu'au bout alors qu'il vient de vous piéger ?

— On n'est jamais mieux trahi que par ses amis, en effet. Mais tout ce qui se passe va foutre un bordel monstre. Pas la peine d'en rajouter. Vous trouverez dans mon bureau au ministère une clé USB qui contient le détail de mes échanges avec mon complice chez DNA-True, ainsi que tous les relevés de transferts d'argent que je lui ai octroyés dans des paradis fiscaux, *via* des sociétés-écrans. Il sera possible de remonter jusqu'à lui. Je n'ai rien à communiquer de plus, sauf que je tiens à dédouaner absolument Patrick Hans de toute la partie criminelle. Ce n'est pas un assassin ni un commanditaire de meurtres. Quand il m'a contacté pour me dire qu'un flic en cavale voulait parler avec lui en visioconférence par l'entremise de Clara Finlay, je lui ai conseillé d'accepter. Et j'ai envoyé Dole à l'hôtel dans le but de supprimer les deux, ce qu'il n'a pas réussi à faire.

— Une dernière chose. Vous avez commis un viol. L'enfant, vous l'avez fait supprimer, celui-là aussi ?

— Il y a un an et demi. J'étais présent dans la base de données sous un faux profil, Daniel Jack.

— Combien de personnes ont été assassinées en tout ?

— Vingt. La liste est incluse dans les documents que j'ai laissés.

— Vous avez fait de Sylvain Dole un des plus grands tueurs en série de tous les temps ! Vous savez où il se trouve ?

— Non. Il a gagné énormément de pognon. S'il n'est pas trop con, il se fera oublier jusqu'à la fin de sa vie...

Tout son être hurlait désormais sa hâte de conclure la sienne.

2

Jamais Dorian n'était entré dans les locaux de la DRPJ avec le cœur broyé par l'émotion, tordu par le stress aussi. Jamais, non plus, il n'avait pris part à un briefing dans la salle de réunion, qui plus est à une heure où la nuit reste ancrée dans la plus épaisse noirceur. Son regard voyagea dans la pièce en faisant une halte sur chaque personne présente : le directeur de la DRPJ, le sous-directeur, le commissaire Richard, les autres chefs de service, Nathalie et le juge Denain.

— Je remercie tout le monde de s'être mobilisé avant l'aube, lança le taulier. Vous aurez remarqué que Dorian figure parmi nous. J'en suis ravi. Plus aucune charge ne pèse contre lui. On pense que son épouse a été à son tour victime de ceux qui ont tué sa mère. Pour ceux qui l'ignorent encore, des analyses faites cette nuit ont mis en évidence la filiation entre la femme sans visage de la forêt de Fontainebleau et Sonia Lemaître.

— La nouvelle m'a stupéfait à plusieurs titres, commenta Dorian. Les parents de Sonia sont décédés dans un accident de voiture quand elle avait 18 ans. C'est du moins ce qu'elle a toujours raconté à tout le monde. Soit elle ment sciemment, soit elle ment de bonne foi. Ses parents l'ont peut-être adoptée sans jamais lui avouer qu'elle n'était pas leur enfant naturelle. J'essaie de trouver une cohérence à tout ça. C'est compliqué. Une certitude : le principal suspect de sa disparition est maître

Bois, son employeur. Il l'a débauchée il y a six mois alors qu'elle bossait chez un de ses confrères moins en vogue. Il lui a filé un très bon salaire. Je me souviens qu'elle a refusé plusieurs fois avant d'accepter. Elle se posait des questions, elle se demandait si ce n'était pas surtout son physique qui l'intéressait avant tout. Pas vraiment en fait. Aujourd'hui, on peut imaginer qu'il voulait l'avoir au plus près de lui. Mais pour quelle raison ?

— Si le but avait été de l'éliminer de suite, ce n'était pas la peine de lui filer un boulot, intervint Nathalie. On peut imaginer qu'il a cherché Sonia et qu'il avait besoin d'une proximité avec elle. Trente ans après avoir sans doute commandité l'assassinat de sa mère avec plusieurs politiciens versaillais, quel était le but ? Elle ne représentait aucun danger potentiel. Pouvait-elle détenir quelque chose de gênant vis-à-vis d'eux ? Ou a-t-elle simplement atterri chez lui par le plus grand des hasards ? Mais je suis sûre d'une chose. Il y a un lien entre ce qui est arrivé à Sonia le lundi soir et le départ précipité, le lendemain, de Muller, le videur du *Dancefloor* soupçonné d'avoir tué sa mère.

— Nous avons eu une très violente dispute, précisa Dorian. Tout est parti d'une vengeance stupide de la part de PAC. Il m'en veut parce que j'ai eu une liaison avec Fanny Lange. Et il a dévoilé mon infidélité à Sonia ce lundi-là, justement. Quelques heures après, elle m'a jeté un verre sur le crâne et j'ai perdu connaissance. Elle l'a rappelé en catastrophe. Il a rappliqué et lui a dit que j'étais décédé, tellement il était remonté contre moi. D'après lui, elle s'est barrée sur-le-champ. Elle s'est enfuie en me laissant inconscient et s'est sans doute réfugiée chez maître Bois pour lui demander de l'aide.

— Je suis persuadée qu'elle est tombée à ce moment-là sur le gros bras de la boîte de nuit, qui venait sans doute régulièrement chercher de l'argent en liquide chez l'avocat, enchaîna Nathalie. Sonia a le même âge que sa mère quand celle-ci est décédée. Sans conteste lui ressemble-t-elle énormément. On peut penser que Chris Muller a vu débarquer la copie conforme de sa victime chez le baveux. Et là, tout a basculé…

— Il décide alors de retenir Sonia quelque part, poursuivit Dorian. Le temps de trouver un plan. Il se trouve que Bois est l'avocat de la partie civile dans l'affaire Lucie Froissant, à qui on a arraché le cœur de son vivant. Il décide de venir chez nous. Il laisse des indices évoquant cet horrible assassinat et manigance pour laisser croire que je peux être à l'origine de cette manipulation, afin de détourner les soupçons. Ce qu'il n'imaginait sans doute pas, c'est que je me lancerais à corps perdu dans la recherche de l'assassin de Lucie Froissant.

— Et que tu parviendrais à remonter comme nous jusqu'à Jean-Daniel Piller, poursuivit Nathalie. Le ministre de la Santé a avoué cette nuit à Greg son implication totale dans l'assassinat des demi-sœurs, car il a façonné le monstre qui les a exécutées, Sylvain Dole. Il a aussi lâché l'identité de son complice au sein de DNA-True. Il a seulement refusé de livrer le nom du vrai violeur multirécidiviste, qui utilisait son identité et son cabinet pour abuser de ses patientes pendant plusieurs décennies. Le plus dingue, c'est qu'on retrouve Piller parmi les hommes politiques liés à la mort de la femme sans visage. Une imbrication assez incroyable…

— La priorité absolue, c'est de fouiller le passé de Sonia, décida le grand patron. On n'a pas pris le problème sous le bon angle. J'ai bien connu son père, il était juge d'instruction à Versailles. Elle a bien de la famille qui pourrait nous en dire un peu plus ?

— J'ai l'impression qu'elle a coupé les ponts avec quasiment tout le monde, explique Dorian. D'ailleurs, on s'est mariés à quatre : nous deux et les témoins. Je sais qu'elle voit épisodiquement une tante qui habite dans le coin. Elle a été interrogée lorsque Sonia a disparu. Je vais très vite la recontacter. Il faut démêler cette histoire. Il nous reste deux jours.

À cette idée, l'inquiétude fit de leurs regards des territoires conquis.

— Malheureusement, on n'a aucun élément concret par rapport aux trois membres du gouvernement, souligna le juge Denain. Juste des suppositions et quelques discussions interceptées que vous interprétez. On ne peut pas les placer en garde à vue.

— Alors, on attend qu'elle meure ? s'énerva Dorian.

Son smartphone professionnel, à nouveau en service depuis la veille, signala l'arrivée d'un mail à l'instant où son poing abattu avec fracas relayait sa mauvaise humeur. Le nom de l'expéditrice explosa dans son regard : Sonia !

3

Depuis le départ de Greg, le bonheur rinçait le visage de Maëva avec la frénésie de trombes d'eau. Éprouver à nouveau la passion la plus débridée et percevoir sa totale réciprocité diffusaient en elle une joie monumentale. Longtemps perchée sur des sommets de félicité, elle en descendit un instant pour envoyer à son mari un message lui réclamant au plus tôt une discussion sérieuse par visiophone. Il lui était vital de régulariser sa situation amoureuse sans tarder et de réaménager sa vie en conséquence. En quelques jours, sous le joug des évènements les plus dramatiques, son couple avait fini de se déchirer tout doucement, comme une feuille de papier prédécoupée. Voir la Mort se trémousser tout près d'elle avait précédé une renaissance, une furieuse envie de secouer son existence et d'en faire tomber tout ce qui n'allait pas. À cette idée, jubilatoire, elle abandonna le lit pour aller siroter un dernier verre dans le salon, où les ultimes crépitements du feu annonçaient de loin sa mort flamboyante. En chemin, Maëva longea la pièce qui, la veille encore, était sanctuarisée et renfermait une collection unique de la nostalgie, interdite à tout visiteur. Rien ne subsistait de l'entreprise de nettoyage du passé accomplie par Greg, à l'exception d'une pile de vêtements pour bébé délaissée sur un meuble. Quatre bodys unisexes encore neufs, vestiges de la hâte de Sonia à devenir mère au point de projeter ses désirs sur les rayons textiles. Il n'avait pas osé les jeter ni les donner, malgré le défilé des années, sans doute par peur de planter quelques échardes supplémentaires dans son cœur déjà blessé. Guidée par l'émotion, la biologiste ne put s'empêcher de les déplier pour en admirer les motifs ou les messages, notamment celui qui délivrait la plus irréfutable des vérités : *C'est moi qui ai la meilleure maman du monde.* Ce modèle abritait curieusement une enveloppe qui chuta sur le parquet avec des façons indélicates de visiteur-surprise. Elle l'ouvrit de ses doigts tremblants et en délivra une lettre manuscrite, forcément prise au piège des parois de papier depuis l'époque où Greg et Sonia habitaient ensemble.

Greg, mon chéri,

Je vais te raconter mon histoire comme si je te confiais mon bien le plus précieux. Personne ne sait que je suis une enfant du hasard. On m'a déposée à la naissance dans un immeuble du 16e, au milieu des dorures. Ça aurait pu être parmi des ordures, je m'en tire bien. Au moment de faire le tri, heureusement, le destin m'a répartie du bon côté : j'ai été récupérée par un couple qui m'a déclarée comme sa fille naturelle. Incapables de procréer depuis des années, Paul et Elizabeth, perdus dans leur souffrance, m'avaient trouvée au bas d'un escalier. Une livraison miraculeuse qui répondait à une commande insistante, celle passée chaque jour auprès de Dieu. Cette rencontre magique, ils me l'ont seulement racontée le lendemain de mes 18 ans, alors que les lumières de la fête mouraient à petit feu dans mes yeux usés. Le regard pluvieux, j'ai alors réécrit mon histoire, recomposé mon passé à la lueur éblouissante du présent, perçu les dissemblances physiques entre eux et moi, preuves évidentes de nos différences jusque-là étouffées sous leur amour sincère et inattaquable. J'ignore si cette révélation avait pour eux valeur de cadeau, mais je l'ai reçue tel un fardeau, un poids qui lesterait à jamais chacune de mes pensées. J'ai eu l'impression que ma vie avait été bâtie sur du sable soudain emporté par une vague meurtrière qu'un océan exalté aurait crachée. J'étais en colère envers eux, rétorsion injuste, j'étais en rage contre la vie, réflexe banal, j'étais remontée contre moi, autoflagellation absurde. On s'est disputés, ou plutôt, je les ai maudits d'avoir si longtemps conservé dans l'emballage du secret la vérité sur mes origines. Je suis partie au quart de tour, puis je suis partie tout court. Je ne les ai jamais revus de leur vivant, car ils s'en sont allés trop vite, eux aussi. Ils sont décédés quarante-huit heures après dans un accident de voiture, un second choc à la suite, le télescopage de l'acier après la collision des sentiments. Je me suis retrouvée broyée à l'intérieur, eux, à l'extérieur. Depuis, le vide remplit mon existence, qui n'aura de sens que lorsqu'elle se prolongera à travers les petits pieds qui sortiront de mes entrailles. Si tu n'as pas la curiosité de fureter dans les vêtements de bébé que j'ai achetés à l'avance pour le jour où ce bonheur absolu imprégnera mes journées, c'est que nous ne sommes pas en harmonie. L'amour entre un homme et une femme ne peut être qu'un début, pas une fin en soi.

Sonia

L'émotion saisit son cœur pour lui offrir trois tours de valse. Maëva se souvint aussitôt d'avoir observé de loin quelques barboteuses dans la chambre en désordre de Dorian et Sonia, sans oser céder à l'insistance de sa curiosité. Soumise au commandement de son instinct, elle décida de se rendre chez eux, d'autant qu'elle possédait un double des clés que Dorian lui avait laissé dans la précipitation de son départ en cavale. Le court trajet en voiture vers Jouy-en-Josas favorisa sa détermination, trop robuste pour laisser une place à ses ultimes doutes, pulvérisés. Quand la ruelle abrupte accueillit son véhicule peu économe en crissement de freins, un pressentiment étrange enchâssa son esprit : il lui sembla arriver au bout d'un long voyage qui ne se résumait pas aux quelques kilomètres avalés depuis Versailles. Une vérité cinglante l'attendait peut-être à ce terminus, où elle espérait dénicher de nouveaux écrits susceptibles de cabosser les certitudes des enquêteurs. Son souffle, rétréci à l'idée de ces possibles bouleversements, devint infime quand elle sonna. Mais Maëva troubla seulement le silence épaissi par celui de la forêt toute proche. Sans insister, la visiteuse traversa le jardin délaissé et entra dans la maison écrasée par le calme. L'escalier accueillit aussitôt ses pas retenus, allégés par la prudence. En haut, la pièce vandalisée avait toujours un air de champ de bataille, les affaires éparpillées par terre paraissant comme autant de victimes tristement laissées sur le carreau. Heureusement, là où elle l'envisageait, elle trouva deux enveloppes serrées entre les manches longues d'un habit en tricot de coton. Si la première lettre offrait des révélations équivalentes à celles découvertes chez Greg, la seconde, récente, proposait une hallucinante mise à jour.

Dorian, mon chéri,

Comme mon premier mot à l'encre bien sèche t'attend toujours, voilà une seconde chance, l'ultime aussi. Vivre avec un commandant de police devrait m'éviter de semer des messages dans l'espoir que mes achats vestimentaires t'obligent à mettre la main dessus. Mais vu que ton indifférence persistante t'a empêché de prendre connaissance de l'épisode précédent, je n'ai pas envie de te raconter la suite de vive voix. Je dois te parler de Clara, la fille de notre voisine, une gamine que j'aime tellement que j'ai déjà commandé le même modèle, même si tout autre me conviendra. Il y a quelques mois, elle est passée un matin, comme souvent avant de partir pour l'école, me faire un bisou tartiné de Nutella. Elle adore mon vieux doudou, le singe Hector, qui m'accompagnait dans le berceau où mes parents m'avaient recueillie, seul souvenir épinglé à mon début de vie. Tu connaîtrais cette histoire depuis un moment si tu t'étais intéressé aux habits que j'ai achetés pour notre futur bébé, si tu avais eu envie de les déplier, les palper, les humer, comme je le fais en enfouissant mon nez dans le tissu... Ce jour-là, Clara a posé Hector sur la table de la cuisine et a renversé ma tasse de café sur ses vieux poils, victimes autrefois de mes succions et de mes mordillements. Elle était tellement triste que j'ai dû sécher ses larmes avant d'en faire de même avec la peluche. Au moment de la nettoyer, je l'ai palpée pour la première fois depuis ma lointaine enfance et j'ai senti sous mes doigts agités une forme étrange. Une inspection intraitable m'a permis de déceler dans le dos une couture qui n'avait rien d'originelle. Après l'avoir déchirée, j'ai exhumé une photo : cinq hommes réunis par un toast, bras levés et verres brandis vers le ciel, papier buvard qui avait aspiré tout l'azur du monde. Un trait de crayon entourait le visage de l'un d'eux, sans doute le plus important de la bande, impossible à identifier, car ma boisson avait inondé ses traits. Pour les autres, j'ai enquêté, car le lieu laissait penser à un restau luxueux, mets rationnés et serveurs en abondance. J'ai fini par poser un nom sur chacun d'eux : Pierre Walter, Jean-Daniel Piller et Paul-Louis Fange appartiennent au gouvernement après avoir été élus à la mairie de Versailles, alors que maître Bois est avocat, par définition le plus accessible. Je me suis arrangée pour le croiser plusieurs fois au Palais de justice et lui distribuer des sourires qui lui donneraient envie de voir scintiller mes dents au quotidien dans son cabinet. Je ne paraissais pas lui évoquer quoi que ce soit de spécial, à part que son regard s'amourachait de mes jambes. Il a proposé trois fois de m'embaucher, j'ai accepté à la quatrième, pour lui suggérer son triomphe, alors que j'étais la gagnante. Une fois dans la place, après deux semaines de travail, j'ai profité d'un moment de calme pour installer une caméra dans son bureau et braquer son intimité. Quand tu m'imagines devant Netflix, le soir, je fais défiler à vitesse accélérée sa journée sans intérêt, tronquée par ses plaidoiries, dévitalisée par ses absences. Le cœur de la nuit, en revanche, palpite de secrets. Une fois par mois, vers 1 heure du matin, un type vient prendre une enveloppe remplie de billets, le genre balèze bodybuildé qui sollicite davantage ses muscles que ses neurones. Ils ont eu mardi dernier une discussion houleuse qui m'a perforé l'estomac : le gros bras a parlé un peu fort d'une blonde aux yeux verts qu'il avait dû massacrer il y a trente ans, exactement mon âge. Il a également évoqué des ossements dérobés dans un ossuaire de Melun grâce à la complicité du gardien, une horreur qui se raccordait à la précédente. Toute coïncidence est à bannir, j'en suis sûre : je suis nouée à cette histoire morbide et je veux démonter les ressorts d'une telle intrication. Peut-être que cette quête inconséquente me perdra. Mais, Dorian, si tu ne découvres jamais ces lignes, tu m'auras perdue, sois-en sûr.

Sonia

Au terme de sa lecture scandée par des hoquets de surprise, Maëva se courba devant une évidence inattendue : Sonia impulsait bien plus les choses qu'elle ne les subissait depuis le début. Elle replia les lettres et les remit avec soin à leur place originelle, comme elle l'avait fait dans l'appart de Greg, tant elles recelaient de secrets qu'il ne lui appartenait peut-être pas d'ébruiter.

4

— Sonia m'a envoyé une vidéo ! s'écria Dorian, assommé. Elle précise qu'il s'agit d'un envoi automatique programmé au cas où il lui arriverait quelque chose de grave.

La surprise fut vite piétinée par l'empressement à vouloir regarder les images. Il posa son mobile au centre de la grande table pour faciliter auprès du plus grand nombre la diffusion de la vidéo tombée dans ses mails et tout au fond de ses yeux éberlués. L'homme qui apparut à l'écran était parachuté d'outre-tombe. Aussi à l'aise qu'un guépard en train de patiner sur la banquise, Chris Muller se contorsionnait sur un siège de voiture. Après avoir tiré à plusieurs reprises sur son tee-shirt alourdi par la sueur, le videur prit longuement sa respiration, comme pour plonger dans les eaux troubles d'un vieux secret, du haut de la falaise de ses mensonges.

Je m'appelle Chris Muller. Je suis videur au Dancefloor. *On est le 15 mai 2021, 5 heures du matin. Je suis sous la menace de Sonia Lemaître, qui est armée. Son mari est commandant de police. Elle lui a subtilisé son pistolet de service durant son sommeil et elle est venue m'attendre sur le parking de la boîte. Elle m'a obligé à la conduire dans un endroit désert et à vous raconter ce que j'ai fait il y a trente ans. Je venais juste de commencer mon taf. Je faisais aussi des extras pour un homme politique,*

Pierre Walter. Il était candidat à la mairie de Versailles. À force d'assurer la sécurité lors de ses meetings, on avait un peu sympathisé. En 1991, deux ans après avoir été élu, il m'a appelé. Un de ses meilleurs amis avait besoin d'un énorme coup de main. Il avait pensé à moi, car j'étais discret. Il y avait un beau paquet de fric à se faire aussi... Il m'a indiqué une adresse paumée dans les Yvelines. Je l'y ai retrouvé au milieu de la nuit. Il y avait un cadavre enroulé de la tête aux pieds dans une couverture au fond du coffre d'une bagnole. Walter m'a juste dit : « C'est une gonzesse. On ne peut rien faire pour elle. T'as une mission : t'en débarrasser le plus loin possible. Tu l'enterres bien profond dans un coin de la forêt de Fontainebleau, par exemple. On ne doit jamais la retrouver. Jamais ! En échange, t'auras de quoi te dorer la pilule sur une île le restant de tes jours. »

Je sentais que je n'avais pas trop le choix, en fait. Si je refusais et qu'un jour j'avais besoin de bosser, il me laisserait tomber. Et puis, j'en avais déjà trop vu... J'ai fait le trajet avec une boule monstrueuse au ventre. Une fois là-bas, j'ai transporté le corps sur mon épaule pendant plusieurs centaines de mètres. Et là, d'un coup, il y a eu des lumières partout autour de moi. Je suis tombé en plein tournage d'un film, à 5 heures du mat'. Un truc de zombies ou je ne sais quoi. C'était la merde... J'ai paniqué. J'ai regardé à quoi elle ressemblait. C'était une magnifique blonde aux yeux verts. J'ai pris une grosse pierre et j'ai massacré son visage, pour qu'on ne puisse pas la reconnaître. J'ai cogné tellement fort que deux dents ont sauté. Je les ai récupérées, par réflexe. J'ai pensé que j'en aurais peut-être besoin pour obtenir mon dû. J'avais quand même pris de très gros risques ! Puis j'ai abandonné la victime et je me suis cassé. Quand j'ai revu Walter, il était dingue ! C'était le bordel, j'avais salopé le boulot et il y avait une enquête. Tous les journaux ne parlaient que de cette affaire. Il est devenu encore plus fou quand il a appris que dans la précipitation, j'avais fait tomber une boîte d'allumettes du Dancefloor *et que la police cherchait le coupable parmi les clients et les employés. À cause de mes conneries, il ne voulait plus me régler. Alors, je lui ai parlé des deux incisives que j'avais mises en lieu sûr pour me protéger.*

Walter m'a envoyé devant un pote à lui, maître Bois. L'avocat m'a dit qu'au lieu de me payer d'un bloc, j'aurais juste un peu de pognon tous les mois tant que l'affaire ne serait pas close sur le plan judiciaire. Je recevrai le solde à la fin. Fallait poireauter quelques années si tout se passait bien, le temps qu'il y ait un non-lieu. Mais ç'a été bien plus long, en fait. Ça fait trente piges que je fais hypergaffe aux flics, mais aussi à ces politicards. J'ai toujours eu peur qu'ils essaient de me faire ce que cette pauvre femme avait subi... Ils m'ont même demandé d'aller filer du pognon au gardien du cimetière, des années après, pour récupérer les ossements. Je pensais être tranquille jusqu'à ce que cette Sonia Lemaître me retrouve. Qu'est-ce qu'elle lui ressemble ! Quand j'ai vu sa tête, j'ai de suite compris. C'était sa fille, forcément, qui revenait me hanter. On a fait un deal. Comme je ne suis pas l'assassin, elle a prévu de me laisser fuir si je l'aide à faire tomber les vrais coupables. Je suis revenu voir la veuve du gardien et je lui ai tout expliqué. Je lui ai filé un tract d'époque avec l'espoir que les flics viendraient fouiner chez elle, afin de les mettre sur la voie. Pour s'excuser de ce que son mari avait fait, elle a eu la bonne idée d'y écrire dessus un mot d'amour qu'il lui aurait soi-disant laissé avant de mourir...

En plus du commandant de police Dorian Lemaître, Pierre Walter, André Bois, Jean-Daniel Piller et Paul-Louis Fange sont destinataires de cette confession. Je ne sais pas si l'un d'eux est le meurtrier ou s'il s'agit du type méconnaissable sur une vieille photo qu'elle m'a montrée. Les quatre autres ne m'ont jamais parlé de lui. Voilà tout ce que je sais.

Dorian fut le premier à bousculer le silence qui s'enchaîna à ces révélations.

— Il faut revoir notre raisonnement, dit-il. Sonia est à l'origine de ce qu'il se passe et en a payé le prix. Quand elle m'a cru mort, elle a sans doute eu peur de ne pas pouvoir continuer ce qu'elle avait entamé. D'où sa fuite. Mais pourquoi vers le cabinet de maître Bois ? En tout cas, il a bien dû lui arriver quelque chose là-bas.

— Quelle histoire, intervint le juge Denain, pensif. La priorité, c'est d'interroger à nouveau Jean-Daniel Piller ; il est au carrefour de toutes ces affaires. Il faut insister et parvenir à le faire craquer à nouveau. Il a commencé à balancer pas mal de trucs, il doit continuer. Laissons les trois autres tranquilles pour le moment, ne les alarmons pas.

— Vu ce qu'il se passe, ils sont certainement déjà aux aguets, dit Dorian. Ils vont même sans doute tenter de se voir dans la plus stricte discrétion, obligé. C'est même peut-être déjà ce qu'il se passe en ce moment. Vu la vitesse à laquelle Bois roulait vers sa résidence secondaire, il ne pouvait que les rejoindre après avoir visionné la vidéo... Merde, on n'aurait jamais dû rentrer ! On doit y revenir au plus vite.

L'angoisse s'entortilla autour de sa voix fatiguée à l'instant de poser une question qui se dupliquait déjà dans toutes les têtes :

— Mais qu'ont-ils fait de Sonia ?

5

Autour des trois corps, acteurs figés d'une pièce macabre, les rôles se répartissaient naturellement. Principaux animateurs du premier cercle des intervenants, les membres de la scientifique fixaient avec minutie ces lieux emmaillotés dans le drame. Un peu plus en retrait s'agitaient le juge Denain, le procureur, le commissaire Richard, le directeur de la DRPJ, un émissaire de la place Beauvau et deux envoyés spéciaux de l'Élysée, assemblage hors norme dû à l'aspect tout aussi exceptionnel de l'affaire : un futur garde des Sceaux et deux ministres éliminés de l'échiquier politique au terme d'un carnage, pendant qu'un troisième, bloqué sur la case prison, était promis à un retentissant échec et mat.

— La balistique va avoir du taf pour démêler tout ça, soupira Nathalie. À première vue, on dirait qu'ils se sont entretués sous l'effet de la panique ou de l'énervement. Il semble que Bois se soit suicidé pour finir.

— Sonia avait-elle imaginé un truc pareil en leur balançant sa vidéo ? Le problème, c'est qu'il manque « X ». Troublant... Il n'a pas pu venir ? À moins qu'il soit le seul à être reparti ?

Alors qu'ils bâtissaient le fragile échafaudage de leurs hypothèses, Lou revint de l'extérieur.

— Derrière la maison, il y a des travaux de terrassement, sans doute destinés à bâtir des dépendances, dit-elle. Ils ont mis à jour une cavité. J'ai l'impression qu'il y a quelqu'un dedans. J'ai entendu des cris.

— Je viens l'examiner avec toi, dit Dorian.

Les deux policiers hâtèrent leurs pas jusqu'à l'excavation creusée au milieu d'un vaste jardin. Ils plongèrent la lumière de leurs torches dans l'anfractuosité artificielle, dont ils bousculèrent à peine la pénombre.

— Y a quelqu'un ! hurla Dorian.

Aucun son ne remonta en retour de ce puits de mystère.

— On descend, dit-il.

— Je te suis.

Ils se laissèrent glisser le long de la terre qui accolait à ses éraflures l'inconfort de l'humidité. En bas, ils atterrirent sur une allée bordée de part et d'autre de cachots minuscules réchappés de siècles lointains, immondes postillons recrachés par le passé.

— Ils ont mis en évidence plusieurs geôles souterraines, nota Dorian.

— Un trousseau de clés est suspendu à ta gauche.

— Je le prends. Je passe en premier.

Ils s'avancèrent doucement dans ces lieux fraîchement délivrés de leur clandestinité. Au fond de la troisième cellule, à gauche, une silhouette épaisse rampait parmi des immondices qui agressaient l'odorat avec le renfort d'insoutenables odeurs d'urine et d'excréments. Une des huit clés ouvrit la serrure dans un grincement sinistre qui fit la joie du prisonnier, affaibli, crasseux et pressé de fuir l'atmosphère empuantie.

— Monsieur Froissant ! s'écria Dorian. Tout le monde était très inquiet.

— Y avait bien du monde au-dessus, s'étonna le chef d'entreprise, hagard. Je n'ai pas osé insister, j'ai cru que je perdais la boule. J'ai même cru entendre des coups de feu ! Je n'en pouvais plus d'être coincé dans ce trou à rats...

— Vous avez toujours été seul ?

— Oui. On m'a enlevé chez moi au milieu de la nuit et m'a conduit ici. Le type masqué m'a apporté à bouffer tous les deux jours jusqu'à hier. Je ne savais pas ce que je foutais là. Il m'a juste parlé d'un jeu dont j'étais le pion. Pauvre taré...

— Vous êtes dans une propriété qui appartient à votre avocat, à Saint-Rémy-lès-Chevreuse.

— Le salopard ! Je m'étais bien rendu compte que mes infos sur ce Piller le mettaient très mal à l'aise. J'aurais dû me méfier et venir vous voir directement. Mais Bois m'a demandé d'attendre vingt-quatre heures, le temps de faire des vérifications. Je ne sais pas ce qu'il comptait faire de moi, mais ça ne sentait pas bon...

— Vous étiez sur la bonne piste, en effet.

— J'aurais préféré ne jamais savoir, en fait. Ma femme violée par ce gynéco... Et Lucie assassinée quarante ans après sa naissance à cause de ce monstre, sans doute. C'est bien ça ?

— Remontons d'abord. Vous voulez qu'on appelle les pompiers ?

— Non. Allons-y.

La courte ascension précéda une escalade dans l'horreur, à travers le récit de l'enquête, dont Dorian déduisit les détails gratuits sur les habitudes barbares du tueur. Le moral vitriolé par ces révélations, Hervé Froissant barbotait dans une mare de désespoir. Des pleurs coulaient en douceur sur ses joues creusées, perles de chagrin autant qu'éclaboussures de haine.

— J'aurais préféré que vous ne me trouviez jamais, finalement. M'en sortir pour entendre un truc pareil...

— Il vous reste une fille, répondit Dorian. Elle a besoin de vous.

— Vous avez raison.

— Je vous passe mon téléphone. Appelez-la immédiatement.

Le sexagénaire écrasa ses larmes et donna une claque à son chagrin.

— Allô, ma chérie, c'est papa !

6

Depuis une heure, Ballant frémissait à l'idée du rasoir qui avait amputé l'existence de Jean-Daniel Piller d'un temps non quantifiable. Il aurait pu contrarier ce geste fatal en oubliant son serment, mais il avait jugé que la parole donnée à cette pourriture valait davantage que sa vie. L'IGPN serait forcément saisie d'une enquête pour détecter les failles ayant favorisé un suicide dans l'une des dix geôles individuelles du sous-sol, malgré la vidéo-surveillance fragmentée dans chaque cellule et les inspections rapprochées des deux gardiens. Au regard de ces investigations, Greg, dernière personne à l'avoir interrogé, serait la première questionnée. Heureusement, le ministre, exonéré de fouille au corps à son arrivée, avait très bien pu dissimuler la lame dans son fondement pour fuir ses responsabilités et s'échapper dans une mort violente. Un scénario idéal pour apaiser ses pensées stressées qui s'entrechoquèrent avec l'humeur exécrable de Dorian quand celui-ci arriva dans son bureau.

— Je viens d'apprendre par Nath le suicide de Piller ! C'est quoi ce bordel Greg ! Il savait aussi plein de trucs sur Sonia, j'en suis sûr. Fait chier ! J'espère que t'as pas déconné !

— Tu crois que j'ai fait quoi ?

L'arrivée précipitée d'un brigadier du commissariat l'obligea à placer leur explication en file d'attente.

— C'est au sujet de l'avis de recherche de Sonia, dit le nouveau venu, décontenancé.

— Quelqu'un l'a aperçue ? demanda Dorian.

— En fait, on a dans nos locaux quelqu'un qui prétend avoir reconnu une ancienne collègue de travail en voyant la photo diffusée partout. Cette personne aurait disparu il y a trente ans. Apparemment, elle ressemble comme deux gouttes d'eau à votre femme.

— Conduisez-la ici, réclama Ballant, interloqué.

Cinq minutes plus tard, une dame d'une soixantaine d'années s'avança d'un pas intimidé, synchronisé avec son air impressionné. Vaincue par sa nervosité, elle triturait sans relâche ses cheveux blancs dispersés sur une élégante robe noire en coton.

— Asseyez-vous, l'invita Dorian. Comment vous appelez-vous ?

— Pamela Rossi. J'ai très longtemps été employée en cuisine à *L'Auberge royale*, précisa-t-elle.

— Boulevard de la Reine, précisa Ballant. Deux étoiles au Michelin à une époque, quand même.

— J'en suis partie il y a trois ans quand le patron a décidé de vendre et d'aller s'installer en Asie pour y finir ses jours. J'y avais débuté en 1990, à peu près au même moment qu'Irina Vodianova, une blonde aux yeux verts d'origine russe. Elle travaillait en salle. Les regards des hommes ne la quittaient jamais pendant son service. On était bonnes copines. Elle n'est restée que quelques semaines, hélas. Un jour, elle n'est pas venue. Le lendemain non plus. Je me suis inquiétée, j'en ai parlé au patron. Je voulais aller le signaler à la police. Il m'a répondu que ce n'était pas la peine, qu'elle avait pris son solde de tout compte. Un problème perso l'avait obligée à quitter la France sans rien dire à qui que ce soit. J'avais du mal à le croire. On était très proches toutes les deux. Elle ne serait jamais partie sans me dire au revoir. Mais je n'ai rien fait. Et depuis tout ce temps, je n'ai pas cessé de penser à elle, de culpabiliser, de me sentir lâche. Et là, il y a deux jours, j'ai vu passer le portrait de cette femme sur Internet. J'ai été foudroyée. Je ne savais pas quoi faire. J'avais peur qu'on ne me prenne pour une folle. J'ai quand même décidé de venir vous parler...

— Vous avez bien fait. On prend votre témoignage extrêmement au sérieux, rassurez-vous. Irina était-elle enceinte avant de disparaître ?

— Pas que je sache. Rien ne se voyait, si elle l'était vraiment.

— Merci. On va vous conduire auprès de mes collègues qui vont enregistrer votre témoignage. Dites-leur tout ce dont vous vous souvenez sur votre amie et l'organisation du restau.

Une fois seuls, les deux commandants ajoutèrent un peu plus de chair au squelette de leur raisonnement.

— Tout me paraît clair, résuma Ballant. « Monsieur X » a remarqué Irina dans ce restau, puisqu'on ne voyait qu'elle. Il l'a mise au fond de son pieu. Et enceinte, surtout.

— Il lui a demandé d'avorter, car il était sans doute marié. Mais elle lui a fait un enfant dans le dos. Il a pété les plombs quand il l'a su et l'a tuée, avant de réclamer à ses potes de le débarrasser du corps. Pierre Walter a demandé au videur, qui n'a fait le boulot qu'à moitié... Ah, si on avait cette photo prise avec les cinq ! Ou si on pouvait nous dire qui est l'homme mystère...

— L'ancien propriétaire de *L'Auberge royale* est très loin, désormais. On n'arrivera peut-être même pas à le retrouver. Il faut aller faire le point avec Nathalie. C'est son *cold case* après tout. Tu viens ?

Dorian resta enlisé dans les marécages de ses réflexions.

— Quoi ? s'impatienta Ballant.

— On ignore depuis quand Sonia se trouve en

possession de ce cliché. Je me demande si elle ne nous a pas caché dix mille trucs...

— Quand elle a disparu, l'examen de sa boîte mail n'a rien montré de particulier. Mais ce n'était pas difficile pour elle de créer une adresse anonyme à partir d'un ordi au boulot.

— Faut que je pose une dernière question à Pamela Rossi.

Flanqué de Ballant, Dorian alla interrompre sa déposition, facilement sécable tant elle fut surprise de le voir revenir.

— Madame, connaissez-vous un ancien employé qui serait resté très proche de votre patron et qui nous permettrait de le contacter ?

— Jean-Noël Dutronc, forcément. C'était le chef. Il est parti diriger les cuisines de l'Élysée quand l'établissement a changé de main. Juste au moment de l'élection du président actuel.

— Merci. Je vous laisse finir.

Dorian ne put s'affranchir d'une grimace qui délabra un peu plus son visage flapi.

— Après des ministres et un secrétaire d'État, un as des fourneaux. On touche au sommet du pouvoir en permanence. Ça file le vertige !

Ballant ne résista pas à un trait d'humour noir destiné en même temps à le distraire de son malaise profond :

— À eux aussi, on dirait. Ils chutent les uns après les autres.

7

Depuis la mort par balles de trois membres du gouvernement, le dossier était déjà aussi sensible qu'un champ de mines piétiné par des éléphants. Le décès subit de Jean-Daniel Piller provoquait une hausse du nombre d'explosifs. Les titres fracassants sur son suicide emboutissaient déjà les pages d'accueil des sites Internet, bien avant de percuter les unes des journaux. Le juge Denain dut délaisser les articles à sensation pour accueillir dans son bureau Emmanuel Lange, quinqua au corps de trentenaire cajolé par un costume marron à effet tweed. Séducteur et charismatique, ce magnat de l'audiovisuel se situait par ses activités éclectiques au croisement des milieux industriels, financiers et politiques, là où se trouvent tous les gens qui comptent, surtout l'argent.

— Merci de m'offrir un peu de votre temps, c'est ce que les personnes fortunées ont de plus précieux en général, dit-il en le recevant.

— Je suis attendu dans la matinée pour un conseil d'administration, répondit le businessman. J'espère que c'est important.

Le magistrat expulsa une mèche rebelle de son front ridé, comme pour faire place nette dans ses idées.

— Vous ne seriez pas devant moi, sinon. Il est question de votre fille.

— La PJ de Versailles a un dossier très léger contre

Fanny. Je ne comprends pas pourquoi vous vous acharnez sur elle !

— J'essaie de découvrir la vérité. Elle est la dernière personne à avoir vu Mélanie Douce vivante. Et elle a manipulé au minimum des gens pour la faire élire Miss Amphi.

— Ça ne fait pas d'elle une criminelle !

— Ma greffière ne lui a pas encore expédié sa convocation pour l'interrogatoire de première comparution. Libre à vous de le lui éviter.

— Vous me proposez un marchandage ?

— Vous étiez au courant que vous aviez une fille illégitime ?

— Fanny me l'a appris il y a peu. Elle n'en pouvait plus de garder ce secret pour elle. D'autant plus que les enquêteurs commençaient à la soupçonner. Elle a craqué après sa garde à vue et m'a tout raconté. Je me suis souvenu d'un coup tiré sans capote dans les chiottes d'une boîte de nuit avec une gonzesse aussitôt oubliée. Elle était ivre, moi aussi. J'ai fait jurer à Fanny de ne rien dire à ma femme en attendant de réfléchir à la suite. Mais j'ai peur de n'avoir fait que gagner un peu de temps...

— C'est tout ce que vous avez à me raconter ? Avec tout le respect que je vous dois, monsieur, vous vous moquez de moi. Cet entretien est terminé.

— Attendez !

— Je suis persuadé que vous le saviez bien avant qu'elle ne vous le dise. Avant que la Miss ne soit assassinée, même.

— Vous n'avez aucune preuve de ce que vous avancez.

— En effet. C'est juste une présomption. Votre schéma ressemble à celui mis à jour au sujet d'une affaire tentaculaire. Père riche, enfant caché, issu d'un viol ou d'une relation adultérine. On vous a piégé, n'est-ce pas ?

— Comme vous en ce moment...

— Je vous écoute.

— Il y a environ deux ans, un type masqué m'attendait dans les sous-sols d'un parking. Il était armé. C'est allé très vite. Il a affirmé que j'avais une fille de 21 ans. Ça correspondait à la période où j'avais déconné. Je m'étais juré de ne jamais recommencer. C'est ce que j'ai fait, d'ailleurs. Je ne pensais pas être rattrapé par cet écart plus de deux décennies plus tard. Le mec cagoulé a affirmé que lui et ses associés avaient volé de quoi déterminer mon profil biologique. Et que mon ADN matchait à 50 % dans les bases de données génétiques avec celui d'une jeune femme. En échange de 1 million d'euros en petites coupures, ils ne lui révéleraient pas mon identité et me laisseraient tranquille. Un dixième de la somme devait revenir à ma descendante. J'étais censé garder l'argent en permanence dans ma voiture. Six jours plus tard, pendant un trajet avec mon chauffeur et mon garde du corps, un homme à moto s'est porté à hauteur du véhicule et a réclamé le sac. Il s'est barré. Fin de l'histoire. Du moins c'est ce que je croyais…

— Qu'est-ce qui vous a fait réfléchir ?

— Une semaine après, la Miss a été assassinée, les oreilles tranchées. Quand j'ai vu que Fanny était encore affectée par sa mort des mois après, au-delà de ce qui me paraissait normal, j'ai commencé à avoir des doutes. Mais comment faire le lien ? Et puis le deal, c'était que je n'entende jamais parler de cet enfant pour qu'il ne vienne pas me réclamer autre chose. Pas de l'éliminer. En le mutilant qui plus est ! Je n'aurais jamais réclamé ni accepté une chose pareille ! J'ignore pourquoi ils s'en sont pris à elle. Quand j'ai eu des soupçons, j'ai voulu en savoir plus sur ces salopards. J'ai demandé aux personnes qui travaillent pour moi de mener une enquête discrète. On a ciblé les investigations sur mon restaurant favori, dans le 8e. C'était le lieu public que je fréquentais le plus. On a d'abord retrouvé le serveur qui les avait aidés à récupérer mon ADN en volant un verre que j'avais utilisé. Dans les semaines qui avaient suivi l'extorsion de fonds, il s'était mis à avoir un train de vie largement supérieur à celui de ses collègues. Et comme il n'était pas discret, il s'était vanté de l'achat de son coupé BMW et de ses vacances sur les îles. Le patron ne lui a pas laissé le choix : soit il était viré et grillé dans la profession, soit il balançait ce qu'il savait. Il a raconté qu'il avait été contacté pendant qu'il courait au bois de Boulogne par un type caché derrière une casquette et de grosses lunettes de soleil. On avait une esquisse de signalement, ajoutée à la marque et au modèle de la moto. J'ai payé des enquêteurs pour faire le tour des concessionnaires en Île-de-France, sans résultat. Ils se sont alors attaqué aux vendeurs d'occasion. Ils ont fini par tomber sur un mec qui avait payé en moins de deux ans deux modèles identiques en liquide au même particulier, un riche passionné. La carte grise avait été cédée au nom de Sylvain Dole, un minable qui crèche dans un appart tout aussi pourri de Meudon-la-Forêt. Très étonnant. On l'a fait suivre durant des mois. Il nous a conduits plusieurs fois à la résidence du ministre de la Santé.

— Un vrai travail de flic. Bravo. Vous ne m'apprenez rien jusque-là, néanmoins. Vous m'apportez seulement des confirmations. Piller couvrait quelqu'un depuis très longtemps. On cherche son nom.

— Votre greffière ne prend aucune note depuis tout à l'heure, c'est normal ?

— Simple conversation à bâtons rompus qui ne sera pas consignée dans le P-V. Si jamais il y a une audition, elle n'a pas démarré pour le moment.

— Alors je vais vous confier en off quelque chose que je démentirai avoir déclaré si jamais vous rendiez publique votre source.

— Vous pouvez être assuré de ma discrétion quant à l'origine de cette information.

— Très bien. Piller se rend tous les vendredis dans le même cercle de jeux, où il rejoint les deux mêmes personnes. On a utilisé les mêmes armes que ces gens-là. On a soudoyé un employé pour qu'il récupère leurs verres. On a réussi à déterminer leurs profils biologiques. Je ne savais pas trop comment les utiliser. Quand vous avez contacté mon bureau il y a quatre jours, pour me convoquer, j'ai su que c'était le moment : on a téléchargé leurs données dans les principales bases. Je pense qu'ils se sont affolés quand ils ont découvert notre riposte sans savoir d'où elle venait. Piller leur a sans doute servi de fusible : ils l'ont compromis avec ce cadavre retrouvé chez lui.

— Qui sont les deux autres ?

— Vous laissez Fanny tranquille ?

— Vous avez ma parole.

— Le premier est un obscur conseiller de l'Élysée. Son profil n'a matché qu'avec celui de cousins très éloignés. En revanche, le second, Pierre Gascoigne, un chirurgien cardiaque très proche des plus hautes sphères du pouvoir, avait une correspondance à 50 % avec une dénommée Lucie Froissant. Une femme sauvagement assassinée l'an dernier, d'après ce que j'ai lu. On lui a arraché le cœur. Quelle ironie, vous ne croyez pas, au regard de la spécialité de cet illustre médecin ? Je suis certain que vous utiliserez ces informations à bon escient.

— Je pense qu'elles vont considérablement orienter nos recherches. Je vous remercie. Ma greffière va vous raccompagner.

Le juge Denain entortilla cette fois la mèche récalcitrante autour de son index, le temps d'une jubilation cantonnée à une brève grimace de plaisir. Puis, il lâcha son échantillon de cheveux blancs pour composer un numéro qui se démultipliait dans son journal d'appels.

— Nathalie. Vous en êtes où ?

— On a analysé la clé USB trouvée lors de la perquise au ministère de la Santé. Elle contient bien de quoi faire tomber le collaborateur de Patrick Hans.

— Parfait, la justice américaine va s'en délecter sans attendre. Sinon, vous avez avancé sur les proches de Piller ?

— On a resserré la liste à trois hommes.

— Pierre Gascoigne est dedans, j'imagine ?

— Oui. Le chauffeur du ministre nous a indiqué qu'il le conduisait souvent dans un cercle de jeux avenue de Wagram. Il a sympathisé avec le conducteur du taxi qui vient chaque fois chercher Gascoigne.

— Il est petit et trapu. Quand on voit sa morphologie, on se doute bien que c'est le modèle original.

— En effet, tous les membres de la fratrie dont nous avons eu connaissance lui ressemblent physiquement.

— Grattez principalement sur lui. Retrouvez de vieilles photos. On les soumettra à la victime de Valenciennes et aux deux femmes qui se sont présentées au palais, elles aussi violées dans le cabinet gynéco. Si elles le reconnaissent, on aura la certitude qu'il s'agit du complice que Piller couvrait. Ça deviendra vite intenable pour lui, car ces victimes s'exprimeront dans les médias, faites-moi confiance. Une stratégie assez tordue, je sais. C'est sûrement pour cette raison qu'elle me plaît. Je vous tiens au courant.

— Très bien. De mon côté, je vous informe dès qu'il y a du nouveau.

— Merci Nathalie.

Le magistrat songea un instant à Fanny Lange, presque à regret, car les éclats de sa beauté ne délogeraient pas brièvement la grisaille de son bureau.

8

Compressé par l'urgence, un nouveau briefing venait de s'achever sur une nouvelle ébruitée par les canaux officiels : un des principaux dirigeants de DNA-True, en fuite, était traqué dans tout le pays par les autorités américaines.

— Tout un système s'effondre, nota Nath. Dire que la disparition de Sonia en est à l'origine. On doit absolument en savoir plus sur elle. Ça sent l'histoire de famille à plein nez.

— Je pars voir sa tante, décida Dorian. Si quelqu'un sait des choses, ce ne peut être qu'elle.

— Je t'accompagne, dit Ballant.

L'arrivée de Lou contraria leur mise en action instantanée.

— J'ai mis la main sur une personne que vous devriez prendre le temps d'écouter, dit-elle. J'essayais de la contacter depuis hier. Elle était ravie de mon coup de fil. Elle possède des informations vitales sur Jean-Daniel Piller.

— Bien joué, apprécia Ballant. Fais-la venir.

Pulsée par sa détermination, une femme dans la soixantaine fit une entrée tonique, talons qui claquent et voix qui porte.

— Bonjour !

— Vous êtes ? demanda Dorian.

— Lyse Ponsard. J'ai été durant dix-sept ans la secrétaire de monsieur Piller, quand il était gynéco. Je vais vous dire des choses que j'aurais dû révéler depuis longtemps. Maintenant qu'il est mort, je me sens plus libre de parler.

— Asseyez-vous.

Dos droit, bras croisés, jambes parallèles, la nouvelle venue positionna son corps sec pour une durée qui s'annonçait conséquente. Postés sous un large front dégagé par des cheveux courts, ses yeux sombres étaient des éclaireurs qui annonçaient le programme : libérer tout ce qui était depuis trop longtemps cadenassé au fond d'elle. On la sentait comme ces sprinters avides de disputer une grande finale après des mois de préparation : placée sur la ligne de départ de sa confession, elle n'attendait plus que le coup de pistolet du starter.

— On vous écoute, madame, dit Ballant.

— J'ai été embauchée en 1975. J'ai vite senti qu'il se passait des choses bizarres dans son cabinet. De façon exceptionnelle, soyons clair. Il arrivait que des patientes venues pour bénéficier d'une IAD aient l'air sidérées en partant, au point qu'elles ne disaient même pas au revoir. Au début, je me suis dit qu'elles étaient mal lunées. Mais, au fil du temps, j'ai eu de plus en plus de doutes. Une fois, en 1982, l'une d'elles s'est plainte. Je l'ai su, car une de mes amies travaillait au commissariat. Piller avait été discrètement interrogé. On m'avait ensuite dit que l'affaire avait été étouffée. J'ai voulu partir à ce moment-là. Ce type me dégoûtait ! Seulement, je venais de divorcer, ce n'était pas le meilleur moment pour moi. J'avais deux enfants à nourrir et un mari que je ne sentais pas fiable pour le versement de la pension. J'ai eu peur de ne pas retrouver tout de suite un travail. Je suis donc restée.

— Vous croisiez les étudiants en médecine qui venaient donner leur sperme ?

— Non. C'était un pavillon de plain-pied, ils rentraient et sortaient toujours par la porte de derrière.

— Continuez, réclama Lou.

— J'ai eu l'impression que cet interrogatoire l'avait définitivement calmé. Et puis, il y a eu cette histoire en 1990.

— 1990 ! s'étonna Dorian.

— Oui, j'en suis sûre. Un matin, il m'a demandé d'annuler tous les rendez-vous à partir de 14 heures. Et il m'a donné mon après-midi, ce qui n'arrivait jamais. J'ai tout de suite imaginé qu'il allait encore faire une saleté. Je voulais en avoir le cœur net. Je suis restée. Et je me suis planquée dans une espèce de réduit où on stockait du matériel. Je l'ai vu entrer avec une blonde aux yeux verts, une femme magnifique. Il y avait aussi avec eux un homme que je ne connaissais pas. Il est resté dans la salle d'attente pendant que Piller amenait la patiente dans son cabinet. Quelques minutes après, il est revenu et a dit au type : « Je vais recueillir ton sperme maintenant. » L'autre lui a répondu : « Tu rigoles Dan, à ce tarif-là, 50 000 balles, je vais la baiser ! » J'étais tout près, j'avais peur qu'ils ne m'entendent respirer. Je me souviens encore de leur dialogue au mot près. Piller a lancé : « Tu ne peux pas faire ça ! » Et le type lui a rétorqué : « Et toi, tu ne t'es pas gêné par le passé, tu ne vas pas me donner de leçons ! Qui t'a sauvé les fesses y a dix ans ? Pourquoi je n'en profiterai pas à mon tour ? Ce n'était pas prévu, mais je m'en tape ! » Vous vous rendez compte…

— Et après ? s'impatienta Lou malgré elle.

— Le gros dégueulasse parlait tellement fort que j'ai tout entendu. J'ai compris qu'il s'agissait d'une future mère porteuse pour son couple. Au dernier moment, au lieu de donner son sperme, il a voulu faire les choses plus directement. Quel salopard ! Il a profité qu'elle avait les pieds dans les étriers pour la forcer. Il lui a dit : « Je sais que vous avez besoin de ce pognon assez vite. Moi, je peux aisément en trouver une autre qui acceptera. »

Pas besoin d'expliquer comment ça s'est fini. Il est sorti en remontant sa braguette ; elle s'est barrée en pleurant. Quand Piller s'est retrouvé seul, je lui ai dit que j'avais tout entendu. J'ai démissionné immédiatement après lui avoir extorqué de grosses indemnités pour le prix de mon silence. Je sais ce que vous allez me reprocher : j'aurais pu le dénoncer. Mais je ne pouvais pas me battre à la place de toutes ces femmes qui avaient choisi de se taire. J'ai préféré avoir de quoi aider mes gamins qui se préparaient à faire de longues études.

— Vous le reconnaîtriez, ce type, même si ça remonte à loin ?

— Ne vous compliquez pas la vie, je sais qui c'est. J'ai vu sa tête dans le journal plusieurs années après. Il est mort d'un accident de bagnole en même temps que sa femme. C'était un juge connu dans le coin.

Dorian anticipa d'un juron étouffé la révélation suivante, ahurissante : il s'agissait du père de Sonia !

9

Semblables à des saletés croupissant à la surface de l'eau, les détails glauques de la conception de Sonia stagnaient dans les esprits depuis plusieurs minutes. Dorian fut le premier à verbaliser le dégoût général, à poser des mots sur les silences horrifiés.

— Son paternel a violé la mère porteuse, Irina Vodianova. Il avait de bonnes raisons de la tuer ensuite, si elle l'a menacé de porter plainte ou de révéler ses turpitudes. Il a perdu les pédales et a demandé à ses potes politiciens de le débarrasser du corps. C'était d'autant plus aisé qu'on ne trouve aucune trace de cette femme. Elle avait dû entrer en France clandestinement et travailler au noir. Elle n'a existé pour aucun organisme...

— Ça se tient, souffla Nathalie. Excusez-moi de parler comme ça, mais plus on avance et plus on s'enfonce dans la merde...

En réceptionnant sans douceur un texto, le bruyant smartphone de Ballant les éloigna un instant de leurs glauques réflexions.

— Maëva est devant l'entrée de la DRPJ, les signala-t-il. Elle a des éléments cruciaux à nous communiquer. Je la fais monter.

Quand la biologiste arriva, elle affichait un air très épanoui sur lequel soufflait néanmoins l'inquiétude, en une brise à peine perceptible. Des préoccupations semblaient se nicher au creux de son bonheur.

— Je dérange ? demanda-t-elle.

— Fais comme chez toi, dit Greg. Tu fais presque partie de l'équipe.

— Ça tombe bien, car j'ai fait la fouineuse. Voilà des lettres de Sonia que j'ai trouvées chez l'un et chez l'autre, cachées dans des vêtements pour nourrisson que vous n'avez jamais dépliés. Une terrible erreur. J'ai failli ne rien vous raconter, car elles contiennent des choses très privées dont je n'ai pas à me mêler. Mais elles sont en même temps si importantes pour la compréhension de toute cette affaire...

Au fil de sa lecture, chaque phrase s'enfonçait dans le cœur de Dorian, laissant une entaille éternelle.

— Il y a pas mal de clés qui nous manquaient en effet, nota-t-il, ahuri. Elle a tout organisé, fait exprès de se faire embaucher par maître Bois pour l'espionner. Il est plus que jamais vital que j'aille rendre visite à sa tante. Si aucun autre invité-surprise ne débarque dans les secondes qui viennent. Tu viens Lou ?

— Je serais sans doute plus utile à chercher cette fameuse photo. On peut imaginer qu'y figure dessus le père de Sonia, en plus de la bande des quatre. Je vais voir avec les journalistes locaux qui couvrent la vie publique pour avoir accès à leurs archives.

— Je t'accompagne, dit Ballant.

À peine assis dans le véhicule, Greg accorda une permission de sortie à ses états d'âme.

— On est deux gros cons. On ne la mérite ni l'un ni l'autre !

— C'est pas le moment Greg ! Vraiment pas ! Si t'es venu pour te morigéner, il vaut mieux que j'y aille seul !

— On peut discuter, non ?

— Non.

Par chance pour Dorian, le trajet, forcément économe en paroles, le fut tout autant en kilomètres. La tante maternelle de Sonia vivait dans un immeuble rue de la Paroisse, quelques tronçons de bitume plus loin. À la vue des deux policiers, la stupeur fut parachutée sur son visage.

— Dorian ! J'espère que vous ne venez pas m'annoncer une mauvaise nouvelle ?

— Non. On n'a toujours pas retrouvé Sonia.

— Je suis tellement inquiète. Même si elle ne me rend pas souvent visite, j'ai gardé beaucoup d'affection pour elle. Dites-moi que vous allez mettre la main sur le salopard qui l'a enlevée !

— C'est plus compliqué que ça. J'ai besoin de vous pour comprendre. Je suis désolé, mais on doit remuer de vilaines choses.

— Que voulez-vous donc savoir ?

— Deux jours avant de mourir, votre sœur et votre beau-frère avaient révélé à Sonia qu'ils n'étaient pas ses parents biologiques. Qu'ils l'avaient retrouvée dans le hall d'un immeuble, abandonnée.

— Je les pressais depuis des années de lui avouer la vérité sur sa conception. Seulement, ils ont fait les choses à moitié. Il aurait mieux valu ne rien lui dire plutôt que d'inventer un conte de fées à deux balles !

— On sait depuis peu que le couple a eu recours à une mère porteuse.

— Effectivement. Ma sœur ne pouvait pas enfanter. C'était le drame de sa vie. Elle n'était pas tellement pour l'adoption, en même temps. Elle voulait un enfant qu'elle élèverait dès le premier jour. Elle m'a confié qu'ils avaient trouvé cette solution illégale, certes, mais qui ne ferait que des heureux : eux et une jeune femme grassement payée. Elle m'avait fait cette confidence à son retour de Bretagne, où elle était partie s'isoler dans notre vieille maison de famille pendant quatre mois, en attendant « l'accouchement ». Une future maman sans gros ventre, ça aurait fait désordre ! Elle avait même été accompagnée durant son séjour par la mère porteuse. C'était le moyen le plus pratique pour revenir avec le bébé. Quand ils sont décédés, j'ai jugé qu'il ne me revenait pas de dévoiler leur secret. En plus, j'ignorais le nom de la personne qui les avait aidés dans leur projet. Je n'aurais fait que troubler Sonia un peu plus. J'aurais pu me renseigner, bien sûr. J'imagine que l'insémination s'était passée dans le cabinet de Dan Piller, un de ses potes gynéco. J'ai préféré ne rien remuer...

— Ça s'est déroulé là-bas, en effet, opina Dorian. Mais vraiment pas de façon conventionnelle. Le juge a imposé à la future mère porteuse un rapport sexuel, en la menaçant de chercher une autre candidate. Comme elle avait besoin d'argent, elle s'est laissé faire.

— Quel salopard ! Je ne l'ai jamais vraiment apprécié celui-là. Ma sœur a dû finir par se douter de quelque chose et lui imposer de raconter cette histoire à l'eau de rose à la majorité de Sonia. Alors, ma nièce s'est sentie trahie et, après leur mort, elle a rejeté tout le monde, comme si nous n'avions jamais rien été pour elle. J'étais la seule à avoir droit à une visite de temps à autre...

— Vous ne savez rien de plus ?

— Si. Ma sœur avait eu le choix entre une fille et un garçon. J'imagine que la mère porteuse avait enfanté des jumeaux.

— Pourquoi n'avaient-ils pas pris les deux ?

— Vous m'en demandez trop là ! L'autre a sans doute été vendu lui aussi à une grosse famille versaillaise qui était patiente chez Piller ou pote avec le juge ? Qu'est-ce que vous voulez que je vous dise de plus ? Je n'en sais rien. Mais quel est le rapport avec ce qu'il se passe en ce moment ?

— Le passé explose à la gueule de tout le monde.

Et les éclats n'épargnaient personne.

10

Lou bâilla plusieurs fois, le seul enchaînement dont restait capable son corps fourbu. Peu avant minuit, l'épuisement venait de s'abattre sur elle avec l'imprévisibilité d'un prédateur s'approchant de sa proie. Cette fatigue extrême était le tribut à payer pour son temps de travail démesurément extensible, avec pour supplément un mal de crâne qui s'annonçait difficile à terrasser. Elle se massa en songeant que sa vie privée s'écrivait depuis quelques jours à la marge de son quotidien professionnel. Une place résiduelle qu'occupaient même par moments les développements luxuriants des investigations. C'est ainsi qu'elle se retrouvait tard dans la nuit, enchaînée à son bureau comme ses yeux l'étaient à l'écran, rivés sur les archives numérisées transmises par le journal local.

— On est en train de courir après un cliché qu'on n'a jamais vu, râla-t-elle. On en a juste un semblant de description !

— On va y arriver, rétorqua Dorian. Sur la vidéo, le videur raconte qu'on voit les élus en train de trinquer. Elle a été prise dans un restau ou lors d'un banquet politique, forcément. Et puis, vu que le père de Sonia est mêlé à tout ce merdier, il figure forcément dessus.

— Je me suis fait la même réflexion. Et j'ai fait passer la consigne aux autres.

— C'est pour ça que je viens de faire un saut chez moi.

Après avoir fouillé toutes les affaires de Sonia, j'ai fini par trouver des photos de ses parents qu'elle ne m'avait jamais montrées. Elle n'en avait pas à l'écouter. Il porte souvent un costume identique à celui revêtu par l'homme mystère. Ça va faciliter nos recherches. Il y a urgence, on vient d'entamer le dernier jour. Mais je me demande si ce compte à rebours a encore un sens. Elle est peut-être déjà morte...

— Il faut avancer sans se poser de questions, Dorian. Ou du moins éviter de se polluer la tête avec les mauvaises.

— T'as raison. Continuons.

De nombreuses images glissèrent sur leurs rétines jusqu'à l'apparition d'un groupe de fêtards assis autour d'une table, verres levés, poings dressés.

— Stop, demanda Dorian. Celle-ci m'interpelle. Elle a été prise en mai 89, dit-il. Ils trinquent à la victoire aux municipales forcément. Il y a la bande des quatre, Walter, Piller, Fange et Bois. Le père de Sonia est à leurs côtés. Et la tête de l'homme complètement à droite me parle. J'ai déjà vu ce type, mais en plus vieux, j'en suis sûr. Pourquoi ce nez proéminent me dit quelque chose ? Et cette épaisse silhouette, voûtée en permanence... Je sais ! C'est le père de PAC !

— T'es certain ?

— Oui, je l'ai déjà croisé une fois chez lui, vite fait. Il a peut-être eu des fonctions à la mairie, également.

Une rapide vérification sur Internet permit de troquer cette hypothèse contre des certitudes.

— Gagné ! s'écria Dorian. Il faisait aussi partie de la liste de 1989.

— C'est marrant, releva Lou. C'est la première fois que je le vois. Et il ne ressemble pas du tout à PAC. Ils ne s'entendent pas sur plein de choses, d'après ce qu'il m'a confié à plusieurs reprises. J'ignorais qu'en plus, ils n'avaient rien à voir physiquement.

Ces mots sonnèrent dans sa tête comme des cloches d'église.

— Tu connais sa date d'anniversaire ? demanda-t-elle.

— Facile ! C'est toujours un mois pile après Sonia. Je le sais depuis le temps. 5 mars 1992 pour elle, 5 avril 1992 pour lui...

— Troublant non ?

— Qu'est-ce que tu veux dire par là ?

— Tu vas peut-être me prendre pour une dingue... J'appelle Nath, elle n'est pas encore partie.

Le haut-parleur répercuta l'interrogation qui faisait soudain voltiger ses réflexions.

— Tu peux vérifier le jour de naissance de PAC dans son dossier administratif, s'il te plaît ? réclama Lou.

— Vous avez de drôles de préoccupations tous les deux à cette heure-ci... Deux secondes... Il est né le 5 mars 1992. Pourquoi ?

— T'es sûre que ce n'est pas avril ? s'exclama Dorian.

— Complètement.

— Il a toujours menti à ce sujet alors...

Une conviction s'implanta brutalement dans le cerveau surchauffé du policier.

— Je comprends où Lou veut en venir ! PAC, c'est l'autre bébé vendu, le frère jumeau de Sonia ! Et son père, le fameux « X » ! Mais oui, il a fait polytechnique ! « X » est le surnom de cette école. C'est un chercheur en génie biomédical très réputé.

— PAC nous aurait tous bernés depuis le début ? s'étonna Nath.

— Tout s'explique ! s'écria Dorian. Son malaise en premier lieu ! Il a compris grâce aux écoutes que son père était derrière tout ça ! Et puis le fait qu'il ait révélé à Sonia ma liaison avec Fanny. Il me déteste, car j'ai été infidèle à sa sœur. Et il s'en veut terriblement d'avoir entraîné sa fuite et sa disparition à cause de son stupide mensonge. Au point d'avoir voulu mourir l'autre nuit... Mais pourquoi ne lui avoir jamais dévoilé son identité ?

C'était une des ultimes zones d'ombre qui empiétait sur les territoires de la vérité.

JOUR 11

Un passé si présent

1

Après un trajet avalé en silence, excepté quelques hoquets du moteur, Dorian, Nathalie et Greg atteignirent vers 10 heures le centre de psychiatrie Jean-Martin-Charcot. PAC venait chaque semaine dans cette structure hospitalière située à Plaisir, un dévouement ne tolérant pas la moindre dérogation.

— Après l'avoir éteint toute la nuit, son portable borne depuis une demi-heure dans la zone, nota Dorian. Comme tous les mardis matin, il est allé voir sa mère. Du moins celle qui est désignée par l'état civil.

— T'es sûr qu'on n'aurait pas dû venir en nombre ? insista Nath.

— Non. Je veux tranquillement discuter avec lui. Je ne l'imagine pas tirer sur nous ! Je refuse d'infliger à mon adjoint et ami l'humiliation d'une interpellation musclée à dix contre un.

— On l'attend dehors ou on entre ? demanda Ballant.

— Il vient dans notre direction, répondit Dorian.

Comme si leur venue s'agençait dans un ordonnancement naturel des choses, PAC s'avançait vers eux sans surprise, avec quelques pincées de tristesse saupoudrées sur le visage.

— Vous avez enfin tout compris, dit-il.

— Oui, acquiesça Dorian. Il faut que t'arrêtes de nous raconter des salades ! On sait que t'es le frère jumeau de Sonia. T'as menti à tout le monde !

— Comment j'aurais dû faire ? Dites-moi ? Faut bien commencer par le début... Je ne sais pas ce que c'est d'avoir une maman. Elle est entrée dans cet établissement quand j'étais bébé. Dès que j'ai été en âge de comprendre, mon père m'a expliqué qu'elle avait fait une énorme dépression à ma naissance avant d'être internée. Elle avait complètement pété les plombs. Pour quelle raison ? Il a longtemps été vague. Qu'est-ce qui avait bien pu se passer pour qu'elle se retrouve ici jusqu'à la fin de ses jours ? À 18 ans, je suis parti en vrille à mon tour. Pas vraiment de mère, un père en qui je ne me reconnaissais pas. Il y avait au fond de moi un immense vide. Mais aussi un malaise latent qui a brutalement explosé. Je lui ai rendu la vie impossible. Il a fini par m'avouer que je n'étais pas leur fils. J'avais été conçu grâce à une mère porteuse ayant enfanté de jumeaux, un garçon et une fille. Et cette sœur avait rejoint un autre couple. Il ignorait lequel. Sans doute une autre bonne famille du coin. Alors, j'ai cherché toutes les personnes qui étaient nées à Versailles à peu près le même jour que moi. J'ai obtenu une liste énorme qu'il a fallu réduire, au fil des ans. Puis, j'ai fini par m'arrêter sur Sonia.

— Pourquoi elle ? demanda Dorian.

— C'était une intuition doublée de déduction, car son père décédé, un juge d'instruction, appartenait au même cercle que le mien. Mais je n'avais aucune certitude. Elle était en couple avec Ballant. J'ai décidé de devenir flic. Mes investigations m'avaient donné le goût de ce métier. Et c'était un moyen de me rapprocher d'elle. J'ai bossé comme un acharné pour obtenir au plus vite ma mutation ici et choisir mon groupe. J'ai appris à la connaître à travers les repas entre collègues. Un soir, je lui ai volé des cheveux sur une brosse pour obtenir une confirmation *via* l'ADN : c'était bien elle ! Quand t'as piqué Sonia à Greg et que tu t'es fâché avec lui, j'ai demandé à te suivre pour continuer à la fréquenter.

— Pourquoi n'avoir jamais rien dit à Sonia, c'est insensé ! s'irrita Ballant. Elle avait perdu ses parents en plus ! Ça aurait été génial pour elle de se découvrir un frère !

— Je ne vous ai pas tout expliqué... Le jour où mon père m'a raconté mon histoire, je l'ai cogné. Si fort qu'il a fini par cracher toute la merde qu'il avait sur la conscience. Ma mère biologique, une serveuse russe employée dans un restau versaillais, était désespérée d'avoir dû céder son second enfant, alors qu'elle voulait le garder. Elle s'est introduite chez nous pour me kidnapper au bout de quelques jours. Ma mère adoptive l'a surprise en train de me prendre dans le berceau. Pour me garder, elle l'a étranglée. Mon père s'est débarrassé du corps de ma mère biologique et s'est débrouillé avec ses potes politiciens pour faire interner sa femme, qui avait vraiment perdu la tête, pour le coup. Avouer à Sonia que j'étais son frère aurait réclamé de lui raconter ces saloperies. J'en étais incapable. Et puis je la voyais souvent, je m'entendais très bien avec elle. Je ne voulais pas prendre le risque de rompre cette harmonie. On était amis, ça m'allait bien.

— Il est arrivé quoi alors le lundi soir où je me suis disputé avec Sonia, s'emporta Dorian. Tu lui as enfin révélé ?

— Tout s'est passé comme je te l'ai raconté. En fin de journée, je lui ai avoué ta liaison avec Fanny Lange. Ça me rendait dingue que tu te comportes envers elle comme le dernier des salopards. Elle est devenue folle. D'une part à cause de ce que je venais de lui dire. Et parce qu'elle trouvait que je te trahissais autant que tu l'avais toi-même trompée. Elle me prenait pour un vulgaire jaloux et un sale con, indigne de ton amitié. Alors, je lui ai dit que j'étais son frère. J'ai à peine commencé qu'elle m'a foutu à la porte. Elle m'a rappelé le soir, car elle était persuadée de t'avoir tué. J'ai eu trois secondes d'égarement, tellement je t'en voulais. J'étais remonté contre elle, aussi, parce qu'elle m'avait rejeté. Je lui ai dit que t'étais mort, car c'était ce que je voulais à ce moment-là ! Et avant même que je ne rectifie, elle a fui. J'ignore où elle s'est barrée et je ne l'ai plus jamais revue ! Quand on a commencé à la chercher, je ne pouvais pas imaginer que sa disparition était liée à son passé. À notre passé, même. Puis j'ai fait le lien avec le cadavre sans visage au fur et à mesure des écoutes téléphoniques, avec l'apparition de Walter, Lange, Piller, Bois, tous des connaissances du paternel. L'affaire avait trente ans, pile notre âge en plus. L'identité de monsieur X m'est vite apparue évidente : mon père, un proche de tous ces types, un ancien de Polytechnique, un membre du cercle rapproché de la présidence de la République, aussi. Ils lui sont tous redevables politiquement. Je ne voulais pas me retrouver au milieu de tout ce merdier. Ça me dépassait, ça m'écrasait. En plus, je me suis dit qu'à cause de mon stupide mensonge, il était sans doute arrivé malheur à Sonia. J'ai voulu que Lou m'abatte dans la forêt. Puis je me suis retiré au calme pour faire le point.

— Alors c'est ton père qui est derrière le règlement de comptes dans la maison secondaire de l'avocat et la disparition de Sonia ? interrogea Nath.

— J'imagine qu'il est à l'origine de la tuerie pour faire le ménage. Mais j'ignore s'il a un lien avec ce qui est arrivé à Sonia. Depuis plusieurs jours, il est introuvable de toute façon.

— Et ta mère, pourquoi continuer à la voir depuis des années alors que tu sais tout ?

— J'avais espoir que même bourrée de médocs, ma fausse maman me lâche un jour une info sur la vraie.

— Et pourquoi t'es là aujourd'hui ? questionna Dorian.

— Je l'ai envoyée là où elle aurait dû aller depuis longtemps.

— PAC tu ne l'as pas…

— Si vous retrouvez Sonia vivante, dites-lui que je l'ai aimée comme un frère, s'il vous plaît.

— PAC, non !

En une fraction de seconde, le capitaine saisit son arme et s'expédia dans l'infinité de l'au-delà.

2

Très vite, ces lieux maculés par le drame concentrèrent un échantillon de police nationale, entre les hommes chargés d'examiner la scène et ceux présents pour la protéger. Puis le directeur de la DRPJ débarqua dans le sillage du commissaire Richard, chef de section meurtri par la mort soudaine d'un élément ennobli, qui plus est, par l'excellence de ses états de services.

— Nathalie, vous avez été trop légère ! déplora-t-il. On aurait pu empêcher ce suicide.

— C'est moi qui ai insisté pour venir à trois, rétorqua Dorian. Avec tout mon respect, monsieur le divisionnaire, si on était arrivés à dix, il se serait supprimé sans rien confesser. Et il avait sans doute prévu d'en finir dans la foulée. Il venait de tuer sa mère, qui ne l'a jamais été en fait. C'était elle la meurtrière d'Irina Vodianova, la femme sans visage. Un crime couvert par son père, avec l'aide de ses amis élus, à l'époque. Il nous a avoué tout ça avant de partir, car ces saloperies le rongeaient. Je viens de perdre un collègue et un ami auquel je tenais énormément. Je suis dévasté. Je vais longtemps le pleurer. Mais je refuse d'ajouter la culpabilité au chagrin.

— Désolé, je suis sous le choc, comme tout le monde. On voudrait tellement empêcher l'irréparable chaque fois qu'un de nos hommes met fin à ses jours… Comment voyez-vous la suite ?

— Il faut lancer au plus tôt un avis de recherche sur

son père et tenter de le localiser. Contrairement à Walter, Bois et Lange, il avait vu le cadavre d'Irina Vodianova avant que ses traits ne soient effacés. Avec Sonia, on ne l'a jamais croisé. Je comprends pourquoi maintenant. PAC était plus ou moins en froid avec lui. Mais il savait aussi pertinemment que si son père la voyait, il ferait immédiatement le lien avec la blonde aux yeux verts tuée en 1991. Quand il lui a révélé qu'ils étaient jumeaux, elle est sans doute allée chez le paternel pour comprendre les éléments qu'il lui manquait. Son portable avait borné pour la dernière fois aux environs du cabinet de maître Bois. Mais ce n'est peut-être pas là qu'elle se rendait. Il me semble que l'appart du père de PAC se situe dans ce secteur, aussi. Elle s'est sans doute jetée dans la gueule du loup.

— On va perquisitionner chez lui et tout mettre en œuvre pour le loger, asséna Richard.

— On doit aussi fouiller le domicile de PAC, reprit Dorian. Sonia avait une photo incomplète dans son doudou. Sans doute glissée par sa mère biologique avant de devoir la céder à ses parents. L'autre partie se trouve forcément chez lui. Du moins il faut l'espérer. Assembler les deux morceaux nous donnera peut-être une indication supplémentaire.

— Je viens avec toi, dit Ballant.

Ils attendirent deux minutes, le temps que le corps emmailloté par la mort fût emporté. À peine assis au volant de la voiture, Dorian leva les écluses de sa tristesse.

— C'était mon pote. Je n'ai rien vu bordel ! Rien ! Ni ce que Sonia représentait à ses yeux, ni son malaise absolu des derniers jours. Je l'ai pris pour un amoureux obsessionnel et un grand manipulateur. Il exprimait en fait une terrible souffrance. C'est énorme, tout ce qu'il a eu à porter depuis l'enfance. Je suis nul…

— Dorian, pense à Sonia. Ce n'est pas le moment de

t'écrouler. On ne peut pas se permettre de perdre du temps.

— Je sais... Allons chez lui.

Seuls des soupirs esquintèrent le silence endeuillé jusqu'à Voisins-le-Bretonneux. PAC y avait acquis une maison exemptée de tout luxe en s'exonérant de réclamer le moindre euro à son père, une attitude plus compréhensible désormais. Ils franchirent le seuil maintes fois effacé après le boulot pour venir boire un dernier verre qui était toujours le premier d'une longue série. À la vue des trois tabourets de bistrot, la nostalgie fit un détour prolongé par le regard des policiers.

— Je vais à l'étage, décida Dorian. Je te laisse débuter par le rez-de-chaussée.

— Un vieux doudou, ça se range où d'après toi ? Peut-être à la cave ?

— C'est par là qu'on finira si on n'a rien trouvé.

— Ce serait quand même un miracle qu'il l'ait gardé depuis toutes ces années.

— C'était bien le cas de Sonia. Ses parents auraient pu le jeter. Mais ils auraient sacrément manqué de cœur en se débarrassant de la seule chose qui rattachait le bébé à sa génitrice. Espérons que ceux de PAC ont eu le même tact il y a trente ans.

En haut, Dorian bouscula l'ordre établi, remua chaque pièce et, par incidence, les souvenirs dans sa tête. Mais il ne fit qu'aggraver ses tourments, en ayant l'impression de violer une sépulture géante sans même réussir à lui extorquer ses secrets.

— Que dalle, pesta-t-il au bout de longues minutes.

— Pas mieux ! cria Ballant depuis le salon.

— Va falloir descendre.

Le sous-sol accueillit aussitôt leurs palpations indiscrètes. Enveloppés dans une atmosphère humide, les lieux étaient un nid à frissons, sans rien offrir de douillet aux visiteurs.

— On n'a pas fini, murmura Dorian, dépité. Le sol est recouvert.

Curieusement immobile, Greg semblait plus désireux de fouiller dans ses pensées que parmi les nombreux cartons.

— Qu'est-ce qu'il t'arrive ? demanda Dorian.

— Il y a quelque chose que je ne comprends pas depuis le début : la fuite de Sonia après t'avoir assommé. Et d'après PAC elle t'aurait même cru mort. Ça n'a pas de sens ! Vous avez d'abord pensé qu'elle s'était réfugiée chez maître Bois pour lui demander assistance. Mais le premier réflexe quand ton mari vient de décéder n'est pas de chercher un avocat ! Maintenant, on imagine qu'elle a filé chez le père de PAC parce qu'elle avait appris un peu plus tôt qu'elle avait un frère jumeau. Très plausible. Mais la priorité était-elle à ce moment-là de poursuivre ses investigations ? Et pourquoi a-t-elle appelé un collègue plutôt que les urgences si elle était très inquiète par rapport à ton état de santé ? Le problème, c'est qu'on a toujours raisonné en fonction d'une dispute très violente, quelque chose de spontané et d'irraisonné ayant entraîné des gestes irréfléchis.

— Tu vois une autre hypothèse ?

— Et si tout s'intégrait dans un scénario préétabli ?

— Une mise en scène ?

— Pourquoi pas. Tes souvenirs sont incomplets, mais te rappelles-tu qu'elle t'ait reproché ta liaison avec Fanny Lange ?

— Non...

— Vous êtes-vous vraiment disputés ? Il est facile de casser des assiettes en les balançant par terre et de faire croire à une violente explication. Je ne vois que deux raisons rationnelles à sa fuite : on l'y a obligée ou elle l'a programmée.

— Pourquoi aurait-elle organisé une telle machination ?

— Pour te faire souffrir en te laissant croire qu'on l'a kidnappée et qu'elle va peut-être mourir.

— Trop tordu. Impossible !

— Alors on l'a forcée. Fais un effort ! Arrête de refouler !

— Qu'est-ce qu'il te prend ?

— C'est le moment de violenter ta mémoire Dorian ! Ou je vais finir par croire que ton cerveau refuse d'avouer ta culpabilité depuis le début. Tu l'as tuée ! Accidentellement, mais tu l'as tuée !

— T'es fou Greg ! Lâche-moi avec ta théorie à la con !

— C'est l'explication la plus logique !

— Non ! Non ! Jamais je ne la toucherai !

— Alors, dis-moi ce que tu vois, merde !

— J'ai tout le temps les mêmes flashs, on hurle tous les deux, je suis menaçant même, Sonia est terrorisée !

— Parce que tu la menaces ou parce qu'une autre personne est avec vous ? Cherche Dorian ! Que veut te dire ton inconscient ?

— Arrête de hurler !

Ballant sortit par surprise un mouchoir en tissu de sa veste et l'enfonça dans les narines ruisselantes de Dorian.

— Qu'est-ce qui te prend espèce de taré ?

— Je ne te lâcherai pas !

— T'es malade !

— Il est imbibé du parfum de Sonia ! Depuis des années, je l'achète et je ne sors jamais sans cette odeur sur moi. Ce matin, j'ai décidé que c'était la dernière fois, car je suis amoureux de Maëva. Et je l'ai pris pour toi, pas pour moi ! Respire, pense à la dernière fois que t'as senti cette fragrance et ferme les yeux ! Laisse-toi engloutir par l'obscurité pour mieux faire jaillir la lumière. Qu'est-ce que tu vois ? Parle !

— Des bons moments, c'est tout !

— Insiste !

Emmurés depuis plusieurs jours, les fragments du passé firent enfin exploser leurs épaisses cloisons.

— Quelqu'un près de nous ! Oui ! Une silhouette évanescente... Puis, elle prend de l'épaisseur...

— Elle ressemble à quoi ?

Sur l'écran de sa mémoire, le rembobinage fut alors violent.

— Un homme flou... Un tee-shirt blanc... Il hurle... Rien d'autre...

— Allez, t'y es presque !

— Tu fais chier !

Détruit par cet effort intense, Dorian s'écroula tel un immeuble en ruine.

3

Quand Nathalie les rejoignit dans la cave, elle avait le regard encore humide, fouetté par un déluge d'émotions depuis le suicide de PAC.

— Pourquoi tu m'as demandé de rappliquer au plus vite, Greg ? Vous avez trouvé quelque chose d'important ?

— Des souvenirs, dit Ballant.

Les bribes d'histoire ressuscitées par Dorian lui permirent de braquer quelques lueurs bienvenues sur ses idées.

— Un homme avec vous le soir de votre dispute ? Chris Muller peut-être ? C'est ce qui aurait le plus de sens. Ça fait des jours qu'on essaie de comprendre ce qu'il s'est passé ce soir-là. Mais ce n'est pas pour ça que vous êtes venus ici. Il faut à tout prix retrouver le père de PAC, lui seul peut nous dire ce qu'est devenue Sonia, puisque tous les autres sont morts. On doit mettre la main sur cette maudite moitié de photo !

— T'as raison, c'est le dernier jour bordel ! s'emporta soudain Dorian.

Galvanisés par le sentiment d'urgence, les trois policiers déballèrent les cartons avec la délicatesse d'une tornade. Dans l'un d'eux, trois ours en peluche semblaient retenir en otage un petit singe coincé entre eux : c'était le frère jumeau du doudou de Sonia ! Dorian plongea avec empressement sa main dans les entrailles mollassonnes.

— Le cliché est toujours à l'intérieur ! s'exclama-t-il.

— Montre !

— Il a bien été pris au moment de la victoire en 1989 ! Il fait partie de la série trouvée par Lou dans les archives du journal local. Sur ce morceau, il y a uniquement le père de PAC, entouré au feutre rouge. Il s'ajoute aux cinq mecs de l'autre partie : Walter, Bois, Lange, Piller et le père de Sonia. Tous les protagonistes sont présents.

— Il y a là aussi un truc qui m'échappe, dit Nathalie. Mettez-vous à la place d'une mère qui s'apprête à perdre ses deux nouveau-nés : le premier parce qu'elle l'a vendu de son plein gré, le second parce qu'on lui a arraché. Le réflexe ne serait-il pas de laisser plutôt une photo d'elle pour que ses enfants la découvrent peut-être un jour ? Pourquoi désigner parmi tous ces types les deux qui lui ont pris ses bébés ? Ça n'a pas de sens !

— Et si l'essentiel n'était pas les hommes, mais ce qu'on voit autour d'eux ? suggéra Greg. Ils se trouvent à un banquet, sans doute dans une salle des fêtes.

— J'envoie tout de suite cette partie à Lou pour qu'elle retrouve la bonne photo dans la série, décida Dorian. Grâce à l'image reconstituée, quelque chose d'évident va peut-être nous sauter aux yeux. Le destin des deux moitiés est de se retrouver assemblées, de toute façon.

Hélas, deux minutes plus tard, la réunification tant attendue n'offrit pas de bond de géant à leur réflexion.

— On cherche sûrement quelque chose de trop compliqué, supposa Nathalie.

— Tu veux dire quoi ? demanda Greg.

— Qu'il n'y a peut-être pas de message caché. D'un côté, le père de Sonia est entouré. Il s'agit bien de lui, Dorian l'a reconnu grâce à son costume. On sait aussi qu'il a violé Irina, la mère porteuse. Le désigner sur le cliché est une façon de l'accuser, on est tous d'accord là-dessus. Ensuite, le père de PAC est, lui aussi, cerclé à l'encre rouge.

— Elle lui reprocherait quoi ? demanda Dorian. De lui avoir pris un de ses deux bambins ?

— Réfléchissez. Tout à l'heure, avant de se tuer, PAC nous a dit une chose très importante : son paternel lui avait raconté que c'était sa femme qui avait étranglé Irina lorsqu'elle avait tenté de récupérer son bébé. Pourquoi le croire ? Et si c'était le polytechnicien ? Ce serait bien le genre à se défausser sur son épouse ! Et dans son état, elle n'était pas en état de le contredire.

— Ton hypothèse a quand même un gros défaut : Irina n'est pas revenue d'outre-tombe pour glisser des photos dans deux doudous pour faire tomber un jour son meurtrier !

— C'est que les singes ont forcément été cachés par quelqu'un d'autre dans les berceaux. Une personne que l'on ne pouvait pas soupçonner de vouloir laisser quelque chose à l'intérieur.

— La mère de Sonia, du moins celle qui l'a élevée ! s'exclama Dorian. Entièrement d'accord avec toi. Tout ça est si vieux... Et des gens sont décédés. On ne pourra pas tout reconstituer, on doit se contenter de déductions. Mais tout me paraît limpide désormais : elle a dû surprendre une conversation de son mari et apprendre ce qui s'était passé. Elle ne pouvait pas dénoncer, car on lui aurait repris cet enfant qu'elle désirait tant. Elle a néanmoins laissé un indice dans chaque peluche.

— Elle a dû vivre avec ce poids pendant des années, déplora Nathalie. Qui conduisait quand ils ont eu leur accident mortel ?

— Justement, elle... Une sortie de route inexpliquée en plein jour. Ils ont heurté un platane...

Les conclusions noires qui s'imposaient glacèrent un instant leur âme, en firent une plaine désolée.

— On doit plus que jamais retrouver le père de PAC, reprit Nathalie, troublée. Avant que je ne vous rejoigne, on n'avait aucune nouvelle de lui. Il est forcément responsable de la disparition de Sonia. Le videur l'avait sûrement averti qu'une vidéo susceptible de faire tomber Bois, Walter, Piller et Fange serait expédiée à la police s'il arrivait quelque chose à Sonia. La kidnapper était le meilleur moyen de se débarrasser de ses alliés. Après l'avoir aidée à lancer la machination, Chris Muller a fui en Espagne. Les quatre autres ne se sont jamais doutés que leur meilleur ami, celui qui leur avait permis d'accéder au gouvernement, était en train de tout orchestrer pour les faire disparaître.

— Il n'aura pas plus de pitié à l'égard de Sonia si on ne l'attrape pas à temps, nota Dorian. Mais pourquoi avoir instauré ce compte à rebours de onze jours ? Ça aurait pu être dix ou douze. Il y a bien une raison, même symbolique !

Nathalie inspira une grande bouffée d'oxygène, puis resta quelques secondes en apnée, comme si elle s'effrayait à l'avance de ce qu'elle allait souffler à bas mots :

— Aujourd'hui, ça fait pile trente ans qu'on a découvert le cadavre de la femme sans visage...

4

Revanchard, Martin Duval ne faisait aucun quartier avec la viande. Il prit plaisir à supplicier un nouveau morceau de bœuf, tendre victime croquée, déchirée. Il le sentit fondre lentement dans sa bouche, qui apprécia sa compagnie si agréable. Une nouvelle gorgée de bourgogne accompagna le cheminement de ce mets goûteux vers son estomac, tordu par le stress durant les quelques jours passés à se planquer chez sa tante. En se rassasiant, le jeune homme éprouvait un bien-être qu'il avait cru confisquer pour très longtemps par les lois iniques favorables à l'anonymat des donneurs. Il ne pourrait jamais évacuer dans les égouts de l'oubli cette période de frustration et de douleur. Il comptait sur le temps pour la diluer dans sa mémoire, en faire un souvenir accessoire. La majesté et la chaleur du moment passé autour de cette table lui permettaient déjà de saupoudrer des cristaux de bonheur sur son âme glacée.

— Martin, t'es avec nous ? Je pensais qu'on aurait plein de choses à se dire ! s'exclama Rémy, son père biologique.

— Mais laisse-le manger ! intervint Karina, son épouse. Il a besoin de reprendre des forces avant de parler.

— Je suis surtout ému. Ne vous trompez pas ! Je suis très content d'être avec vous ! C'est une double libération. J'ai l'impression d'avoir passé plusieurs jours en prison à cause de cette histoire de dingue. En plus je vous retrouve dès ma sortie !

— Trop de bonheur d'un coup ? taquina Rémy.

— Ah non, surtout pas ! Vous êtes géniaux. Vous avez été super réactifs quand je vous ai contactés hier soir après avoir découvert que j'avais un match à 50 %. Je ne sais pas comment...

— C'est plutôt Karina qu'il faut remercier. Elle est tombée il y a quelque mois sur des articles qui racontaient la souffrance de certaines personnes en quête de leur père biologique. J'avais fait un seul don de sperme il y a plus de vingt ans, au moment où notre fils était né. Dans l'euphorie de ma paternité, j'avais voulu que des couples en difficulté profitent de la même joie. Puis j'étais passé à autre chose ! Heureusement pour toi, Karina, après avoir lu un article, m'a convaincu de faire un test ADN auprès d'un des gros laboratoires, au cas où certains enfants nés à partir de mon sperme me chercheraient. Ensuite, on ne peut pas dire que t'as traîné pour me contacter ! T'étais si impatient !

— Une vraie pile électrique ! Je n'ai pas fermé l'œil la nuit dernière ! Si j'avais pu venir m'incruster chez vous dès hier soir, je l'aurais fait !

— Je dois t'avouer qu'avant de te rencontrer, il m'est arrivé de dire à Karina qu'elle avait une idée à la con !

— Et maintenant ? demanda le jeune homme. Vous ne regrettez pas ?

— Je suis ravi ! Même s'il est étrange d'avoir le sentiment de retrouver quelqu'un que je n'avais jamais vu.

— Je ressens la même chose, monsieur.

— Rémy, pas monsieur !

Martin laissa glisser son regard attendri sur le couple. Lui, spécialiste en sécurité informatique, elle, infirmière, une vie à chasser des virus pour l'un et l'autre. Ils naviguaient vers le cap des 45 ans, qu'on atteint généralement après avoir traversé quelques tempêtes. Ses yeux musardèrent un instant sur le doux visage de Karina, dont la bonté semblait avoir pris depuis toujours possession. Elle paraissait réjouie de pouvoir s'abriter auprès de Rémy, d'être protégée face aux assauts de la vie par des bras épais pareils à une forteresse.

— Mes parents aimeraient vous rencontrer, reprit Martin. Ils souhaitent vous inviter au plus vite.

— Avec plaisir, répondit Rémy. Quand ils veulent. Ce sera un moment particulier pour ton père, aussi, non ?

— On sort de plusieurs années difficiles. J'ai trop tardivement appris la manière dont j'avais été conçu. J'avais déjà 18 ans. Durant un repas de famille qui est parti en vrille, une de mes tantes me l'a balancé à la gueule. Ça m'a fait plus mal qu'une paire de baffes ! Mes parents étaient catastrophés. Ils avaient hésité plusieurs fois à me le dire quand j'étais jeune. Puis, ils étaient passés à autre chose. Je me demande même si mon daron n'avait pas fini par s'autopersuader qu'il était mon géniteur. Heureusement, lorsque je lui ai fait part de ma volonté d'entreprendre des recherches, il m'a assuré qu'elles ne lui poseraient aucun problème. Il avait conscience du traumatisme indirectement provoqué par toutes ces années de non-dit. Mais il ne s'est pas rendu compte à quel point c'est vite devenu une obsession en moi, au point de harceler cette pauvre femme jusque chez elle. Si je ne lui avais pas imposé ce test, elle n'aurait pas eu tous ces malheurs...

Une flottille de nuages noirs survola ses yeux humides.

— Sais-tu jusqu'à combien de naissances peut permettre un seul don de sperme ? interrogea Rémy pour court-circuiter le malaise.

— Dix maximums, si les parents n'oublient pas de prévenir le CECOS. Où les dossiers ne sont pas toujours bien conservés... Pourquoi ?

— À Cochin, on m'a indiqué que sept bébés étaient venus au monde grâce à mes gamètes. Tu n'es pas le seul à te soucier de tes origines. D'autres personnes m'ont contacté en même temps que toi !

— J'ai des demi-frères et...

— Que des demi-sœurs pour le moment. Quatre !

— Mais... Elles sont où ?

La sonnerie de l'interphone ébrécha la conversation.

— On dirait qu'elles arrivent pour le dessert ! s'écria Karina. Elles ne pouvaient pas venir avant.

La porte s'ouvrit sur un quatuor de jeunes femmes réunies par le même sourire, en un accord parfait. L'atmosphère du trois pièces fut aussitôt bousculée par la joie et l'émotion.

— Salut, je suis Léa, clama une grande brune aux yeux marron.

— Salut, je suis Clara, indiqua une petite brune aux yeux noisette.

— Salut, je suis Manon, annonça une grande brune aux yeux marron.

— Salut, je suis Chloé, notifia une petite brune aux yeux noisette.

Transformées en tables de multiplication, les joues rougies de Martin Duval accueillirent quatre fois deux bises. Puis tout le monde prit place dans un moelleux canapé, à proximité d'une bouteille de champagne qui eut vite le vent en coupe.

— Si je m'attendais à ça... prononça difficilement Martin. Je ne sais pas quoi dire. Vous m'offrez le moment le plus incroyable de ma vie ! Il y a encore deux jours, j'étais le type le plus seul au monde. Et là, d'un coup, j'ai les membres d'une nouvelle famille qui sortent comme les lapins d'un chapeau de magicien ! J'ai hâte que tout le monde soit rassemblé !

Sa joie démesurée ne l'empêcha pas d'avoir pour Maëva Baugé une pensée ombragée par la tristesse. Les graves ennuis de la biologiste suite à sa vengeance grotesque figuraient une tache indélébile sur son bonheur.

5

Barbara Swift, une vedette de vieux polars usés par les rediffusions, se mira une nouvelle fois dans sa robe blanche en popeline de coton, bien moins démodée qu'elle.

— Ce n'est pas un peu trop, Émeric ?

— Vous serez parfaite pour la séance photos.

— Arrêtez de me vouvoyer !

— Je n'y peux rien ! Je vous ai tellement admirée ! Être aujourd'hui le réalisateur qui accompagne votre retour au premier plan représente un grand moment de ma carrière. J'ai tellement regardé vos succès !

Un air taquin survola ses traits, délaissés depuis longtemps par cette beauté à qui ses rôles avaient offert l'éternité sur pellicule. Mais un charme fascinant avait survécu à la disparition de sa jeunesse éclatante : elle était une voix, elle était un sourire, elle était un regard, elle était surtout une présence. Capable d'ensorceler les hommes au point de susciter en eux des frissons, quand ses envoûtements déclenchaient autrefois des pulsions.

— Les classiques dans lesquels j'ai joué sont fanés, comme moi, se moqua-t-elle.

— Barbara, je serai votre jardinier, alors. Je vais vous faire refleurir. Il vous manque juste de la lumière, vous allez voir.

— En attendant, c'est une histoire très sombre ! Dès que tu m'as fait passer le script, j'ai été profondément touchée par le destin horrible de ce cadavre sans visage. Et puis cette policière qui s'obstine depuis trente ans à garder le dossier sous perfusion. J'adore les héroïnes qui sont des femmes déterminées. Si en plus ce sont des enquêtrices obsessionnelles, c'est parfait ! Dommage que cette Nathalie ait refusé toutes mes demandes. J'aurais aimé discuter avec elle pour pouvoir m'imprégner de son caractère et de son métier. Elle suit le dossier depuis le tout début…

— Je sais. Je me suis heurté au même silence de sa part quand j'ai commencé à écrire le scénario. J'en ai donc fait une fiction qui part de la découverte de ce cadavre sans visage, le seul fait véridique. Je tiens énormément à la scène d'ouverture. Mais je ne voulais pas qu'elle soit gore. Armé de grosses pierres, le videur va défoncer à travers un sac en toile la tronche d'un mannequin souple, en mousse. À l'écran, la suggestion est toujours plus forte que le voyeurisme, vous le savez pertinemment… Bon, je vous laisse quelques minutes de repos avant l'arrivée du photographe de *Ciné-revue*. C'est le chouchou des stars.

Une fois seule, Barbara songea avec ironie qu'elle était encore une étoile, oui, mais réchappée d'un sacré trou noir. Il lui aurait fallu bien plus de doigts que ses mains n'en comptaient pour dénombrer toutes les années passées loin des studios à attendre des propositions. Elle revisita cette période rincée par l'ennui et la mélancolie tout en regardant le paysage depuis le camion-studio. Malgré la saison, le jour était encore blême, pas encore épousseté de sa brume matinale. Au milieu de ce décor mâtiné d'hiver, le début du tournage était prévu deux heures plus tard. Avant, elle aurait tant aimé parler à cette policière pour pouvoir rentrer dans sa tête, au lieu de stagner à la surface des choses. Ce personnage de flic, elle voulait le posséder, l'incarner, le modeler au gré de son jeu, l'investir, le ravir même à sa propriétaire le temps des quelques semaines de production.

Frustrée, elle saisit son élégant sac en cuir noir, témoin du raffinement ourlé à ses goûts. Un téléphone, un foulard, une trousse à maquillage de premier secours et une paire de gants couleur prune se bousculaient dans un espace très réduit. Une palpation sans retenue lui permit de débusquer l'objet recherché, tapi dans la doublure et accessible grâce à une fermeture éclair très discrète qui se confondait avec le tissu beige. Il s'agissait du carnet intime dans lequel elle piégeait ses souvenirs, avec des doigts d'ébéniste qui polissaient chaque lettre. Dans un coin de page figurait le numéro de mobile composé de manière répétitive pour un résultat qui l'était tout autant. Elle tenta une nouvelle fois sa chance en expédiant un message qui propageait ses ultimes espoirs.

« Bonjour commandant. C'est encore Barbara Swift. Je suis désolée de me montrer si insistante envers vous. Sachez que ce n'est pas dans mes habitudes d'importuner les gens. Les premières prises ont lieu aujourd'hui dans la forêt de Fontainebleau. Je regrette de ne pas avoir pu discuter avec vous malgré tous les appels que je vous ai laissés. Je me permets de vous importuner une dernière fois. Il sera toujours possible de se rencontrer entre deux scènes, après, mais j'aurais tant aimé le faire avant... Sachez que le long-métrage s'appellera *La Femme sans visage*. C'est déjà le titre d'un film suédois de 1947, mais on n'a pas trouvé mieux pour résumer le destin si tragique de cette pauvre malheureuse. S'il vous plaît, ne demeurez pas vis-à-vis de moi la femme sans voix : appelez-moi.

Barbara »

6

L'eau chaude l'enveloppait d'une caresse permanente, la mousse en abondance ajoutait aux dorlotements de sa peau. Maëva souffla sur un peu d'écume qui s'envola avec une légèreté dont elle fut jalouse, tant elle aurait aimé que son âme flottât autant que son corps dans son bain sans fin. En s'y plongeant, elle avait rêvé d'abandon et de relaxation, mais ses tourments la dessaisissaient malheureusement de tout repos. Sans doute en fuite très loin des Yvelines, le tueur sadique juché sur sa moto rouge rôdait pourtant en permanence dans ses pensées. Pour divertir ses angoisses, elle amarra son regard à une photo fétiche prise dans le cadre du château de Versailles, près de l'eau, avec des rameurs en arrière-plan. Une joie insolente s'étalait sur cette vieille image dont le papier flétri servait de support à une émotion intacte, pur moment de tendresse partagé avec sa mère en même temps qu'un pique-nique dominical. Ce fragment de bonheur ancien l'obligea à sécher ses yeux, puis sa main, pour saisir le téléphone.

— Comment vas-tu maman ?

— Aussi bien que possible ma chérie. Mon hospitalisation se termine bien demain matin. Je serai contente de sortir.

— Je viendrai te chercher, bien sûr. Et je m'installerai quelques jours chez toi si tu veux bien. J'ai obtenu des congés. Je veux m'occuper de toi. Et j'ai tellement de choses à te raconter… Lors de mes très rares visites à la clinique, je n'ai pas osé te confier ce qu'il m'est arrivé ces derniers jours. Ma vie ne sera plus jamais la même à tous les niveaux. Tu as sans doute imaginé que mon travail m'empêchait de venir souvent mais…

— J'ai pris volontiers ce que tu me donnais, coupa-t-elle doucement. Même si je t'ai très peu vue, je ne t'ai plus du tout senti fâché. Ça m'a beaucoup aidé, tu sais. Alors ne t'inquiète pas, je n'ai aucune rancœur.

— Moi non plus, sache-le.

— Je n'ai jamais voulu te faire de mal, Maëva. Je croyais que tu devais savoir. C'était peut-être une erreur. Est-ce qu'on a besoin de comprendre hier pour aller vers demain ? J'ai souvent entendu que l'expérience est une lanterne attachée dans notre dos qui n'éclaire que le chemin parcouru[1]. C'est pareil pour le passé, au fond. Est-ce qu'il sert vraiment à avancer, à illuminer notre route ?

— Sache que ton aveu m'a aidée à comprendre ce qui me tombait dessus, même si c'était très douloureux à vivre. Tu n'as pas à t'en vouloir.

— Tant mieux. Je t'embrasse bien fort.

— Moi aussi maman. À demain.

Émue, Maëva se laissa aussitôt couler sous la mousse qui lui avait permis de sculpter quelques figures improbables au hasard de ses gesticulations alanguies. En apnée, elle songea à tous ces évènements à couper le souffle, à ces quelques jours turbulents venus secouer son existence dans tous les sens :

Quel tourbillon d'émotions pris en pleine face ! Maman, Greg, cette enquête, l'annonce de mon désir de rupture à mon mari, les larmes et la colère de ma fille à cause de notre séparation annoncée, sa terreur rétrospective aussi à l'idée que la mort

1. Confucius.

m'avait presque étreinte, le sentiment délicieux de ne m'être jamais autant sentie vivante, comme si le fait d'avoir été miraculée sublimait désormais chaque minute me restant à goûter sur terre. Mais une question lancinante fouette mon bonheur : si Valentin Laurent était encore de ce monde, vers quelle attitude mes sentiments m'auraient-ils guidée ? Mépris ? Ignorance ? Besoin de le connaître par-delà la répulsion initiale que suscitait son agression immonde ? Difficile de trier parmi toutes ces possibilités, de savoir quel aurait été le comportement le plus approprié, le mot le plus juste, la sentence la plus adéquate : le pardon ou l'opprobre ? Je vais contacter sa femme, je veux savoir quel homme il était vraiment, si ce viol était un acte en opposition absolue avec sa personnalité, ses engagements, ses valeurs. Mais je n'éprouve vis-à-vis de lui aucun vide : je n'ai pas manqué d'un père, ni même eu envie de le chercher, jusqu'à ce que l'existence nous réunisse brièvement, durant des évènements aussi brutaux que ma conception…

Quand elle ressortit la tête, son téléphone avait disparu de son champ de vision. L'angoisse déborda en elle de toutes parts. Ses doigts s'agitèrent en vain sur le rebord poreux de la baignoire, ses cheveux humides tournoyèrent en éclaboussant à grosses gouttes le miroir vaporeux.

— C'est ça que tu cherches ? Si j'étais toi, je le laisserais tranquille.

L'homme masqué et ganté la fixait avec une intensité qui la transperça plus aisément qu'un sabre.

— Un cri et je te noie à la seconde même.

— Qu'est-ce que…

— Tais-toi. Je devais être à l'autre bout de la planète, mais je déteste ne pas finir mon boulot. J'ai de la chance, t'es revenue chez toi. Puisque c'est la dernière fois, je vais faire durer mon plaisir. Le tien, pas sûr…

Il tenait à la main six bouts de papier qui lui parurent aussi minuscules que le temps lui restant à vivre.

— Je vais compter jusqu'à six.

— Cinq.

— Cinq ? Ah, tu veux faire la courageuse ?

Maëva devina derrière la peau de textile un sourire aussi luisant que la lame de son couteau.

— Je vais t'arracher le cœur.

7

Nathalie reçut avec un bonheur très modéré le message doucereux de l'actrice en quittant la maison de PAC.

— Encore elle ! Comme si j'avais que ça à foutre !

— Tu parles de qui ? s'étonna Greg.

— Barbara Swift. Elle me harcèle depuis des semaines, car elle va jouer mon rôle dans un film qui s'appelle *La Femme sans visage*. Pas besoin de vous préciser de quoi ça parle !

— Ce nom me dit quelque chose, releva Dorian.

— Évidemment ! chambra Greg. L'héroïne de *Cœurs de cible* ! Et de tant d'autres chefs-d'œuvre.

— Je sais bien ! Mais ce n'est pas que ça... Elle appartenait au jury qui a élu Miss Amphi en Île-de-France. Enfin élu... On sait tous que la gagnante était choisie à l'avance, maintenant.

— C'est une bonne amie de Fanny Lange, alors ?

— Forcément. Je les ai vues plusieurs fois ensemble.

— Je me demande bien comment elle a obtenu mon numéro. Tu l'avais filé à Fanny Lange lors de votre liaison ?

— Pour quelle raison je le lui aurais communiqué ? Après, elle a très bien pu me le prendre. T'as gardé les messages ?

— Barbara Swift m'a envoyé le premier le 4 mai.

— D'accord, je vois... La nuit d'avant, Fanny Lange m'a appelé vers 5 heures du matin. Il venait d'y avoir une effraction dans sa baraque du Vésinet et elle était terrorisée, malgré le passage de la police. Je n'ai jamais vérifié vu ce qu'il s'est passé entre nous ensuite. J'imagine qu'elle a profité d'un moment d'inattention de ma part pour regarder dans mon portable et rendre service à son amie. Si j'ai raison, ça confirme qu'elle est une grande manipulatrice, rien de plus.

— Comment ça s'est fini entre vous ? questionna Nathalie.

— J'ai rompu au bout d'un mois.

— Des remords à tromper Sonia ?

— Quand je l'ai vue nue pour la première fois, de dos, les cheveux défaits, j'ai eu un flash : elle m'a fait penser à Mélanie Douce. C'était complètement dingue, je sais, mais cette intuition ne me quittait pas. Et puis de mon côté ce n'était qu'une histoire de cul. J'ai vite trouvé très con de me consoler avec elle de mes problèmes de couple. Et j'ai décidé de mettre fin à notre relation, pour essayer de réparer les choses avec Sonia.

— Elle l'a pris comment ?

— Elle était furieuse. Elle m'a dit qu'elle quittait les hommes, mais que l'inverse était impossible. Je l'ai soupçonnée de s'être vengée sur Sonia, je lui ai même rendu visite il y a trois jours à sa sortie de garde à vue.

— Et alors ? Elle t'a juré qu'elle n'y était pour rien et t'es reparti comme un gentil toutou la queue entre les jambes, grinça Greg.

— Ses liens avec l'actrice ne prouvent rien. Si j'avais eu le moindre indice à son encontre, je ne l'aurais pas lâchée. C'est une tordue, oui. Je me demande aujourd'hui si elle n'a pas couché avec moi juste pour chercher des infos sur l'enquête, s'assurer qu'on ne remonterait pas jusqu'à elle. Elle a obtenu l'effet inverse d'ailleurs, vu que j'ai eu à ce moment-là mes premiers soupçons sur sa possible implication. Mais Mélanie Douce était morte depuis deux ans. Je n'allais pas réclamer au juge une exhumation du corps et une comparaison des profils ADN avec Fanny Lange sur la simple foi d'une observation faite au pieu !

— C'est sans doute un immense hasard, mais on ne peut pas passer à côté, trancha Nathalie. De toute manière, tout le monde cherche le père de PAC, on ne peut rien faire de plus à notre niveau. Allez tous les deux sur le tournage, il ne va pas tarder à débuter.

— C'est n'importe quoi Nath ! pesta Dorian.

Les deux hommes possédaient encore quelques réserves de rancœur, dans lesquelles ils puisèrent allégrement dès le démarrage.

— T'as déconné avec cette gonzesse !

— Ne me fais pas la morale Greg !

— Me piquer Sonia pour faire cette merde derrière !

— Tu ne vas pas recommencer !

— T'as pensé avec ta bite ! Voilà !

— C'est bon ! On continue à s'engueuler ou on essaie de comprendre s'il y a vraiment un lien ? Qu'est-ce qu'on a pu rater ?

— Ce n'est sûrement pas en allant perdre notre temps là-bas qu'on va avancer !

Tous deux furieux, ils choisirent de se barricader dans leurs pensées pendant le trajet pulsé par de puissantes accélérations. Seul l'envoi des coordonnées GPS du lieu de tournage par Nathalie craquela le silence épaissi par leur animosité réciproque.

— On arrive, finit par lâcher Dorian, en desserrant à peine les dents.

Ils se garèrent au bord d'une route qui jouxtait la forêt, éclairée par un jour parcimonieux. Leurs foulées démultipliées les amenèrent très vite à l'endroit même où, trente ans plus tôt, le cadavre de la femme sans visage avait subi des outrages *post mortem*, comme un bonus offert par le malheur. L'équipe de production entourait un acteur bodybuildé en train de s'acharner avec le tact d'un bûcheron sur un corps enserré dans une toile. Le plus horrible des pressentiments s'abattit sur Dorian en même temps que les coups de pierre dévastateurs.

8

Martin Duval ne marchait pas sur le bitume, il flottait dans l'espace démesuré de son bonheur. Le ciel n'avait jamais bu une encre si bleue, le soleil abreuvait la rue de sa lumière la plus chatoyante. Grâce à ce déjeuner riche en rencontres, le militant obstiné coloriait enfin sa vie avec les bons crayons. Après quelques années d'une quête obstinée, voilà que son passé s'éclairait et propageait en même temps de douces lueurs dans son futur. Quant à son présent, il était largement revalorisé par l'arrivée de cette famille, tout aussi différente que complémentaire de la sienne. Il manquait néanmoins un élément à sa plénitude pour être absolue : le pardon de Maëva Baugé pour ses actes éhontés. Il se planta devant sa maison de Louveciennes avec du champagne dans une main et des fleurs dans l'autre, surenchère de cadeaux pour tenter de faire oublier ses excès grotesques et fâcheux. Il espérait la trouver en train de décompresser, de diluer la folie des derniers jours dans la quiétude réparatrice de son domicile. Il en franchit le portail en se dispensant de sonner, avec l'espoir qu'elle lui ouvrît sa porte, à défaut de ses bras, il n'en demandait pas tant. Il s'avança jusqu'à l'entrée avec le stress d'un étudiant avant un grand oral et la crainte majuscule d'être recalé. À l'instant de toquer, un fait curieux figea son geste et son regard. Sur sa gauche, le carreau d'une fenêtre était découpé de façon à dessiner une ouverture favorable au passage d'une main. Une alerte maximale fit pulser son cœur. Le tueur à la moto rouge, traqué par toutes les polices, pouvait-il être là, occupé à badigeonner son œuvre macabre avec le sang d'une nouvelle victime ?

Duval tourna la poignée depuis l'extérieur pour pénétrer en douceur dans le salon, avec la peur d'être dupé par son imagination délirante. Si Maëva Baugé le surprenait dans la posture trompeuse d'un voleur, elle n'hésiterait pas à porter plainte contre lui cette fois-ci, malgré la noblesse de ses intentions. Mais il devait assumer la possibilité de se tromper, ce n'était sans doute pas le plus grand risque qu'il prenait en cas d'intrusion avérée du psychopathe. Aussitôt quelques craquements attestèrent d'une présence à l'étage, sans indiquer combien de pieds se mouvaient sur les planches de parquet délatrices. L'hésitation encorda soudain sa détermination. Et s'il la découvrait en tenue légère ou dans son bain, occupée à chouchouter son corps et dorloter son âme ? Des gémissements dégringolèrent jusqu'à lui, si faibles qu'ils lui parurent irréels. Il grimpa l'escalier marche après marche, une vraie montée vers l'échafaud. En haut, la quiétude des lieux fit rebasculer en un instant sa réflexion : il avait tout faux, forcément ! Il s'apprêtait à rebrousser chemin avec une égale douceur lorsqu'un nouveau geignement se faufila au fond de ses oreilles. Ce cri étouffé était-il le discret messager d'un plaisir intime, solitaire ou partagé ? Il resta immobile, coincé dans l'incertitude. Une plainte sans ambiguïté culbuta son attentisme. D'un pas alerte, Duval rallia une pièce où le temps était suspendu, comme la respiration de la biologiste. Attachée sur un lit, la poitrine surélevée par des coussins, elle s'apprêtait à subir l'assaut carnassier d'un poignard. Il courut et plongea sur le type masqué pour contrarier le trajet de la lame, qui creusa un sillon vermillon dans son bras droit. Sur cet élan furieux, les combattants chutèrent au sol. Plus aguerri et plus puissant, l'agresseur le repoussa rudement pour se délivrer de cette étreinte imposée. Puis il brandit au-dessus de lui le couteau, dont la pointe allait graver la mort sur sa peau frissonnante. Spectatrice de cette exécution imminente, Maëva Baugé poussait des hurlements feutrés, minorés par son bâillon. Tout son corps tremblant était un territoire conquis par la terreur.

— Je venais vous demander pardon Maëva, dit-il avec un calme qui le surprit lui-même. Tout est ma faute. Si je pouvais me sacrifier pour que vous soyez sauvée…

— Tu crois que tu décides ? répondit le désaxé. Vous allez y passer chacun votre tour !

— Je n'attends rien de toi, pauvre taré. Quand on est capable de tuer ses demi-sœurs à la pelle…

— Mes vieux aussi ! Et tellement d'autres !

— Ta fille également.

— Hein ? Qu'est-ce que tu racontes ?

— J'ai eu du temps de libre ces derniers jours. Au début, je l'ai passé à chercher des membres de ta fratrie pour aider les flics. Je me suis rendu compte que les demi-sœurs du Havre et de Chartres avaient une jeune nièce en commun dans la base de données. Par curiosité, je l'ai cherchée sur les réseaux sociaux. Elle n'était plus active depuis quelques jours. À 25 ans, bizarre. En furetant sur des comptes amis, j'ai découvert qu'on parlait de sa mort brutale. Électrocutée dans son bain alors qu'elle n'en prenait jamais. Pas de pot quand même ! Elle habitait Angers, un petit studio en centre-ville. Ça te dit quelque chose ? Pourquoi l'éliminer celle-là ? Ça n'a pas de sens. Sauf si on imagine qu'ils se sont aperçus qu'il s'agissait de ton enfant. Je ne vois pas d'hypothèse plus plausible. Leur but était de seulement supprimer tous les rejetons illégitimes. Ils n'allaient quand même pas exterminer des familles entières. Ça n'aurait rimé à rien !

— Tu racontes n'importe quoi pour gagner cinq minutes ! Tu ne sauveras pas ton cul, petit merdeux !

— Je suis sûr que les types qui t'utilisaient avaient ton profil ADN. Il fallait qu'ils te contrôlent complètement. Que tu restes un solitaire, une machine à tuer sans faille, sans affect et sans descendance.

— Tu mens connard !

— Y a une gonzesse qui t'a fait un enfant dans le dos quand t'étais jeune, y a vingt-cinq piges, car elle ne t'a sans doute pas jugé digne d'être père. Et eux te l'ont repris avec ta sympathique collaboration. Au moins, tu ne l'auras pas fait trop souffrir ta gosse. T'aurais pu la violer avant de lui arracher le cœur. Tout le monde t'a baisé mec. Je ne te parle même pas de ton inscription dans la base de données il y a quelques jours. Tes patrons avaient commencé à te lâcher. T'es bien seul avec ton pognon maintenant...

Duval pria pour avoir touché grâce à son coup de bluff désespéré le seul point sensible de la cuirasse *a priori* imperméable aux sentiments. Sylvain Dole parut effectivement groggy, son regard troublé se perdit dans un brouillard subit. Mû par un ressort, l'étudiant se redressa, lui arracha son arme et poinçonna sa poitrine trois fois, en même temps que son billet pour l'enfer.

9

Quand Sonia commença à se réveiller, il lui sembla que son esprit était emballé dans un nuage. Il flottait dans un ciel infini bariolé de toutes les couleurs, peinture abstraite dont chutaient quelques gouttes rouges. Ses souvenirs étaient en lévitation, eux aussi, aspirés par le firmament. Le lundi fatidique, en fin de journée, un test avait confirmé ce que son corps lui chuchotait depuis plusieurs jours sans qu'elle arrivât à le croire : elle était enfin enceinte ! Sa joie n'avait duré que quelques instants, bulle de bonheur à peine soufflée et déjà éclatée. PAC, venu chez eux quelques minutes plus tard, avait déversé ses révélations sans aucune précaution : la trahison de Dorian, puis son lien de parenté avec elle. Voilà pourquoi il y avait une moitié de photo dans son vieux doudou pelé, l'autre partie étant destinée à un frère dont elle n'avait jamais suspecté l'existence. Et encore moins qu'il pût être un proche, un pote associé à leurs repas de fête, un ami des bons jours comme des mauvais, un confident capable de veiller avec soin sur les secrets les plus intimes. En livrant son identité à Sonia, le policier lui avait offert un cadeau empoisonné, qu'elle avait pourtant tellement espéré : la dernière pièce du puzzle, immense casse-tête depuis des mois. En effet, il fallait forcément piocher l'assassin de sa mère biologique parmi Walter, Piller, Fange, Bois, le père de PAC et le sien, qu'elle avait fini par reconnaître, malgré la tache de café, en dépoussiérant de vieux albums de famille. Pour trouver le coupable, elle avait entamé une machination dont elle percevait toute la fatuité, maintenant que son ventre était une serre. Il ne lui importait désormais rien d'autre que de quitter Dorian et d'élever son enfant seule, lui donner de l'amour pour deux, quitte à se couper en quatre. Alors, au lieu de prendre son jumeau dans les bras, elle l'avait repoussé, chassé même de peur qu'il continue d'abîmer son immense bonheur de future mère. Après son départ houleux, elle avait contacté le videur pour lui annoncer qu'elle n'utiliserait pas sa confession facilitée un mois plus tôt par le canon du 9 mm. Une exigence était rivée à ce renoncement : que le gros bras du *Dancefloor* vienne la chercher pour l'aider à disparaître. Elle ne voulait même pas attendre Dorian, se hâtant de remplir une valise et sa tête, de vêtements pour l'une, de projets pour l'autre. Mais, en fin de journée, le retour-surprise de son mari pile au moment où elle lui envoyait un texto énigmatique l'avait obligée à déballer sans soin sa rancœur démesurée. Elle lui avait balancé de toutes ses forces qu'elle le quittait à cause de sa liaison avec Fanny Lange, que son existence était déjà déroutée vers d'autres horizons. Stupeur, cris, énervement, menaces, insultes, fureur. Soudain incontrôlable, il avait commencé à l'étrangler, sans savoir qu'il allait supprimer deux vies en une. Arrivé à ce moment-là, Chris Muller l'avait secourue, quelle ironie, les séparant avec ses muscles de leveur de fonte. Emportée par un élan meurtrier tout aussi dévastateur, Sonia avait perdu la tête à son tour, brisé des assiettes et balancé un verre sur le crâne de Dorian. Une fois qu'il s'était écroulé, inanimé, la terreur avait pris possession de chaque millimètre de sa peau glacée. Et le videur avait fui, la laissant à son accablement démultiplié par la culpabilité. Elle avait aussitôt appelé PAC et l'avait supplié de venir, espérant que cet amour fraternel rejeté un peu plus tôt serait assez puissant pour l'absoudre de son mépris prodigieux...

« Il est mort », lui avait-il asséné froidement après un rapide examen de son pouls. Elle ne pouvait pas courir le risque de se retrouver en prison avec cet être embryonnaire niché au creux de son corps. Elle avait rejoint le bureau de maître Bois, où figurait un coffre rempli des liquidités dont la provenance était autant opaque que l'utilisation. Elle en avait noté le contenu et intercepté la combinaison sur les images volées et visionnées à longueur de soirée. Plusieurs liasses rejoignirent son sac, alors qu'aucun scrupule ne vint lester son esprit. Elle voulait disparaître à jamais, s'inventer un ailleurs poudré de bonheur, loin, sur l'autre rive du monde. En ressortant du bureau, elle avait eu la malchance de tomber sur son employeur, accompagné d'un type au visage aussi sombre qu'une ruelle non éclairée. Les deux hommes l'avaient conduite dans un endroit clandestin où une esquisse de torture avait suffi à lui arracher ses aveux, après ses vêtements. Elle était quand même parvenue à leur cacher l'existence de la vidéo, dont l'envoi était prévu par mail si ses investigations risquées la projetaient dans un quelconque enfer. Trois jours plus tard, Bois était revenu lui taillader le bras avec un tesson de verre ensanglanté et lui prendre du sang avec une seringue, pour un usage qui échappait totalement à sa compréhension des choses. Elle ne s'expliquait pas plus sa présence dans cet endroit sombre et exigu depuis son réveil, un échantillon de prison pour claustrophobes. Elle aperçut soudain un peu de lumière à travers la toile qui enveloppait son corps bien trop lourd, impossible à remuer, coincé dans un sarcophage immatériel. Ses membres ne lui appartenaient plus, comme déconnectés de son cerveau agité, rempli désormais de pensées semblables à des brouillons. C'est alors qu'un premier coup s'écrasa sur son nez, puis un second, pilonnage aussi dévastateur qu'indolore. Les lèvres, les pommettes, le crâne, les dents, tout éclatait à mesure que son visage se transformait en bouillie sans lui extorquer une seule plainte. Elle comprit qu'elle était déjà morte quand Dorian se pencha vers elle avec une souffrance ciselée au plus profond de ses traits. Il devait être contrarié de la voir débarquer si vite dans cet au-delà où il l'avait précédée, elle ne voyait pas d'autre explication rationnelle à sa dévastation. Quelques secondes après, la mine ravagée de Greg apparut, elle aussi, dans son champ de vision de plus en plus obscurci, réduit à un ballet d'ombres. En partant pour toujours, elle eut juste le temps d'emporter l'image très floue de ces deux hommes longtemps séparés par une haine féroce et désormais soudés dans une douleur immense, tandis que leurs cœurs s'abreuvaient du même chagrin, infini.

10

En symbiose avec un moral soudain en chute libre, Nathalie s'affaissa sans parachute dans son fauteuil de bureau. Malgré les avancées, elle était en train de céder face à l'alliance redoutable de deux adversaires, la fatigue épaulée par le découragement. Même deux expressos avalés à la file furent insuffisants à repousser temporairement ses ennemis. Le fait de recevoir un appel de Dorian, en revanche, fouetta son corps momifié par l'épuisement.

— Du nouveau ?

— Quand on a vu un molosse défoncer à coups de pierre un gros sac en toile, on a eu quelques instants de grand stress. Heureusement, il n'y avait qu'un mannequin en mousse à l'intérieur ! On s'est fait pourrir par l'équipe de tournage pour avoir perturbé la scène. Il faut oublier cette piste. C'est ridicule ! Pendant ce temps, Sylvain Dole est revenu chez Maëva Baugé ! Elle vient d'appeler Greg. Alors que l'autre malade allait l'éliminer, elle a été sauvée par Martin Duval, qui lui a fait la peau ! Une histoire de fou, encore !

— J'envoie tout de suite des hommes là-bas. Rentrez. On va faire le point.

— Sur quoi ? On est à poil ! Il ne nous reste que quelques heures et on vient d'en perdre deux ! Fait chier !

La taulière n'eut pas le temps de s'appesantir sur cet échange amputé de toute cordialité et écourté par le brutal raccrochage de Dorian. Lou vint à point pour offrir une nouvelle aube à ses espérances.

— En bossant sur la téléphonie du père de PAC, les collègues de la technique ont croisé ses plus récents déplacements avec ceux de tous les protagonistes de l'affaire, dit-elle. Ils ont remarqué quelque chose de curieux. Il y a onze jours, il s'est retrouvé au même endroit que maître Bois et le videur du *Dancefloor*. C'était durant la nuit qui a suivi l'agression de Dorian, chez lui.

— On a une localisation précise ?

— Une ZAC, à Gif-sur-Yvette.

— Y a quoi comme boîtes ?

— La société d'Hervé Froissant notamment, figure-toi.

Une nouvelle vigueur se déversa dans chacun de ses muscles.

— On fonce là-bas ! Dis à Dorian et Greg de nous y rejoindre !

Le trajet précipité eut une durée parfaitement ajustée pour contacter le chef d'entreprise.

— Monsieur Froissant. Nathalie de la brigade criminelle de Versailles. J'ai une question très importante à vous poser : pourrait-on dissimuler une personne dans vos locaux ?

— Impossible. Le personnel de sécurité inspecte très régulièrement chaque étage. Il n'y a pas de cachette chez nous... À moins que...

— Quoi ?

— Merde, je comprends tout ! Avant de me jeter dans leur cachot moisi, ils m'ont piqué mon portefeuille. Une carte magnétique figure dedans. Elle me permet d'accéder en voiture dans le bâtiment par un accès qui m'est réservé. À côté de ma place de parking, il y a une pièce dans laquelle je suis le seul à pouvoir entrer. C'est mon refuge, en fait, avec sanitaires et couchage. Il m'arrive de négocier des contrats importants jusqu'à 2 ou 3 heures du matin. Je reste alors sur place pour m'éviter des allers-retours inutiles avec mon domicile. Je ne peux plus y entrer depuis que j'ai été libéré.

— Il y a de fortes probabilités que Sonia Lemaître ait été enfermée là-dedans...

— Mais comment auraient-ils su ?

— Il ne vous est jamais arrivé de venir en compagnie de maître Bois ?

— Si, une fois. Merde ! Saloperie d'avocat ! Je fais venir tout de suite un spécialiste pour qu'il ouvre la porte. Mais ça peut prendre du temps...

— Il y a de quoi manger là-dedans ?

— Non. Seulement à boire. Mais pas de l'eau. Depuis la mort de Lucie, picoler des vins fins est le seul truc qui me console. Je suis désolé...

— Rendez-nous service, s'il vous plaît. En attendant qu'on arrive, faites visionner les bandes de vidéosurveillance durant la nuit du jeudi au vendredi, quatre jours après votre kidnapping. Si on voit votre véhicule entrer et ressortir peu après, c'est que notre hypothèse est la bonne. On n'a pas le luxe de se tromper !

— Je m'en occupe aussi ! Et je préviens mes vigiles de votre arrivée imminente. Ils vous conduiront directement au sous-sol. Je vous y attendrai.

— Ne perdez pas une seconde !

Étouffée par le stress, Nathalie avala une très longue ligne droite sans respirer.

— De vrais malades ces types, capables d'élaborer en urgence un plan tordu ! finit-elle par rager. Quand je pense que plusieurs d'entre nous se sont rendus là-bas ces derniers jours et que Sonia se trouvait sans doute tout près d'eux ! J'espère qu'ils lui ont laissé à bouffer...

— Si leur idée de départ était effectivement qu'elle meure au bout de onze jours, ils l'ont sans doute enfermée avec des rations, suggéra Lou en se forçant à y croire. Sinon, ça n'a pas de logique.

Pour Nathalie, de toute façon, il ne s'agissait plus de chercher un sens, mais de suivre une direction pied au plancher.

11

Sa main déterminée délaissa un instant le pistolet pour se saisir de la télécommande de la télé, tout aussi meurtrière. Il alluma les infos pour assister une dernière fois au spectacle hypnotique de sa propre perte. L'affaire la plus ignoble que la France ait connue depuis de longues années déversa sur son écran extralarge un monceau d'ordures, dont il faisait partie. À cause de sa participation directe à cette entreprise nauséabonde, sa réputation venait de chuter au fond d'un gouffre, alors que sa notoriété n'avait jamais été aussi culminante. Pierre Gascoigne contempla à nouveau les débris éparpillés de son existence, alors que la voix glacée de la présentatrice s'enfonçait dans son crâne douloureux.

— Depuis hier, les plaintes se multiplient à l'encontre de Pierre Gascoigne, le très médiatique chirurgien cardiaque, ami des stars et des politiques. Plusieurs femmes l'accusent de les avoir violées il y a plusieurs décennies dans le cabinet de gynécologie de Jean-Daniel Piller, le ministre de la Santé, qui s'est suicidé durant sa garde à vue. Pour l'heure, il s'est refusé à tout commentaire et s'est retranché dans son appartement du 16e arrondissement de la capitale, où une de nos équipes est présente.

— Effectivement, nous nous trouvons rue Oswaldo-Cruz, précisa une journaliste vêtue d'un chemisier et d'un tailleur. Le spécialiste occupe un appartement près du boulevard de Beauséjour. Un collectif de militantes féministes manifeste sous ses fenêtres. Des banderoles qui appellent à une longue peine de prison sont déployées, des slogans revendicatifs fusent ainsi que des insultes. Des policiers ont été dépêchés sur place pour éviter tout débordement. Même si on sent de l'écœurement et de l'agressivité chez ces personnes, il n'y a aucune violence de leur part.

— Merci Noémie pour toutes ces précisions, reprit la présentatrice. Nous reviendrons vous voir s'il se passe quelque chose. En attendant, nous possédons de nouveaux éléments fournis un peu plus tôt dans la journée par le procureur de la République de Versailles.

Il abrégea d'un geste sec les échanges rodés du duo, car il connaissait la suite, et même la fin, imminente. Il se servit un verre de Chasse-Spleen, un bordeaux parfait pour l'occasion, ultime faveur accordée à son palais. Tout en vidant son gros ballon à petites gorgées, il tritura les trophées volés par Sylvain Dole lors de l'exécution de ses contrats, notamment les boucles d'oreilles bon marché arrachées à la starlette, Miss Amphi. Les oreilles tranchées avaient signifié une bascule dans le *modus operandi* de leur tueur, soudain bien moins intéressé par les assassinats ouatés que par les homicides à sensation. Gascoigne avait demandé à Piller de lui présenter Sylvain Dole, tant il était fasciné par ce type au physique de Français très moyen, une machine à tuer très sophistiquée pourtant pourvue d'un minimum de neurones. En apprenant sa spécialité, leur homme de main lui avait réclamé l'apprentissage d'une technique pour enlever les cœurs et offrir à son œuvre mortuaire un label horrifique d'exception. Mais tout s'était emballé avec l'assassinat de Lucie Froissant, dont la disparition brutale avait fini par tous les emporter, indirectement, ces derniers jours, à la manière d'un billard à quinze bandes…

Il laissa rouler la dernière goutte de vin le long de sa

gorge en feu et reprit la feuille de papier fraîchement recouverte par ses aveux. Il relut alors le message tracé avec une écriture très assurée, tant la proximité de son départ l'avait guéri de ses tremblements.

Moi, Pierre Gascoigne, à l'instant de mettre fin à mes jours dans la pleine conscience de mes agissements, reconnais avoir commis les actes ignobles dont on m'accuse : les multiples viols dont j'ai été l'auteur et les assassinats dont j'ai été le commanditaire avec Jean-Daniel Piller. Je n'ai aucune excuse, si ce n'est que je me suis laissé emporter dans une spirale destructrice qui me paraît tellement insensée aujourd'hui. Je vais rajouter à tous mes crimes la lâcheté. J'espère que mon épouse et mes enfants que j'adore retiendront avant tout, par-delà les monstruosités auxquelles j'ai pris part, le souvenir du père et du mari dévoué que j'ai toujours essayé d'être.

Pierre Gascoigne

Ses doigts cheminèrent naturellement vers l'arme à feu, aussitôt vissée contre sa tempe droite. Il avait des pensées sombres, mais les idées claires. Il écarta le rideau de la fenêtre en un geste théâtral, sous les huées de la foule. Un mélange de cervelle et de sang gicla contre la fenêtre pour signaler la fin de la représentation.

12

Portée par une multitude de décibels, l'impatience de Dorian volait à travers les profondeurs du sous-sol.

— On va bientôt l'ouvrir cette putain de pièce ! On a déjà perdu presque deux heures !

— Le technicien a mis du temps à arriver, mais maintenant ça devrait aller vite, répéta pour la troisième fois Hervé Froissant.

— Greg, comment tes mecs ont pu passer à côté ? s'énerva Dorian.

— On leur a dit que monsieur Froissant avait fait un saut dans la nuit du mercredi au jeudi. Et qu'il était coutumier de ce genre de passage éclair à des heures très tardives. Comment auraient-ils pu imaginer qu'on s'était servis de sa voiture et de son badge pour amener Sonia ici ?

— Parce qu'ils n'ont pas pensé à examiner les images. Sinon, ils auraient vu que ce n'était pas lui qui conduisait sa bagnole, malgré la casquette enfilée par le chauffeur pour tromper la caméra. C'est une erreur de bleu ! Ils sont à la PJ les mecs, bordel !

— C'est bon, tu me fais chier Lemaître ! En plus, dans la meulière, il y avait un verre à peine terminé posé sur une table et de la bouffe qui traînait dans une assiette. On voyait bien qu'il était parti subitement de chez lui ! Rien n'indiquait qu'il y avait quelque chose à creuser ici ! Et on a tellement d'affaires à traiter en même temps. Tu sais ce que c'est d'être surchargé, tu ne vas pas me jeter la pierre !

— Si elle est morte, je...

— Calmez-vous ! implora Lou. On ne devrait pas tarder à entrer !

— Je n'en peux plus d'attendre ! hurla Dorian.

L'énervement, le stress ou la rancœur des uns et des autres explosaient en un bombardement incessant. À découvert, au milieu des éclats de voix, l'employé de la société chargée de la maintenance s'escrimait à tout débloquer, la porte comme la situation. Ses doigts s'agitaient avec frénésie sur le clavier de son ordinateur, ballet orchestré par l'urgence. Ses manipulations à distance finirent par provoquer le lent glissement de la paroi d'acier et l'entrée fulgurante de Dorian.

— Sonia, Sonia, Sonia !

Son avalanche de cris ensevelit le silence des lieux durant un instant. Il rêva de voir apparaître une chevelure blonde et des yeux vert d'eau dans lesquels il se noierait avec délice. Mais il n'aperçut que le corps d'un homme échoué par terre et qui avait le visage en ruine, saccagé avec un acharnement méticuleux.

— Le père de PAC, constata-t-il. Il faudra l'identifier formellement mais vu son physique, j'ai peu de doutes.

— L'assassin après lequel je cours depuis trente ans, dit Nathalie. Et je ne pourrai même pas lui faire avouer son crime... Je comprends mieux pourquoi sur les écoutes les autres n'avaient aucune nouvelle de « X » depuis quelques jours. Ils lui avaient sans doute refilé Sonia pour que ce soit lui qui fasse le sale boulot, cette fois-ci, contrairement à ce qui s'était passé en 1991.

— Vous croyez que c'est elle qui l'a massacré ? demanda Greg.

— Je ne pense pas, répondit Nathalie. Ce n'est pas une vengeance, mais une expiation. Je suis persuadée que le videur, à qui on a exigé un nouveau coup de main, a voulu se racheter en sauvant Sonia et en supprimant symboliquement l'assassin de sa mère. Il savait qu'on ne retrouverait pas le cadavre tout de suite.

— Ça ne nous apprend pas ce qu'il a fait d'elle ensuite ! se désola Dorian. C'est sans fin...

Un numéro nanti d'un préfixe espagnol s'incrusta à ce moment-là sur l'écran du smartphone de Nathalie.

— C'est mon contact à Algésiras. Je le prends, on ne sait jamais.

Le haut-parleur permit à la discussion de se répandre dans tout le sous-sol.

— Bonjour Nathalie. Je vous dérange ?

— Non, je vous en prie. Vous avez d'autres éléments ?

— En effet. Les autorités locales ont continué à examiner les images de vidéosurveillance dans l'espoir de localiser le véhicule utilisé par Chris Muller pour descendre en Andalousie. Elles ont fini par le repérer, garé dans une ruelle. Ce n'est pas tout. Elles ont trouvé autre chose sur les bandes, un sacré bonus. Je ne vous en dis pas plus, je vous envoie deux vidéos par mail dès que j'ai raccroché. Je voulais vous prévenir avant : ça va vous faire un sacré choc.

Sur la première, ils aperçurent Sonia et le videur en train de sortir de la voiture et s'éloigner chacun de leur côté en s'adressant un dernier geste discret de la main, un adieu déguisé en banal au revoir. Sur la seconde, ils virent la jeune femme dans le port, la tête tournée vers la Méditerranée et le regard aspiré par l'horizon, tapis tout bleu déroulé jusqu'à l'infini.

ÉPILOGUE

Une semaine plus tard...

Pour la première fois depuis des jours, Sonia sentit s'ouvrir en grand les vannes du relâchement. Elle s'oublia un long moment à admirer la parure d'or du soleil dans le ciel épuré, à laisser les flots paisibles de la Méditerranée plonger au fond de son regard hypnotisé par la majestueuse étendue. Ses yeux captivés s'attardaient aussi sur les autres voiliers qui mouchetaient la mer.

— On dirait que vous allez mieux, Sonia.

Elle tourna sa tête plus légère vers la femme qui venait de la rejoindre au bout du pont, avec son sourire branché sur courant continu : Mia, 63 ans, cinq enfants, quinze petits-enfants et un seul désir, celui de commencer à compter au plus vite ses arrière-petits-enfants.

— Vous avez raison. La nuit dernière, je n'ai pas fait mon cauchemar habituel. Celui où je suis dans un sac me rappelant au détail près ce qui m'est vraiment arrivé depuis qu'on m'a kidnappée. À la fin, on me détruit le visage jusqu'à ce que je meure. Au dernier moment, mon mari et mon précédent compagnon me libèrent, mais trop tard, car je suis déjà partie.

— Vous culpabilisez sans doute d'avoir disparu sans prévenir qui que ce soit. Et vous allez sans doute mettre du temps à oublier ce qui vous est arrivé. Vu notre programme, ça vous laisse quelques semaines...

— Je ne sais pas comment vous remercier. Vous êtes la providence pour moi.

— Avec mon époux, quand on vous a vue errer dans le port, on s'est dit que vous n'alliez pas bien du tout. Vous étiez dans un tel état d'épuisement nerveux et physique… On vous a recueillie pour la nuit. Vous avez dormi durant vingt heures.

— Je venais de rouler sans interruption depuis l'Essonne avec le type qui m'avait évité la mort… Un drôle de sauveur inattendu. Il devait me laisser crever dans une pièce isolée d'un bâtiment. Au dernier moment, il s'en est pris au type qui nous accompagnait. Le père d'un flic de la PJ qui était aussi mon frère caché. On est venus jusqu'ici et chacun a tenté sa chance. Il fuyait la police, moi ma vie. Je voulais tout reconstruire, ailleurs.

— De notre côté, on a pensé qu'à notre âge, vous avoir à bord pendant notre croisière nous offrirait un peu de compagnie. Vous avez réfléchi à l'endroit où vous voudrez qu'on vous dépose ?

— Pas encore… Je me laisse porter par les flots et par le destin. Vous êtes si gentils avec moi… Comme des parents.

— Qui prennent soin d'une future maman.

Sonia toucha délicatement son ventre, dans lequel la vie n'était encore qu'une jolie promesse à tenir.

NOTE DE L'AUTEUR

L'action de ce roman se situe quelque temps avant l'adoption de la nouvelle loi sur la bioéthique, retardée à cause de la pandémie de COVID-19. Ses dispositions, précisées par un décret en Conseil d'État, sont entrées en vigueur le 1er septembre 2022. En voici l'essentiel : « L'article 5 de la loi numéro 2021-1017 du 2 août 2021 relative à la bioéthique permet aux personnes majeures nées d'assistance médicale à la procréation (AMP) avec tiers donneurs (de gamètes ou d'embryons) de formuler une demande d'accès à l'identité et aux données non identifiantes de ces tiers auprès d'une Commission d'accès aux données créée à cet effet auprès du ministre chargé de la Santé. Ce même article dispose que les donneurs de gamètes et d'embryons devront, préalablement au don, consentir à la communication de leurs données aux personnes nées de leur don. La Commission d'accès aux données sera présidée par un magistrat de l'ordre judiciaire et comprendra des représentants des ministères de la Justice et de la Santé, des personnalités qualifiées et des représentants des associations concernées (personnes nées de dons, tiers donneurs, bénéficiaires d'une AMP). C'est auprès de cette commission et à compter de cette même date que les donneurs non soumis aux dispositions relatives à l'accès aux origines au moment de leur don pourront, si elles le souhaitent, se manifester spontanément pour consentir à la communication de leurs données non identifiantes et de leur identité aux personnes majeures nées de leur don qui en feraient la demande. La Commission sera également chargée, lorsqu'une personne née de don en fera la demande, de rechercher les donneurs non soumis aux dispositions relatives à l'accès aux origines au moment de leur don, pour solliciter leur accord à la communication de leurs données non identifiantes et de leur identité à ces personnes.

► **Vous êtes majeur, né d'assistance médicale à la procréation avec tiers donneurs, et vous souhaitez accéder aux données non identifiantes et l'identité de ces tiers.**
Il vous est possible de formuler votre demande auprès de la Commission d'accès aux données depuis le 1er septembre 2022. Aucune demande ne pourra être prise en compte avant cette date.

► **Vous avez réalisé un don de gamètes ou d'embryons avant le 1er septembre 2022. Vous n'avez donc pas consenti au moment de votre don à ce que vos données non identifiantes et votre identité puissent être communiquées aux personnes majeures nées de vos dons qui en feraient la demande.**
Il vous sera possible de vous manifester spontanément auprès de la Commission pour consentir à cette communication à partir du 1er septembre 2022. Sachez qu'aucune manifestation spontanée ne pourra être prise en compte avant cette date. Il sera également possible pour la Commission, à partir de cette même date, de vous recontacter pour solliciter votre consentement à cette communication si une personne majeure née de votre don en fait la demande. »

REMERCIEMENTS

Pouvoir vous proposer une nouvelle fois mes histoires tortueuses me procure une joie et une fierté qui ne s'abîment pas. J'en remercie France Loisirs, avec qui je poursuis mon aventure, en même temps que j'en démarre une autre avec les Éditions Sodi-Art, en compagnie de Didier Ballot et de Kimberley Reimeringer, mon éditrice, que j'ai entraînée, comme vous, dans les méandres des bases de données et de l'ADN. Depuis *Paradiction*, j'aime ancrer mes fictions dans la réalité, les amarrer à des thématiques sociétales. Une orientation qui réclame un travail obscur de recherche, ainsi que de brillants interlocuteurs. Ce roman ne serait pas ce qu'il est sans le précieux concours de Bernard Perbal, docteur en génétique et en droit, pour qui l'ADN n'a aucun secret. Pour tout ce qui concerne les bases de données, j'ai aussi bénéficié de l'aide de John Nelson, détective ADN et spécialiste de la généalogie génétique, ainsi que des lumières d'Astrid, membre de PMAnonyme, une association qui défend sur la scène politique les droits des personnes conçues par don. Elle aussi très bienveillante à mon égard, Sonia Fibleuil, porte-parole de la police nationale, m'a permis d'accéder à la DRPJ de Versailles, où j'ai passé plusieurs heures très enrichissantes grâce à Christophe Descoms et Richard Srecki, respectivement directeur et directeur régional adjoint. Cette visite dans les fameux locaux de l'avenue de Paris m'a notamment permis de rencontrer

Laurent Caine, désormais chef du service de la police judiciaire du Val-d'Oise. Ses nombreux conseils vis-à-vis de mon manuscrit ont été déterminants, comme l'aide de Benoît de Maillard m'a été très utile dans le domaine de la police scientifique. Ma gratitude va également à Patrick Bertrand, qui m'a offert une inoubliable visite guidée du port du Havre.

Un grand merci, enfin, à mes relectrices, Annie, Gabrielle, Valérie, Virginie, Martine et Françoise, ainsi qu'à la première d'entre elles, Isabelle.

Composition et mise en pages
Nord Compo à Villeneuve-d'Ascq

Cet ouvrage a été imprimé par
CPI Bussière à Saint-Amand-Montrond
en février 2023

FSC
www.fsc.org
MIXTE
Papier | Pour une gestion forestière responsable
FSC® C108412

*Le papier entrant dans la composition de ce produit provient de forêts certifiées FSC®
FSC® se consacre à la promotion d'une gestion forestière responsable.*

Numéro d'éditeur : 2367277
Numéro d'imprimeur : 2069323
Dépôt légal : février 2023

Imprimé en France